HEYNE BÜCHER

SCIENCE FICTION

Herausgegeben von Wolfgang Jeschke

Von **SHADOWRUN™** erschienen in der Reihe
HEYNE SCIENCE FICTION & FANTASY:

1. Jordan K. Weisman (Hrsg.): *Der Weg in die Schatten* · 06/4844

TRILOGIE GEHEIMNISSE DER MACHT

2. Robert N. Charrette: *Laß ab von Drachen* · 06/4845
3. Robert N. Charrette: *Wähl deine Feinde mit Bedacht* · 06/4846
4. Robert N. Charrette: *Such deine eigene Wahrheit* · 06/4847

5. Nigel Findley: *2 X S* · 06/4983
6. Chris Kubasik: *Der Wechselbalg* · 06/4984
7. Robert N. Charrette: *Trau keinem Elf* · 06/4985
8. Nigel Findley: *Schattenspiele* · 06/5068
9. Carl Sargent: *Blutige Straßen* · 06/5087

TRILOGIE DEUTSCHLAND IN DEN SCHATTEN

10. Hans Joachim Alpers: *Das zerrissene Land* · 06/5104
11. Hans Joachim Alpers: *Die Augen des Riggers* · 06/5105
12. Hans Joachim Alpers: *Die graue Eminenz* · 06/5106

13. Tom Dowd: *Spielball der Nacht* · 06/5186
14. Nyx Smith: *Die Attentäterin* · 06/5294
15. Nigel Findley: *Der Einzelgänger* · 06/5305
16. Nyx Smith: *In die Dunkelheit* · 06/5324
17. Carl Sargent/Marc Gascoigne: *Nosferatu 2055* · 06/5343

CARL SARGENT
&
MARC GASCOIGNE

NOSFERATU 2055

Siebzehnter Band
des
SHADOWRUN™-ZYKLUS

Deutsche Erstausgabe

WILHELM HEYNE VERLAG
MÜNCHEN

HEYNE SCIENCE FICTION & FANTASY
Band 06/5343

Titel der Originalausgabe
NOSFERATU
Übersetzung aus dem Amerikanischen von
Christian Jentzsch
Das Umschlagbild malte Romas Kukalis
Die Innenillustrationen zeichnete Karl Waller

Redaktion: Rainer Michael Rahn

Printed in Germany 1995
Umschlaggestaltung: Atelier Ingrid Schütz, München
Technische Betreuung: M. Spinola
Satz: Schaber Satz- und Datentechnik, Wels
Druck und Bindung: Elsnerdruck, Berlin

ISBN 3-453-08589-2

1

Warum, zum Teufel, dieses Massenaufgebot von Knight Errant? fragte sich Serrin, während er sich die schläfrigen Augen rieb und in die Juni-Sonne blinzelte. Uniformierte Sicherheit hatte sich auf dem Rasen vor der Campus-Bibliothek ausgebreitet wie Schimmel auf einem faulenden Pfirsich. Ohne seinen Schritt zu verlangsamen, steuerte der Elf die Gruppe an, die ihm den Weg zum Eingang des Gebäudes versperrte.

»Es tut mir leid, Sir«, sagte der Sicherheitsbeamte gleichgültig. »Zu diesem Gelände hat heute niemand Zutritt.«

»Ich habe alle Ausweise dabei«, wandte Serrin ein und machte Anstalten, in seine Jackentasche zu greifen, um seine Sammlung von Plastikkarten herauszuholen. Seine Hand erstarrte auf halbem Weg, da ihm die Miene des Mannes verriet, daß es nicht ratsam war, die Hand auch nur in die Nähe seiner Taschen zu bringen.

»Tut mir leid, Sir«, wiederholte der Mann in gelangweiltem Tonfall. »Block C ist heute geschlossen. Haben Sie es nicht gehört?«

»Was habe ich nicht gehört?« sagte der Elf gereizt.

»Das Beloff-Forschungslabor wird heute nachmittag um zwei Uhr feierlich eröffnet. Von Andrew T. Small persönlich.« Bei der Erwähnung des New Yorker Bürgermeisters klang in der Stimme des Mannes ein unmerklicher Anflug von Verachtung durch.

»Toll«, murmelte Serrin und machte kehrt. Er ging zur nächsten Kantine, kaufte sich eine grell aufgemachte *Times* aus dem Automaten und setzte sich, um sie bei einer Tasse Soykaf und einem Plunderhörnchen zu lesen. Im Jahre 2055 las niemand mehr ein billiges Boulevardblatt wie dieses um der Nachrichten willen, doch selbst die wilde Sensationsmache konnte den Elf nicht

von seiner Verärgerung ablenken. Die Zauberbücher, die er konsultieren mußte, gehörten zu denjenigen mit den strengsten Zugriffsbeschränkungen, und dies war der einzige Ort auf der Welt, der sie besaß. Trotz seiner Bemühungen hatte er lediglich die Erlaubnis für eine Woche Zugang zur magischen Bibliothek hier an der Columbia-Universität erhalten, und jetzt würde er einen ganzen Tag dieser Woche verlieren.

Seine grauen Augen wanderten über den Zeitungsrand zu dem Mädchen, das ihm gegenüber Platz genommen hatte. Sie hatte das frische Aussehen der typischen Universitätsstudentin, aber Serrin glaubte, ein kurzes Aufblitzen von etwas Hartem in ihren braunen, von dunklen Locken eingerahmten Augen gesehen zu haben, die ihn mit stetem Blick musterten. Ihre Datenbuchse war versilbert, und ihre Fingernägel waren entsprechend lackiert, aber der metallische Lippenstift war für seinen Geschmack ein wenig zu auffällig. Andererseits entging ihm nicht, daß er gut an ihr aussah.

»Sind Sie ein Magier?« fragte sie ihn abrupt. Er nickte. »Einer von den Parapsych-Profs?«

Er lächelte und schüttelte den Kopf. »Nein, ich erledige hier nur ein paar Forschungsarbeiten.« Er holte seine Zigaretten aus der Tasche und bot ihr eine an.

»Sie dürfen hier drinnen nicht rauchen«, sagte sie mit einem kurzen Auflachen. »Wir gesellschaftlich Geächteten müssen nach draußen gehen.« Sie nahm ihre Tasse und ging zur Tür. Mit einem verstohlenen Blick auf ihre langen geschmeidigen Beine stand Serrin auf und hinkte hinter ihr her.

»Woran arbeiten Sie?« fragte sie, als er sich neben sie ins Gras setzte. Sie hatte sich bereits aus ihrer eigenen Packung bedient, und der Rauch ihrer Mentholzigarette erhob sich träge in die bereits sehr warme morgendliche Luft.

»Äh … magische Abwehr«, sagte er, indem er selbst eine Qualmwolke in die feuchte, drückende Luft blies.

Ihre Augen verengten sich ein wenig, und er bereute schon, so offen gewesen zu sein. Obwohl jeder herausbekommen konnte, woran er arbeitete, indem er einfach einen Blick in die Zauberbücher warf, die er in der Bibliothek zu Rate gezogen hatte.

»Abwehr von wem oder was?« fragte sie, während sie sich auf einen Arm stützte und sein Gesicht musterte.

Serrin zuckte die Achseln. »Von niemandem ... Oder zumindest von niemandem, den ich kenne. Belassen wir es dabei, daß ich ein wenig paranoid bin.«

»Dann ist New York genau der richtige Ort für Sie. Aber Sie sind nicht von hier, nicht wahr?« Sie neigte den Kopf ein wenig und betrachtete ihn eingehend. »Ich würde sagen, Ihr Akzent ist Westküste, irgendwo aus dem Norden vielleicht? Seattle?«

Schlaues Mädchen, dachte er, um gleichzeitig festzustellen, daß ihm die Sache Spaß machte. Trotz der Hitze war es ein wunderschöner Sommermorgen, und sie war fast genauso schön. Der Magier merkte kaum, wie die Zeit verstrich, während sie ihn allmählich aushorchte wie ein Fischer, der einen schwierigen Fang einholt. Die Sicherheitsleute warfen von Zeit zu Zeit neugierige Blicke in ihre Richtung, da sie sich vielleicht fragten, warum der Elf und die junge Frau lange Zeit einfach nur dasaßen und nichts taten, während die Sonne den Zenith erreichte und schließlich überschritt.

Das offizielle Gefolge des Bürgermeisters traf pünktlich ein, sogar ein paar Minuten zu früh. Mittlerweile hatten sich die Leuchten der parapsychologischen Abteilung der Universität vor dem neuen Forschungsgebäude auf einem Podest versammelt, das mit roten und silbernen Girlanden geschmückt war. Die Treppe, die zu dem neuen Gebäude führte, glänzte, als sei sie in der Nacht zwanzigmal geschrubbt worden.

Serrin und das Mädchen erhoben sich und setzten sich langsam in Richtung auf die bevorstehende Veranstaltung in Bewegung, die offenbar keine besonders große Aufmerksamkeit erregte. Trotz der Tatsache, daß der Bürgermeister der Stadt sein Erscheinen angekündigt hatte, schien es offenbar genug aufregendere Ereignisse zu geben, denen die Medienschnüffler nachzugehen hatten.

»Was will er überhaupt hier?« dachte Serrin laut. »Ich meine, dem Bürgermeister kann doch nicht so viel an den Stimmen der parapsychologischen Abteilung liegen.«

Sie grinste. »Ich hörte, ein Teil des Geldes für den Bau dieses neuen Gebäudes stammt aus ausländischen Quellen – darunter auch eine, die megaenge Verbindungen mit einem Stimmenpaket hat, das er unbedingt braucht.«

Das erregte Serrins Interesse, und er wollte sie gerade fragen, was sie damit meinte, als Bürgermeister Small, umgeben von einer Phalanx grimmig dreinschauender Leibwächter, der Sicherheit seiner Limousine entstieg und auf die applaudierenden Akademiker zuging.

Noch lange danach konnte der Magier nicht genau sagen, was ihn alarmiert hatte. Es war nicht seine magische Schutzvorrichtung zur Entdeckung von Feinden, die nicht auf einen Attentäter reagiert hätte, dessen Ziel ein anderer war. Noch war es irgendeine andere Magie, da Serrin keine aktiven Zauber unterhielt. Der Versuch, an einem Ort, an dem es von Knight Errants wimmelte, Zauber zu unterhalten, hätte ihm gewiß mehr eingebracht als eine unerwartete, aber effektive Eskorte beim Verlassen des Campus.

Nein, das Ganze war eher wie bei einem Kameraschwenk in Zeitlupe: die verschwommenen Umrisse eines sonnengebräunten arabischen Gesichts, ein Glänzen von Metall, eine maskierte Aura, ein Adrenalinstoß. Die Sicherheitsleute von Knight Errant mußten in dem Augenblick auf Serrin aufmerksam geworden sein, als er seinen Zauber für eine magische Barriere wob, weil plötzlich mehrere von ihnen ihren Predator auf ihn richteten. Genau in diesem Augenblick vermischten sich andere magische Energien mit seinen.

Die Kugel traf Bürgermeister Andrew T. Small nicht, sondern prallte von Serrins magischer Barriere ab und zerschmetterte ein Fenster des neuen Forschungsgebäudes. Das Geräusch splitternden Glases drang mit Verzögerung an seine Ohren, als komme es aus großer Entfernung. Small ging zu Boden, da sich drei von seinen Leibwächtern auf ihn stürzten wie drei Linebacker auf einen gegnerischen Quarterback. Die Sicherheitsleute, die Serrin anstarrten, schienen unfähig zu sein, sich zu konzentrieren, und auf ihren Gesichtern stand Verwirrung. Der Magier von Knight Errant, der sie davon abgehalten hatte, den Elf mit Blei vollzupumpen, bellte einen Befehl, woraufhin sie langsam ihre erhobenen Waffen sinken ließen.

Serrin registrierte mit einiger Erleichterung, daß er sich nicht mehr in der Schußlinie ihrer Waffen befand, und dann liefen die Dinge plötzlich wieder mit normaler Geschwindigkeit und in normaler Lautstärke ab. Der Attentäter war von einigen Straßensamurai in der Zuschauermenge überwältigt worden. Eine Elitetruppe von Knight Errant stürzte sich voller Eifer auf ihn, um zumindest noch ein Minimum an Gesicht zu retten.

Serrin wurde zu Boden gerissen, dann wieder hochgezerrt und in eine Limousine mit getönten Scheiben gezwängt. Während der Wagen losfuhr, wurde ihm hastig ein Mantel über den Kopf geworfen. Der Elf saß zusammengekauert auf seinem Sitz, wo er kaum Luft bekam und noch weniger Bewegungsfreiheit hatte. Er konnte nur hoffen und beten, daß ihn seine Reflexe nicht in ernstliche Schwierigkeiten gebracht hatten.

»Ich entschuldige mich für eine etwaige rauhe Behandlung, Mr. Shamandar«, sagte der Mann in dem schicken Anzug zu Serrin. »Wir haben lediglich versucht, Ihre

Befragung so effektiv wie möglich gestalten. Sie werden verstehen, daß die Situation eine möglichst rasche und umfassende Einschätzung der Sicherheitsimplikationen erforderte.«

Ja, klar, dachte Serrin erschöpft. Ich verhindere, daß der Bürgermeister von New York umgelegt wird, und was ich für meine Mühe bekomme, sind achtzehn Stunden ununterbrochenen Verhörs. Ich weiß nicht mal, wo ich bin. Er verschränkte die Arme und präsentierte dem namenlosen Pinkel seine beste ›Und was jetzt?‹-Miene.

»Ich bin befugt, Ihnen im Namen des Bürgermeisteramts eine an keinerlei Bedingungen geknüpfte Zahlung anzubieten, und zwar als eine Art Belohnung für Ihre beherzte Handlungsweise«, sagte der Pinkel, wobei er einen Kredstab mit dem Aufdruck der Stadtverwaltung zog. Als der Mann Serrin den Kredstab überreichte, bedachte er den Elf mit einem an Öligkeit kaum noch zu überbietenden Lächeln.

Serrin war ein wenig besänftigt. Wie sehr er sich besänftigen lassen würde, hing von der Größe der Belohnung ab. Und, nun, mit zehntausend Nuyen ließ sich ein einigermaßen anständiger Grad der Besänftigung kaufen.

»Wir glauben nicht, daß Sie Vergeltungsmaßnahmen befürchten müssen«, fuhr der Pinkel fort, nachdem Serrin den Kredstab in Augenschein genommen hatte. »Die Abteilung ist zuversichtlich, daß wir es mit einem Einzelgänger zu tun haben.«

Serrin hätte fast laut aufgelacht. Wenn man die mächtige Magie berücksichtigte, die den Attentäter offenbar maskiert und vor vorzeitiger Entdeckung geschützt hatte, war dieser wahrscheinlich ebenso auf sich allein gestellt wie seinerzeit William Springer, der Mann, der Präsident Garrety getötet hatte und nie gefaßt worden war. Aber das war offenbar das, was das Bürgermeisteramt – und Knight Errant – ihn glauben machen wollte, also gab er vor, es zu schlucken.

»Es freut mich, daß ich helfen konnte«, sagte Serrin verbindlich. Er steckte den Kredstab ein und verließ das strahlend hell erleuchtete, fensterlose Verhörzimmer. Zwei Trolle von Knight Errant flankierten ihn jetzt, und jeder hielt einen Arm von ihm fest, während sie ihn zu der Limousine brachten, die vor der Sicherheitseinrichtung parkte. Ein wenig abseits stritt sich ein dunkelhaariges Mädchen mit einigen anderen Beamten von Knight Errant, die gerade dabei waren, sie vom Gelände der Anlage zu entfernen. Es war dasselbe Mädchen, welches er am Tag zuvor kennengelernt hatte. Die Sonne funkelte bereits in dieser frühen Morgenstunde auf den silbernen Datenbuchsen in ihren Schläfen. Serrin riß sich von seinen stämmigen Begleitern los und eilte vorwärts, um zu intervenieren.

»Hey, bleibt cool!« rief er, als einer der Beamten dem Mädchen einen bösartig aussehenden Predator in die Rippen stieß. »Ich meine, wir wollten sowieso gerade gehen.«

»Dann los«, sagte sie schlicht und öffnete die Tür ihres Jackrabbit. Irgend etwas riet ihm, einfach einzusteigen und mit ihr wegzufahren. Ihr kleiner Wagen sah einfach viel menschlicher, viel einladender aus als die Konzernlimousine. Erst später sollte Serrin herausfinden, wie schlecht seinen Instinkten die Nacht ohne Schlaf bekommen war.

2

Die Medien haben kein Bild von Ihnen machen können«, sagte sie, als sie sich in ihrer Wohnung in irgendeinem Vorort in New Jersey befanden. »Ich glaube, Sie haben Glück gehabt, Serrin Shamandar. Ich bezweifle, daß die Damaskus-Liga Ihre Identität kennt, so daß sie Ihnen selbst dann nichts anhaben könnte, wenn sie das wollte – was ich nicht glaube.«

»Die Damaskus-Liga?« Was, zum Teufel, hatte *die* mit der Sache zu tun?

»Auf der Straße kursieren entsprechende Gerüchte. Vielleicht hat sich Small in letzter Zeit zu sehr bei den jüdischen Wählerstimmen angebiedert. Eines der Standardprobleme für den Bürgermeister von New York.«

Serrin versuchte sich zu erinnern, was in jenen Sekundenbruchteilen vor dem geschmückten Podest geschehen war. Inmitten des Wirrwarrs aus Bildern und Eindrücken fiel ihm plötzlich auf, daß er noch etwas vergessen hatte.

»Hören Sie, es tut mir echt leid«, sagte er verlegen. »Ich kann mich nicht einmal mehr an Ihren Namen erinnern. Sie haben mich nicht schlafen lassen, und ich nehme an, mein Verstand hat vorübergehend abgeschaltet«, entschuldigte er sich.

»Julia. Julia Richards«, lächelte sie, offenbar ohne im geringsten gekränkt zu sein.

»Äh … und warum sind Sie gekommen, um mich abzuholen? Ich meine, was haben Sie sich dabei gedacht?«

»Sie sind durchaus willkommen«, sagte sie schroff, dann wandte sie sich ab und verschwand in der winzigen Kochnische, aus der kurz darauf der durchdringende Duft von Kaffee verkündete, daß es sich nicht um Soykaf, sondern um das Original handelte. Mit dem Gefühl, sich flegelhaft benommen zu haben, stand Serrin auf, um ihr zu folgen, und verzog dann das Gesicht, als der vertraute Schmerz in seinem verkrüppelten Bein wieder zu pochen begann. Sie drehte sich um, und als sie den Ausdruck auf seinem Gesicht sah, wich ihre Gereiztheit augenblicklich Anteilnahme und Besorgnis.

»Entschuldigen Sie«, sagte er. »Meine Manieren scheinen ebenso eingerostet zu sein wie mein Verstand. Ich weiß Ihr Erscheinen durchaus zu schätzen. Aber Sie können mir nicht verübeln, daß ich mir über das Warum Gedanken mache.«

Sie füllte zwei Tassen, die sie auf ein Tablett stellte, das er ihr galant abnahm. Zum Kaffee gab es Brötchen, und Serrin hielt es durchaus für möglich, daß der geräucherte Lachs und der Streichkäse auf den Brötchen genauso echt waren wie der Kaffee.

»Nun, es kommt nicht so oft vor, daß ich den Mann kennenlerne, der den Bürgermeister von New York vor einem Attentat bewahrt«, sagte sie in neckendem Tonfall. »Wenn das mein Interesse für Sie nicht geweckt hätte, was dann? Außerdem habe ich mich gefragt, was das für eine Person sein muß, die mehr gesehen hat als Knight Errant. Ich dachte mir, Sie müssen als Magier echt Sahne sein. Was ganz Besonderes.« Ihre Zunge leckte einmal über ihre perfekt geschwungenen Lippen. »Reicht Ihnen das?«

Serrin konnte nicht sofort antworten, da er gerade an einem großen Bissen Brötchen kaute. Er schluckte krampfhaft, und schließlich gelang es ihm zu murmeln, er sei überhaupt nichts Besonderes.

»Vielleicht… vielleicht auch nicht«, sagte sie leichthin. »Wo wohnen Sie?«

»Im Grand Hudson.« Julias Augen weiteten sich ein wenig bei der Erwähnung eines derart teuren Hotels.

»Warum tauchen Sie nicht ein paar Tage hier bei mir unter? Für alle Fälle. Zurück zur Columbia zu gehen, ist im Augenblick vielleicht keine so gute Idee. Ich könnte Ihnen alles besorgen, was Sie aus der Bibliothek brauchen. Ich habe alle erforderlichen Ausweise, und ich kenne auch einige der Bibliothekare.«

Ein kalter Schauer lief ihm über den Rücken, halb Erregung, halb ängstliches Mißtrauen. Alles geschah so schnell, so völlig aus heiterem Himmel. Er war zu erschöpft, um innezuhalten und nachzudenken. Julia Richards war jung und hübsch, und hier in der Wildnis der Vororte war er wahrscheinlich sicherer als in Manhattan. Und überhaupt, was hatte er schon zu verlieren? Nicht viel, soviel war klar. Dinge zu tun, weil es nicht viel zu verlieren gab, war jetzt schon seit einiger Zeit Serrins Modus vivendi. Das erleichterte die Entscheidungsfindung ungemein. Gewiß, er war ein Shadowrunner und hatte den gleichen feinen Überlebens- und Gefahreninstinkt wie seine ›Kollegen‹. Aber selbst ein erfahrener Runner und Elfenmagier konnte Fehler begehen, wenn er unter den Auswirkungen extremer Erschöpfung litt.

»Äh… sind Sie sicher?« Sie nickte. Kein Druck. »Nun… äh… das wäre toll«, sagte Serrin. Dann fügte er rasch hinzu: »Ich bleibe nur noch ein paar Tage in New York.« Er versuchte sie wissen zu lassen, daß er ihr nicht zur Last fallen würde, wollte ihr aber auch unmißverständlich klarmachen, daß er nicht allzu lange bleiben würde. Er gab sich alle Mühe, ein Gähnen zu unterdrücken, und versagte kläglich.

»Was Sie jetzt brauchen, ist erst mal Ruhe«, sagte Julia lächelnd. »Zum Gästezimmer geht es da entlang und dann nach links«, sagte sie.

Serrin wünschte ihr eine gute Nacht, obwohl es zehn Uhr morgens war, dann wandte er sich in die angegebene Richtung, wobei er noch stärker hinkte als gewöhnlich. Das kleine Zimmer war dunkel, angenehm kühl und mit einem Bett, einem Nachtschränkchen und einem Stuhl einfach möbliert. Serrin machte sich nicht einmal mehr die Mühe, seine Kleider oder Stiefel auszuziehen, sondern sank dankbar aufs Bett und knautschte das Kopfkissen so unter seinem Kopf zusammen, wie er es mochte. Er schlief praktisch augenblicklich ein und erwachte erst um fünf Uhr am Nachmittag – und auch nur deswegen, weil Julia ihn sanft wachrüttelte; sie hatte wieder frischen Kaffee aufgebrüht. Er hatte die erste Tasse halb ausgetrunken, als sie neben ihm ins Bett glitt. Echter Kaffee hin oder her, die andere Hälfte der Tasse war augenblicklich vergessen.

Serrin blieb drei Tage. Julia war tagsüber nicht in der Wohnung, kehrte aber am späten Nachmittag mit den Büchern zurück, die er haben wollte. Offenbar war sie irgendwie an die Erlaubnis gekommen, sie über Nacht aus der Bibliothek auszuleihen. Abends fuhren sie in die Stadt zurück, wo sie hauptsächlich in der Gegend von East Riverside Spaziergänge unternahmen. Sie ging mit ihm in die Metropolitan-Oper und in Restaurants, wo sie gut und teuer speisten. Sie zahlte immer ihre Hälfte der Rechnung, eine Tatsache, die Serrin hätte zu denken geben sollen, es aber nicht tat.

Währenddessen unterhielten sie sich unablässig wie an jenem ersten Morgen auf dem Campus. Im Laufe ihrer Gespräche beichtete Julia, daß sie sich ein wenig mit Schriftstellerei beschäftigte und eine aufstrebende Schauspielerin war. Nach allem, was sie erzählte, hielt er sie für eine dieser ewig Hoffnungsvollen, die in die Kunst hineinrochen und zur Enttäuschung verurteilt waren wie die meisten.

Das einzige, was keinen völlig harmlosen Eindruck an Julia Richards machte, war ihre Sammlung von Büchern über das Okkulte. Besessenheit, Spuk, Gespenster, alle Standardthemen plus noch ein paar mehr. Sie hatte ein paar Kurse in Parapsychologie belegt und zeigte ihm das Rohmanuskript einer Geistergeschichte, an der sie gerade schrieb. Zu seiner Überraschung fand Serrin die Geschichte durchaus lesbar. Das Mädchen schien einen altmodischen Hang dafür zu haben, Szenen mit dem bestürzenden Hinweis auf unsichtbare, unbekannte, fremdartige Präsenzen zu schaffen, die gerade am Rande der Wahrnehmung des Lesers lauerten.

»Dieses Interesse an Geistern … Hast du die Absicht, sie professionell zu jagen?« fragte er mehr im Scherz als im Ernst.

»Ach, das ist nur ein altes Hobby«, sagte sie abwinkend, um anzudeuten, wie bedeutungslos das Thema war, und beließ es dabei.

Doch von der Zeit an hatte Serrin das Gefühl, daß alles anders war. Es war nichts Bestimmtes, das sich verändert hatte. Es gab keine Szenen, keine größeren Mißverständnisse, nur eine Änderung der Stimmung und des Tonfalls. Sogar wenn sie sich liebten, wußte er, daß sie nicht mit dem Herzen dabei war. Zwar versuchte er, die subtile Kluft zwischen ihnen mit freundlicher Konversation zu überbrücken, aber der Magier fühlte sich zunehmend unbehaglicher.

»Ich glaube, es ist besser, wenn ich mich verabschiede«, sagte er schließlich, wobei er an das alte chinesische Sprichwort dachte, daß sowohl Fische als auch Gäste nach drei Tagen zu stinken beginnen. Wenn er heute abend ging, würde er diesen vierten Tag vermeiden. »Es sieht so aus, als sei ich mit meinen Forschungen fertig, die ich ohne deine Hilfe nicht hätte beenden können. Ich werde es nicht vergessen.« Er war peinlichst darauf bedacht, nicht zu persönlich zu werden.

»Ja, also, es hat Spaß gemacht, dich hier zu haben«, erwiderte Julia in aufrichtig klingendem Tonfall. Serrin war verwirrt, unsicher, welche tieferen Empfindungen unter der Oberfläche wogen mochten. Er beschränkte sich auf einen kurzen Abschied, wobei er sich alle Mühe gab, ihrem Blick auszuweichen.

Sie erbot sich, ihn zum Flughafen zu fahren, doch er lehnte ab. Er war jedoch damit einverstanden, mit ihr zur Bibliothek zu fahren, weil er noch ein oder zwei

Dinge nachschlagen mußte, bevor er nach Seattle zurückkehrte.

»Nochmals danke«, sagte er, als er kurz vor der Bibliothek ausstieg. »Und vergiß nicht. Du hast meine Nummer. Solltest du mal irgendwas brauchen, zögere nicht. Du kannst mich jederzeit anrufen.«

Julia sah für einen Sekundenbruchteil weg, und er fragte sich, was, um alles in der Welt, er jetzt wieder falsch gemacht hatte. »Tut mir leid«, sagte er nur noch, bevor der Wagen abrupt anfuhr. Er schüttelte den Kopf, nahm seinen Koffer und ging in die Bibliothek.

Zwei Stunden später, als er das Material kopiert hatte, um dessentwillen er gekommen war, hörte er die Durchsage, daß die Bibliothek geschlossen wurde. Nachdem er auf einem der Büchereicomputer noch in aller Eile einen Blick auf die Flugpläne geworfen hatte, beschloß er, das Mitternachts-Shuttle zu nehmen, was ihm noch Zeit für ein anständiges Abendessen irgendwo in der Innenstadt ließ. Ihm war nicht danach, sein Glück irgendwo in Chinatown zu versuchen, also ging er in ein thailändisches Restaurant in der Nähe des Times Square. Teufel, dachte er belustigt, vielleicht könnte ich einem dieser Burschen von Knight Errant, die hier überall herumhängen, auf die Schulter klopfen und ihn dazu bringen, die Rechnung zu übernehmen.

Fünf Minuten, nachdem er an einem Tisch im Little Home Thai Platz genommen hatte, fühlte sich Serrin plötzlich von allen Leuten in dem Restaurant beobachtet. Als er sich verstohlen umsah, entdeckte er plötzlich zwei Männer in Anzügen, die einem Kellner Geld in die Hand drückten und dann an seinen Tisch kamen. Er wäre fast in Panik geraten, zwang sich jedoch zu der Überlegung, daß es sich bei den beiden wohl nicht um rachedurstige Attentäter handeln konnte. Man wird nicht umgelegt, weil man jemanden davor bewahrt hat, umgelegt zu werden, sagte er sich. Oder doch? Wenigstens sahen die beiden nicht wie Araber aus ...

»Mr. Shamandar«, sagte einer der beiden mit einer beachtlichen Portion geheuchelter Aufrichtigkeit in der Stimme, während er unaufgefordert an seinem Tisch Platz nahm. »Ich bin Dan McEwan von der *Times*, und das ist mein Fotograf, Randy Simmons.« Simmons, der mit seinem altmodischen Schnurrbart wie eine verlegene Hyäne grinste, nickte grüßend und hob die Kamera, die um seinen Hals hing. »Wir würden ganz gerne für einen Artikel über Sie ein paar Fotos von Ihnen machen, während ich Ihnen ein paar kurze Fragen stelle. Wir werden uns bemühen, Sie nicht beim Essen zu stören.«

Serrin wollte schon knurren, »Verpißt euch«, doch dann wurde ihm klar, daß er eine Erklärung hören wollte. »Worum geht es überhaupt?«

»Um Ihre heroische Tat natürlich«, sagte McEwan, wobei er fast eine sichtbare Schleimspur auf dem Teppich hinterließ. »Die ganze Stadt spricht noch davon, obwohl schon drei Tage vergangen sind. Sie wissen schon, von dem geheimnisvollen Magier mit dem gehetzten Blick.«

Die Medien haben kein Bild von Ihnen machen können, sagte Julias Stimme in seinem Hinterkopf. Voller Panik hielt er sich die rote Serviette vor das Gesicht und rannte zur Tür. Gehetzter Blick, am Arsch, dachte er.

»Bloß weg von hier!« sagte er zu dem Troll-Fahrer, als er zwei Minuten später in ein Taxi sprang. Mittlerweile sah es so aus, als seien mindestens ein Dutzend Fotografen und Mediengeier am Schauplatz aufgetaucht. Er gab sich alle Mühe, nicht daran zu denken, wie albern er mit den durchweichten, zerfledderten Überresten einer Papierserviette im Gesicht aussehen mußte. »Zum Flughafen. Fahren Sie ein paar Umwege. Und kümmern Sie sich nicht um das Taxameter.«

»Ich liebe Leute, die so was zu mir sagen, Chummer«, grinste der Troll, um dann davonzuschießen wie eine Teufelsratte auf BTL.

Als sie am Flughafen ankamen, schien dort niemand auf Serrin zu warten, aber er ging davon aus, daß irgendwo ein eifriger Schnüffler nach ihm Ausschau halten würde, nur für alle Fälle. Ein rascher Blick auf die Abflugtafel verriet ihm, daß der nächste Inlandflug erst in fünfunddreißig Minuten und der nächste Flug nach Seattle sogar erst in zwei Stunden ging.

»Welcher Flug ist der nächste?« schnauzte er die Frau hinter dem Schalter von British Airways an.

Sie musterte ihn verblüfft und fragte: »Wie bitte? Egal, wohin?«

»Sie haben's erfaßt«, sagte er, sich hektisch umsehend.

»Sind Sie in irgendwelchen Schwierigkeiten?«

»Ich werde Ihnen nichts tun«, sagte Serrin müde, während seine Augen die Hand der Frau verfolgten, die unter dem Schalter verschwand und vermutlich nach einem Alarmknopf tastete. Dann bemerkte er die Zeitung, die dort lag.

»Ich versuche nur, den Reportern zu entkommen«, sagte er, auf sein Gesicht deutend, das fast die gesamte Titelseite einnahm. Sie betrachtete das Bild, dann wieder ihn, und ihre Augen weiteten sich.

»Frankfurt oder Kapstadt. In zehn Minuten«, sagte sie, während er ihre *Newsweek* nahm, um sich sein Bild genauer anzusehen. Julia war es irgendwie gelungen, ein paar Fotos von ihm zu machen, wie er entspannt und beinahe lächelnd auf ihrem kleinen Balkon saß. Offenbar hatte sich ein talentierter Bildgestalter zumindest eines Fotos angenommen. Das Schmierblatt hatte augenscheinlich keine Skrupel, den Drek, den es veröffentlichte, aufzupolieren. Serrin Shamandar mochte nicht allzu gut aussehen, aber das Bild wies immer noch eine unverkennbare Ähnlichkeit mit ihm auf.

All seine Shadowrunner-Instinkte schrien ihm zu, daß es höchste Zeit war, aus der Stadt zu verschwinden und unterzutauchen, bis Gras über die Geschichte gewachsen war. Er wünschte nur, er hätte seine falsche Identität mitgebracht, so daß er auf seinen richtigen Namen ein Flugticket für Kapstadt hätte reservieren lassen können, während er in Wirklichkeit unter falschem Namen nach Deutschland geflogen wäre.

»Frankfurt, würde ich sagen.« Von dort aus war es ein Katzensprung nach Heathrow und zu einigen seiner britischen Freunde. Die Aussicht darauf war mit Sicherheit einladender als die auf eine Stippvisite in der azanischen Stadt. »Können Sie dafür sorgen, daß ich es noch schaffe?« flehte er.

»Wenn Sie rennen, was das Zeug hält, könnten Sie es gerade noch schaffen. Gerade war der letzte Aufruf. Flugsteig siebzehn.«

»Wenn ich muß, kann ich rennen, was das Zeug hält, das können Sie mir glauben.«

Er warf ihr den Kredstab zu, den er von der Stadtverwaltung bekommen hatte, und wuchtete seinen Koffer auf das Gepäckband. Dann rannte er zum angegebenen Flugsteig. Auf halbem Weg dorthin stolperte er fast über einen leichten Aktenkoffer aus Metall, der umfiel und ein Stück weit davonflog. Er warf einen flüchtigen Blick auf den Besitzer des Koffers, einen starrgesichtigen Mann mit kurzen Haaren, die so grau wie seine eigenen waren, und einer dreieckigen Narbe auf der linken Seite seines Kinns. Er trug eine Sonnenbrille, hinter der sich Cyberaugen verbargen. Serrin murmelte eine Entschuldigung und irgend etwas in der Art, daß er schrecklich in Eile sei, überließ es jedoch dem Besitzer, den Aktenkoffer wiederzuholen, da er seinen Spurt zum Flugsteig fortsetzte. Der Elf konnte nicht wissen, daß die Cyberaugen des Mannes mit einer hochmodernen Cyberoptik-Kamera bestückt waren, die bereits dreißig Aufnahmen von ihm gemacht hatte, während er den Flugsteig erreichte und seinen Ausweis zückte.

Serrin erreichte gerade noch den letzten Zubringer-Bus. Auf dem Weg zur Maschine betrachtete er die graue und scheinbar weit entfernte Skyline New Yorks. Der bevorstehende Regen versprach die höllische Hitze zumindest für so lange abzukühlen, daß die Bewohner der Stadt schlafen konnten. Er betrat das Flugzeug, fand seinen Platz, ließ sich in das weiche Polster sinken und schlug die Illustrierte so vorsichtig und widerstrebend auf, als handele es sich um übelste Pornografie.

Seine Julia mit den dunklen Augen und dem reizenden Lächeln hatte so ungefähr alles verwertet, was er je zu ihr gesagt hatte, und sie hatte auch ihre Hausaufgaben gemacht. Kein Wunder, daß sie sich am Ende unbehaglich gefühlt hatte. Die Schnüffler hatten praktisch alles ausgegraben: seine ermordeten Eltern, sein bei seiner Arbeit für Renraku zerschmettertes Bein, den Atlantis-Schwindel, sogar die Geschichte, wie er und Geraint und Francesca letztes Jahr in London zur Aufklärung der gräßlichen Mordserie beigetragen hatten. Alles war lückenlos recherchiert, und die persönlichen Informationen würden ihr einen fetten Bonus eingebracht haben. Kein Wunder, daß ihn in diesem Restaurant alle angestarrt hatten. Die Medien hatten eingehend über das gescheiterte Attentat auf Bürgermeister Small berichtet, aber Serrin hatte nicht viel Trideo gesehen und daher keine Ahnung, was mittlerweile sonst noch über ihn verbreitet worden war. Auf keinen Fall dieser intime Privatkram. Vielleicht sollte er den Redakteuren dieses Schmierblattes dafür dankbar sein, daß sie ihre hungrigen Leser bis zur nächsten Drei-Tage-Sensation mit interessantem Stoff versorgten. Wer konnte schon wissen, was sie anstellten, wenn sie zu lange hungern mußten?

Er las weiter und war dankbar dafür, daß sie auf die Enthüllung irgendwelcher Schlafzimmergeheimnisse verzichtet hatte… dann, *ach, Drek!* Zu früh gefreut. Er hatte nur nicht weit genug gelesen. Serrin spürte eine verzweifelte, jämmerliche Traurigkeit in sich aufsteigen, nicht weil der Artikel grausam und brutal, ein achtlos zusammengestückeltes Machwerk voller Lügen war – das war er nämlich nicht. Vielleicht hätte er ein wenig Trost darin gefunden, hätte er sie als verlogenes Miststück verfluchen können. Doch selbst das blieb ihm versagt.

In seiner Ohnmacht wollte Serrin das Magazin in Millionen kleine Fetzen zerreißen und sie aus dem Fenster des Flugzeugs werfen. Statt dessen stopfte er es sich grob in seine Jackentasche und lehnte sich dann ermattet zurück, um wenigstens zu versuchen, etwas Schlaf zu bekommen.

3

Die Maschine landete um zehn Uhr morgens Ortszeit in Frankfurt, und Serrin litt wie immer nach einem Transkontinentalflug unter der Zeitverschiebung. Auf dem Flughafen schien es von *Newsweek*-Ausgaben zu wimmeln, endlose Stapel rotumrandeter Bilder von ihm, die seine Fluchtversuche zu verhöhnen schienen. In seinem übererregten Zustand beschloß der Elf, in Bewegung zu bleiben.

Er nahm ein Taxi zum Bahnhof, wo unzählige Reisende mit Essen beschäftigt waren oder zumindest daran zu denken schienen. Er sah Leute Croissants bestellen, die mit jeder nur erdenklichen Füllung vollgestopft waren, Soykaf herunterstürzen und armdicke Baguette-Sandwich mit Schinken, Gurken, rosafarbenem Fleisch, das in stinkendem Fett brutzelte, und Salat bestellen, der fingerdick mit Mayonnaise bestrichen war. Aufgrund dieser Eßgewohnheiten schien es nicht sehr viele schlanke Deutsche zu geben, und Serrin befürchtete, daß er durch seinen hoch aufgeschossenen hageren Elfenwuchs zu auffällig war. Das einzige, was er dagegen unternehmen konnte, war, seinen Kragen hochzustellen und den Kopf einzuziehen, solange er in der Schlange vor dem Fahrkartenschalter stand. Da er so sehr damit beschäftigt war, sein Gesicht zu verbergen, fiel ihm zunächst gar nicht auf, daß er nicht die geringste Ahnung hatte, wohin er fahren sollte. Hektisch sah er zur gewaltigen Tafel mit der ständig wechselnden Anzeige der abfahrenden Züge hinauf, die direkt unter der Bahnhofsuhr hing, einem riesigen Ding aus Messing und Stahl.

Der nächste Zug ging nach Karlsruhe. Er sah die Zwischenstationen durch und entschied sich ohne besonderen Grund für Heidelberg. Also kaufte er sich eine einfache Fahrkarte – um der Abgeschlossenheit und Anonymität willen wiederum erster Klasse – und trabte zum angegebenen Bahnsteig.

Crusher 495 war eine der populärsten Bars in den Barrens, der ärmsten, gottverlassensten Gegend im ganzen Seattler Sprawl. Der Troll trank sein Mineralwasser aus und kicherte noch einmal beim Anblick des Magazins, dessen Seiten er mit seinen riesigen Pranken durchblätterte. Der Barhocker neben ihm quietschte, als sich ein grauhaariger Ork neben ihn setzte, offenbar müde von einem weiteren anstrengenden Tag auf der Straße.

»Hey, Ganzer. Wie geht's?« fragte der Troll.

»Gar nicht so schlecht, Tom. Eigentlich genau wie immer. Gib mir 'n Bier aus, Chummer, ja? Was hast du denn da?« Der Ork hob Toms Magazin an, um sich das Titelblatt anzusehen.

»Ich will verdammt sein, wenn das nicht Serrin ist«, sagte er mit einem Ausdruck der Verwirrung. »Sieht aus, als hätte er sich 'n paar Gesichtskorrekturen verpassen lassen, seit wir ihn zum letztenmal gesehen haben.«

»Unwahrscheinlich«, sagte Tom zögernd. »Serrin steht nicht auf Metall. Würde nicht mal in die Nähe eines Skalpells gehen. Warum sollte er sich verändert haben?«

Der Ork trank ein halbes Glas Bier und sagte nichts. Es war nicht taktvoll, sich mit Tom über Metall im Körper zu unterhalten. Das mochte den Troll nur wieder zu einer seiner Predigten veranlassen.

»Er hat den Bürgermeister von New York davor bewahrt, erschossen zu werden«, sagte Tom, der wußte, daß Ganzer nicht lesen konnte.

»Tatsächlich? Tja, wie die Schildkröte zum Stahlhelm sagte, wir machen wohl alle mal 'n Fehler… Aber, Drek, wie lange haben wir Serrin jetzt nicht mehr gesehen? Fünf Jahre?«

»Fünf Jahre und zwei Monate«, erwiderte der Troll. »Das vergesse ich nie.«

Ganzer war im Moment nicht in der Stimmung, sich Geschichten aus Toms alten Shadowrunner-Zeiten anzuhören. Die Geschichten schienen immer mit der langwierigen Saga zu enden, wie der Troll ein für allemal das Saufen drangegeben hatte, und der Ork wollte nichts über Abstinzenz hören. Statt dessen wollte er sich den Bauch mit Bier füllen. Ganzer kam zu dem Schluß, daß es besser war, das Thema zu wechseln.

»Sag mal, ich höre, du bist drüben im Dschungel in letzter Zeit 'n richtiger Held.«

Tom zuckte die Achseln, konnte sich jedoch bei dem Gedanken, daß sich das Los der dortigen Obdachlosen tatsächlich verbessern mochte, ein Lächeln nicht verkneifen. »Ja, nun, der Bürgermeister profitiert schließlich auch davon, wenn er mit Zuschüssen für die Leute rüberkommt. Macht sich gut in der Öffentlichkeit. Jetzt, wo sie den Boden so weit entgiftet haben, daß sie wieder Futterpflanzen anbauen können, die für Tiere genießbar sind, können zumindest ein paar von den Leuten dort genug Geld verdienen, um sich was zu essen zu kaufen.«

Tom sah sich nachdenklich in der schummerigen Bar mit den verbarrikadierten Fenstern, dem ramponierten Mobiliar und der düsteren Atmosphäre um. Die Decke mochte einmal weiß gewesen sein, aber der Rauch unzähliger Zigaretten hatte sie schon vor langer Zeit mit einer Bräune überzogen, die ansonsten nur ein Jahrtausend strahlenden Sonnenscheins hätte herbeiführen können – wenn das Sonnenlicht je einen Weg in die Bar gefunden hätte. Trotzdem war das Crusher als Treffpunkt für Orks und Trolle so beliebt, daß es hin und wieder Zielscheibe für die Wichser vom Humanis-Policlub war, wenngleich der letzte Sprengstoffanschlag des Anti-Metamenschen-Vereins mittlerweile bereits ein halbes Jahr zurücklag. Tom wußte von jedem Anschlag, weil er hinterher immer zu Hilfe gerufen wurde. Ein Bär-Schamane war oft das Beste, worauf Leute hoffen durften, die sich keine Krankenversicherung leisten konnten.

Eine schwere Hand schlug ihm auf den Rücken, und als er sich umdrehte, sah er einen weiteren Ork, Denzer, der ihn anlächelte. Der Witz, der im Crusher die Runde machte, lief darauf hinaus, daß Denzer ein als Ork verkleideter Troll war, und er war fast groß genug, um den Witz wahr wirken zu lassen. Er strich sich das fettige schwarze Haar aus der Stirn, und Tom bedachte ihn mit einem freundlichen Begrüßungsknurren.

»Willst du 'n Mineralwasser, Tom? Hey, der Bürgermeister rennt ja rum, als hätte er gerade die nächste Wahl gewonnen. Gute Arbeit, Chummer.«

Der Troll lächelte wieder und genoß das gute Gefühl, das er wegen dieser Sache hatte. Wie elend und erbärmlich die Redmond Barrens auch sein mochten, sie waren sein Zuhause, und er tat, was er konnte, um die allgemeine Situation nach all den Jahren des Dahinsiechens zu verbessern.

Er betrachtete noch einmal die von Sorgen und harter Arbeit gezeichneten Gesichter der Anwesenden. Vor sieben Jahren hätte er noch jeden hier für ein paar hundert Nuyen umgelegt. Jetzt liebte er, oder das, was noch von ihm übrig war, diese Leute. Von den Bewohnern des Plastikdschungels mit seinem vom Giftmüll verseuchten Boden bis zu den Straßenmärkten des sogenannten Schacherkellers. Und im Dschungel würde der Zuschuß, den seine Gruppe Redmonds Bürgermeister, Jeffrey Gasston, abgerungen hatte, für Tausende dieser Leute zu einer Verbesserung ihrer Lebensumstände führen.

Dafür bin ich dir was schuldig, Chummer, sagte er im Geiste zu dem Gesicht auf der Titelseite des Magazins. Wie es dir wohl ergangen ist?

Er hatte Heidelberg rein zufällig ausgewählt. Jetzt, nach zwei Tagen, war Serrin geneigt zu glauben, das es eine inspirierte Wahl gewesen war. Die Stadt war ruhig, sogar jetzt in der Touristensaison, und sah aus, als hätte sie sich im letzten Jahrhundert kaum verändert. Kleine weiße Boote trieben träge den Neckar flußabwärts, und die Leute kauften immer noch auf dem Straßenmarkt ein, wo er sich einen Neckarfrosch gekauft hatte, einen jener handgemachten Keramikfrösche, ein absonderliches, krötenähnliches Wesen mit einem fragenden Gesichtsausdruck. Der Markt – mit seinen Krügen voll hausgemachter Marmelade, Ständen mit gefiederten Hüten und Trinkkrügen aus Ton sowie Fisch, Obst und Schinken, bei dem es sich offenbar um eine hiesige Spezialität handelte – stammte ebenso aus dem neunzehnten Jahrhundert wie der Rest der Stadt.

Auf seinem Weg die schmale Straße zur Burg hinauf blieb Serrin vor einer Konfiserie stehen und betrachtete gelangweilt die Schaufensterauslage. Ein paar kleine bunte Schachteln fielen ihm ins Auge, und er kaufte eine, nur um ein herzförmiges Schokoladengebäck im Innern vorzufinden. Ein kleiner Begleitzettel besagte, daß es sich um einen ›Studentenkuß‹ handelte, wie er von einem Studenten in alten Zeiten seiner potentiellen Liebsten geschickt worden war, deren Anstandsdame einen direkteren Ausdruck seiner Zuneigung verhindert hatte.

Davon sind wir mittlerweile weit entfernt, dachte Serrin verbittert. Heutzutage bumst einem die Liebste drei Tage lang das Hirn aus dem Schädel und verkauft einen dann an die Schmierblätter. Er wandte sich nach links auf den Marktplatz und schlenderte dann zur Hauptstraße, wo er in einem der unzähligen Cafés einen Kaffee und frisch gepreßten Fruchtsaft bestellte.

Vielleicht sollte ich die Universität besuchen, dachte er träge. Und wenigstens einen Teil der Arbeit über Techniken des Maskierens beenden, die ich eigentlich an der Columbia-Universität erledigen wollte. Ach, zum Teufel damit, ich habe erst mal genug von der Arbeit. Mal sehen, was uns Friedrich von Böhmen auf jenem Hügel hinterlassen hat.

Kristen rannte wie der Teufel von den farbenprächtigen Buden und Ständen des Marktes auf der Strand Street weg, um im Gewühl von Lower Adderley unterzutauchen. Von dort aus schlug sie mit ihrer Beute den Weg zur Heerengracht und zum Hafen ein. Heute hatte sie Glück gehabt, da sie gerade in dem Augenblick aufgetaucht war, als die Polizei die Streuner dabei erwischt hatte, wie sie einem Mann die Brieftasche abnahmen, den sie zuvor niedergeschlagen hatten.

Kristen nahm normalerweise von Diebstahl Abstand, weil die Polizei zu streng mit Dieben umging, aber sie wußte, wann es etwas umsonst gab. Während die Polizei die Verfolgung der Streuner aufnahm und sich ein paar Passanten bückten, um dem noch bewußtlosen Opfer zu helfen, hatte sie direkt die Schultertasche angesteuert, die immer noch dort auf dem Boden lag, wohin sie im Zuge des Handgemenges offenbar geflogen war. Nachdem sie die Tasche aufgehoben und fest an die Brust gepreßt hatte, war sie einigermaßen sicher, daß sie niemand gesehen hatte, und huschte flink wie eine Teufelsratte zum Sisulu-Markt. Doch bei ihrer Größe und dem Schopf kleiner Löckchen auf dem Kopf, fühlte sie sich erst richtig sicher, nachdem sie dort angekommen war. Sie konnte nur beten, daß die Wirkung ihrer morgendlichen Dagga-Dröhnung nicht allzu offensichtlich war. Das Kraut war stark gewesen, voll und doch mild im Geschmack.

Die Gestalter der Hafengegend hatten diese San Francisco und Sidney nachempfunden, hatten sie jedenfalls gesagt, als sie das verfallene industrielle Brachland des Kapstadter Hafens umgewandelt hatten. Und vielleicht hatten sie trotz allem tatsächlich ganz gute Arbeit geleistet. Die Hafengegend war ihre Heimat, einer der wenigen Orte in der Konföderation Azanischer Völker, wo man gute Aussichten hatte, nicht erschossen zu werden, nur weil man die falsche Hautfarbe oder Religion hatte oder dem falschen Metatyp angehörte. Für Kristen, die halb Xhosa, halb Kaukasierin war, bedeutete das eine ganze Menge. Hier am Hafen brauchte sie sich nur wegen rassischer Vorurteile Sorgen zu machen und nicht wegen etwaiger mörderischer Absichten.

Sie sah träge auf das rostende Wrack des Öltankers, der an der sandigen Küste gestrandet war. In den ausgeweideten Überresten des Schiffes lebten über zwanzigtausend Personen, eine zerlumpte Armee Heimatloser. Viele von ihnen arbeiteten bei den Abwrackmannschaften, die jeden Tag hinausgingen, um die Schiffe zu bearbeiten, die zum Verschrotten in die Bucht geschleppt wurden, riesige Wracks, die von ihren anonymen Besitzern für einen Spottpreis an die Stadtverwaltung verkauft wurden. Die Tankerleute schufteten sich krumm und lahm, da sie den Wracks mit nicht mehr als ein paar Hämmern zu Leibe rückten, um das Metall zu bergen. Sie bekamen einen Hungerlohn für den Schrott – gerade genug zum Leben –, während die Stadtväter den Preis, den sie für die Schiffswracks zahlten, für gering hielten, wenn er zwanzigtausend soziale Außenseiter davon abhielt, über die Touristen herzufallen. Kristen kannte einen oder zwei von den Abwrackern, war selbst jedoch noch nicht so tief gesunken.

Kristen grinste, als sie sich mit einem Soykaf und einem Teller Blatjang setzte und sich mit einer Hand Stücke von dem Hühnerfleisch in den Mund schob, während sie mit der anderen die Tasche durchsuchte. Achtzig UCAS-Dollar in Fünfern und Kleingeld. Der Mann mußte es für kleinere Einkäufe auf dem Markt mitgenommen haben. Zweifellos hatte er seine Kreditkarten und den größten Teil seiner Dokumente im Hotelsafe gelassen. Eine übliche Vorsichtsmaßnahme für

Touristen, dachte sie. Aber achtzig Mäuse kamen ihr gerade recht. Davon konnte sie wochenlang leben, sich sogar ein Hotelbett kaufen. Besser noch, das Geld reichte, um einen Monat lang high zu sein.

Sie sah sich unauffällig um, um sich zu vergewissern, daß sie niemand beobachtete, daß es ungefährlich war, die Tasche zurückzulassen und zu gehen. Unentschlossen wie sie war, gab sie vor, in den Tiefen der Tasche nach etwas zu suchen, einem widerspenstigen Lippenstift vielleicht. Das erste, was ihr in die Finger kam, war eine Illustrierte, die sie achtlos auf den Tisch fallen ließ, und sie hatte gerade damit begonnen, auf dem Boden der Tasche herumzuwühlen, als das Titelbild der Illustrierten ihre Aufmerksamkeit erregte.

Kristen fror plötzlich, obwohl es an diesem Wintertag mit zwanzig Grad Celsius ungewöhnlich mild war. Sie kannte nicht mehr als eine Handvoll Elfen, Leuten, denen sie wegen ihrer Verachtung für ihre gemischtrassische Abstammung im allgemeinen aus dem Weg ging. Sie hatte in ihrem ganzen Leben noch nie jemanden wie diesen Elf gesehen, dessen war sie sich sicher. Doch das Bild hatte sie gepackt und wollte sie nicht loslassen. Sie blätterte die Seiten der Illustrierten um, sah ihn lächelnd in der Sonne sitzen, dann drehte sie das Blatt, um ihn aus einem anderen Blickwinkel zu betrachten. Sie *wußte*, daß sie den Burschen noch nie zuvor gesehen hatte. Und doch war sie ganz sicher, daß sie ihn schon ihr Leben lang kannte.

Vielleicht hatte sie ihn schon einmal auf einem Filmplakat oder einer Ankündigung für ein Rockkonzert gesehen, vielleicht auch auf einem polizeilichen Steckbrief oder sonstwo… Drek, dachte sie, ich wünschte, ich könnte lesen. Wer *ist* der Bursche?

Wie auf ein geheimes Stichwort bog ein javanischer Mann um die Straßenecke, dessen weiße, fließende Kleidung in der leichten Brise flatterte wie Wolken, die auf den Tafelberg zutrieben, und winkte ihr fröhlich zu.

Sie winkte ihn zu sich, indem sie auf ziemlich alberne Art mit der Illustrierten herumwedelte.

»Nasrah, willst du dir ein paar Kröten verdienen?« fragte sie gutgelaunt. Er hob die Augenbrauen und lächelte.

»Willst du mir wieder irgendwas verkaufen, Kristen?«

»Nein, ich will nur, daß du mir was vorliest.«

Er sah sie einen Moment lang verwundert an, zog dann eine ziemlich ramponierte Brille aus der Tasche und hatte sie kaum aufgesetzt, als sie ihm auch schon die Illustrierte in die Hand drückte.

»Hier. Fang da an der Stelle an. Erzähl mir alles über ihn.«

Die Weinhandlung hatte auch noch spät am Abend geöffnet.

Serrin erinnerte sich, daß sein Freund, der walisische Adelige Geraint, ihm einmal erzählt hatte, wenn er je nach Deutschland käme, sollte er versuchen, Eiswein zu bekommen, den außergewöhnlichen gelben Wein, der aus Trauben gekeltert wurde, die an der Rebe verfault waren, nachdem der erste Frost den Saft kristallisiert und einen außergewöhnlich konzentrierten Gärungsprozeß eingeleitet hatte. Er nahm die Flasche mit in sein Hotelzimmer, das in dem Augenblick, als er sie entkorkte, plötzlich von einem Duft nach Früchten und Blumen erfüllt war. Serrin goß sich ein Glas ein, dann hob er es an die Lippen und kostete die aromatische Süße, während der Wein seine Kehle herunterrann, wie Wasser von einem tauenden Eiszapfen tropft. Er war verblüfft. Der Wein schmeckte unvergleichlich. Ein Glas würde nicht reichen.

Kurz nach Mitternacht erwachte er abrupt und stieß die leere Flasche weg, als er die Arme reckte und ausgiebig genug gähnte, um sich den Kiefer auszurenken. Er war hungrig und sicher, daß er ein wenig Bewegung brauchen würde, bevor er wieder einschlafen konnte, also benutzte er seinen Nachtschlüssel, um das Hotel zu verlassen und noch ein wenig spazierenzugehen. Auf seinem Weg zu den Bars, wo er auch um diese Uhrzeit noch etwas zu essen bekommen würde, kam er an der Kirche und an den verstreut liegenden Universitätsgebäuden vorbei.

Die winzigen Gassen in der Umgebung der Universität waren verlassen und kaum beleuchtet. Plötzlich überfiel ihn Panik, als seine Schutzvorrichtung ansprach und aktiv wurde. Sich hektisch umsehend, war der Elf sicher, daß nur eine direkte Bedrohung seines Lebens solch eine Reaktion auslösen konnte. Er wirkte einen Barrierenzauber und hatte ihn kaum beendet, als ein massiver Pfeil die Mauer hinter ihm mit einem brutalen, knirschenden Laut traf.

Auf seiner Brust war ein roter Punkt aufgetaucht, ein Laserzielpunkt, und Serrin riskierte einen kurzen astralen Blick, um seinen Ausgangspunkt zu finden. Hoch oben auf den Dächern erblickte er eine zweite Gestalt, schattenhaft und lautlos, die sich zu seiner Linken aus dem Schatten schob. In aller Eile wechselte er wieder auf normale Wahrnehmung und beschloß, zumindest einen dieser Kerle mit einem massiven Zauber auszuschalten. Es hatte keinen Sinn, Dinge nur halb zu erledigen.

Als er den Zauber wirkte, erhellte das Höllenfeuer die Dächer über ihm, und ein Flammenvorhang erfaßte den Schützen und störte ihn bei seinem zweiten Schuß. Der Mann schrie auf, taumelte, und sein brennender Leib schlug mit einem gräßlichen Klatschen auf das Kopfsteinpflaster der Gasse. Das Gewehr, das ihm aus den Händen fiel, klapperte über die Straße, und zugleich ergoß sich ein Wasserfall von Munition von dem Hausdach nach unten. Serrin hörte Stimmen in der Ferne und dann jemanden rufen: »Polizei! Hilfe, Poli-

zei!« Der zweite Mann war noch einen Meter von ihm entfernt. Serrin konnte blanke Schnappklingen an seinen Fingern erkennen, die im schwachen Licht der Umgebung glitzerten. Als Serrin daraufhin einen Schritt zurückwich, stieß er gegen eine Hausmauer.

Der Mann grinste. In seinem langen, formlosen Mantel war er fast anonym, und Serrin ging davon aus, daß sich Cyberaugen unter seiner Sonnenbrille verbargen. Seiner Jagdmütze haftete eine grimmige Angemessenheit an, doch ein anderes Merkmal schlug eine Saite in Serrins Gedächtnis an: eine dreieckige Narbe auf seinem Kinn. Er wußte, daß er diese Narbe schon einmal gesehen hatte, aber ihm blieb keine Zeit, sich zu fragen, wo.

Die Schnappklingen erwischten ihn in dem Augenblick am Arm, als Serrin den Angreifer mit einem Manablitz traf, der Psyche und Wesen des Mannes schwer zusetzte. Sein Angreifer grunzte und klappte zusammen, als habe er einen Tritt in den Unterleib erhalten, aber Serrin wußte, daß die Wucht, die er in den Zauber gelegt hatte, mehr als das hätte bewirken müssen. Er stürzte an dem Mann vorbei und rannte zur Hauptstraße. Gerade als er um die Ecke biegen wollte, ließ ihn das Geräusch hastiger Schritte vor ihm innehalten und in einen im Schatten liegenden Hauseingang zurückweichen, um einen Unsichtbarkeitszauber zu wirken. Trotz der Gefahr und des Adrenalins, das in seinen Adern kreiste, fühlte sich Serrin schwach und benebelt, ein Zeichen dafür, daß er viel zu rasch viel zuviel magische Energie verbrauchte. Ein halbes Dutzend betrunkener Studenten schwärmte an ihm vorbei und zu der Stelle, wo Serrin seinen Angreifer zurückgelassen hatte.

Während er voller Ungeduld darauf wartete, daß sie vorbeigingen, bemerkte er etwas Kleines und metallisch Glänzendes auf dem Boden. Er hob es auf, da er glaubte, es verloren zu haben. Dann hörte er Sirengeheul, das sich von Westen her näherte, und Serrin mußte warten, bis die Polizeiwagen vorbei waren, bevor er schließlich mit unsicheren Schritten zu seinem Hotel zurückging. Sein Arm brannte wie Feuer, obwohl kaum Blut an seiner Jacke zu sehen war. Die Wunde war kaum mehr als ein Kratzer. Ihr Geister, dachte er, der Dreksack hat mich vergiftet!

Er schaffte es gerade noch auf sein Zimmer, aber er konnte sich nicht an den BuMoNa wenden, weil er es unterlassen hatte, bei seiner Ankunft eine entsprechende Versicherung abzuschließen. Und er wollte auch nicht die deutsche Polizei verständigen, die sich mit Sicherheit über vergiftete Wunden und verbrannte Leichen auf den Straßen des friedlichen Heidelberg wundern würde. Der Elf riß ein Stück Stoff von einem Hemd aus seinem Koffer ab und band sich den linken Arm ab, und zwar so straff, daß er in Sekundenschnelle weiß wurde. Dann stopfte er seine Sachen in den Koffer und rief ein Taxi. Er wußte, daß das verrückt war, daß er sein Leben aufs Spiel setzte, doch das Gift ließ ihn nicht mehr klar denken, und seine Handlungen wurden von einer schrecklichen, tiefsitzenden Furcht gesteuert.

»Zum Hauptbahnhof«, sagte Serrin mühsam zu dem Taxifahrer, während er ihm mit genügend Nuyen vor dem Gesicht herumwedelte, um sich die Flucht vor den Sirenen zu erkaufen, oder jedenfalls hoffte er das. Er hatte Glück. Der Ork grunzte nur, und der Wagen glitt leise am Flußufer entlang, dann nach links über den Bismarckplatz und nach Westen in die Bergheimerstraße, bis die blinkenden Blaulichter nicht mehr zu sehen waren.

Am Bahnhof angekommen, stolperte Serrin in der Hoffnung aus dem Taxi, der Fahrer würde ihn für einen von vielen betrunkenen Touristen halten. Einen Fuß vor den anderen setzend, näherte er sich der großen Tafel mit den Fahrplänen und studierte sie kurz, bevor er seinen Kredstab in den Fahrkartenautomaten steckte. Seine Gedanken überschlugen sich förmlich: Nimm den

Zug nach Essen und steige in Mainz in den Zug nach Frankfurt um oder fahre bis Bonn durch. Kauf eine Fahrkarte nach Essen für den Fall, daß dich die Polizei verfolgt. Steig unterwegs irgendwo aus. Der Menschenhaß des Automaten mußte für heute erschöpft sein, da er gleich darauf seine Fahrkarte ohne die üblichen Verzögerungen ausspuckte.

Serrin schaffte es gerade noch ins Erster-Klasse-Abteil, bevor er schließlich zusammenbrach. Die Wunde brannte wie Feuer, und seine Kehle war staubtrocken. Schrecklicherweise spürte er, wie sich seine Muskeln verkrampften und sein Atem immer abgehackter und keuchender kam. Ihr Geister, dachte er, ich bekomme einen Anfall. Sie haben mir ein verdammtes Nervengift verpaßt. Er versuchte die Tür des Abteils zu erreichen und um Hilfe zu rufen, als ihm aufging, daß sein Tod keinesfalls die beste Methode war, sich der deutschen Polizei zu entziehen; doch seine bleischweren Glieder versagten den Dienst, und er sackte hilflos auf dem Sitz zusammen. Seine Augen verdrehten sich, und er verlor das Bewußtsein.

4

Serrin wurde vom Fahrkartenkontrolleur geweckt, als der Zug Koblenz verließ. Sein Arm pochte, und sein Mund fühlte sich an, als habe ein Wellensittich darin genistet, aber sein Herzschlag fühlte sich normal an, und die einzige andere Nachwirkung des Angriffs war eine verkrampfte Steifheit in den Arm- und Beinmuskeln. Während er in seinen Taschen nach der Fahrkarte suchte, stieß Serrins Hand gegen etwas Metallisches, und er beeilte sich, das Klappern mit einem Husten zu übertönen. Nachdem der Kontrolleur aufgehört hatte, die Fahrkarte zu betrachten, als sei sie ein persönliches Unglück für ihn, wartete der Elf, bis der Mann sein Abteil verlassen hatte, bevor er den Metallgegenstand aus der Tasche zog. Es handelte sich um eine Kartusche, die Art, die bei medizinischen Injektionen Verwendung fand. Die Kartusche war leer.

Betäubungsmittel, dachte Serrin. Komisch, daß ich mich nicht mehr erinnern kann, sie aufgehoben zu haben, aber es erklärt, warum ich mich so steif fühle. Die Schnappmesser müssen mir das Mittel verpaßt haben. Das bedeutet, man wollte mich lebend.

Obwohl dieser Gedanke eigentlich eine beruhigende Wirkung hätte haben müssen, fand Serrin ihn noch schrecklicher als die Vorstellung, daß ihn jemand töten wollte.

Er starrte mißmutig auf den sich nähernden Lichterglanz des Rhein-Ruhr-Megaplex und fragte sich, wer, zum Teufel, hinter ihm her sein konnte. Der Kopf schwirrte ihm, als ihn alle möglichen Szenen aus B-Filmen über Morde in Zügen überschwemmten, doch seine magische Schutzvorrichtung warnte ihn vor keiner Gefahr. Er versuchte sich vorzustellen, mit welchem

Verhalten man jetzt bei ihm rechnen würde, versuchte die Vorgehensweise eventueller Verfolger zu durchschauen. Plötzlich fiel ihm der narbige Mann vom JFK-Flughafen ein, und ihm wurde klar, daß der Anschlag auf ihn schon befohlen worden sein mußte, als er sich noch in New York befunden hatte. Von dort aus waren sie ihm nach Heidelberg gefolgt. Das hatte einige Umstände gemacht. Ihn nach Frankfurt zu verfolgen, war gewiß leicht gewesen, doch weiter zur Universitätsstadt?

Es muß ein Magier sein, dachte er. Jemand, der mich auf astralem Weg aufspüren kann. *Ein Magier, der mich lebendig will.* Der Gedanke traf ihn wie eine kalte Dusche.

Er verließ den Zug in Bonn und nahm ein Taxi zum Flughafen. Während er verzweifelt Münzen in ein Telekom in der Flughafenhalle warf, verfluchte er den defekten Eingabeschlitz, der einen Kredstab hätte annehmen müssen, es jedoch nicht tat. Er wählte eine Nummer im Herzen Londons.

»Ja?« Der Schirm zeigte das Gesicht einer schläfrigen Blondine, die sich das Gesicht rieb und das hagere Gesicht des Anrufers begutachtete. Was sie sah, schien ihr nicht zu gefallen.

»Ist Geraint da?« fragte er mit einem flehentlichen Unterton.

»Hey, wer du auch bist, Chummer, es ist fünf Uhr morgens, und ...«

»Es ist dringend. Sag ihm, es ist Serrin.«

»Er ist nicht da«, sagte sie blasiert. »Er ist geschäftlich in Hongkong. In zwei Tagen kommt er wieder zurück. Soll ich ihm was ausrichten?«

»Ich melde mich wieder«, sagte der Elf schroff und unterbrach die Verbindung. London war nah, und ein Freund, der Mitglied des Oberhauses war, konnte ihm höchstwahrscheinlich beachtlichen Schutz bieten. Doch im Augenblick war er immer noch allein in der Nacht auf einem fremden Flughafen Tausende von Meilen und einen Ozean von zu Hause entfernt. Seine Hände zitterten noch schlimmer als gewöhnlich. Andererseits schien ihm niemand auch nur die geringste Aufmerksamkeit zu widmen. Als Serrin sich umsah, entdeckte er das für fünf Uhr morgens übliche Volk: die ersten Pendler, die nach Brüssel und Straßburg unterwegs waren; versetzte oder abgeschobene Geliebte, rotäugig und mürrisch dreinschauend; unausgeschlafene und wütende Leute, deren Flug wegen irgendeines unfähigen Ingenieurs oder Luftverkehrsbeamten Verspätung hatte. Betrunkene und Chipheads, die auf Bänken lagen und der Aufmerksamkeit der Flughafensicherheit bisher entgangen waren. Serrin erinnerte sich dunkel an den Ausspruch irgendeines englischen Dichters: *Ist das Leben nicht furchtbar, Gott sei Dank?* Doch Gott kann, wenn er überhaupt existiert, keine Flughäfen geschaffen haben, dachte der Elf trübsinnig. Drek, ich sollte einfach das nächste Flugzeug in die UCAS nehmen, egal wohin. Und was, wenn man genau das von mir erwartet? Welche Alternativen habe ich?

Er näherte sich dem British-Airways-Schalter und bereitete sich innerlich auf seine ›Den-nächsten-Flug-nach-Hause‹-Vorstellung vor. Langsam bekam er Routine darin. Doch kaum war ihm dieser Gedanke gekommen, als Serrin spürte, wie die Andeutung eines Lächelns um seine Mundwinkel zuckte. Seattle! Nach Hause – in gewisser Weise.

Auf eine entsprechende Geste des Mädchens, das hinter dem Schalter gähnte, stellte er seinen Koffer auf das Gepäckband.

»Mr. Shamandar«, sagte sie plötzlich, während sie routinemäßig seine Ausweise überprüfte. »Ich habe eine Nachricht für Sie. Sie wurde vor einigen Stunden abgegeben – ich hätte sie beinahe vergessen.«

Er nahm den Umschlag von ihr entgegen und zerriß beinahe das einzelne Blatt aus weißem Papier darin, als er ihn mit seinen zitternden Händen zu öffnen versuchte.

Mr. Shamandar, stand auf dem Blatt, *es dürfte sich als äußerst vorteilhaft für Sie erweisen, der Identität des Anstifters Ihrer Begegnung mit einer gewissen Gruppe gestern abend auf den Grund zu gehen. Insbesondere dann, wenn Sie Ihre Aufmerksamkeit auf andere in der gleichen Lage richten.*

Die Botschaft war in Sperethiel verfaßt, der Elfensprache. Was seine Eingeweide erneut zu einer Achterbahnfahrt veranlaßte.

»Wer hat Ihnen das gegeben?« fragte er brüsk.

»Tut mir leid, aber das weiß ich nicht«, erwiderte das Mädchen, indem sie sich eine elegant manikürte Hand vor den Mund hielt, um ein weiteres Gähnen zu unterdrücken. »Ich habe meinen Dienst gerade erst begonnen. Sie müßten Frieda fragen, aber die hat erst wieder morgen nacht Dienst – und Ihr Flugzeug geht in fünfzehn Minuten.«

Während er wie in Trance zum Flugsteig ging und mit zitternden Händen seine Ausweise verstaute, kam Serrin sich vor wie ein Bauer in irgendeinem gefährlichen Katz-und-Maus-Spiel. Das an sich war gar nicht so ungewöhnlich. Das Leben hatte ihm schon oft übel mitgespielt, aber dieser Geschichte haftete eine gewisse eiskalte Gnadenlosigkeit an, die ihm ganz und gar zu mißfallen begann.

Drek, dachte er, ich werde nur langsam alt, das ist alles. Der Elf fuhr sich mit den Fingern durch sein kurzes grau werdendes Haar und fragte sich, welche Art Schutz er sich kaufen konnte, sobald er wieder in Seattle war.

Kristen blinzelte in den wunderbaren blutroten Sonnenuntergang und die schwarzen Wolken, die vom Atlantik hereintrieben, streckte die Beine aus, und wickelte sich den Umhang enger um die Schultern, da es sich jetzt doch sehr rasch abkühlte. Im Augenblick war sie glücklich: Dollars in der Tasche und reichlich Dagga und Getränke in ihrem Beutel. Bei dem Gedanken, die ganze Nacht im Indra zu tanzen, breitete sich ein Lächeln auf ihrem Gesicht aus. Natürlich konnte dieser Zustand nicht lange anhalten, das tat er nie. Aber vielleicht war die geraubte Tasche des Touristen der Beginn einer Glückssträhne.

Sie schlenderte über die Main Street, während das matte Glimmen der Straßenbeleuchtung in ein grelles Strahlen überging, an den Touristenfallen von Vesperdene aus Plastik und Chrom vorbei und in das Straßengewirr zwischen Main und High Street. Die ersten dicken Regentropfen fielen und leiteten Kapstadts üblichen Abendguß ein. Der Tafelberg war den ganzen Tag lang von dunstigen Wolken verhangen gewesen, die den Fünfzig-Kilometer-Ausblick, den man an einem klaren Tag von seinem Gipfel hatte, empfindlich gestört haben mußten. Den Regen verfluchend, zog sie sich in eine der Promenaden zurück, einem wirbelnden Durcheinander aus Neon, Trideo, Video und einer bunten Personenvielfalt.

Zu ihrer Bestürzung lief sie direkt in eine Gruppe Stutzer, die lachend aus einer Bar kamen. Die Stutzer trugen billige Fummel und waren auch noch auf eine absurde Weise stolz auf ihre grellen Klamotten. Sie waren eitel wie die Pfaue und so unberechenbar wie der Teufel. Der Bursche, der in der Truppe das Sagen zu haben schien, betrachtete sie abfällig, während er sich demonstrativ die Aufschläge seiner Jacke abwischte. Die anderen bildeten einen Kreis um sie, bevor sie reagieren konnte.

»Ich mag keine Kaffer, die mir die Montur versauen«, fauchte er. Kristen zuckte angesichts der Beleidigung zusammen, mit der einst die Weißen die Schwarzen verunglimpft hatten und jetzt gemischtrassische Leute belegt wurden, üblicherweise – was eine der kleinen Ironien der Geschichte darstellte – von Schwarzen.

»Tut mir leid. War nicht so gemeint. Hab nicht aufgepaßt, wo ich hinlatsche. Ich mach's wieder gut.« Sie streckte zögernd eine Hand aus, um seine Jacke abzuwischen, aber er packte sie schmerzhaft am Handgelenk und starrte ihr tief in die Augen. Kristen hatte die schreckliche Gewißheit, daß der Wichser von irgendwas bedröhnt war, das nicht sehr angenehm kam, dann hörte sie hinter sich ein metallisches Klicken. Sie brauchte sich nicht umzudrehen, um zu wissen, daß es sich um ein Schnappmesser handelte.

»Ich habe nichts«, jammerte sie, dann fiel ihr plötzlich das Geld ein, das sie bei sich trug. Noch schlimmer als die körperliche Gefahr war die Vorstellung, ihren Schatz so rasch nach seinem glücklichen Fund wieder zu verlieren. »Nur 'n bißchen Dagga. Ich geb's euch, und ihr laßt mich in Ruhe.«

Der Stutzer grinste höhnisch. »Sie will uns Dagga geben, Jungens!« Das schien die anderen zu erheitern. Der Griff um ihr Handgelenk wurde fester, und der Bursche verdrehte es etwas. Kristen mußte sich auf die Lippe beißen, um einen Schmerzensschrei zu unterdrücken.

»Vielleicht wollen wir ganz was anderes.« Er grinste sie übertrieben lüstern an und zog sie an sich. Seine freie Hand hob sich und schloß sich um ihre Brust, als ihn eine viel größere Hand an der Schulter packte. Das weltverdrossene Gesicht eines schwarzen Trolls ragte über ihm auf.

»Wir wollen hier keinen Ärger, Jungs«, donnerte der Troll mit tiefer Stimme. »Die Polizei war erst letzte Woche hier, und die wollen wir hier so schnell nicht wiedersehen, oder? Also verpißt euch und spielt woanders, ihr Lackel.«

Der Stutzer drehte sich um und registrierte mit kühlem Blick den Schockstab in der anderen Hand des Trolls. Zögernd ließ er Kristen los, dann machte er eine obszöne Geste und führte den Rest der Gang in den abendlichen Regen hinaus, wobei sie jeden anrempelten und aus dem Weg stießen, der ihnen in die Quere kam.

»Danke, Chummer«, brachte Kristen mühsam heraus. Sie zitterte stärker, als dies eigentlich hätte der Fall sein dürfen. In derartige Situationen geriet sie mindestens ein dutzendmal die Woche. Vielleicht war das Dagga ein wenig stärker, als sie dachte – oder vielleicht war es ja auch nicht stark genug. »Hey, Muzerala, bist du das?«

»Da kannst du deinen Arsch drauf verwetten«, sagte der Troll, der offenbar nicht viel von höflicher Konversation hielt.

»Ich dachte, du arbeitest im Indra. Dachte, ich würde dich heute nacht dort treffen«, erwiderte sie. »Drek, ich brauche was zu trinken.«

»Schätze, du kannst reinkommen«, sagte der Troll zu ihr, indem er auf die kleine Bar deutete, deren Eingang er bewachte. Dann zuckte er die Achseln und sagte: »Ich hatte 'ne kleine Meinungsverschiedenheit mit Indra. Sie schuldet mir so um die dreihundert Rand an Prämien und wollte mich nicht bezahlen. Also hab ich mich 'n bißchen amüsiert, und der Schaden hat sie das und noch mehr gekostet. Werd' da wohl 'ne Weile nicht mehr aufkreuzen.«

Kristen setzte sich auf einen Barhocker und bestellte ein Bier. Und einen Schnaps. Der Barmann musterte sie zweifelnd, bis ihm Muzerala zunickte. »Sie hatte gerade 'ne unheimliche Begegnung mit 'ner Stutzertruppe. Braucht 'n Drink«, sagte er. Der Barmann verzog das Gesicht und schob ihr das Glas brüsk über die Theke. Sie vergeudete keine kostbaren Dollars an ihn, sondern zahlte mit ihren letzten Rands. Sie mußte Nasser finden und mit ihm einen Deal wegen der Kohle aushandeln.

»Irgendeine Chance auf Arbeit?« sagte sie ziemlich mitleiderregend zu dem Troll. Die Bar war fast leer, wodurch die Demütigung einer Ablehnung nicht ganz so schlimm sein würde. Ein Laden wie dieser würde ein gemischtrassiges Mädchen ebensowenig einstellen, wie es normalerweise eines bediente. Trotzdem hatte der Troll vielleicht irgendwas für sie. Doch er machte ihr nur das Angebot, mit dem sie im stillen gerechnet hatte.

»Dein Gesicht paßt hier nicht rein«, sagte der Troll. »Ist nichts Persönliches. Mein Bruder könnte aber immer 'ne Arbeit für dich finden.«

»Aha. Danke, aber nein, danke. So dreckig geht's mir noch nicht«, sagte sie und stürzte das Bier herunter. Wenn der Besitzer der Bar auftauchte, bekam Muzerala wahrscheinlich Ärger, daß er sie eingelassen hatte, und hinzu kam, daß er noch nicht allzu lange hier arbeitete. Kristen trank ihren Drink zu schnell und ging auf die Toilette.

Drei Minuten später war sie wieder auf der Straße. Sie hatte den Joint noch schneller geraucht als sonst, und das war keine gute Idee gewesen. Sie mußte schnell ins Indra, um sich die Wirkung abzutanzen, Nasser auf seiner nächtlichen Runde finden und ihr Geld wechseln. Und dann schnell abschwirren, bevor sich herumsprach, daß sie Geld hatte, und jemand beschloß, sie deswegen abzumurksen.

Als ihr Blick auf das Straßenschild fiel, brauchte Kristen nicht lesen zu können, um zu wissen, daß sie sich auf der High Street befand. Sie kicherte noch über die Angemessenheit des Namens, als ihr plötzlich wieder das Gesicht des amerikanischen Elfs vor Augen stand. Sie war immer noch verwirrt von dem Anblick seines Bildes auf der Illustrierten, und sie sehnte sich danach, lesen zu können und herauszufinden, wer er war und warum sie ihm eine so große Bedeutung beimaß. In diesem Augenblick sah sie die beiden Männer im Schatten jenseits der Straßenlaterne, den Kragen zum Schutz vor dem Regen aufgestellt, der die meisten Leute von den Straßen vertrieben hatte. Irgend etwas sagte ihr, daß sie die High Street nicht weiter entlanggehen würde.

5

Als das Suborbitalflugzeug in Seattle landete, war es später Nachmittag. Serrin erwachte aus seinem Nickerchen und starrte aus dem Fenster und auf das Dunstflimmern zwischen Landebahn und Terminal. Sahne, dachte er, als er zum Zoll hinkte, das hat mir gerade noch gefehlt. Glühende Hitze.

Wieder im Besitz seines Gepäcks, beschloß er, sich ein Zimmer im Warwick zu nehmen. Irgendwann hatte er gehört, dieses Luxushotel habe sich auf unaufdringliche Sicherheit für Gäste aus der Konzernwelt spezialisiert, die etwas mehr als das übliche erwarteten. Die Preise würden natürlich exorbitant sein, aber er war zu erschöpft, um sich deswegen Gedanken zu machen.

Nachdem ihn ein Taxi vor dem eleganten Eingang des Hotels abgesetzt hatte, bekam Serrin auch ohne Reservierung problemlos ein Zimmer. Er übergab dem Personal sein Gepäck mit der Maßgabe, es auf sein Zimmer zu bringen, dann nahm er den Fahrstuhl zu der kleinen Suite. Als die Zimmertür hinter ihm verschlossen und gesichert war, setzte er sich auf das perfekt gemachte Bett, um sich sein weiteres Vorgehen zu überlegen. Doch als er sich nachdenklich das Kinn strich, fiel ihm lediglich auf, wie dringend er eine Rasur nötig hatte.

Im Badezimmer versuchte Serrin keinen allzu genauen Blick auf sein Gesicht zu werfen, das ihm im Spiegel entgegenstarrte. Er befeuchtete seine Gesichtshaut, dann hielt er plötzlich inne und legte den Rasierapparat auf den Waschbeckenrand.

Vielleicht wäre ein Bart keine schlechte Idee, dachte er. Selbst mit den paar Stoppeln habe ich schon keine große Ähnlichkeit mehr mit dem *Newsweek*-Foto. In der Halle scheint mich niemand erkannt zu haben. Und warum auch? New Yorks wochenalte Schlagzeilen werden in Seattle nicht viel Staub aufwirbeln. Nein, weg mit dem Bart. Er fuhr sich einmal mit dem kühlen Stahl der Klinge über die Wange und merkte augenblicklich, wie ihn der vertraute Akt des Rasierens entspannte, so daß er in Ruhe über seine Lage nachdenken konnte.

Ich brauche ein paar Muskeln in meiner Umgebung, zumindest für eine Weile, überlegte Serrin. *Dann* kann ich versuchen herauszufinden, wer hinter mir her ist. Er trocknete sich das Gesicht ab, ließ sich ein Bad ein und bestellte Sushi beim Zimmerservice.

Während er sich auszog und sein schmerzendes Bein rieb, fragte sich Serrin, warum er in Verbindung mit zu Hause überhaupt auf Seattle gekommen war. Er hatte in den letzten fünf Jahren nie länger als ein, zwei Monate am Stück hier gelebt. Und die Leute, die er als Freunde betrachtete, ließen sich an den Fingern einer Hand abzählen. Außerdem, realisierte er schuldbewußt, hatte er sich nicht sonderlich bemüht, mit ihnen in Kontakt zu bleiben. Schlimmer noch: Ein paar Anrufe setzten ihn kurz darauf davon in Kenntnis, daß die beiden Freunde, auf die er die größten Hoffnungen gesetzt hatte, in einem Fall nicht in der Stadt und im anderen nach Nagoya gezogen waren.

Er hatte sich gerade in den Hotel-Bademantel gehüllt, als sein Essen eintraf. Als er trübsinnig auf die weißen und rosafarbenen Fischstücke auf Reis und die Andeutungen von Gemüse starrte, fragte sich der Elf, warum er es überhaupt bestellt hatte.

»Äh ... Wein auch, glaube ich«, murmelte er.

»Roten oder weißen?«

»Bringen Sie mir irgendeinen australischen Rotwein, eine Flasche«, sagte Serrin zu ihm, dann lachte er grimmig. Zum Teufel damit. »Und zwei Päckchen Dunhills.« Er durchsuchte seine Taschen nach etwas Geld, dann gab er dem Mann einen Zwanziger. Der Kellner zuckte die Achseln. Kein schlechtes Trinkgeld. Der Elf war offenbar irgendein Chiphead oder Drogenfreak, erweckte aber nicht den Eindruck, als würde er Ärger machen.

Nach dem Essen, das fast unberührt geblieben war, und dem Wein, den er in Verbindung mit drei gierig gerauchten Zigaretten in einer halben Stunde völlig geleert hatte, erwog der Elf, noch ein paar Telefonate zu führen, beschloß dann jedoch, statt dessen ein wenig zu schlafen. In einen angenehmen Alkoholnebel gehüllt, warf er einen Blick auf die Nachrichtenseiten im Trideotext, aber der Index enthielt keinen Eintrag für Serrin Shamandar. Das reichte fürs erste. Er gähnte ausgiebig und schaffte es gerade noch, unter die Laken zu kriechen, bevor er einschlief.

»Wo hast du das aufgetrieben, Magellan?« fragte Jenna, während sie nachdenklich zu dem Kratersee blickte und ihre langen, schlanken Elfenfinger wie Heuschreckenbeine auf dem Blatt Papier in ihrem Schoß ruhten.

»Man hat seine Verbindungen«, sagte der ihr gegenübersitzende Elf lässig. Er wußte, daß die grünen Augen, die sich jetzt von den Schönheiten der Landschaft Tir Tairngires ab- und ihm zuwandten, hart und kalt waren, aber mittlerweile hatte er gelernt, wie er sie niederstarren und manche Geheimnisse für sich behalten konnte. Er wußte außerdem, daß sie ihn für zu wertvoll hielt, um zu starken Druck auf ihn auszuüben.

»Du hast Augen und Ohren in den Räten der O'Briens?« sagte sie erstaunt. Jenna bezahlte Magellan gut, aber dafür hatte er einen Bonus verdient. Wenn es ihm irgendwie gelungen war, sich in die Geheimnisse der Elfen von Tir na nOg einzuschleichen, war er für sie eine Informationsquelle von unschätzbarem Wert. Die Elfen dieses weit entfernten Landes verachteten die meisten ihrer Vettern in Tir Tairngire, und es war so gut wie unmöglich zu erfahren, was sie vorhatten. Es sei denn, natürlich, man war Ehran der Schreiber. Aber Ehran dachte nicht daran, den anderen Mitgliedern des regierenden Rates von Tir Tairngire mitzuteilen, was er darüber wußte. Insbesondere nicht ihr.

»Es war nicht billig«, sagte er nur, indem er ihrer Frage auswich. »Sagen wir hunderttausend.«

»Einverstanden.« Sie würde nicht um den Preis feilschen. Was sie vor sich hatte, war Dynamit, wenn die wissenschaftlichen Einschätzungen von SES korrekt waren.

»Du wirst kein Sterbenswörtchen davon an ein anderes Ratsmitglied weitergeben«, sagte sie in fast brutalem Tonfall. »Ich muß mir das erst einmal durch den Kopf gehen lassen.«

»Habe ich jemals eines Eurer Geheimnisse verraten?« sagte er, wobei er den Mut aufbrachte, ihr einen herausfordernden Blick zuzuwerfen.

Sie sah rasch weg. »Nein. Entschuldige. Es ist nur so, wir können es einfach nicht riskieren, daß ein Narr wie Laverty von einer derart großen Sache erfährt. Er würde eine ganze Armee aussenden, um dieses – *kostbare* – Ding zu zerstören. Das wäre undenkbar.«

»Da ist noch mehr, Jenna«, wagte sich der Mann weiter vor. »Der Geheimdienstbericht über den Deutschen stimmt. Er ist genau das, was er zu sein behauptet. Ich habe andere Nachforschungen angestellt.« Sein kleiner Finger krümmte sich um den langen flötenartigen Stiel seines Glases, und er schwenkte die rote Flüssigkeit darin.

»Auch das war zweifellos nicht billig«, lächelte sie. Das warme Glühen der Erkenntnis, was diese magische Entdeckung bedeuten mochte, sickerte langsam in ihr Bewußtsein. Ihr wurde die endgültige Macht über Leben und Tod angeboten, und der damit verbundene Kitzel war fast zu stark, um ihn zu ertragen.

»Weitere dreißigtausend für Nachforschungen«, sagte er mit einer wegwerfenden Bewegung seiner freien Hand. »Das Doppelte wäre immer noch billig gewesen.

Ich habe außerdem erfahren, daß er ganz bestimmte besondere Bedürfnisse hat, die nicht leicht zu befriedigen sind. Das hat ihn dazu übergehen lassen, gewisse seltene Individuen zu entführen, die seinen Anforderungen entsprechen. Offenbar haben seine Mittelsmänner kürzlich einen derartigen Entführungsversuch verpfuscht. Es sieht ganz so aus, als hätte die örtliche Polizei zwei seiner Männer wegen irgendeines unbedeutenden Verkehrsvergehens angehalten, so daß sie nicht zur richtigen Zeit am richtigen Ort waren.«

Die beiden Elfen lachten über die Ironie. »Die Zielperson war wie zuvor ein Magier. Ich hatte keine Zeit, großartige Nachforschungen über ihn anzustellen, und weiß nur, daß er kürzlich den Bürgermeister von New York davor bewahrt hat, von einem wahnsinnigen Schiiten erschossen zu werden. Ein Drei-Tage-Wunder. Er ist zunächst einmal verschwunden, wird aber in Kürze wieder auftauchen.«

»Finde mehr über ihn heraus«, befahl Jenna. »Wir wollen keine losen Enden.«

»Es gibt eine Komplikation«, sagte Magellan zögernd, wobei ihm klar wurde, daß Jenna nichts von dem Magier gehört oder gelesen haben konnte, sonst wäre ihr diese wichtige Tatsache bewußt gewesen. »Er ist ein Elf.«

»Ah«, sagte sie, während sich ihre Hände für einen kurzen Augenblick zu Fäusten ballten. »Ja, das kompliziert die Dinge in der Tat. Vielleicht. Gut, aber wir müssen trotzdem soviel wie möglich über ihn herausfinden. Vielleicht ist er auch nur heilfroh, die Geschichte lebend überstanden zu haben, und verzichtet auf Schnüffeleien.«

»Ich kümmere mich sofort darum«, sagte Magellan, indem er sein Glas austrank und aufstand. Er wollte sich zur Tür wenden, als ihn ihre Miene innehalten ließ.

»Später«, befahl sie. »Mittlerweile müßtest du wissen, welche Wirkung der Geschmack der Macht auf mich hat.«

»Ich hatte es die ganze Zeit im Hinterkopf«, sagte er mit einem pfiffigen Lächeln. »Ich will nur zwei Anrufe machen, um die Sache ins Rollen zu bringen. Und dann … äh … der Pool?«

»Ich glaube, als Diener bist du mir lieber«, sagte sie trocken. »Und erledige deine Anrufe später.«

Serrin erwachte um sieben Uhr morgens nach dreizehn Stunden Schlaf. Er fühlte sich weniger verkatert, als dies normalerweise hätte der Fall sein müssen, aber er trank trotzdem einen halben Liter des metallisch schmeckenden Mineralwassers auf seinem Nachtschränkchen, bevor er innehielt, um Luft zu holen. Als er die Flasche absetzte, fiel ihm das rote Blinken an seinem Telekom auf. Ein Tastendruck an der Konsole verriet ihm, daß ein Anruf unter seiner Nachsendenummer eingegangen und zum Hotel durchgestellt worden war. Einen Moment lang konnte er sich nicht einmal daran erinnern, entsprechende Arangements getroffen zu haben, doch dann verzichtete er darauf, seine Erinnerung danach zu durchforsten. Als er sah, wer ihn angerufen hatte, rief er augenblicklich zurück.

Die verbindliche Miene des Walisers erwiderte das Begrüßungslächeln Serrins auf dem Schirm. »Guten Morgen, Serrin«, hauchte sein Freund mit seinem BBC-Englisch-Akzent. »Ich hörte, du warst in Deutschland. Was liegt an?«

»Ich bin jetzt wieder in Seattle, sonst hätte ich deine Botschaft nicht bekommen. Aber man sagte mir, du seist ein paar Tage in Hongkong.«

»Ich bin einen Tag früher zurückgekommen. Die Geschäfte waren schneller erledigt, als ich gedacht hatte«, sagte Geraint schlicht. »Ein Klacks, alter Junge. Also, wo liegt das Problem?«

Der Elf hielt einen Augenblick inne, da er nicht wußte, womit er beginnen sollte.

»Hör mal, soll ich dich mit zugeschaltetem Prüfmonitor zurückrufen? Um festzustellen, ob deine Leitung kompromittiert ist, wie du dich wahrscheinlich ausdrücken würdest. Wir hier drüben ziehen die Bezeichnung verwanzt vor.«

»Ich glaube nicht«, erwiderte Serrin unsicher. Er hatte nicht einmal an diese Möglichkeit gedacht, bis Geraint sie erwähnt hatte, aber der Gedanke rief augenblicklich wieder die Paranoia der vergangenen Tage hervor.

»Komm schon, bist du dieser Tage nicht ein Held in deinem Geburtsland? Ich habe alles in *Newsweek* gelesen. Ich hoffe, die Sache hat sich einigermaßen für dich bezahlt gemacht«, scherzte der Waliser.

»Nein, die Sache ist ernster«, sagte der Elf, dann gab er Geraint eine rasche Zusammenfassung der Ereignisse.

Der Waliser hörte aufmerksam zu und wartete, bis er sicher war, daß Serrin seinen Bericht beendet hatte. »Wie kann ich helfen?« fragte er schließlich.

»Ich weiß nicht.« Serrins übliche frühmorgendliche geistige Verstopfung wollte nicht nachlassen. »Als ich in Frankfurt war, habe ich kurz daran gedacht, nach London zu fliegen, bis ich herausfand, daß du nicht da warst.«

»Nur die reizende Elizabeth«, sagte Geraint schelmisch. »Keine Sorge. Sie ist bei Harrods und kauft das eine oder andere gräßliche Blumenzeug. Es wird nicht gutgehen, das tut es nie. Es ist zum Scheitern verurteilt, Gott sei Dank.

Hör mal, wenn du Hilfe dabei brauchst, die Ursache deiner Probleme aufzuspüren, habe ich drüben einen Freund, der dir helfen könnte. Er heißt Michael Sutherland. Brillanter Decker. Er könnte in fünf Minuten herausfinden, was Fort Knox gerade wert ist.« Serrin bedachte den Waliser mit einem ungläubigen Blick.

»Also schön«, räumte Geraint ein, »ich übertreibe. Vielleicht würde er auch sieben Minuten brauchen. Wir kennen einander von Cambridge. Ich hörte, unsere Freundin Francesca ist momentan bei den Saudis, also ist er die beste Möglichkeit. Ich kann ihn anrufen und dafür sorgen, daß er dir nur ein Minimum berechnet. Nein, warte, das kann ich noch besser. Ich stehe ohnehin in deiner Schuld.«

Daraus wurde Serrin nicht ganz schlau. Er hatte Geraint seit ihren ungewöhnlichen Erlebnissen im vergangenen Jahr in London nicht mehr von Angesicht zu Angesicht gesehen. Sie hatten einen Jack-the-Ripper-Klon demaskiert und waren ganz tief in einen schrecklichen Schlamassel geraten. Am Ende war alles gut ausgegangen, aber Geraint war Serrin danach merkwürdig vorgekommen. Der Waliser hatte ein ausweichendes Verhalten an den Tag gelegt und sogar einen Anflug von Schuldbewußtsein erkennen lassen. Serrin vertraute Geraint uneingeschränkt, also machte er sich deswegen keine Sorgen. Er vermutete, etwaige Merkwürdigkeiten im Benehmen seines Freundes mußten mit dem unendlich raffinierten und trügerischen Netz der britischen Politik zusammenhängen. Tatsächlich war Serrin sogar ganz glücklich darüber, *nicht* Bescheid zu wissen, wenn Geraint es ihm nicht erzählen wollte.

»Ich gebe dir eine Nummer«, sagte Geraint und nannte ihm dann eine Ziffernfolge, die auf eine feudale Manhattaner Adresse hindeutete. »Aber warte noch ein paar Stunden. Ich rufe ihn zuerst an und erinnere ihn an ein paar Gefälligkeiten, die er mir noch schuldet. Wie steht es mit Muskeln? In der Beziehung kann ich dir nicht helfen, jedenfalls nicht auf deiner Seite des Atlantiks. Oder soll ich dir vielleicht Rani schicken?«

Serrin lächelte. Das Punjabi-Orkmädchen war jemand, auf den man sich verlassen konnte, wenn es hart auf hart ging. Aber so schlimm standen die Dinge noch nicht.

»Laß mich zuerst noch ein paar Gesichter und Namen überprüfen«, sagte der Elf. »Aber trotzdem vielen Dank. Ich weiß das wirklich zu schätzen.«

»Keine Ursache. Das ist doch selbstverständlich. Hör mal, wenn du wirklich ganz tief im Drek sitzt, gibt es immer noch mein Schloß in Wales. Ich sorge dafür, daß das Personal ständig mit dir rechnet, solange ich nichts Gegenteiliges verlauten lasse. Miete dir einen verdammten Privatjet, und ich zahle die Rechnung«, sagte der Waliser. Das Fluchwort klang beinahe komisch mit seinem Akzent.

»Ich hoffe, dazu wird es nicht kommen. Aber trotzdem, noch mal vielen Dank. Und ich rufe diesen Sutherland an, nachdem ich mich hier am Ort ein wenig umgetan habe«, sagte der Elf. Das lächelnde Gesicht seines Freundes löste sich auf, als die Verbindung unterbrochen wurde.

Serrin tippte eine Seattler Nummer ein, und das verschlafene Gesicht eines Orks erschien auf dem Bildschirm.

»Hey, Gulrank, ich brauche Schutz«, sagte der Elf schlicht. Jegliche Subtilitäten waren an diesem Samurai verschwendet.

»Ich kann dir nicht helfen«, sagte der Ork mit müder Stimme. »Ein Bursche vom *Intelligencer*, der irgendwelche Nachforschungen über die Niederungen des Lebens anstellen will, hat mich einen Monat im voraus bezahlt. Tut mir leid, Chummer.« Er wollte schon die Verbindung unterbrechen, als Serrin in drängendem Tonfall weitersprach.

»Gulrank, ich habe es mit John versucht, und er ist nicht in der Stadt. Torend auch nicht. Er ist nach Japan gezogen. Mir gehen die Namen aus, Chummer, und ich bin echt unter Druck.«

Der Ork hielt inne, um nachzudenken. Es dauerte eine Weile.

»Du könntest es mit Tom versuchen«, sagte er.

»Ihr Geister! Du meinst, Tom gibt es immer noch?« Serrin hatte nicht einmal entfernt an diese Möglichkeit gedacht. Der Troll war so zielstrebig auf Selbstzerstörung aus gewesen, daß Serrin die Hoffnung, ihn noch einmal lebend zu sehen, nach der letzten seiner endlosen Sauftouren praktisch aufgegeben hatte. Es war so lange her, seit ihn jemand in der Innenstadt gesehen oder von ihm gehört hatte, daß Serrin ganz einfach angenommen hatte, sein Freund sei tot. In diesem Augenblick erkannte er, daß er es absichtlich vermieden hatte, etwas über Toms Schicksal herauszufinden, da der Gedanke an seinen Tod einfach zu schmerzlich gewesen war.

»Er hat sich verändert«, sagte der Ork. »Ich weiß nicht, ob er noch Muskeljobs annimmt. Wandelt neuerdings auf den Pfaden Bärs. Und er ist trocken. Wohnt immer noch in Redmond, aber ich hörte, er fährt jetzt die grüne Schiene und rettet Leute vor den Apparatschiks. Drek, du hast ihn lange nicht mehr gesehen, oder? Du weißt das alles noch gar nicht.«

»Ich hatte keine Ahnung«, sagte der Elf verblüfft.

»Er redet manchmal von dir«, sagte der Ork zögernd. »Schätze, du hast dich lange genug um ihn gekümmert, daß er sich schließlich selbst retten konnte. Sagt er jedenfalls. Du könntest schlimmer fahren, Chummer. Du hast einen Freund da draußen, was bedeutet, du hast nicht so viele Sorgen, wie du glaubst.«

Damit erlosch der Schirm. Serrin rief sofort den Empfang an und bestellte für Punkt neun Uhr ein Taxi. Das gab ihm die Zeit für das Frühstück, die erste Zigarette des Tages und die Möglichkeit, sich zu überlegen, was, zum Teufel, er Tom nach all den Jahren sagen würde.

In dem Gefühl, daß sie ihr Glück noch nicht verlassen hatte, zog sich Kristen in die Dunkelheit auf ihrer Straßenseite zurück, und ihre Gedanken überschlugen sich, während sie die beiden reglosen Gestalten gegenüber beobachtete. Die Männer hatten ihre Hüte tief ins Gesicht gezogen, aber die Schatten verbargen sie noch besser. Es war offensichtlich, daß sie nichts Gutes im Schilde führten, aber Kristen hielt es nicht für ausgeschlossen, daß sie davon profitieren mochte. Kam ihr Glück nicht immer in einer Strähne?

Minuten vergingen, in denen nur wenige Passanten dem Regen trotzten und die Szenerie belebten, und sie fragte sich schon, was, zum Teufel, sie hier eigentlich tat. Ihr schwirrte der Kopf unter der Wirkung der weichen Droge, und ab und zu mußte sie sich bewußt zusammenreißen, um einen klaren Blick zu behalten.

»Wieviel, Schätzchen?« lechzte eine ölige Stimme hinter ihr. »Hast du auch Extras drauf?«

Sie drehte sich zu dem Mann um, dessen weißes Pickelgesicht im Licht der Läden zu ihrer Linken merkwürdig grell wirkte, obwohl die Umrisse der abstoßenden Visage im Schatten lagen, der außerdem die Hand verbarg, die sich um ihre Taille legen wollte.

»Verpiß dich, oder ich mach Seifenblasen aus dir, du hirntoter Dreksack«, schleuderte sie ihm entgegen, woraufhin er sich eiligst in Richtung eines von Carrags Pornotorien verzog. Auf dem Weg zum Indra mußte Kristen dem Rotlichtbezirk Kapstadts näher gekommen sein, als dies in ihrer Absicht gelegen hatte. Aber jetzt konnte das Indra warten. Irgendwas würde hier direkt vor ihr über die Bühne gehen. Das schrien ihr alle ihre Instinkte zu. Die Luft war fast unerträglich still, ohrenbetäubend leise. Und selbst an einem so regnerischen Abend hätten eigentlich mehr Leute auf der Straße sein müssen. Es war fast so, als hätte irgendein Trideoregisseur Anweisung gegeben, die Straßen zu räumen.

Dann geschah es. Als zwei Männer um die Ecke der Chepstow Street bogen, der eine ein Stück vor dem anderen, fiel der hintere plötzlich lautlos zu Boden, und nur ein unterdrücktes Zischen von irgendwo oberhalb und hinter ihm verriet den Standort des Attentäters.

Die anderen beiden Männer, diejenigen, die sie beobachtet hatte, bewegten sich in perfektem Gleichschritt. Der eine rammte dem vorderen Mann die Faust in den Magen, während der zweite ihm eine Faust unter das Kinn pflanzte. Der Mann knickte leicht ein, um gleich darauf nach hinten geschleudert zu werden. Er hatte nicht die geringste Chance. Mit absolut präzisem Timing schnurrte eine Limousine den Ocean View entlang und bremste; die hintere Tür öffnete sich, die beiden Männer luden den reglosen Körper ein und stiegen dann ihrerseits ein. Sie wußten, was sie taten. Die Limousine gab augenblicklich wieder Gas und bog auf die High Street ein, zweifellos unterwegs zum Strand.

Es war perfekt, wie eine Szene aus einem ihrer Lieblingsvideos. Sie fühlte sich wie ein Schauspieler in einem Film, als Kristen über die praktisch menschenleere Straße ging und die Leiche betrachtete, die sie zurückgelassen hatten. Sekunden später hielt sie seine Brieftasche in der Hand, dann sah sie ein kleines Metallkästchen auf dem Bürgersteig liegen, auf dem die Regentropfen glitzerten. Mittlerweile waren andere Fußgänger in Sicht, aber da keine Gangs zu sehen waren, hatte Kristen alle Zeit, die sie brauchte. Nachdem sie die Beute dieses Abends sicher in ihrer Tasche verstaut hatte, ging sie weiter zur Merriman Street.

6

Serrin mußte sich nach seiner Ankunft in Redmond noch stundenlang die Hacken ablaufen. Es hieß, Tom sei irgendwo im Dschungel, aber der Elf wollte sich dort nicht mit ihm treffen. Das wäre ihm wie ein Eindringen in Toms Privatsphäre vorgekommen. Der Elf vertrieb sich die Zeit, indem er sich die Stände des Schacherkellers ansah, wobei er sich von den offensichtlichsten Manifestationen geschäftlicher Unternehmungen der Mafia und der Yakuza fernhielt. Schließlich kaufte er mehr aus Langeweile ein Paar Broschen aus Muschelschalen. Gegen fünf Uhr am Nachmittag machte er sich auf den Weg zu ihrem alten Treffpunkt.

»Was sagt man dazu?« sagte Janus, als Serrin das Crusher 495 betrat. »Bist du so was wie'n falscher Fuffziger, der immer mal wieder auftaucht?«

Der Elf lächelte reumütig. »Ist lange her, Chummer.«

»Klar. Aber wir haben alles über dich im Trid mitbekommen«, sagte der Barmann, bei dessen Lächeln sich sein Gesicht kraus zog wie das einer Katze, nachdem sie Sahne geschleckt hat.

Serrin zuckte die Achseln und warf einen Blick auf die vertrauten Nischen und Hocker. Er erkannte einige der Gesichter, und der Laden roch auch noch so wie früher, nach einer nicht unangenehmen Mischung aus Bier und Schweiß.

»Ich höre, du bist neuerdings so was wie 'n Held«, erklang die Stimme eines Orks aus dem Schatten. Es war nur zum Teil eine Herausforderung.

»Ich schlage euch Jungs einen Handel vor«, sagte Serrin. »Ich hole das Bier, und ihr vergeßt den Drek, okay?« Das begeisterte Stimmengewirr, das sich daraufhin erhob, verriet Serrin, daß er hier doch mehr zu Hause war als erwartet.

EXIT

Er hatte sein Bier halb ausgetrunken, als ihm die plötzliche Stille verriet, daß Tom den Laden betreten hatte, und zwar Augenblicke, bevor er die schinkengroße Hand auf seiner Schulter spürte.

»Ich höre, du suchst nach mir«, sagte der Troll in einem Tonfall, den er vielleicht bei einem Freund angeschlagen hätte, welchen er nicht vor fünf Jahren sondern erst gestern zum letztenmal gesehen hatte. Serrin drehte sich auf dem quietschenden Barhocker und betrachtete seinen alten Freund von oben bis unten. Es war ein Augenblick großer Verwunderung, da der Elf praktisch sofort spürte, daß Tom sich völlig und unwiderruflich verändert hatte. Eine Art von Verwandlung, wie Serrin sie noch nie erlebt und voraussichtlich auch nie mehr erleben würde, wenngleich er die Fähigkeiten besaß, sie zu erkennen. Er hob sein Glas und bestellte ein Bier für den Troll.

»Nee. Das übliche, Janus«, sagte Tom fröhlich. Als der Barmann das Glas Mineralwasser vor Tom hinstellte, schloß dieser seine gewaltige Faust darum und führte Serrin in die Abgeschiedenheit einer ruhigen Nische.

»Ich glaube, wir haben uns 'ne Menge zu erzählen«, sagte er zur Einleitung.

Der Ausweis in der Brieftasche besagte, daß der Bursche aus dem Loop-Viertel stammte. Nichts Besonderes, nicht das große Geld von Castle und Buitenkant, nur ein Konzerntyp. Die Plastikkarten verrieten ihr, daß er für Krüger arbeitete, einen Elektro fuhr, schlau genug war, keinen Organspender-Ausweis mit sich herumzuschleppen, und es ihm offenbar gelungen war, sich mehr Dauerparkausweise zu besorgen, als vernünftig erschien. Normalerweise hätte Kristen die Kreditkarte genommen und sie an den Docks verhökert, aber nicht in diesem Fall. Die Polizei würde den Mord untersuchen, und sie wollte sich nicht in einer Zelle wiederfinden und auf die Sonderbehandlung warten müssen, die für gemischtrassige Verdächtige reserviert war.

Nachdem sie die Rands aus der Brieftasche genommen hatte, wischte sie das Kunstleder und die Plastikkarten sorgfältig ab, um keine Fingerabdrücke zurückzulassen, dann riß sie ein paar Seiten aus der Illustrierten in ihrer Tasche und wickelte die Brieftasche darin ein. Sie warf die feuchten Seiten in einen Papierkorb an der Kreuzung Merriman und Ocean View, wobei sie sich vergewisserte, daß sie niemand beobachtete, dann ging sie nach Westen. Doch Kristen war nicht mehr nach Tanzen zumute, und sie ging durch die High Street zurück in Richtung Western Boulevard, wo sie sich für die Nacht ein Zimmer in einem Apartmenthotel nehmen konnte. Selbst mit ihrem neu erworbenen Reichtum ging es ihr gegen den Strich, daß sie eine Handvoll Rand ausgeben mußte, aber das waren nur ihre alten Überlebensinstinkte.

Erst als sie sich auf das quietschende Bett setzte, wurde ihr klar, wie entsetzlich müde sie war. Sie hob die Bettdecke hoch, um das Darunter zu inspizieren, und fand saubere Laken und nicht mehr als die übliche Menge von Flecken auf der Matratze. Am besten war, daß es kein Ungeziefer zu geben schien, wenngleich das nicht bedeutete, daß sie im Lauf der Nacht nicht von der einen oder anderen Schabe Besuch erhalten würde. Irgendwie hätte ohne die Biester etwas gefehlt, obwohl Kristen hoffte, daß sie zu der kleineren Sorte gehören würden. Sie zog sich Leggings und Bluse aus und wollte gerade versuchen, trotz des flackernden Neonlichts, das durch die dünnen Vorhänge fiel, etwas Schlaf zu bekommen, als ihr das Glitzern des Lichts auf dem Metallkästchen zwischen ihren Sachen auf dem Boden auffiel. Sie hob es auf und begutachtete es.

Es sah aus wie ein Taschencomputer, ein miniaturisierter Laptop, obwohl er nicht größer war als ihre

Hand. Auf den winzigen Tasten waren keine Zahlen oder offensichtlichen Symbole, aber sie hatte ohnehin keine Ahnung, wie man so ein Ding benutzte. Aus reiner Neugier drückte sie wahllos ein paar Tasten und zischte erschrocken, als sie mit einer Berührung zwei Tasten erwischte.

Plötzlich erhellte sich der kleine Bildschirm im Deckel des Kastens, und eine Botschaft erschien darauf. Sie konnte die Worte nicht lesen, die ihr verrieten, daß ein Löschvorgang gestartet worden war, aber nach einem Blick auf das Icon in der linken unteren Schirmecke – ein Totenschädel mit gekreuzten Knochen – war sie ziemlich sicher, daß nichts Gutes geschah. Dann drückte sie auf alle Tasten gleichzeitig in der verzweifelten Hoffnung, daß sie das Ding nicht ruinierte. Eine Kette identischer Symbolpaare zog sich von links nach rechts über den Bildschirm, und das Licht hinter dem Schirm erlosch.

Drek, ich hab's kaputt gemacht, dachte sie unglücklich. Es könnte Hunderte wert gewesen sein. Aber was soll's. Ich kann mich nicht beschweren. Alles in allem war das gar kein so übler Tag.

Sie warf den mittlerweile inaktiven Kasten in ihre Tasche, holte ein kleines Päckchen mit extralangem Zigarettenpapier und ihr letztes Dagga heraus und rauchte sich dann etwas Unempfindlichkeit gegen die Weckeffekte der grellen Neonschilder an, die draußen vor ihrem Fenster blinkten.

»Ich bin ein paarmal zurückgekommen«, sagte Serrin mit einem rechtfertigenden Unterton. »Du weißt schon… hinterher.« Er wußte nicht, was er von Tom halten sollte, aber die Stille der riesigen Gestalt, die ihm gegenüber saß, war ebenso verblüffend wie das Mineralwasser, das der Troll trank. Damals in den alten Zeiten hätte Tom mittlerweile seinen zweiten Krug Bier geleert.

»Ich weiß. Du warst im Juni und September 'fünfzig da, aber da hatte ich mich noch nicht verändert«, sagte der Troll freundlich. »Ich schätze, du dachtest, es sei ein Fehler, die Scherben aufzusammeln. Schockbehandlung klappt nicht, wenn man nicht bereit ist, sie auch durchzuziehen.«

»Irgendwas in der Art«, sagte der Elf. Irgendwie war er aber nicht bereit, sich selbst so einfach davonkommen zu lassen. Er konnte sich an die Szene erinnern, als habe sie erst gestern stattgefunden: Tom, der sinnlos betrunken in einem mit Erbrochenem vollgespritzten Zimmer lag, Serrin, der sich über ihn gebeugt hatte und seinen Freund ohnmächtig anschrie. Dann war der Elf gegangen, hatte die Tür hinter sich zugeknallt und sich nie wieder blicken lassen, wenn man davon absah, daß er ein- oder zweimal in der Gegend zu tun gehabt hatte und sich bei der Gelegenheit nach Tom erkundigt hatte. Zuerst hatte er es einfach nicht mehr ertragen mitanzusehen, wie sich sein Freund selbst zerstörte, aber später war es die Scham darüber gewesen, daß er ihn im Stich gelassen hatte.

»Mach dir keine Gedanken, Chummer. So heftig ist das nicht. Du hättest mich nicht retten können. Niemand hätte das gekonnt. Aber ich glaube, du hast mich lange genug am Leben erhalten, daß es dann passieren konnte.« Der Troll grinste plötzlich. »Drek, niemand anders hätte mich abgeschleppt und dann einen Monat lang in irgendein Loch gesteckt, um trocken zu werden. Das Verrückteste, was ich je gehört habe.«

»Mir ist damals einfach nichts Besseres eingefallen, abgesehen davon, dir eine neue Leber zu kaufen – aber du warst sowieso schon mit Metall und Implantaten vollgestopft«, sagte Serrin, um im gleichen Augenblick die Taktlosigkeit seiner Worte zu realisieren. Wenn Tom jetzt ein Bär-Schamane war, würde ihm mittlerweile jedes Stück Cyberware in seinem Körper verhaßt sein, eine fremdartige Präsenz, die ihn an eine Vergangenheit erinnerte, die er lieber vergessen wollte. Oder nicht? Der Troll schien seine Gedanken zu lesen.

»Es ist alles noch da«, grollte er. »Die Smartgun-Verbindung, die Reflexbooster, die Muskelimplantate. Ich hatte nie das Geld, um sie entfernen zu lassen, und außerdem wäre es auch gefährlich. Ich muß einfach damit leben. Ich werde nie mit Bär laufen können. Eher hinterherhinken. Aber das stört mich nicht weiter.«

Serrin sah einen Anflug von Kummer in den Augen des Trolls und wußte verdammt gut, daß Tom jede Minute damit lebte, wie dies auch der uralte Blues zu verstehen gab, der gerade aus den ramponierten Barlautsprechern leierte.

»Aber wie ist es dazu gekommen? Willst du darüber reden?« Serrin hatte fast vergessen, daß er hier war, weil er jemanden mieten wollte, der einmal vor Jahren in den Barrens seine Haut gerettet hatte. Jetzt saß eine ganz andere Person vor ihm. Er wollte wissen, wer Tom geworden war.

»Es ist schwer zu beschreiben ... Ich kenne diese ganzen hochgestochenen Wörter nicht«, sagte der Troll zögernd. »Erinnerst du dich noch an Anna?«

Der Elf nickte. Tom war bis über beide Ohren in die verrückte wilde Trollfrau verliebt gewesen, die Tag und Nacht für die Leute im Dschungel kämpfte und dann eines Tages ins Kreuzfeuer einer sinnlosen Auseinandersetzung zwischen zwei Gangs geraten war. Das war der Zeitpunkt gewesen, als sich Toms Trinkerei, die schon immer ziemlich heftig gewesen war, zu tagelangen Sauftouren ausgewachsen hatte, auf denen er genug Bier und Whiskey konsumiert hatte, um ein halbes Dutzend Leute umzubringen. Die meisten Leute waren der Ansicht gewesen, er werde früher oder später wieder damit aufhören. Schließlich waren sie nie richtig zusammengewesen. Anna war nie mehr als freundlich zu Tom gewesen, der eine ganze Ecke jünger als sie war. Aber das Trinken hatte nicht aufgehört. Statt dessen war es immer schlimmer geworden.

»Einmal dachte ich, ich hätte sie wiedergesehen. Anfang 'einundfünfzig. Ich bin völlig durchgedreht und hinter ihr hergerannt. Ich dachte, sie sei aus dem Grab zurückgekommen. Ich hatte den Bauch voll Bier und war völlig verzweifelt, und während ich langsam nüchtern wurde, sah ich die Dinge mit schrecklicher Klarheit. Anna hatte mich nie geliebt, und ich hatte mich wegen eines Traumes im Schnaps ertränkt.«

»Du warst Anna nicht gleichgültig«, murmelte Serrin.

»Das ist nicht dasselbe. Mir wurde klar, wie dämlich ich gewesen war und daß nichts mehr übrig war. Schlimmer noch, ich hatte einen Haufen Leute wegen der Kohle umgelegt.«

»Nicht, als ich dich kannte, da hast du das nicht getan. Ich habe nie gehört, daß du jemanden umgelegt hast, der nicht zuerst auf dich geschossen hätte«, sagte Serrin überrascht.

»Manche Dinge trete ich in der Öffentlichkeit nicht breit. Jedenfalls weißt du, wie schlimm es hinterher war. Nachdem du gegangen bist, habe ich mich ein paar Monate lang so gerade über die Runden gebracht, und dann wurde es *echt* schlimm. Die Einzelheiten willst du gar nicht wissen.« Der Troll beugte sich vor und sah Serrin in die Augen. Die Situation war dem Elf überaus unangenehm, aber er war von den geflüsterten Worten des Trolls wie gebannt.

»Irgendwann fand ich mich mit dem Gesicht in der Gosse im Dschungel wieder, ohne einen Cent in der Tasche. Ich stand auf und legte jemanden für das Wechselgeld in seiner Tasche um – für den Preis von ein paar Flaschen aus einem Schnapsladen. Chummer, ich habe so viel getrunken, daß ich kein Delirium tremens hatte, sondern das Delirium mich. Irgendwo in der Gosse, ich weiß nicht mehr. Aber ich weiß verdammt gut, daß ich kurz davor war zu sterben. Ich fiel in einen schwarzen

Tunnel und sah kein Licht am Ende. Es war die Hölle, Chummer. Nun wissen wir beide, daß wir 'n paar hochtrabende Worte für das haben, was es im Astralen gibt, und daß es keine Dämonen und Teufel gibt. Aber es gibt *irgendwas*, das wir als Hölle bezeichnen könnten, weil wir wissen, daß es das für einen sein wird, wenn man je dort landet. Daß das, was von der Seele noch übrig ist, dort für immer und ewig brennen wird.«

In diesem Augenblick *spürte* Serrin, daß Tom ein Schamane war, daß er zumindest einiges von der Macht besaß. Sie war da, in seinem Gesichtsausdruck, in der untrüglichen Aura, die ihn umgab. Der Troll hatte sich in der Tat verändert.

»Und da tauchte Bär auf. Zwischen mir und der Hölle. Nahm mich in die Arme, bevor ich starb. Wie ich schon sagte, ich weiß echt nicht, wie ich darüber reden soll. Ich schnappe hier und da schicke Wörter von gescheiten Leuten auf, aber ich kann sie nicht so aneinanderreihen, daß sie der Sache irgendwie gerecht werden.

Ich will versuchen, es so auszudrücken, daß du es nachempfinden kannst«, fuhr der Troll zögernd fort. »In gewisser Weise müßte es einen Sinn für dich ergeben. Stell dir vor, daß du in etwas Großes und Warmes, etwas Schlichtes und Freundliches gehüllt wirst. Stell dir vor, dieses Etwas, tatsächlich eine Sie, sagt zu dir, du schleppst Kummer mit dir herum, weil deine Eltern aus heiterem Himmel in tausend Stücke gesprengt wurden, als du elf Jahre alt warst. Du mußtest sie im Leichenschauhaus identifizieren, weil das Gesetz vorschreibt, daß eine Identifikation wenn möglich von einem Blutsverwandten vorgenommen werden muß, und du warst der einzig greifbare. Und du hast jeden Tag Schmerzen, weil dein Bein verstümmelt wurde. Und du vergißt auch die Sache mit dem blinden Mädchen in Lafayette nicht, als du dorthin in der Hoffnung zurückkehrtest, es könnte wieder dein Zuhause werden, und auch das bereitet dir Kummer.«

»Woher, zum Teufel, weißt du das alles?« sagte der Elf beinahe wütend. Er war sicher, daß er Tom weder die Geschichte mit seinen Eltern noch die über die einzige Liebe seines Erwachsenenlebens erzählt hatte.

»Spielt keine Rolle. Wichtig ist nur, daß du diesen Kummer im Augenblick empfindest, so daß du mich verstehen kannst. Also, diesen Kummer wirst du immer mit dir herumschleppen. Du hast gar keine andere Wahl. Aber stell dir vor, dieses Wesen sagt zu dir, du weißt, daß du diese Dinge nicht ändern kannst. Du könntest versuchen, sie zu vergessen, aber wenn du das tust, machst du dich damit auch ärmer. Und du belügst dich. Und es würde sowieso nicht klappen. Aber dann sagt sie zu dir – und du weißt es auch, weil es wie eine Flut auf dich einstürzt –, daß du nicht so arg zu leiden brauchst. Du weißt, du kannst dir etwas mehr zutrauen, als du es tust. Und du brauchst dich auch nicht mehr so zu hassen.

Aber es ist schauerlicher als alles, was du dir vorstellen kannst. Weil du dich ihr öffnen mußt, Chummer, und dann fällt jede kleine Lüge und jede Täuschung auf dich zurück, alles, was du jemals irgendwem angetan hast, weil du feige warst oder Angst hattest. In erster Linie diese Sachen, nicht die, wenn du wirklich jemanden vorsätzlich ausgenutzt hast, weil sich Bär damit nicht sehr oft abgibt. Jede Demütigung, die du erlitten hast, jedesmal, wenn du versucht hast, Liebe und Einfühlungsvermögen walten zu lassen und es verschwendet war, wie das so oft der Fall ist, und du mit nichts außer dir selbst dagestanden hast und es den Anschein hatte, als sei wieder ein Stück von dir abgerissen worden und für immer verloren. Du fällst auf einem Ozean von Kummer und Leid in Bärs Arme, Serrin. Es ist zuviel, um damit fertig zu werden, das kann ich dir sagen.

Dann hält sie dich fest, und das heilt dich, Bruder. Um das zu beschreiben, fehlen mir echt die Worte.«

Die riesigen Hände des Trolls schlossen sich um diejenigen des Elfs. »Und ich glaube, du brauchst auch eine Dosis davon. Du würdest nicht so zittern, wenn es anders wäre. Aber ich bin kein Prediger und werde dich zu nichts drängen«, sagte Tom mit einem Anflug von Trauer in der Stimme.

Serrin konnte nichts sagen. Er hatte genug damit zu tun, seine Gefühle unter Kontrolle zu halten. Er war es nicht gewöhnt, daß alles so rasch an die Oberfläche und auf den Punkt gebracht wurde.

Tom lehnte sich zurück und trank sein Glas leer. »Aber es ist nicht so, daß man sich in ein perfektes Exemplar von nichts verwandelt. Ich habe immer noch meine Illusionen. Neuerdings leiste ich 'ne Menge Arbeit für die Leute im Dschungel. Wie Anna damals. Also nehme ich an, daß ich immer noch 'n Haufen Drek im Schädel habe, Chummer. Die Sache ist die, wenn man nicht die ganze Zeit so verdammt hart mit sich selbst umspringt, ist es viel leichter, anderen etwas zu bedeuten.«

»Ja«, erwiderte der Elf zögernd, immer noch ziemlich erschüttert. »Da könnte was dran sein.«

»Tja, das war mein Leben in fünf Minuten.« Der Troll grinste plötzlich. »Jetzt bist du an der Reihe. Warum hast du mich nach so langer Zeit gesucht? Obwohl ich auch noch warten kann, wenn dir jetzt noch nicht danach ist, direkt damit rauszurücken. Wir können auch noch rumsitzen und einfach nur so quatschen, wenn dir das lieber ist.«

Diese Aussicht schreckte Serrin zu sehr ab. »Es ist ganz einfach, Tom«, sagte er. »Jemand will mir ans Leder. Ich bin fast sicher, daß dieser Jemand ein Magier ist. Unter anderem brauche ich eine Leibwache, und jemand hat vorgeschlagen, daß ich es bei dir versuche. Aber ich nehme an, daß solche Arbeit mittlerweile nicht mehr auf deiner Linie liegt.«

Der Troll rieb sich das Kinn und stand auf. »Hmmm. Vielleicht, vielleicht auch nicht. Das Geld wäre für einen Haufen Leute hier unten nützlich. Ich lebe sehr billig. Gebe alles weiter, was mir übrigbleibt. Außerdem würde ich sagen, daß ich dir was schuldig bin. Ich hol dir noch 'n Bier, dann kannst du mir mehr erzählen. Ich sage nicht nein zu einem alten Freund, ohne mir vorher wenigstens anzuhören, was er zu sagen hat. Jedenfalls will ich auch hören, wie es dir in den letzten fünf Jahren so ergangen ist. Wir haben 'ne Menge ziemlich verdrehten Drek gehört, Serrin. Daß du 'n Held bist und letztes Jahr bei diesen Königen und Königinnen in England rumgehangen bist...«

Tom bestellte noch einmal das gleiche und war auf halbem Weg zurück zu ihrem Tisch, als sich die Tür öffnete und jemand hereinkam, der ganz offensichtlich noch nie zuvor in Redmond gewesen war. Alle Köpfe wandten sich dem Neuankömmling zu.

Er war gut über einsachtzig groß und sehr hager. Er hatte eine sonnengebräunte Haut und die Art von ausgebleichtem Blondschopf, die in den Tagen aus der Mode gekommen war, als die Leute erkannt hatten, daß man von zuviel Sonne Krebs bekam. Aber es war die Kleidung, auf die in erster Linie alle starrten. Beine von einer Länge, für die jedes Mannequin einen Mord begehen würde, steckten in perfekt gebügelten grauen Flanellhosen und endeten in Schuhen aus echtem Leder, die mehr gekostet haben mußten, als jeder der in der Bar Anwesenden in einem Monat verdiente. Das Seidenhemd war perfekt, und die Tweedjacke verband Exzentrizität mit Eleganz. Die Seidenkrawatte mit der goldenen Nadel setzte seiner Erscheinung die Krone auf. Alle gafften und fragten sich, wo der Bursche wohl herkam.

»Guten Abend«, sagte der Mann mit einem unwahrscheinlich perfekten britischen Akzent. »Was für ein reizendes Lokal. Barmann, ich wäre sehr dankbar für ein kaltes Bier, und können Sie mir wohl verraten, wo ich Mr. Shamandar finde?«

Ein paar Sekunden lang sprach niemand. Dann sah Tom Serrin an und lachte.

»Drek, ich glaube, ich schnappe ihn mir besser, bevor es jemand anders tut«, kicherte der Troll. »Es ist ein Wunder, daß er überhaupt so weit gekommen ist und noch lebt. Wir sollten dafür sorgen, daß er auch wieder in diesem Zustand rauskommt.« Er ging zu dem Neuankömmling, legte ihm eine Hand auf die Schulter und zeigte auf Serrins Tisch.

»Da drüben, Chummer«, sagte er. »Mann, du mußt völlig verrückt sein, hier so aufzulaufen. Wahrscheinlich stehen sie draußen schon Schlange, um dich auf dem Rückweg auszurauben.«

»Tatsächlich?« sagte der Mann, der einen völlig unbesorgten Eindruck machte. »Das wäre nicht sehr klug von ihnen, alter Junge. Meine Reaktionsgeschwindigkeit mit einem Predator ist wahrhaft furchterregend.«

»Bist du echt?« grollte ein Ork irgendwo hinter ihnen.

»Nein, mein Lieber, natürlich bin ich nicht echt. Ich bin ein Engländer aus Manhattan. Was könnte widersinniger sein als das?«

Das Starren der anderen Gäste ignorierend, schüttelte er Serrin die Hand, als dieser sich erhob. Er setzte sich, wobei er seine Hose glättete, um die Bügelfalte zu schonen. Dann legte er die Hände mit den Handflächen nach unten auf den Tisch, und zwar mit dem Gehabe eines Menschen, für den alles im Leben eine geschäftliche Besprechung ist.

»Ich beziehe bereits Honorar. Sie haben vergessen anzurufen, also habe ich Sie aufgespürt. Auf diese Weise vergeuden Sie nicht meine überaus kostbare Zeit. Also, mal sehen … Sie brauchen Hilfe bei einem Problem. Jemand versucht Sie zu entführen. Erzählen Sie mir die Einzelheiten, dann können wir sofort anfangen, das Problem zu lösen.«

»Wie, zum Teufel, haben Sie mich hier gefunden?« fragte Serrin völlig verblüfft.

Der Mann bedachte ihn mit einem jungenhaften Grinsen. »Eigentlich wollen Sie das doch gar nicht wissen. Sagen wir einfach, dies ist meine Art zu zeigen, daß jemand an Bord ist, der weiß, was er tut.«

7

»Dies ist selbstverständlich ein äußerst reizender Ort, aber dürfte ich vielleicht etwas Privateres vorschlagen?« sagte Michael. »Wie wäre es mit einem kleinen Essen in meiner Suite im Madison?«

Serrin betrachtete Tom und nickte. »Das wäre vielleicht wirklich nicht schlecht. Tom, kommst du mit uns? Bitte?«

Der Troll trank sein zweites Glas Mineralwasser aus und zuckte die Achseln. »Für mich liegen heute keine dringenden Geschäfte mehr an. Und ziemlichen Hunger habe ich auch.«

»Das wird Sie einiges kosten«, grinste Serrin den Engländer an.

»Mich nicht, mein Lieber«, lächelte dieser zurück. »Unser gemeinsamer Freund Lord Llanfrechfa zahlt die Rechnung. Er hat mir erzählt, daß er gerade ein Vermögen mit Taliskram im pazifischen Raum gemacht hat, so daß er Magiern in schwieriger Lage durchaus wohlgesonnen ist. Mein Taxi wartet noch. Sollen wir gehen?«

Mit einem letzten Dank an den verwirrten Barmann führte sie der Engländer hinaus in die Abenddämmerung von Seattle.

Beim Essen erzählte Serrin Michael die ganze Geschichte. Der Engländer aß nicht viel, war jedoch eindeutig belustigt, sogar zufrieden darüber, daß Tom genug für sie alle drei verzehrte. Serrin beobachtete die Augen des Mannes, die nie stillzustehen schienen und deren Blick beständig hin und her wanderte. Michael sah wie jemand aus, der die Bedeutung des Wortes Entspannung selbst dann nicht verstehen würde, wenn er es im Lexikon nachschlug.

»Nicht viele Ansatzpunkte«, bemerkte er, während sich Tom über einen Teller mit Baiser hermachte. »Aber es gibt ein paar offensichtliche Dinge, die ich sofort überprüfen kann. Zunächst können wir feststellen, ob die Damaskus-Liga Ihnen Ihr beherztes Eintreten für das Leben des Bürgermeisters verübelt. Für den Anfang kann ich es beim Militärischen Abschirmdienst der Deutschen versuchen, wenn das kein Oxymoron ist. Die Israelis sind ziemlich schwer zu knacken, also wende ich mich nur an sie, wenn ich muß.«

Serrin betrachtete Michael mit neugewonnenem Respekt. Nach allem, was er bisher von Deckern gehört hatte, war die Sicherheit der Israelis eine Einladung zum Selbstmord. Kein Decker, der noch ganz richtig im Kopf war, würde versuchen, in ihre Matrix einzudringen.

»Dann führen wir ein paar Telefonate mit Bonn, um festzustellen, ob wir etwas darüber erfahren können, wie Sie diese Botschaft am Flughafen erreicht hat. Wir können nur hoffen, daß die mysteriöse Frieda mit einer verblüffenden Enthüllung aufwarten kann. Offen gesagt, ich wäre sehr überrascht, wenn wir dort etwas herausfänden. Als nächstes werde ich die Flüge überprüfen, die kurz vor Ihrem Abflug aus New York dort gelandet sind.«

»Warum?« fragte Serrin, während sich Tom das vorletzte Baiser in den Mund stopfte und es geräuschvoll verzehrte.

»Wegen des Narbigen. Ich halte es für wahrscheinlicher, daß er selbst gerade angekommen ist, als daß er Ihnen zum Flughafen gefolgt ist. Eine Überprüfung der kurz vorher gelandeten Flüge könnte das Feld der Möglichkeiten erheblich einschränken. Selbst wenn man berücksichtigt, daß er unterwegs ein- oder mehrmals umgestiegen sein kann, könnte uns ein Blick auf den Flugplan einiges verraten. Zumindest könnten wir vorläufig einige Möglichkeiten eliminieren.«

»Äh … was machen Sie eigentlich so?« fragte Serrin. Die Art und Weise, wie Michael buchstäblich das ganze

Unternehmen übernahm, war fast alarmierend. Er würde mehr über diesen Engländer erfahren müssen, bevor er sich dabei wohlfühlen würde.

»Mein lieber Junge, ich bin ein Faktenspürhund. Verschiedene Personen und Organisationen zahlen mir abscheulich hohe Geldsummen dafür, daß ich Dinge herausfinde, die ihr eigenes Personal herauszufinden nicht fähig ist.«

»Klingt gefährlich«, sagte Serrin unschlüssig.

»Überhaupt nicht. Ich bin zu wertvoll für meine Auftraggeber, als daß sie auch nur in Erwägung ziehen würden, mich zu töten. Natürlich wissen sie, daß ich von Zeit zu Zeit irgend etwas über sie ausgrabe, was sie nicht bekannt werden lassen wollen, und es an andere Auftraggeber weitergebe, aber in den nächsten Jahren brauche ich mir noch keine Sorgen zu machen.«

»Warum das?« Serrin hatte langsam das Gefühl, daß sein Lebenszweck darin bestand, immer noch mehr Fragen zu formulieren.

»Weil ich dann wahrscheinlich auf dem absteigenden Ast und nicht mehr so wertvoll bin wie jetzt«, sagte der Mann gelassen. »Dann werde ich mich wohl auf irgendeinen gräßlichen Landsitz in Schottland zurückziehen, Koniferen züchten, jemanden namens Morag heiraten und zwei Komma sieben schrecklich überintelligente Kinder in die Welt setzen. Möglicherweise.« Er lehnte sich zurück und rieb sich mit dem Zeigerfinger über die Lippen, was sein sardonisches Lächeln ein wenig verbarg.

»Aber das ist jetzt unwichtig. Lassen Sie uns zu den Dingen zurückkehren, die tatsächlich anliegen. Wir wissen – so sicher, wie das unter diesen Umständen möglich ist –, daß Sie jemand entführen will. Es ist nicht sehr wahrscheinlich, daß es dabei um ein Lösegeld geht, richtig?«

»Ich habe nicht viel Geld. Ich habe auch keine Verwandten mit Geld«, erwiderte der Magier.

»Also gibt es einen anderen Grund. Wenn wir diese Botschaft ernst nehmen wollen, dann trifft dieser Grund auch noch auf andere Personen zu. Die Botschaft bezieht sich auf ›andere in der gleichen Situation‹. Die Frage muß also lauten: Was meint Ihr geheimnisvoller Informant damit? Ich wäre geneigt, von Ihrem offensichtlichsten Merkmal auszugehen: von der Tatsache, daß Sie ein Magier sind. Natürlich könnte es sich auch darauf beziehen, daß Sie ein Elf sind, aber rein statistisch gibt es wesentlich mehr Elfen als Magier. Wir werden diese Möglichkeit aber im Hinterkopf behalten. Andererseits könnte es auch beides zusammen sein: die Tatsache daß Sie ein elfischer Magier sind. Was das Feld extrem einengen würde. Also werde ich damit beginnen, nach Fällen zu suchen, in denen Elfenmagier entführt wurden, sagen wir mal im Zeitraum des letzten Jahres. Von da aus arbeite ich mich dann weiter nach hinten, wenn ich zu wenige positive Fälle entdecke.«

»Das muß doch eine Ewigkeit dauern«, warf Serrin ein.

»Oh, gewiß, *Stunden*«, erwiderte Michael ziemlich ernsthaft. »Ich muß dafür zurück nach Manhattan. Ich habe eine Fernbedienung dabei und kann ein paar Smartframes auf das offensichtliche Zeug ansetzen, aber für alles andere brauche ich meine Fairlights. Sie werden gewiß verstehen, daß ich sie nicht mit mir herumschleppe.«

»Fairlights?« Der Plural verblüffte Serrin doch ziemlich. Jeder Decker, den er kannte, hätte seine eigene Mutter für nur eines dieser leistungsfähigsten Cyberdecks auf dem Markt getötet. Auch nur davon zu träumen, mehr als eines davon zu besitzen, lag irgendwo zwischen Halluzination und krimineller Selbstüberschätzung.

»Nicht die gewöhnlichen Modelle«, erwiderte Michael leichthin. »Ich habe ein Jahr damit verbracht, sie zu frisieren. Entschuldigen Sie mich einen Moment.« Er verschwand im Badezimmer der Suite.

»Er ist zu clever«, brummte der Troll, als sich die Tür hinter dem Engländer geschlossen hatte.

»Ich brauche diese Cleverness«, sagte Serrin abwehrend, wobei ihm der Gedanke kam, daß sich der Troll dem Rennwagentempo von Michaels Gedankengängen vermutlich nicht gewachsen fühlte. Wiederum spürte Tom, was der Elf empfand.

»Ich meine damit, daß er nicht viel Herz hat«, sagte der Troll gelassen. »Ich weiß nicht, ob ich ihm trauen würde. Es ist alles nur ein Spiel für ihn.«

»Tom, wenn er herausfindet, wer hinter mir her ist, kümmert es mich wenig, wie er das anstellt«, erwiderte Serrin trocken. Der Troll zuckte die Achseln und hob seine Kaffeetasse aus Porzellan auf, wobei er eine abfällige Grimasse angesichts ihrer lächerlichen Größe schnitt. Sehr vorsichtig goß er je eine Tasse für Serrin und Michael ein. Dann öffnete er den Deckel der silbernen Kaffeekanne, goß Milch hinein und hob sie an die Lippen.

»Kommst du mit mir, Tom?« fragte Serrin noch einmal. »Wahrscheinlich muß ich mit ihm nach New York, aber ich bin immer noch ziemlich fertig und verängstigt. Es ist nicht so, daß ich ihm mißtraue, aber ich habe ihn gerade erst kennengelernt. Dich kenne ich. Bitte.«

Der Troll trank die Kanne leer und leckte sich die Lippen. »Was zahlst du?«

»Dreihundert Nuyen pro Tag. Wenn wir tatsächlich in Gefahr geraten, können wir den Preis neu aushandeln.«

»Es ist nicht für mich«, fügte der Troll hinzu. »Es fließt alles nach Redmond zurück.«

»Ich weiß. Danke.«

Es war keine Zeit, mehr zu sagen, bevor Michael wieder auftauchte, der sich emsig die frisch gewaschenen Hände rieb.

»Es gibt da ein Problem, was meine Rückkehr nach

New York betrifft«, sagte Serrin zu ihm. »Ich meine, ich würde ja gerne, aber …«

»Auf jeden Fall«, unterbrach ihn Michael. »Ich brauche Sie dort, damit Sie Fragen beantworten können, wenn die Daten hereinströmen. Sie machen sich Sorgen, daß man Sie wiedererkennt, richtig?«

»Vielleicht ist es gar kein Problem. Ich hoffe, daß ich nicht mehr in den Nachrichten bin«, sagte der Elf.

»Sind Sie nicht. Aber bei all dem Zeug in *Newsweek*, müssen Sie auch an die anderen Optionen denken! Bücher! Trideo! SimSinn – oder nein, das nicht, würde ich sagen. Aber wir dürfen das Interesse der New Yorker Medien nicht unterschätzen, auch den letzten Dollar aus etwas herauszuquetschen, bevor sie sich auf etwas anderes stürzen. Irgendein kleiner Schlaukopf könnte Sie immer noch als lohnenswertes Ziel für eine eingehende Belästigung betrachten, aber ich habe eine Idee.« Er winkte, und Serrin folgte ihm ein wenig verunsichert. Michael öffnete die Türen eines absurd großen Kleiderschranks.

»Ich habe nur schnell etwas in einen Koffer geworfen«, sagte Michael entschuldigend. Als er auf die Reihe der Anzüge und Hemden starrte, dachte Serrin, daß das völlig übertrieben war, wenn Michael gedacht hatte, daß er nur einen einzigen Tag lang von zu Hause weg sein würde. Diese Kollektion sah eher wie die Reisegarderobe irgendeines hirnamputierten SimSinn-Stars aus.

»Ich weiß«, sagte der Engländer grinsend. »Das ist mein einziges Laster. Schnelle Autos bedeuten mir nichts, ich foltere mein Hirn nicht mit Chips, Schnaps und Drogen, und da ihr Amerikaner glaubt, Engländer wüßten nicht, wie man sich richtig amüsiert, gebe ich mich auch nicht mit Frauen ab. Ist besser für das Image, alter Junge. Also, ich muß schon sagen, ich glaube, Sie würden echt schick in diesem Tweed aussehen. Sie haben meine Größe und sind sogar noch schlanker. Und der Filzhut wäre eine nette exzentrische Note. Obwohl die Jagdmütze sicherer wäre. Damit würde Sie kein Mensch wiedererkennen!«

Ein tiefes grollendes Kichern kam von der mächtigen Gestalt, die hinter ihnen in der Tür stand. Als Serrin unsicher eine Hand auf das Revers der Tweedjacke legte, bog sich Tom fast vor Gelächter.

Kristen wurde um zehn geweckt. Donnernde Schläge an die Tür erinnerten sie daran, daß sie fünfzehn Rand für eine weitere Nacht bezahlen mußte, wenn sie sich nicht binnen fünf Minuten aus dem Apartment trollte. Zu ihrer Bestürzung wurde ihr klar, daß ihr nicht einmal die Zeit für eine Wäsche blieb, bevor man sie an die Luft setzte. Sie zog ihre verschwitzte Kleidung an und zischte dem Ork eine unfreundliche Bemerkung zu, als sie die Tür öffnete. Er hob den Arm, als wolle er sie schlagen, doch sie tauchte darunter hinweg und flitzte auf die Straße.

Als sie unterwegs war, fiel ihr als erstes der kleine Computer, oder was es war, ein. Sie hoffte, daß sie ihn beim Herumspielen nicht völlig ruiniert hatte, aber jetzt konnte sie nur noch versuchen, ihn zu Manoj zu bringen. Sie bückte sich, um sich am Knöchel zu kratzen, der von Flöhen, Wanzen oder was auch immer zerstochen und zerbissen war, und gähnte ausgiebig im vormittäglichen Sonnenschein. Sie brauchte Kaf, und dies war ein günstiger Zeitpunkt, welchen von Manoj zu schnorren. Er würde noch nicht beschäftigt sein.

Als sie schließlich das Labyrinth von Longmarket erreichte, wimmelte es auf den Straßen von Touristen. Auf dem Weg hierher hatte sie gründlich über die Geschehnisse der vergangenen Nacht nachgedacht. Auf alle Fälle gab es eine Menge Vielleichts. Vielleicht hatte sie einen Fingerabdruck auf der Brieftasche hinterlassen, bevor sie sie weggeworfen hatte. Vielleicht suchte die Polizei wegen des Mordes schon nach ihr. Ihre Fingerabdrücke hatte die Polizei jedenfalls schon oft genug genommen. Seltsamerweise war es nicht die uniformierte Polizei, die ihr Sorgen bereitete. Es waren die zivilen Stinker, die sich unter die Passanten mischten, um Taschendiebe und Straßenräuber zu jagen. Den Kopf einziehend, so daß er nicht aus der Menge herausragte, schlenderte sie durch die abfallübersäte Gasse zur Hintertür von Manojs Laden. Sie klopfte einmal, dann drückte sie die Klinke und steckte den Kopf durch die Tür.

Die übliche Geruchsmischung kam ihr entgegen: Schweiß, Räucherwerk, die Rückstände des Lampenöls, das Manoj verbrannte, um Strom zu sparen, ein, zwei Bündel Limonengras oder trocknende Amöben. Der Ladenbesitzer stand hinter der Theke und setzte eine subtile Mischung aus Aufdringlichkeit und Überzeugungskunst ein, um mit dem einen oder anderen Schnickschnack noch ein paar Rand extra zu verdienen.

»Vom Volk der San, den echten Buschmännern, Madam. Heutzutage gibt es sie nur noch in einigen wenigen Enklaven in Namibia, und es ist mittlerweile *sehr* schwer geworden, so gute Arbeiten wie diese zu bekommen. Sie achten darauf, daß nur ganz wenige von diesen Fruchtbarkeitsamuletten das Land verlassen.«

Die korpulente weiße Frau in dem schrecklich unpassenden, pink gemusterten Gingankleid stieß ihren gleichfalls übergewichtigen Ehemann an, der sich gerade den Schweiß von der hummerfarbenen Stirn rieb. »Oooh, Chuckie«, gurrte sie mit amerikanischem Akzent. »Sieh nur – es ist ein *Fruchtbarkeits*amulett!«

Kristen lächelte und huschte an ihnen vorbei und dorthin, wo Manoj den Kessel und den Kaf aufbewahrte, in ein winziges Zimmer, das nicht größer war als ein Wandschrank. Er konnte sie jetzt nicht hinauswerfen, nicht mitten in einem Verkaufsgespräch, das offenbar gut verlief, also wurde sie dreist und strich ihm im Vorbeigehen über den Hintern. Seine Augen weiteten sich ein wenig, aber ansonsten reagierte er nicht.

Als sich das Paar schließlich zur Tür hinausquetschte, wobei die Frau das wertlose Stück Schund, das sie gerade gekauft hatte, fest an sich drückte, hatte Kristen zwei Tassen dampfenden Soykaf fertig. Manoj hatte wahrscheinlich irgendeinem armen Schlucker ein paar Rand bezahlt, damit er das Fruchtbarkeitsamulett zusammenschusterte, höchstwahrscheinlich in einer Gesamtstückzahl von fünfzig oder so, die er dann für vierzig, fünfzig Rand pro Stück verkaufte. Er war schlau, doch er würde nie reich werden. In seinen Laden wurde andauernd eingebrochen, allein dreimal im letzten Jahr. Und wer bekam noch eine Versicherung in dieser Gegend? Früher waren ganz einfach die Prämien zu hoch gewesen, aber mittlerweile weigerten sich die Versicherungsgesellschaften, überhaupt eine Police auszustellen. Das war auch der Grund dafür, warum Manoj sorgfältig darauf achtete, kein Geld im Geschäft zu lassen, wenn er abends schloß. Und nach dem letzten Einbruch, bei dem er ziemlich übel zusammengeschlagen worden war, hatte er sich ein billiges Zimmer gesucht, in dem er schlief, anstatt das Risiko einzugehen, hier zu sein, wenn es wieder soweit war.

»Du hast Nerven, Mädchen«, knurrte er sie an, nahm dann aber die dargebotene Tasse und trank einen Schluck der dunklen, bitteren Flüssigkeit.

»Ich hab was«, sagte Kristen strahlend.

»Aha. Ist es heilbar?«

Sie kicherte und zog den winzigen Computer aus der Tasche. Manojs Miene nahm unwillkürlich einen interessierten Ausdruck an.

»Kann ich nach oben gehen und mich waschen?« fragte sie, während er den kleinen Kasten drehte und wendete. Sie faßte sein Grunzen als Zustimmung auf und ging die gebrechlichen Stufen zu dem staubigen, unbenutzten Zimmer mit dem gesprungenen Waschbecken hinauf. Die Leitungen ächzten wie immer, wenn jemand den Wasserhahn aufdrehte. Manoj erlaubte Kristen, sich hier frisch zu machen, seitdem er selbst nicht mehr hier wohnte, und so bewahrte sie hier auch ein paar saubere Kleidungsstücke auf. Er wollte sie jedoch nicht im Laden schlafen lassen, aber das konnte sie ihm nicht verübeln. Er würde niemals so dumm sein, sie hier übernachten zu lassen, weil sie problemlos nach unten gehen und irgendwelchen Dieben, die ihr dafür ein paar Rand zuschieben mochten, die Tür öffnen konnte.

Als Kristen wieder nach unten ging, fühlte sie sich erfrischt und viel besser als vorher. Manoj hatte das Ding auf dem Tisch im Hinterzimmer des Ladens auseinandergenommen.

»Hm. Ich kann nichts finden«, sagte er, indem er die Einzelteile auf eine Weise wieder in das Gehäuse einbaute, die vermuten ließ, daß er wußte, was er tat. »Aber das Ding ist im Eimer. Zuerst hat es eine Namensliste mit dazugehörigen Personenbeschreibungen ausgespuckt, aber jetzt rührt sich nichts mehr.«

Sie warf einen Blick auf das kleine Blatt Papier, das der winzige Drucker, den er an das Gerät angeschlossen hatte, ausgespien hatte.

»Hör mal, Mädchen, in was ziehst du mich da hinein?« sagte er beinahe wütend. »Einer dieser Namen hier… so heißt der Bursche, der gestern nacht am Ocean View entführt wurde. Was weißt du darüber, Schätzchen?«

Kristen wollte sich durchbluffen, aber sie versuchte einen Moment zu lange, unschuldig auszusehen. Sie hatte es vermasselt.

»Hör mal, Manoj, ich hab das Ding nur vom Boden aufgehoben, klar? Es lag neben dem anderen Kerl. Dem, der umgelegt wurde. Drek, du müßtest mich besser kennen, als zu glauben, daß ich mich auf Mord und Entführung einlasse. *Ich?*«

Er musterte sie argwöhnisch. »Wer weiß sonst noch davon?«

»Niemand. Ich habe es sofort zu dir gebracht«, sagte sie kläglich.

»Tja, ich werde es nicht kaufen. Du weißt, daß es nicht viel an gestohlener Ware gibt, die ich ablehne, aber wenn die Ware von einer Leiche stammt, kannst du sie vergessen.« Die letzte Schraube rammte er förmlich in das Gehäuse und schob dann den Kasten grob zu ihr zurück.

Kristen war schon fast an der Tür, als sein Tonfall plötzlich weicher wurde.

»Hör mal, wir können einander einen Gefallen tun. Ich brauche sowieso jemanden, der etwas für mich erledigt. Nimm den Bus nach Simon's Town und hol dort was für mich ab, ja?«

Sie drehte sich um, betrachtete ihn lächelnd und mit hochgezogenen Brauen. In der Sache steckte Geld.

»Bring das zu meinem Halbbruder John. Dem Weißen, du bist ihm schon begegnet«, sagte Manoj mit ein klein wenig Bitterkeit. Wie sie war er gemischtrassig, doch als halber Inder hatte er nicht mit ganz so vielen Problemen zu kämpfen wie sie als halbe Xhosa. Das reichte aber immer noch, um verbittert zu sein.

»Hier ist die Adresse«, sagte er, indem er etwas auf das oberste Blatt eines Notizblocks kritzelte. »Ach, Drek, du kannst ja nicht lesen. Paß auf, nimm dir ein Taxi an der Bushaltestelle und zeig dem Fahrer die Adresse, verstanden? Nein, warte, ich sage sie dir vor, und du merkst sie dir, ja?«

»Klar, kein Problem«, sagte sie strahlend. Als Analphabetin kannte sie sich mit dieser Verfahrensweise aus.

»Er kauft dir das vielleicht für den Schrottwert ab. Die Teile könnten noch was wert sein, keine Ahnung. Jedenfalls wird er dir etwas geben, das du hierherbringst, verstanden? Fünfzig Rand für dich, wenn du zurückkommst. Falls du nicht zurückkommst, Mädchen, landest du im Hafen – nachdem ich mit dir fertig bin. Begriffen?«

Wahrscheinlich Drogen, dachte sie. Es war nicht viel Geld für das Risiko, fünf Jahre ins Unterhaus zu wandern. Die Stadt hatte das alte Unterhaus vor zwanzig Jahren zu einem Gefängnis umgebaut, aber diese Ironie trug nicht dazu bei, die Vorstellung, dort ein paar Jahre zu verbringen, angenehmer zu machen.

Als er ihr die Adresse ein paarmal vorgelesen und sie bewiesen hatte, daß sie sie perfekt nachplappern konnte, sann Manoj noch einen Augenblick über den Ausdruck nach.

»Ziemlich merkwürdige Namensliste hier. Irgendein hohes Tier aus Wien, jemand aus London und irgendein Irrer mit elfischem Namen aus Seattle. Ziemlich international. Hm.« Er wollte das Stück Papier gerade zusammenknüllen, als Kristen ihn spontan zurückhielt. Es war unmöglich, keine Frage, aber sie mußte es wissen.

»Der Elf. Wie heißt er?«

»Serrin Shamandar. Was interessiert dich das?«

Kristen fühlte sich, als sei sie von einem Rammbock getroffen worden.

»Nur so«, gelang es ihr zu lügen, während sie das Blatt Papier nahm. »Ich bringe das zu deinem Bruder. Bis zum Abend bin ich wieder da.«

»Das will ich auch hoffen – für dich«, knurrte er.

8

Als sie am nächsten Morgen zur Frühstückszeit mit rotgeränderten Augen eintrudelten, waren Serrin und Tom verblüfft über Michaels Wohnung in Soho im fünfzehnten Stock eines Wohnhauses. Der Engländer sah so geschniegelt aus wie eh und je und schien durch den Schlafmangel nicht beeinträchtigt zu sein. Serrin kam sich in seinen lächerlichen Klamotten wie eine Schaufensterpuppe vor, aber Tom versicherte ihm, er sehe echt schick aus. Serrin hatte sich nicht schnell genug umgedreht, um das Lächeln mitzubekommen, da er Tom nie ein Talent zum Sarkasmus zugetraut hatte.

Michaels Wohnung hatte sechs Zimmer und nahm das halbe Dachgeschoß des Hauses ein. Zwei dieser Zimmer waren ausschließlich mit Cyberdecks und der dazugehörigen Tech vollgestopft, Geräte, die auseinandergenommen, umgebaut und wieder zusammengesetzt worden waren, bis sie aussahen, als stammten sie von einem anderen Planeten.

»Es sieht ein bißchen nach Heath Robinson aus, aber sie funktionieren«, sagte der Engländer, als er eintrat und das Licht einschaltete. Serrin fiel auf, daß es keine Fenster gab, jedenfalls nicht in den Zimmern, die er sehen konnte.

»Wer oder was ist Heath Robinson?« fragte er.

»Ein Künstler, der lächerliche Maschinen entworfen hat, die so aussahen, als könnten sie funktionieren.«

»Ach so, du meinst Heath Robinson wie in Rube Goldberg?« fragte Serrin.

Michael lächelte. »Ja Leute, da ist sie wieder, die ›Ein-Volk-getrennt-durch-eine-gemeinsame-Sprache‹-Geschichte«, kicherte er. »Auf jeden Fall könnt ihr zwei euch erst mal hinlegen, wenn ihr wollt, und Schlaf nachholen. Ich habe noch zu arbeiten. Ich würde sagen, daß Gerald mittlerweile die Geschichte in Deutschland erledigt hat.«

»Gerald? Wer ist das denn?« wollte Serrin gereizt wissen. Die Art und Weise, wie dieser Engländer immer allem und jedem weit voraus war, ging ihm langsam auf die Nerven.

»Gerald ist ein Smartframe. Ich gebe ihnen gerne Namen, nachdem ich sie geschrieben habe. Jedenfalls habe ich Gerald gestern noch per Fernbedienung auf seine Arbeit angesetzt, während du dich umgezogen hast. Ich muß schon sagen, alter Junge, du siehst wirklich todschick darin aus.« Der Troll kicherte.

»Ein Smartframe, das von hier aus arbeitet? Ist das nicht ziemlich riskant? In einem militärischen System gibt es doch bestimmt Aufspür-ICs«, sagte Serrin zweifelnd.

»Darum wurde Gerald auch über BIC in Dallas/Fort Worth umgeleitet. Wenn ihn die Deutschen verfolgen, werden sie glauben, daß es jemand von dem Texas-Konzern war, der bei ihnen herumgeschnüffelt hat. Von früher her weiß ich, daß Gerald BIC infiltrieren und der Konzern ihn nicht verfolgen kann. Ich werde mir gleich ansehen, was er ausgegraben hat. Bis dahin müßte Tracey mit der Analyse der Flugpläne fertig sein und Vorschläge für MP-Überprüfungen ausgearbeitet haben«, erwiderte Michael glatt.

»Frag gar nicht erst nach Tracey«, flüsterte Tom Serrin zu.

»Chummer, was gibt es, das du *nicht* kannst?« fragte Serrin sarkastisch.

Der Engländer hielt inne, um einen Moment lang nachzudenken. »Ich würde nicht bei Aztechnology in Aztlan einbrechen wollen, alter Junge. Nicht, wenn ich nicht eine Million Vorschuß bekäme und ein Team erstklassiger Helfer und Ärzte um mich herum säße. Abgesehen davon und einem oder zwei von den japanisch gestalteten Systemen schreckt mich nichts, echt nicht.

Geraint sagt, ich sei ein kontrollierter Hypomane. Wenn er einen guten Tag hat. Und wenn man ihn fragt, nachdem seine letzte Affaire d'amour den Bach runtergegangen ist, sagt er wahrscheinlich, daß ich verrückt bin«, sagte Michael. »Aber wenn ich etwas anfange, wird es auch erledigt. Und jetzt laßt mich ein paar Brötchen bestellen und nachsehen, was wir hier haben.«

Selbst an einem kühlen Wintertag war die Fahrt nach Simon's Town unangenehm. Ein Bus, der sechzig Leuten Platz bot, war mit fast hundert vollgestopft, und drinnen war es heiß, schwitzig und stickig. Zuerst dachte Kristen, sie sei mitten in ein halbes Dutzend Jockeys geraten, die zu den Straußenrennen unterwegs waren, doch schnell wurde ihr klar, daß es nur Möchtegerns waren, Kinder, die auf der Rennbahn die Aufmerksamkeit der richtigen Person zu erregen hofften. Sie schwatzten und lachten und ignorierten sie demonstrativ, was ihr nur recht war. Sie verhielt sich ruhig und wartete mit zunehmender Ungeduld auf das Ende der Fahrt. Nach fast zwei Stunden kroch der Bus über die westliche Küstenstraße, bevor er schließlich nach Osten abbog und am Da Gama Park vorbei zum abgewrackten alten Hafen fuhr. Beim nächstenmal sorge ich dafür, daß Manoj mir das Geld für den Zug gibt, dachte sie.

Die großen alten Häuser an der Main Street waren längst zu einem Labyrinth von Ghettos verkommen. Azanien unterhielt keine besonders große Flotte mehr, und über die Hälfte der Leute hier waren arbeitslos, während der Rest nach Kapstadt pendeln mußte, um Arbeit zu finden. Die wenigen, die das Glück hatten – oder das Vertrauen fanden –, um in Topstones als Edelsteinpolierer zu arbeiten, wohnten in ihrer eigenen Arcologie, weit weg von ihren Freunden am Berghang. Auf den Straßen gab es zu viele leere Augen, die nach

Leuten Ausschau hielten, mit deren Geld sie sich ein paar Stunden Vergessen bei dem einen oder anderen verdrehten Laster kaufen konnten.

Kristen trug das große Messer bei sich, das sie aus Manojs Laden mitgenommen hatte. In Kapstadt hätte sie es normalerweise nicht angerührt, weil sie dort schon allein für sein Vorhandensein in ihrer Tasche zwei Jahre bekommen konnte. Hier und jetzt war sie jedoch froh, es dabeizuhaben. Auf dem Weg zur Villa, die etwas zurückversetzt an der Main Street lag und mit Sicherheitszäunen und blühenden Hecken umgeben war, wurde sie immer paranoider. Als sie schließlich vor dem schlichten grauen Tor stand und auf die Klingel drückte, wollte sie nur noch von der Straße herunter. Das Tor öffnete sich langsam und kaum lange genug, um ihr Zutritt zu gewähren, dann schnappte es sofort wieder hinter ihr zu.

Sie ging zur Haustür, die von einem hochgewachsenen, hagergesichtigen Weißen geöffnet wurde, der eine großkalibrige Pistole auf ihre Brust richtete.

»Laß die Tasche fallen und leg die Hände auf den Kopf«, befahl er. Sie gehorchte augenblicklich. Während er Pistole und Augen auf sie gerichtet hielt, ging er langsam in die Knie und öffnete die Tasche. Er zog ihr Messer heraus, fauchte sie an, behielt es in der Hand und befahl ihr, die Tasche wieder an sich zu nehmen. Sie tat es sehr langsam.

»Du dachtest wohl, du könntest mich abmurksen und dir dann die Sachen unter den Nagel reißen, was?« knurrte er.

»Hör mal, Chummer, ich bin nur das Botenmädchen«, sagte sie müde. »Ich bin die Main Street entlanggegangen, um hierherzukommen. Welcher Idiot würde das ohne Waffe tun?«

Er nickte widerwillig und ging in den Hausflur. »Du kommst besser mit rein. Ich wickle meine Geschäfte nicht hier draußen ab, wo jeder, der die Augen offenhält, zusehen kann«, sagte er. Seufzend folgte sie ihm hinein, wobei sie sorgfältig darauf achtete, sich langsam und gemessenen Schrittes zu bewegen.

Der Mann legte das Messer auf den Tisch, ging zu einer Kommode – wobei er sie nicht aus den Augen ließ – und nahm ein altes, ziemlich billig zusammengesetztes Radio herunter. Er brachte es zu ihr und stopfte es in ihre Tasche.

»Es ist da drin«, sagte er. »Sag Manoj, er kann das Radio behalten. Es funktioniert noch.« Fast hätte er sich ein Lächeln gestattet, doch dann nahm er davon Abstand. »Sag ihm, wenn die andere Hälfte des Geldes nicht bis morgen früh hier ist, bekommt er Besuch von ein paar Männern. Und jetzt schwirr ab.«

Kristen war noch nicht bereit, die Aussicht aufzugeben, etwas Geld nebenbei zu verdienen. »Ich habe etwas, von dem Manoj sagte, du würdest es vielleicht kaufen.« Der Mann lachte verächtlich, aber das brachte sie nicht aus der Fassung. »In der Tasche. Ein Computer.«

Er holte das Radio wieder heraus und stellte es beiseite, dann zog er das kleine Kästchen hervor. Die Tatsache, daß er es nicht anstarrte wie etwas, das gerade in ein Loch gekrochen und dort gestorben war, ließ sie hoffen.

»Ich sehe es mir mal an«, sagte er. »Aber du kommst besser mit. Ich traue dir nicht so sehr, daß ich dich hier alleine lassen würde.«

Sie immer noch wie ein Luchs beobachtend, führte er sie in ein Hinterzimmer, wo er ihr einen Platz ihm gegenüber an einem Arbeitstisch zuwies. Er ließ die Pistole in Reichweite liegen und drückte auf den winzigen Einschaltknopf des Computers.

»Manoj hat ihn nicht zum laufen gebracht. Er sagte, vielleicht könntest du die Einzelteile brauchen«, sagte Kristen zu ihm. Er schraubte das Gehäuse auf und warf einen Blick auf das Innere.

»Das Ding ist noch einigermaßen in Ordnung. Vielleicht könnte ich wirklich einiges davon gebrauchen«, sagte er kühl. »Ich gebe dir hundert Rand dafür.«

Das war Hühnerfutter, echt. Aber erstens wußte Kristen nicht, was das kleine Gerät wirklich wert war, und zweitens war sie in keiner guten Verhandlungsposition. Sie hatte gelernt, daß ein kleiner Gewinn sofort besser war als die Aussicht auf einen großen später, also beschloß sie, das Geld anzunehmen.

»Klar. Wenn du mir bei einer Sache hilfst.«

»Und die wäre?« knurrte er. Sie schob ihm den geglätteten Ausdruck herüber. »Einer der Namen auf der Liste. Serrin Shamandar. Gibt es eine Möglichkeit, mehr über ihn zu erfahren?«

Er betrachtete die Zahlen auf dem Papier. »Da steht eine Telekomnummer«, sagte er. »Warum hast du es damit nicht versucht, Dämel?«

»Ich kann nicht lesen, Dämel«, schnauzte sie pikiert.

»Hör mal, ich rufe niemanden an, von dem ich nie auch nur gehört habe«, sagte er. »Manche Leute haben Schaltungen installiert, die automatisch jeden Anruf zurückverfolgen. Wenn du mit diesem Kerl reden willst, laß jemanden für dich anrufen, wenn du wieder zu Hause bist. Es gibt genug öffentliche Apparate.«

Wenn ich einen finde, der nicht im Eimer ist, dachte sie. Die einzigen, die noch funktionierten, befanden sich in Stadtteilen, in denen Kristens dunkle Haut fehl am Platz war und sie so verdächtig wie die Hölle aussehen lassen würde.

»Hör mal, es ist doch nur ein Anruf«, sagte sie kläglich. »Er wird nicht gleich von Seattle hierherkommen, nur weil ihn jemand aus Kapstadt anruft, oder? Ich kann dir zwanzig Dollar dafür geben.«

»Woher hast du denn die Dollars? Nein, schon gut, ich frage nicht«, sagte er trocken. »Also schön. Eine halbe Minute, nicht länger.«

Er tippte die Nummer in sein Telekom und schaltete die Videokamera aus. Das Jaulen, das ihm antwortete, ließ ihn grinsen.

»Das ist keine Telekomnummer, Mädchen, sondern 'ne Faxnummer. Nur geschriebene Worte. Soll ich eine Nachricht eingeben? Kostet dich zehn Dollar je halbe Minute.«

Kristen wollte ihn nicht wissen lassen, was sie ihm sagen würde. Sie wußte ja selbst nicht einmal, was sie sagen wollte. Sie überlegte, ob sie jemanden in Kapstadt kannte, dem sie genug vertraute, um es für sie zu tun. Sie erhob sich, um zu gehen, aber er richtete die Kanone auf sie.

»Zwanzig Dollar, hast du gesagt.«

Sie warf ihm die Hälfte zu. »Du hast die Verbindung hergestellt, aber ich konnte nicht mit ihm reden. Die Hälfte«, sagte sie, wobei sie ihn trotzig anstarrte. Er schnaufte und sah weg.

»Wie du willst. Nimm dein Messer und sieh zu, daß du heil zurückkommst. Manoj wäre echt genervt, wenn du es nicht schaffen würdest.« Er zog ein Bündel Fünfzig-Rand-Scheine aus der Tasche und tauschte zwei davon gegen ihre beiden Fünfer auf dem Tisch ein.

Als sich das Tor hinter ihr geschlossen hatte und sie wieder die Augenpromenade auf der Hauptstraße passierte, freute sich Kristen nicht im geringsten auf die Busfahrt nach Hause. Sie trug eine fünf- bis zehnjährige Gefängnisstrafe mit sich herum und war für nichts und wieder nichts zehn Dollar ärmer. Selbst mit den hundert Rand, wenn sie sich schließlich etwas zu trinken gekauft haben würde, um die Rückfahrt zu überleben, würde sie fast so viel ausgegeben haben, wie sie für den Job bekommen sollte. Kristen seufzte. Tja, so war das eben mit dem Glück. Manchmal endete eine Strähne einfach viel zu früh.

»Zeit fürs Mittagessen, Leute«, meldete sich eine aufreizend fröhliche Stimme. »Ihr habt drei Stunden geschlafen. Wenn ihr noch lange liegenbleibt, könnt ihr heute nacht nicht mehr schlafen. Kommt schon, das Essen wartet schon auf euch.«

Serrin öffnete die Augen und gähnte. Er setzte sich auf und durchwühlte seine Reisetasche nach seiner Zahnbürste. Er war gerade unterwegs ins Badezimmer, während der Troll weiterhin dröhnend schnarchte, als Michael ihn aufhielt.

»Also, es ist nicht die Damaskus-Liga, die hinter dir her ist«, sagte der Engländer zu ihm. »Die Deutschen haben die Information, daß die Araber Small umlegen wollten, weil er sich zu sehr bei den jüdischen Wählern anbiedert. Sie haben eine Liste von Zielen, aber du bist nicht darauf. Außerdem wird es dich freuen zu hören, daß Renraku, Aztechnology, HKB in London – die, wie ich annehme, ein spezielles Interesse an dir haben – und eine Handvoll anderer bedeutender Spieler zwar ein Auge auf dich haben könnten, aber nicht in mörderischer Absicht.«

»Du meinst, du hast die Überwachungsdateien von Renraku geknackt? Und Aztechnology? Machst du Witze?« keuchte Serrin.

»Natürlich nicht. Ich habe ein paar Kontakte, das ist alles. An sie mit der Bitte heranzutreten, mir zu bestätigen, daß du keine besondere Priorität auf ihren Listen hast, war keine große Sache. Übrigens, Frieda in Frankfurt erinnert sich an einen völlig nichtssagenden Mann in Chauffeursuniform. Mittelgroß, normale Statur, Sonnenbrille, Schirmmütze. Langer Mantel. Keine besonderen Kennzeichen. Aber sie sagte, seine Stimme hätte sehr sexy geklungen.«

»Toll«, knurrte Serrin. »Nächstesmal, wenn irgendein Dreksack versucht, mich zu erschießen, achte ich darauf.«

»Also können wir einiges von der Liste streichen. Im

Moment ist Tracey mit den vermißten Magiern beschäftigt. Nach Rasse getrennt und selbstverständlich unter Berücksichtigung der Konzernpolitik. Sie erledigt gerade den problemlosen Kram, aber ich glaube, ich schalte mich ein und erledige die schwierigen Fälle selbst, während ihr eßt. Zum Beispiel will ich sie nicht der Gnade von BIC überlassen. Und in den Akten der größeren Konzerne nach nicht gemeldeten Vermißten zu suchen, könnte ebenfalls ziemlich schwierig werden.«

»Schläfst du eigentlich nie?« wunderte sich Serrin.

»Ich komme mit drei Stunden Schlaf pro Tag aus. Seit ich angefangen habe, zweimal am Tag zu meditieren. Zehn Minuten Meditation ersetzen zwei Stunden Schlaf, glaub mir. Geraint hat mir gesagt, ich sei hyperaktiv. Einmal ließ er mich für eines seiner verdammten Experimente in eine Flasche pinkeln, um meinen Stoffwechsel zu analysieren, als wir noch in Cambridge waren. Er hat alles mögliche untersucht und mir dann gesagt, je nachdem, wie ich damit umginge, könnte ich entweder einer der besten Decker im Geschäft oder ein Schizophrener werden.«

Serrin fixierte Michael lange und durchdringend. »Du bist ein Irrer«, sagte er schließlich.

»Genau«, sagte Michael fröhlich. »Die meisten Leute sagen mir das spätestens eine Stunde, nachdem sie mich kennengelernt haben. Für einen Separatisten bist du ziemlich höflich. Hast du englisches Blut in den Adern?«

Der Elf schüttelte den Kopf und verschwand im Bad. Als er schließlich rasiert, gebadet und mit sich und seinem Leben wesentlich zufriedener wieder aus dem Bad herauskam, waren Michael und Tom in ein ernsthaftes Gespräch vertieft.

»Nein, du irrst dich«, sagte Michael lebhaft. »Wir brauchen viel *weniger* Gefühl in den Leuten. Je gebildeter, intelligenter und analytischer die Leute sind, desto besser können sie den ganzen Drek um sie herum erkennen und fangen an, darüber *nachzudenken*.«

»Man braucht nicht groß nachzudenken, um zu erkennen, daß manche Dinge falsch sind«, sagte der Troll schlicht. »Das ist etwas, das man empfinden muß. Wenn man nichts empfindet, hat man keinen Sinn für Richtig und Falsch.«

»Sicher, aber ...« Michael brach ab, als Serrin hereinkam.

Der Engländer wirkte ein wenig verlegen. »Tut mir leid, alter Junge. Ich kehre sofort wieder in die Tretmühle zurück. Ich hatte eine faszinierende Unterhaltung mit Tom.« Er stand auf und ging in das zweite Arbeitszimmer, wobei er die Datenbuchse in seiner Schläfe befingerte. »Entschuldigt mich. Wie wir Briten, zu sagen pflegen, es könnte etwas länger dauern.« Er schloß die Tür hinter sich.

»Er ist ganz schön verdreht«, seufzte der Elf.

»Sind alle Briten so?« fragte der Troll.

Serrin lachte. »Nicht ganz. Nicht ständig. Aber er ist gut in seinem Job. Er bringt uns weiter.«

Der Troll grunzte und machte eine Bemerkung zum Thema Mittagessen.

»Wir könnten den Kühlschrank plündern oder in ein Restaurant gehen. Obwohl mir der Gedanke, nach draußen zu gehen, nicht gefällt. Hier sind wir sicherer.«

»Ich brauche frische Luft«, beschwerte sich Tom. »Und seinen Kühlschrank hab ich mir auch schon angesehen. Er ißt nur Sachen mit nichts darin. Alles ist entrahmt hier und ohne Kalorien da. Ein Troll könnte hier oben glatt verhungern.«

»Tja, ich schätze, in diesen lächerlichen Klamotten würde mich sowieso niemand erkennen«, seufzte Serrin. »Außerdem sehe ich mich hin und wieder astral um. Das tue ich schon die ganze Zeit.«

»Hab ich bemerkt«, sagte der Troll.

»Ich glaube, ich habe einen Laden gesehen, wo man

für zehn Mäuse so viel Pizza und Pasta essen kann, wie man will, auch wenn man ein Troll ist. Vorausgesetzt, man kommt mit jemandem, der keiner ist. Auf die Tour kommt man mit zwanzig für den Troll und den anderen Burschen aus«, sagte der Elf.

»Wenn du deinen Predator hast, ich habe meinen Roomsweeper«, schnaufte der Troll. »Außerdem habe ich einen leeren Magen. Also, wo ist der Laden?«

9

Der Alarm von Tracey überraschte ihn. Der größte Teil des Frame-Deckens war ziemlich einfach gewesen, aber diesmal bekam Michael eine Meldung, daß das System der Zulu-Nation, in das er hinein wollte, äußerst hochentwickelt war. Das roch nach Gefahr. Er hatte es nur deshalb überprüft, weil ein Flug aus New Hlobane, fünfzehn Minuten bevor Serrin nach Frankfurt geflogen war, auf dem JFK-Flughafen gelandet war. Was ihn neugierig gemacht hatte. Der Flugplan für europäische und japanische Flüge war genau das, was er erwartet hatte, aber ein Direktflug aus der Zulu-Hauptstadt nach New York war etwas anderes. Diese verblüffende Tatsache stach hervor wie ein Kiesel in Vaseline. Jetzt sagte ihm das Frame, daß die Polizeisysteme dieser Zulus gut durchdacht und noch besser gesichert waren.

Serrin und Tom waren noch nicht wieder zurück, also schloß er sich an einen Herzmonitor und ein Atmungsanalysegerät an und stöpselte sich ein. Augenblicklich nahm er in der virtuellen Realität der Matrix die Gestalt eines Professors an, komplett mit Talar und Barett, den Geigenkasten mit seiner MG-Angriffsutility in der Hand, und machte sich auf den Weg durch die Datenleitungen über den Atlantik.

Das Frame hatte bereits die SAN-Nummer des Zulu-Systems ermittelt, so daß er wußte, wohin er unterwegs war. Was er nicht wußte, war, ob es einen Systemalarm gab. Tracey würde sich zurückgezogen haben, bevor sie es herausfinden konnte. Er wechselte auf Ausweich-Modus, was die Chancen, entdeckt zu werden, verringerte, bis er erkennen konnte, ob irgendwelche Alarmprogramme ausgelöst worden waren.

Der Systemzugangsknoten sah aus wie ein kreisförmiges Stück Grasland, das von großblättrigen, grobrindigen Bäumen umgeben war, die in einer leichten Brise schwankten. Die schlafende Löwin war keine Überraschung, obwohl ihm ihre Nähe zu der Seilbrücke nicht gefiel, die über den Fluß in der Ferne führte. Noch besorgniserregender war der Geier, der friedlich in einem der Bäume saß. Er konnte nicht einmal raten, um was für ein Konstrukt es sich dabei handelte.

Als er sich langsam vorwärts tastete, spürte er das vertraute Ziehen an seinen Sinnen. Dies war natürlich ein speziell gestaltetes System, eine Einzelanfertigung, und daher war es viel schwieriger, sich darin zurechtzufinden, als in einem System, das die übliche Metaphorik benutzte. Er nahm an, daß es nicht so schwierig sein konnte, dieses System zu zwingen, seine Persona, das Icon, als das er in dieser illusorischen Elektronenwelt existierte, zu akzeptieren, aber dieser Geier bereitete ihm Kopfzerbrechen. Nicht aufgrund dessen, was er tat, sondern genau deswegen, weil er nichts tat. Ein Scanner-Programm, vermutete er, aber er wollte sicher sein.

Wie sich herausstellte, war es viel schlimmer als das.

Er ließ den kleinen Raubvogel fliegen, den Falken, der sein Analyseprogramm war. Der Falke umkreiste den Geier, während er selbst blieb, wo er war, und die Löwin im Auge behielt. Der Analyse-Falke kam mit einigen einander widersprechenden Signalen zurück. In dem Versuch, schlau daraus zu werden, konzentrierte er sich darauf, durch die Augen des Falken zu sehen.

Die Flügel des Geiers wiesen eine bizarre Zeichnung auf. Jede Feder trug ein Muster, das eine Mischung aus einer einfachen Spirale und einem gefiederten Fraktal war. Seine Augen registrierten alles mit unglaublicher Geschwindigkeit, indem sie nicht so sehr herumirrten, sondern zoomten.

Er mußte zugeben, daß das erste Sahne war: ein infinites Regreß-Element. Natürlich war der Geier ein Auf-

spür-Programm, und zwar ein völlig unabhängiges. In diesem speziell gestalteten System wußte das verdammte Ding ganz genau, was hier erlaubt war und was nicht. Wenn Michael die Realität dieses Systems zu überwinden versuchte, würde der Geier Alarm schlagen. Wenn er versuchte, das Programm zu besiegen, kam ein unendlicher selbstprüfender Algorithmus zum Einsatz, der tatsächlich auf die Niederlage reagieren würde. Und wenn er versuchte, den Algorithmus zu besiegen ... Michael schwindelte allein bei dem Gedanken an die Möglichkeiten.

Und dies war nur der Eingang zu dem System? Was hatten diese Burschen sonst noch auf Lager? Er gestattete seiner Persona die Verwandlung, fand sich mit der leichten Desorientierung ab, die damit verbunden war. In der Gestalt eines großen speertragenden Zulu schritt er vorwärts zur Brücke und schaltete auf Bod-Modus. In einem System wie diesem hatte jeder spezialisierte Operationsmodus für seinen Geschmack zu viele Schwachstellen.

Er riskierte es mit einem Rauchprogramm, da er die Verteidigung dieses ersten Knotens rasch überwinden mußte. Das würde einige Nachteile für ihn mit sich bringen, aber Michael hatte genug Vertrauen in seine Fähigkeiten, um sich deswegen nicht übermäßig zu beunruhigen. Ein Schwarm lärmender Papageien tauchte plötzlich auf, während die Löwin erwachte und das Maul zu einem Brüllen öffnete. Drek, dachte er, ich habe sie für Killer-IC gehalten, aber sie ist noch ein Aufspürprogramm. Oder?

Michael stoppte das Angriffsprogramm und startete statt dessen eine Schleicherutility. Anstelle der sich unendlich entfaltenden Brieftasche mit Plastikkarten, Pässen, Passierscheinen und Geldscheinen, der Gestalt, die das Programm normalerweise annahm, verwandelte sich sein Speer in ein Stammesamulett mit einem komplexen Muster aus Gold und Silber, das ihm völlig unbekannt war. Die Löwin betrachtete es und gähnte, während ein leises Grollen tief aus ihrer Kehle kam. Ein wenig schwitzend, stahl er sich an ihr vorbei und zur Brücke.

Diese Brücke *muß* einfach ein Barrieren-IC sein, dachte er. Und er hatte das schreckliche Gefühl, daß sie wahrscheinlich meistens aktiv war. Wenn er die Brücke zu überqueren versuchte, würde er sich wahrscheinlich nach kürzester Zeit von Killergiraffen oder etwas in der Art umringt sehen. Er rief den Falken auf, um die Brücke zu testen.

Der Vogel setzte unsicher einen Fuß auf die Brücke. Nun, da er wußte, daß es eine Barriere war, aktivierte Michael erneut das Schleicher-Programm, um unentdeckt daran vorbeizukommen. Der Speer verwandelte sich erneut, diesmal in eine Schlange, die sich über die Brücke schlängelte, wobei ihr Leib nur jede zweite Holzplanke berührte. Das Krieger-Icon folgte der Schlange, indem es sorgfältig darauf achtete, denselben Weg zu nehmen.

Die Dschungellichtung war normale Kost, ebenso wie die tunnelähnlichen Schneisen, die in das dichte Unterholz gehauen waren und von der Lichtung abzweigten. Dies war eine SPU, eine Subprozessor-Einheit, und die Schneisen waren Datenleitungen und führten zu Knotenpunkten, überlegte er. Der Falke verriet ihm, daß sich in der SPU selbst nichts befand. Die Lichtung war verlassen.

Er rief Tracey auf und schickte sie durch eine Datenleitung, während er vorsichtig eine andere entlangtrottete. Er hatte sich entschlossen, den Sensor-Modus zu riskieren, da er die Datenbanken am Ende der Schneisen auf Informationen nach Vermißten überprüfen mußte. Natürlich bestand ein gewisses Risiko, daß sich das, wonach er suchte, viel tiefer im Innern des Systems befand, aber dieses Risiko mußte er eingehen. Alles hing davon ab, wie das System organisiert war. Im schlimmsten Fall waren die entscheidenden Einträge vollständig aus der Vermißtenkartei gelöscht und in eine stärker verteidigte Datenbank transferiert worden. Egal. Seine Analyse-Programme konnten die Spuren jeder, auch weit zurückliegender Löschungen zurückverfolgen, und wenn sie bei den Israelis abgeschaut hatten und auf diese Weise verfuhren, würde er es herausfinden.

Er hatte Glück. Die Orangen in dem Zitrusfrüchte-Hain waren das, was er suchte. Er rief das Frame zurück und schaltete wieder auf Bod-Modus, um das Risiko zu minimieren. In einem Wasserloch neben den Orangenbäumen suhlte sich friedlich ein sehr, sehr großes Nilpferd.

Was, zum Teufel, ist das? fragte er sich. Tracey, die ebenfalls wie ein Krieger aussah, öffnete ihre Tasche und entließ das Schmöker-Programm. Das oktopusartige Wesen schwebte gemütlich in der Luft und fing an, mit seiner Vielzahl von Tentakeln Früchte zu testen, die abzupflücken, welche sie gebrauchen konnte, und diese dann in die Tasche zu werfen.

Einen Sekundenbruchteil, bevor es geschah, wußte Michael, daß etwas nicht in Ordnung war. Das Nilpferd zu beobachten, war ein Fehler gewesen. Es handelte sich nur um eine Ablenkung. Der Boden hinter ihm verwandelte sich in einen Sumpf, als ein Teergrube-Programm aktiviert wurde. Währenddessen schlängelte sich eine Vielzahl dünner schwarzer Schlangen mit unglaublicher Geschwindigkeit durch das wogende Gras auf ihn zu.

Seine Reaktionsgeschwindigkeit erreichte Mach 2. Schwarze Mambas, aha. Die schnellsten Viecher ohne Beine und giftig wie der Teufel. Schwarze ICs. Wenn er sich jetzt ausstöpselte, würde er alles verlieren und nie wieder in das System gelangen. Er kannte diese Situation. Deshalb hatte er auch die Überwachungsgeräte an seinen Körper angeschlossen.

Das Adrenalin schoß reichlich durch seine Adern. Michael wußte, daß es nicht mehr lange dauern konnte, bis er von seinem eigenen Deck automatisch ausgestöpselt würde. Er wirbelte seinen Speer im Kreis durch das umgebende Gras, da er sich entschlossen hatte, hart zu bleiben. Da waren *Hunderte* dieser schwarzen Viecher, und er spürte, wie seine Körpertemperatur rasch anstieg, während sein Herz wild zu hämmern begann. Das Frame führte bereits ein durch Sensoren ausgelöstes Rückzugsprogramm aus, als ihn der Schock durchzuckte und er quer durch den Raum geschleudert wurde, während die herausgerissenen Kabel schaukelnd und bebend am Tisch herunterhingen. Michael zuckte einen Moment lang in einem Anfall von Krämpfen, dann lag er still.

»Hey, Manoj, du mußt das einfach für mich tun. Die hätten mich fast erledigt, Chummer. Da waren überall Streuner auf der Straße. Du hast mich in 'ne ziemlich üble Gegend geschickt, Mann. Unter dieser Nummer erreicht man nur ein Fax, was immer das ist!«

Sie hatte ihren Job erledigt, und es war kurz vor Ladenschluß. Manoj war nach einem harten Tag müde und gereizt, da ihm sein Geschäft viel weniger Spaß gemacht hatte als sonst. Er wollte nichts wie weg und sich vor einen Teller eingelegten Fisch mit Reis setzen. Dieses dämliche Miststück war ein Schmerz im Arsch, und das sagte er auch.

»Ich hab' kein Faxgerät«, keifte er.

»Doch, hast du. Ich habe gehört, wie du es letzte Woche Nasrah erzählt hast«, sagte Kristen triumphierend. »Du hast ihm davon erzählt, als hättest du gerade das hübscheste Mädchen in Sisulu flachgelegt!«

»Tja, du wärst das jedenfalls nicht!« brummte er, während er eine Ohrfeige antäuschte. Sie duckte sich unter dem absichtlich schlecht gezielten Hieb hinweg. »Aber erzähl es keinem. Wenn die falschen Leute Wind davon bekommen, wird es gestohlen. Ich kann mir keinen Einbruch mehr leisten.«

Sein Schlüsselring klimperte, als er sich an einem Schloß unter der Ladentheke zu schaffen machte. Er zog eine Schublade heraus und bückte sich, um das Fax einzuschalten. Kleine Lämpchen leuchteten an der Konsole auf.

»Also, was hast du zu sagen?« knurrte er. »Faß dich kurz. Und du bezahlst mir jede Sekunde.«

»Sag einfach … äh … Werter Herr …«

Sie versuchte etwas aus ein paar offiziellen Briefen zusammenzustückeln, die man ihr irgendwann vorgelesen hatte. Zum Beispiel dem, der sie davon in Kenntnis setzte, daß der Stadtrat ihre Sozialversicherungszahlungen eingestellt hatte, weil sie beim Betteln und Hausieren erwischt worden war. Der Brief war ein echter Heuler gewesen.

»Hör mit dem Quatsch auf. Jedes Wort kostet Geld. Faß dich kurz, wie ich schon sagte.«

»Okay. Schreib: ›Ich habe Ihren Namen auf einer Liste aus einem Computer von einem Burschen gesehen, der umgebracht wurde. Zwei andere Leute auf der Liste sind schon tot.‹«

»Was war das?« fragte er scharf.

»Halt dich da raus. Ich weiß, daß nur einer tot ist, aber auf die Art nimmt er mich vielleicht ernst. Außerdem *könnten* es mittlerweile zwei sein, nach allem, was wir wissen. Drek, es könnten *alle* sein!« Manoj verzichtete auf die Feststellung, daß sie nicht wußten, ob überhaupt jemand umgebracht worden war. Der Name, den er wiedererkannt hatte, gehörte einem Entführungsopfer. Aber Zeit war kostbar, und das Mädchen war entschlossen. Er kannte diesen Gesichtsausdruck.

»Schon gut. Ich schreib's ja schon«, sagte er unnötigerweise, da seine Finger über die Tasten flogen. »Und wie weiter?«

»Rufen Sie mich unter – welche Nummer hast du, Manoj?«

»Nein, das läuft nicht«, sagte er entschieden. »Ich will damit nichts zu tun haben. Auf keinen Fall.«

»Bitte!«

»Verpiß dich. Ich sagte nein.«

Sie fauchte und keifte, aber er wollte nicht nachgeben. Er hatte sich ein Gerät mit einer Umleitungsfunktion gekauft, die es schwieriger machte, irgendwas zu ihm zurückzuverfolgen, und diesen Vorteil würde er nicht einfach dadurch zunichte machen, daß er seine Nummer preisgab.

»Paß mal auf, Kristen, warum sagst du ihm nicht einfach, daß du ihn morgen um die gleiche Zeit noch mal zurückrufst und ihm dann eine Nummer nennst? Das läßt dir genug Zeit, ein öffentliches Telekom oder so zu finden. Das wäre das beste.«

»Also gut«, gab sie nach. Was wußte sie schon von diesem Drek? Sie konnte gerade eben mit einem Telekom umgehen, indem sie die Zahlen eingab, deren Lage auf dem Tastenfeld sie auswendig gelernt hatte. Aber Buchstaben eingeben? Das würde unmöglich sein.

Er beendete die Nachricht und schickte sie ab. Ein paar Sekunden später teilte ihm das Gerät mit, daß das Fax angekommen war.

»Alles erledigt. Geh und mach mir Kaf, und dann verschwinde«, sagte er knurrig.

»Ich kann heute nacht nicht hier schlafen?« sagte sie kläglich. »Drek, ich bin so müde. Und ich war den ganzen Tag für dich unterwegs. Komm schon, Chummer.«

»Also schön«, seufzte er, während er die Schublade wieder verschloß und sie argwöhnisch betrachtete. »Aber versuch nicht, hiermit rumzupfuschen, verstanden. Nicht, daß du versuchst, das Schloß zu knacken und alles kaputt machst.«

»Ich und Schlösser knacken?«

Manoj war nicht sicher gewesen, ob sie das konnte oder nicht, aber diese übertriebene Unschuldsmiene, mit der sie ihn jetzt ansah, war verräterisch. Wenn sie sich nicht auf etwas bezog, das sie bereits getan hatte, dann auf etwas, das zu tun sie erwog.

»Warum tust du das, Mädchen?« fragte er sie, als sie die Ladentür abgeschlossen und die Rolladen heruntergelassen hatten und ihren Soykaf tranken. »Mit diesem Burschen aus Seattle. Was hast du damit zu tun?«

»Keine Ahnung«, sagte sie wahrheitsgemäß.

»Ist das so, wie wenn ihr Mädchen manchmal auf einen Rockmusiker fliegt? Überall Plakate von ihm seht und euch in ihn verknallt? Oder wie bei den Mädchen, die denken, daß der Text irgendeines Liedes nur für sie geschrieben wurde?«

»Vielleicht ist es ein bißchen so«, sann sie. Sie hatte noch nicht darüber nachgedacht. Über ihre Gefühle und Empfindungen nachzudenken, gehörte nicht zu Kristens starken Seiten.

In diesem Augenblick krachte der erste Vorschlaghammer durch die Hintertür. Manoj hatte das Metallgitter noch nicht heruntergelassen. Das tat er immer erst, wenn er den Laden verließ. Er ging augenblicklich in die Knie und zog an etwas, das unter einer Abdeckung unter der Ladentheke lag. Kristen sah ihn eine antiquierte Schrotflinte herausziehen, während sie ihr Messer aus der Tasche holte.

Die Tür wurde aus den Angeln geschlagen. Zwei Mitglieder der Gang waren fast hindurch, doch Manoj erwischte sie beide mit dem ersten Schuß. Einer fiel einfach nach vorne, die linke Hälfte seines Körpers blutüberströmt. Der andere zog sich schreiend in die Dunkelheit der Nacht zurück.

»Ihr verdammter Abschaum. Wollt ihr noch mehr davon?« kreischte Manoj. Draußen auf der stockfinsteren Straße geisterten immer noch ein paar Gestalten herum. Sie mußten die Straßenlaternen eingeschlagen haben, bevor sie den Laden überfielen.

Das Wurfmesser wirbelte aus der Dunkelheit herein und traf ihn seitlich im Hals. Kristen schrie auf, als Manoj zurücktaumelte und Blut den Schnickschnack und die Broschen befleckte. Das ovale Gesicht einer Xhosa-Maske an der Wand sah fast komisch aus, wie es von einer dicken roten Linie in der Mitte geteilt wurde. Sie wußte, daß Manoj tödlich verwundet war, als er den zweiten Lauf abschoß – was er nur tun würde, wenn er nichts mehr zu verlieren hatte. Sie griff sich ihre kleine Tasche, rannte die Treppe hinauf, wickelte sich einen Stoffetzen um die Hand und schlug die Scheibe des kleinen Fensters in dem Raum ein.

Die Straße befand sich fünf Meter unter ihr, aber gerade, als sich Kristen durch den ächzenden Rahmen zwängte, spürte sie, wie ihre Beine von rauhen, harten Händen gepackt wurden. Mit einer gewaltigen Willensanstrengung gelang es ihr, ein Bein anzuziehen und dann mit aller Kraft nach hinten auszutreten. Der Tritt traf, und sie hörte ein erfreuliches Stöhnen, aber dann verlor sie das Gleichgewicht und fiel nach unten, da die Hände sie losließen. Der graue Asphalt der Straße rauschte ihr wie ein Schnellzug entgegen.

10

Das alte Kloster, das sich inmitten der Koniferen erhob, war wirklich wunderschön. Sogar im Sommer hüllten die Farne und Gräser es nach einem nachmittäglichen Regen in einen nebligen Dunst, und jetzt funkelte und glitzerte es in der Abendsonne. Der Rolls-Royce schnurrte über den Kiesweg, wobei er einen Hagel kleiner Steine hochschleuderte. Als der Wagen vor dem bogenförmig gewölbten Hintereingang des Gebäudes hielt, stiegen zwei Männer in blauen Anzügen fast synchron aus dem Schatten des Wageninneren. Einer der beiden, der dunkler und kleiner als der andere war, betrat das Kloster, als sich die Türen vor ihm öffneten. Der andere half dem Chauffeur mit der Schirmmütze, der emsig Vorbereitungen traf, um sich um den Insassen auf der spezialangefertigten Rücksitzbank des Wagens zu kümmern.

»Seine Gnaden wird Sie jetzt empfangen«, sagte der Butler zu dem Dunkelhaarigen, der ihn ignorierte und zur Bibliothekstür ging, wo er klopfte und auf den Klang der vertrauten Stimme dahinter wartete. Gleich darauf wurde er hineingebeten.

Er trat ein und ging vor, bis er vor der Gestalt stand, die vor einem riesigen, vollständig mit Vorhängenen verhangenen gewölbten Fenster hinter einem Schreibtisch saß. Luther saß da und blätterte im Kerzenlicht in einem staubigen Wälzer, den er hier in der Bibliothek immer bevorzugte. Sein vollständig kahler Kopf hob sich unmerklich. Er starrte seinen zurückgekehrten Diener an, als fordere er ihn im stillen auf, Bericht zu erstatten.

»Es ist erledigt, Euer Gnaden. Lothar trifft gerade die Vorbereitungen. Alles ist perfekt gelaufen, Sir.«

»Gut, Martin.« Schon diese beiden Worte reichten

aus, um die Seltsamkeit seiner Stimme erkennen zu lassen. Der Name klang irgendwie falsch, aber jeder Zuhörer hätte Schwierigkeiten gehabt, den Finger auf das zu legen, was falsch war. Die Worte klangen wie aus einem Stimmensynthesizer, der nicht ganz perfekt klang, weil es sein Besitzer absichtlich unterlassen hatte, die Feineinstellungen vorzunehmen.

»Ich habe dich vermißt«, sagte Luther, indem er das Buch aus den Händen gleiten ließ.

Martin Matthäus spürte, wie ihn eine Welle der Erleichterung überflutete. Er diente diesem großartigen Mann jetzt seit über einem Jahrhundert, und er hatte in all dieser Zeit nie etwas von ihm gehört, das einer echten Gefühlsregung so nah kam wie das, was er ihn soeben hatte äußern hören. Es war mehr, als er verdiente.

»Es gibt viel zu tun«, sagte Luther schlicht. Er stand auf, fuhr sich mit gekrümmten Fingern über die Schläfen und spitz zulaufenden Ohren, strich sich über den schlanken Schädel. »Du mußt dich um das Kopieren der Daten von den Ausscheidungswettkämpfen der Nongoma kümmern. Ich brauche die Daten spätestens übermorgen früh. Es ist bedauerlich, daß ich gezwungen war, so drastische Maßnahmen zu ergreifen.«

Panik wallte in Martin auf. Bisher hatte Luther noch niemanden für die mißlungene Entführung bestraft. Er mußte auf den geeigneten Augenblick warten. Martin hatte nichts damit zu tun, aber er wußte ganz genau, daß es Luther ein Vergnügen sein würde, seinem Sadismus Launenhaftigkeit hinzuzufügen, wenn sich seine eisige Wut bis zum Punkt körperlicher Aktion gesteigert haben würde. Und nach Heidelberg *würde* Luthers Wut gestiegen sein. Zwei ernsthafte Fehlschläge in einem Monat verlangten nach einem Opfer, vielleicht auch mehr als einem. Der entscheidende Augenblick würde kommen, wenn Luther sich gesättigt hatte, wenn seine Energie groß war und er innerlich brannte. Aber dann würde Martin tief in die Computer und Datenbanken versunken sein, und Luther würde nicht kommen und nach ihm suchen.

»Wenn du fertig bist, komm hierher zurück«, sagte Luther in bedrohlichem Tonfall, der Martins Besorgnis vorübergehend noch steigerte. Glücklicherweise wurde sie durch seine nächsten Worte gleich wieder beschwichtigt.

»Ich glaube, wir müssen die Amerikaner überwachen«, fuhr Luther fort. »Ich bezweifle, daß sie jetzt schon offen aktiv werden. Aber sie könnten eine Art Spion schicken. Höchstwahrscheinlich werden sie versuchen, in unsere Matrixsysteme zu decken. Ich wünsche, daß wir gemeinsam die Sicherheitsvorkehrungen durchgehen.«

»Ja, Euer Gnaden«, erwiderte Martin dankbar. Das bedeutete für ihn noch mehr Arbeit, aber es bedeutete auch Sicherheit, nicht zuletzt deswegen, weil er sich im Computerlabor einschließen und seine Zurückgezogenheit mit Sicherheitsgründen rechtfertigen konnte. Natürlich würden die Schlösser Luther nicht aufhalten, aber wenn er in einem Wutanfall auf Martin losging, hielten sie ihn vielleicht lange genug auf, um ihn abzukühlen. Martin kannte alle Anzeichen, die einem Anfall von Raserei bei Luther vorausgingen, und er konnte erkennen, daß er heute nacht einen ziemlich mächtigen Anfall bekommen würde.

»Ist das einstweilen alles, Euer Gnaden?« sagte er hoffnungsvoll. Luther entließ ihn mit einem Winken seiner Hand. Martin verbeugte sich, als er ging, dann machte er sich eilig an den Abstieg in die alten Gewölbe.

Luther hustete trocken, strich seinen Anzug glatt und korrigierte den Sitz seiner schwarzen Krawatte. Schließlich mußte er zu einer Beerdigung.

Michael kam wieder zu sich, während Trolle auf den Amboß einhämmerten, der sein Schädel war, gerade als sich die Tür öffnete. Serrin und Tom fanden ihn auf den Knien vor, da er immer noch aufzustehen versuchte. Seine Augen waren blutunterlaufen, und sein Gesicht war totenbleich. Tom eilte zu ihm, um ihm zu helfen. Er faßte Michael unter den Armen und zog ihn mit lächerlicher Leichtigkeit hoch.

»Mach keinen Tanz mit Gesang daraus, alter Junge«, scherzte Michael schwach. Er spürte die heilenden Hände des Schamanen, als heilende Kräfte durch den Troll flossen. Die Schwäche verging, und seine Kopfschmerzen ließen nach, bis er anstelle des heftigen Pulsierens, mit dem er erwacht war, nur noch ein dumpfes Pochen spürte. Er holte tief Luft und schüttelte den Kopf, um ihn wieder klar zu bekommen.

»Es geht mir gut. Meine Software, um mich automatisch auszustöpseln, muß die beste der Welt sein«, sagte er. »Mann, das System ist vielleicht mit ICs gesichert! Es muß dort etwas geben, das sie mich wirklich nicht finden lassen wollten. Mal sehen, was das ist.«

»Augenblick«, sagte Serrin. »Ruh dich erst mal aus. Du bist gerade erst zu dir gekommen. Trink zuerst einen Kaffee.«

Michael schüttelte den Kopf. »Ich brauche mich nicht wieder einzustöpseln. Ich brauche nur Norman durch den I/O-Port zu schicken und alles herabzuladen.« Serrin und Tom lächelten einander an.

»Hältst du es nicht für ein wenig ... äh ... exzentrisch, deinen Frames Namen zu geben?« kicherte Serrin. »Es ist nämlich nicht so, als wären sie echte Personen, mußt du wissen.«

»Sie haben mehr Persönlichkeit als ein paar angeblich echte, die ich kenne«, schnaubte Michael. »Insbesondere in New York. Natürlich ist es exzentrisch. Schließlich bin ich ein verdammter Engländer. Man erwartet von mir, daß ich exzentrisch bin. Es steht in meinem Vertrag.« Er setzte sich und tippte seine Anweisungen in eine ganz gewöhnliche Konsole, während die Kabel der Fairlights untätig herunterhingen.

Ausdrucke quollen aus der Phalanx der Maschinen, während Serrin seine Wahl zwischen Kenia und Costa Rica traf. Die afrikanische Kaffeemischung kam ihm irgendwie angemessener vor. Als er schließlich das Tablett ins Zimmer trug, hatte Michael meterweise Fakten und Zahlen erzeugt. Während er sie gespannt durchsah, bekam sein Gesicht einen immer verblüffteren Ausdruck.

»Das verstehe ich nicht. Die Hälfte dieses Dreks ist völlig irrelevant. Sie haben mein Schmöker-Programm geschlagen! Alles, was ich mir eingehandelt habe, ist ein Haufen Müll. Toll, ja, irgendein Schulkind der Umfolozi wird von seinen beunruhigten Eltern als vermißt gemeldet. Was soll dieser Drek? Und warum würde sich jemand solche Mühe geben, ihn mit ICs zu sichern?«

Er lehnte sich zurück, den Blick zur Decke gerichtet. Serrin sah förmlich Michaels Neuronen feuern.

»Es muß einen geheimen Sortiercode geben. Niemals würde eine Datenbank diesen ganzen Kram zusammenpacken. Es muß irgendeine Verschlüsselung oder so geben«, murmelte er.

Tom warf Serrin einen verwirrten, fragenden Blick zu. Serrin antwortete mit einer Miene, die besagte: ›Keine Ahnung, wovon, zum *Teufel*, er wieder redet.‹

Sie konnten den Engländer nicht davon abhalten, sich wieder einzustöpseln, da er seinen Smartframes nach deren anfänglichem Versagen jetzt mißtraute. Fünf Minuten später stöpselte er sich mit einem breiten Grinsen wieder aus. Der Ausdruck bestand aus lediglich drei Einträgen.

»Pfiffiger kleiner Code. Benutzt ein rekursives ...« Als er den Ausdruck auf ihren Mienen sah, unterbrach er sich sofort. »Ja, ja, schon gut. Es reicht vielleicht, wenn ich sage, daß er echt clever ist, wie ihr Seps es ausdrücken würdet.«

»Seps?« fragte Tom mit einem Anflug von Verärgerung in seiner grabestiefen Stimme. Er war mit dem englischen Slangausdruck für Amerikaner nicht vertraut. Serrin, der wußte, daß Seps eine Kurzform für Separatisten war, glaubte nicht, daß der Troll positiv auf eine Erklärung reagieren würde. Die Bezeichnung war nicht gerade ein Kompliment.

»Das ist im Augenblick unwichtig«, murmelte der Elf.

»Interessant. Zwei dieser Entführungen haben letztes Jahr stattgefunden und laut den Polizeiberichten der Zulus ganz eindeutige Konzernhintergründe. Ich glaube nicht, daß sie für uns relevant sind. Mit Entführungen von Konzernangestellten haben wir nichts zu tun. So daß nur noch eine bleibt. Die exakt vor dreiundzwanzig Tagen stattgefunden hat. Die versuchte Entführung eines Magiers namens Shakala in den Umfolozi Domains. Irre. Das ist eine ernste Sache.«

»Was sind die Umfolozi Domains?« fragte Tom gereizt. Er bekam immer nur die Hälfte von dem mit, was Michael sagte, aber dem Engländer schien es Spaß zu machen, Einzelheiten zu nennen, wenn er danach gefragt wurde.

»Ein natürlicher Lebensraum. Ein altes Naturschutzgebiet. Seit dem Erwachen ist es zu einem größtenteils unberührten Gebiet geworden, in dem Paraspezies und halbnomadische Stämme leben. Darunter auch eine Menge Metamenschen. Die Sache ist die, daß die Magier und Schamanen unter diesen Leuten äußerst mächtig sind. Der Versuch, einen von ihnen zu entführen, war mit einem außerordentlichen Risiko verbunden und viel gefährlicher als der Versuch, Serrin in den Straßen Heidelbergs zu schnappen.«

»Warum hat es dann jemand versucht?« fragte Serrin.

»Gute Frage, aber eine, die ich im Augenblick nicht

beantworten kann. Zum einen will ich erst mal abwarten, was die Frames aus den anderen Datenbanken herausgeholt haben. Zum anderen enthält die Akte keine Anmerkungen, die eine Begründung liefern könnten. Die Polizeianalyse besagt, daß es keine Hinweise auf eine Konzernbeteiligung gibt. Die versuchte Entführung wurde offenbar von einem Regierungsmagier gemeldet, der zufällig gerade am richtigen Ort war und zur richtigen Zeit eine astrale Überwachung durchgeführt hat. Aber es liegt keine Beschreibung der Entführer vor.«

»Du solltest sie nicht ›die Frames‹ nennen«, flüsterte Serrin grinsend. »Die Kinderchen könnten zuhören.«

Michael ignorierte ihn und traf Vorbereitungen, den Rest der Daten durchzusehen. Ein Summen aus Serrins Jackentasche ließ ihn zusammenzucken, als er nach dem Ladegerät tastete. Der Elf drückte den Anzeigeknopf und las die Botschaft, während Michael ihn erwartungsvoll ansah.

»In Seattle ist ein Fax für mich angekommen«, sagte er. »Ich habe eine Nachsendenummer. Wenn irgendwas ankommt, werde ich automatisch benachrichtigt.«

»Erwartest du irgendwas?« fragte Michael.

»Eigentlich nicht. Am besten, du läßt die Botschaft ausdrucken, dann haben wir sie schwarz auf weiß. Ich könnte sie Zeile für Zeile auf der Anzeige lesen, aber wenn es eine lange Botschaft ist, könnte das ziemlich mühsam werden.«

Michael hatte die kurze Botschaft Sekunden später ausgedruckt. Er reichte sie Serrin, ohne einen Blick darauf zu werfen. Der Elf las die Worte und wurde noch blasser, als er ohnehin normalerweise war. Er reichte das Blatt ohne Worte an Michael weiter.

Der Engländer las die Nachricht mit Rücksicht auf Tom laut vor. Da er nicht wußte, ob der Troll lesen konnte, wollte er ihn nicht in Verlegenheit bringen, falls er es nicht konnte. Der Schamane registrierte das sehr wohl.

»›Ich habe Ihren Namen auf einer Liste aus einem Computer von einem Burschen gesehen, der umgebracht wurde. Zwei andere Leute auf der Liste sind schon tot. Ich rufe Sie morgen um diese Zeit wieder an und gebe Ihnen eine Telekomnummer, unter der sie mich erreichen können.‹ Kein Name, kein Absender. Natürlich gibt es die Faxnummer des Absenders.«

»Ich werde langsam ziemlich paranoid, was anonyme Botschaften betrifft«, sagte Serrin.

»Dann wollen wir mal der Absendernummer nachgehen«, sagte Michael, der sich daraufhin seiner Gerätephalanx widmete und mit seinen Nachforschungen begann.

Serrin und Tom redeten nicht viel in der kurzen Zeit, in der Michael seine elektronische Suche durchführte. Dazu hatten sie bei Kaffee und Serrins Zigaretten in dem Restaurant ausreichend Gelegenheit gehabt. Der Elf wußte, daß Tom in dieser merkwürdigen Stadt, die ihm nicht gefiel, unglücklich war. Er war kein Straßenschamane, und selbst wenn, hätten ihm die Straßen Manhattans nicht gefallen. Sein einziger Kommentar dazu lautete, der Stadt fehle Herz und Nettigkeit.

»Natürlich umgeleitet«, sagte Michael mit einem Funkeln in den Augen, als er fertig war. »Die ursprüngliche Botschaft stammt aus Kapstadt. Merkwürdiger Zufall, oder? Zwei Hinweise auf die Könföderation Azanischer Völker in zehn Minuten. Ich gehe gerade dem Besitzer des Faxgeräts und seiner Adresse nach. Ah, da haben wir es schon.« Er arbeitete weiter, während er redete, wobei seine Frames die ›Laufarbeit‹ erledigten. »Also, mal sehen, was wir über Mr. Manoj Gavakar herausfinden. Offenbar ist er ein Kap-Inder, aber ist er ein Magier oder ist er …« Seine Stimme verlor sich.

»Was ist los?« fragte Serrin rasch.

»Die Botschaft wurde vor neun Stunden abgeschickt. Mr. Gavakars Geschäft ist kaum eine Stunde später bis auf die Grundmauern niedergebrannt. Seine Leiche, oder vielmehr eine Leiche, von der angenommen wird, daß es seine ist, weil ihr Zustand keine eindeutige Identifikation zuläßt, wurde in der Ruine gefunden. Das habe ich aus dem öffentlichen Nachrichtennetz, also ist diese Information nicht als geheim eingestuft worden.«

Serrin sah den Engländer an, entsetzt über die Implikationen dieser Information. Tom beugte sich nachdenklich vor. Bis jetzt hatte der Troll lediglich auf Serrins Paranoia reagiert. Er hatte sich nicht richtig beteiligt gefühlt. Das hier drang schon tiefer. Die Tatsache, daß er die Entwicklung persönlich miterlebt hatte, gab ihm das Gefühl, daß tatsächlich irgend etwas vorging.

»Das erinnert mich an die alte Redensart: Nur weil du paranoid bist, heißt das noch lange nicht, daß sie nicht hinter dir her sind«, sagte der Troll.

»Oder, wie die Redensart jetzt lautet: Jeder, der nicht paranoid ist, ist nicht aufmerksam genug«, sagte der Engländer trocken. »Aber das hier hat nichts mit Paranoia zu tun. In Kapstadt liegt eine verkohlte Leiche, die das ganz eindeutig beweist. Jedenfalls befinden wir uns jetzt in einer Sackgasse. Einstweilen.

Wir müssen die Datenbanken nach allem durchsuchen, was wir über Mr. Shakala, unseren Zulu-Magier und alle anderen, auf die wir noch stoßen, herausfinden können«, sagte er, indem er sich erhob. »Es wird eine lange Nacht. Entschuldigt mich eine Weile. Ich muß mich etwas ausruhen. Wir sehen uns in einer halben Stunde.« Michael zog sich in sein Schlafzimmer zurück, wo er sich in einen gutgepolsterten Armsessel fallen ließ, die Augen schloß und sich in die Ruhe der Meditation vertiefte.

Kristen schleppte ihren blutenden und zerschlagenen Körper irgendwie zur Hintertür des Indra. Es war ein Wunder, daß sie, so, wie sie aussah, unterwegs nicht von der Polizei aufgegriffen wurde, aber sie hielt sich an die dunklen Hintergassen und Nebenstraßen, während sie durch die Stadt stolperte. Sie war völlig erledigt und glaubte, sich möglicherweise ein oder zwei Rippen gebrochen zu haben, aber das Blut stammte größtenteils aus harmlosen Schrammen.

Als der Rausschmeißer sie sah, blutig und verstört blickend, wollte er sie schon in die abfallübersäte Gasse zurückjagen, bis sie ihn anschrie, er solle Indra holen, und es handele sich um eine Familienangelegenheit auf Leben und Tod. Der Ork zögerte und knurrte etwas ins Interkom. Danach hielt er sie mit einigen ausgesuchten Beleidigungen auf Distanz, bis die elegante Inderin persönlich erschien. An dieser Stelle verfiel er in mürrisches Schweigen.

»Die Tsotsis haben Manoj umgebracht«, konnte Kristen noch sagen, und dann wäre sie dem Ork fast in die Arme gestürzt. Er wich voller Abscheu zurück, aber auf ein scharfes Wort von Indra zog er sie ins Hinterzimmer.

Während sie einen Brandy trank, beschrieb Kristen Indra die Mörder, so gut sie konnte. Sie war sich der Tatsache bewußt, daß sie einer Inderin die Xhosa-Mörder eines anderen Inders beschrieb und daß sie selbst eine halbe Xhosa war. Dadurch bekam die Sache einen scharfen Beigeschmack, der ihr nicht gefiel, aber damit lebte sie im Grunde schon seit ihrer Geburt. Sie konnte sich nur nicht daran gewöhnen. Kristen wußte nicht, ob Indra ihr dankbar sein würde, weil Manoj einer ihrer unendlich zahlreichen Vettern war, oder ob sie ihr die Seele aus dem Leib prügeln würde.

»Du kannst hierbleiben. Ich werde dafür sorgen, daß jemand nach dir sieht«, sagte Indra emotionslos. »Bring sie nach oben, Netzer. In ein Zimmer von einem der Mädchen.«

»Die sind alle besetzt«, sagte der Ork mürrisch.

»Dann sag einem der Kunden, seine zwanzig Minuten sind um, und schmeiß ihn raus«, sagte Indra in scharfem Tonfall. »Ich lasse Sunil holen«, sagte sie zu Kristen. »Wasch dich inzwischen.«

»Danke«, sagte Kristen dankbar und vergaß völlig, daß sie genug Geld hatte, um sich ein Zimmer zu mieten, in dem sie in Sicherheit gewesen wäre.

Eine Stunde später mußte sie geweckt werden, als der alte Mann mit der weichen Stimme eintraf. Sie kannte Sunil, wenngleich sie sich seine Behandlungen nur selten leisten konnte. Seine sanften Hände tasteten sie gründlich ab, dann wandte er sich an Indra, die ungerührt in der Tür des aufdringlich eingerichteten Hurenschlafzimmers stand.

»Die Rippen sind geprellt, aber nicht gebrochen«, sagte er, indem er in das traditionelle Gehabe der Ärzte verfiel, über einen Patient zu reden, als sei dieser taub oder begriffsstutzig. Selbst Straßendocs verhielten sich noch so. »Alles andere läßt sich mit etwas Antiseptikum säubern. Ihr Ohrläppchen müßte vielleicht mit einem oder zwei Stichen genäht werden.«

Kristen bemerkte erst jetzt, da er es erwähnte, daß ihr Ohrring verschwunden war. Ihre Hand fuhr automatisch an ihr Ohr, um nach ihm zu tasten, aber sie hielt inne, bevor ihre Finger die offene Wunde tatsächlich berührten.

»Ich kann bezahlen«, sagte sie schwach. Er nickte und sah sie erwartungsvoll an. Sie griff in ihre Tasche und zückte ein paar Dollars, aber als er endlich einen zufriedenen Eindruck machte, war ihr Schatz auf weniger als die Hälfte zusammengeschrumpft. Ihre Glückssträhne neigte sich wahrhaftig dem Ende zu. Aber der Preis war anständig, und sie wußte, als er nach heißem Wasser verlangte und sein eigenes Antiseptikum aus einer zerfledderten alten Tasche holte, daß sie sich darauf verlassen konnte, zusammengeflickt und sauber zu sein, wenn er mit ihr fertig war. Doch ganz plötzlich ärgerte sie sich über ihr angerissenes Ohrläppchen. Ihre Ohren waren klein, zierlich und vielleicht ihr hübschestes Merkmal.

Andererseits konnten die Dinge nicht gar so schlecht stehen, wenn sie es sich leisten konnte, sich in einem Augenblick wie diesem um ihr Aussehen Sorgen zu machen. Sie sah zu, wie Sunil ein Stück Zwirn in seine Nadel einfädelte, dann biß sie auf die Zähne und wartete auf den Schmerz.

11

Kristen schlief lange, fast bis zehn Uhr, da ihr Körper den Schlaf brauchte, um sich von ihrer verletzungsbedingten Erschöpfung und den Anstrengungen all dessen, was in der Nacht zuvor geschehen war, zu erholen. Als sie steif und wie zerschlagen erwachte, hob sie die Arme, um sich die Augen zu reiben, und stöhnte dann ob der Schmerzen in ihren Rippen, nun, da die Wirkung des Schmerzmittels nachließ. Sie blinzelte und sah sich um, wußte zuerst nicht, wo sie war. Dann fiel ihr alles wieder ein. Sie war bei Indra, obwohl Kristen überrascht war, daß die Inderin sie noch nicht rausgeworfen hatte. Sie verließ die unvertraute Umgebung des Schlafzimmers und trottete nach unten.

Für das Mittagsgeschäft war es zu früh, und der Club hatte noch geschlossen. Kristen fand Indra und ihre Mädchen beim Frühstück vor. Die Mädchen sahen trotz ihrer grellbunten Morgenmäntel abgehärmt aus, und ein unheimliches rotes Licht durchdrang das schäbige Innere des Clubs, in dem es nach dem Qualm der letzten Nacht und schweißtreibender Tanzerei stank. Es war die Art Laden, in der sich jemand ohne einen Kater unwillkürlich fragte, warum um alles in der Welt er keinen hatte.

»Komm und iß«, befahl Indra. Kristen hätte bei dem üppigen Essen auf Indras Teller passen müssen, aber es gab auch pochierte Eier, Rührei, Toast, Krüge mit Orangensaft und Kannen mit Soykaf auf dem Tisch. Sie brauchte keine zweite Einladung.

»Wir haben sie gefunden«, sagte Indra mit grimmiger Befriedigung. »Der Bursche in Gelb – Netzer kannte ihn. Und wir haben die Rechnung beglichen. Ich bin sehr zufrieden, daß du zu mir gekommen bist.«

Kristen konnte sich kaum daran erinnern, eine Beschreibung des Burschen mit der Zahnlücke geliefert zu haben, der ihr die Treppe von Manojs Laden hinauf gefolgt war. Die gelbe Jacke war wahrscheinlich das einzige von Wert, was ihm gehörte, nachdem er sein Geld für Schnaps und Dagga und Straßenmädchen verpulvert hatte. Sein einzig wertvoller Besitz war zugleich seine Fahrkarte in den Tod gewesen, der ihn nicht auf die in den Straßen Kapstadts übliche Weise ereilt hatte. Indra konnte über hundert Familienmitglieder zusammenrufen und würde es auch getan haben, um sich der Tsotsis anzunehmen. Das war auch der Grund dafür, warum ihr Club nie überfallen wurde.

»Iß, soviel du willst. Wenn du wieder gesund bist, könnte ich dich anstellen«, bot Indra ihr an.

Da sie diese mächtige Frau nicht beleidigen wollte, wählte Kristen ihre Worte mit Bedacht. »Vielen Dank, Indra. Ich lasse es mir durch den Kopf gehen«, sagte sie. »Aber vielleicht kannst du mir inzwischen auf andere Weise helfen. Kennst du jemanden, der mir möglicherweise eine Gefälligkeit erweisen würde? Ich kann bezahlen.« Das war die notwendige Voraussetzung für jedes Hilfeansinnen.

Indras schwarz umrandete Augen verengten sich ein wenig; sie war auf der Hut.

»Was willst du, Mädchen?«

»Ich muß nur einen Anruf machen. Bei jemandem mit einem Faxgerät. Ich will eine Botschaft für ihn hinterlassen, daß er mich zurückrufen kann, und ich brauche eine Nummer, unter der er mich erreichen kann.«

»Wer ist es?« fragte Indra argwöhnisch.

Als Kristen antwortete, »Ein Amerikaner«, wurde die Inderin noch argwöhnischer. Kristen fiel kein wirklich guter Grund ein, wie sie ihre Bitte rechtfertigen konnte, außer dem einen As, das sie ausspielen konnte.

»Ich habe ihn gestern abend von Manojs Laden aus angerufen. Manoj sagte, es wäre in Ordnung, wenn ich seine Nummer für den Rückruf angeben würde. Jetzt geht das nicht mehr. Ich brauche eine andere Nummer.«

Indra wirkte verunsichert. Wenn Manoj nichts dagegen gehabt hatte, war es vielleicht kein allzu großes Risiko. Dann lächelte sie plötzlich.

»In Ordnung, Mädchen. Netzer hat eines von diesen Handtelefonen. Er hat es von einem Betrunkenen bekommen, der Ärger gemacht und eines der Mädchen verprügelt hat.« Was bedeutete, der Ork hatte den Kerl dafür bewußtlos geschlagen und ihm alles abgenommen, was er besaß, darunter auch das Telefon. »Ich bin sicher, es wird ihm nichts ausmachen, dir das Telefon eine Weile zu leihen.«

Die Aussicht, den Ork ein wenig zu ärgern, belustigte Indra offenbar. Vielleicht war sie aus irgendeinem Grund sauer auf Netzer. Kristen war das egal, solange man ihr gab, was sie wollte. Daß Indra ihr außerdem gestattete, ihr Fax zu benutzen, war lediglich eine Zugabe.

Serrin wurde mitten in der Nacht von dem Piepen geweckt. Er hatte die Einheit umprogrammiert, so daß sie ihn sofort darauf aufmerksam machte, wenn ein Fax einging, und stand sofort auf, um sie an eines von Michaels Faxgeräten anzuschließen. Die Nachricht wurde ausgedruckt. Diesmal war eine Nummer angegeben – und ein Name. Das Fax war nicht genau vierundzwanzig Stunden später eingegangen, aber andererseits hatte er nicht mehr damit gerechnet, überhaupt noch etwas von dem geheimnisvollen Anrufer zu hören. Schließlich war Manoj Gavakar tot.

Er tippte die Rufnummer ein, bekam jedoch nur die Stimme eines Mädchens zu hören und kein Bild von ihr zu sehen. Sie sprach aufgeregt und atemlos und mit einem afrikanischen Akzent, der es in seiner Vorstellung schwarzhäutig machte. Er mußte es bitten, sich zu beruhigen und langsamer zu reden.

»Du bist in Gefahr. Jemand versucht dich umzubringen«, sagte Kristen etwas ruhiger.

»Mich umzubringen?« sagte er in dem Glauben, daß sie etwas mißverstanden haben mußte. Er befürchtete eine Entführung, keinen Mordanschlag. Aber vielleicht hatte sie etwas anderes gehört oder gesehen. Und diese Liste, die sie erwähnt hatte – er wollte herausfinden, was darauf stand.

»Die Namen«, fuhr er fort. »Kannst du sie mir vorlesen?«

Es gab eine kleine Pause. »Augenblick«, sagte sie unsicher, »jemand anders muß sie dir vorlesen.« Nach einer Weile hörte er eine Frauenstimme. Sie ratterte ein halbes Dutzend Namen herunter, die Serrin hektisch mitschrieb. Der fünfte Name ließ ihn innerlich erschauern. Shakala, der Zulu-Magier.

»Kristen, das ist sehr wichtig. Hast du gehört?« sagte er in drängendem Tonfall, als sie wieder am Apparat war. »Erzähl mir, was du gesehen hast.«

Sie berichtete ihm von der Entführung, und ihm wurde klar, daß sie etwas durcheinandergebracht hatte. Offenbar hielt sie den Mann, der erschossen worden war, für das Ziel des Anschlags. Für Serrin war jedoch der Mann entscheidend, den man entführt hatte. Sie erinnerte sich an den Namen aus den Nachrichten, und es war einer derjenigen auf der Liste. Serrin unterstrich ihn.

»Kannst du herkommen?« sagte sie schlicht. Serrin hielt inne. Er hatte diese Möglichkeit nicht einmal im entferntesten in Erwägung gezogen.

»Kristen, warum tust du das?« fragte er, plötzlich wieder mißtrauisch.

»Ich habe dein Bild in einer Illustrierten gesehen«, sagte sie. Das war keine Erklärung. Zumindest keine, hinter der irgendeine Logik steckte. Michael hätte gewiß die Nase darüber gerümpft.

»Ich weiß nicht, ob ich kann«, sagte er zögernd. »Ich habe Freunde, die mir helfen herauszufinden, was eigentlich los ist. Sie müssen einen Haufen Nachforschungen anstellen. Ich weiß nicht, wohin wir als nächstes gehen.«

»Oh«, sagte sie, und in dieser einen Silbe lag eine Welt der Enttäuschung.

»Kann ich dich unter dieser Nummer wieder anrufen?« fragte er.

»Ich glaube nicht. Das Telefon gehört einem Bekannten. Ich habe keines«, erwiderte die Stimme. »Es ist alles nicht leicht.«

»Kann ich dich irgendwo finden, für den Fall, daß wir tatsächlich nach Kapstadt fliegen?« fragte Serrin. Sie nannte ihm Name und Adresse von Indras Club und sagte ihm, er solle dort nach ihr fragen.

»Hör mal, ich bin dir sehr dankbar für alles«, sagte er. »Echt dankbar. Ich würde dich gerne auf irgendeine Weise dafür beloh ...«

»Ich will dein Geld nicht«, sagte sie wütend. »Deswegen habe ich nicht angerufen. Ich will dich sehen.« Dann war die Verbindung unterbrochen.

Serrin faltete die Hände und hielt sie sich vor das Gesicht, so daß die Fingerspitzen an der Nasenwurzel und die Daumen unter dem Kinn lagen. Er wußte nicht, was er davon halten sollte.

Michael hatte sich mittlerweile zu ihm gesellt. Er sah so aus, als sei er wieder zur Arbeit bereit. Serrin erzählte ihm von dem Anruf und gab ihm die Namensliste.

»Sie hat diese Liste aus irgendeinem Taschencomputer?« fragte Michael.

»Klingt ziemlich dubios, oder?« sagte Serrin.

»Leute werden unvorsichtig. Einer der Entführer könnte ihn während des Kampfes verloren haben. Solche Dinge kommen vor. Ich könnte wahrscheinlich eine ganze Menge herausfinden, wenn ich die Liste in die Finger bekäme. Warum hast du sie nicht danach gefragt?« beschwerte sich Michael.

»Ich habe nicht daran gedacht. Drek, es ist mitten in der Nacht, und das kam alles aus heiterem Himmel. Mach mal halblang«, brummte der Elf.

Michael ging noch einmal die Liste durch, dann nahm er sich die Ausdrucke seiner Stippvisiten in den elektronischen Datenbanken der Welt vor. Er krähte vor Freude, als er die erste Übereinstimmung fand.

»Hey! Ich hab einen. Zwei, mit Shakala. Dieser hier stammt aus Banská Bystrica.«

»Wo, zum Teufel …«

»In der Slowakei. Frag mich nicht, wie man das richtig ausspricht, weil ich es nicht weiß. Mal sehen, was wir über ihn herausfinden. Die Kleine weiß etwas. Sie muß die Leute gesehen haben, die dich entführen wollten. Hast du sie nach Narbengesicht gefragt?«

Das Gesicht des Elfs nahm einen schuldbewußten Ausdruck an.

»Oh, Mann, du bist vielleicht 'ne Schlafmütze«, knurrte Michael. »Ruf sie zurück.«

»Ich kann nicht«, erklärte Serrin.

»Toll«, sagte Michael. »Du findest nichts heraus, was wirklich wichtig wäre, und wir können uns nicht mit ihr in Verbindung setzen. Einfach brillant.«

»Ich habe die Namen«, konterte Serrin.

Michael rieb sich das Gesicht. Es war noch nicht früh genug für eine Rasur, aber spät genug, um sich ohne sie ein wenig unbehaglich zu fühlen. »Okay. Tut mir leid. Es ist nur so, daß ich …«

»Ich weiß. Aber wir können nicht alle so verdammt perfekt sein«, sagte Serrin, der sich über Michael ärgerte. »Ganz besonders nicht zwei Minuten nach dem Aufwachen.«

Michaels Gesichtsausdruck veränderte sich. »Tut mir

leid, Serrin. Du hast völlig recht. Nichts für ungut. Gibt es irgendeine Möglichkeit, wie wir sie erreichen können?«

»Wir haben eine Adresse.«

»Dann schicken wir entweder jemanden hin oder fliegen selbst«, sagte Michael. »Du warst schon mal in Azanien, nicht? Sagt Geraint jedenfalls.«

»Mit neun war ich mal drei Monate in Johannesburg, weil meine Eltern dort gearbeitet haben«, sagte Serrin. »Ich kann mich kaum noch an etwas erinnern, nur daran, daß es dort genauso unerfreulich war wie in jeder größeren Stadt der UCAS.«

»Ganz zu schweigen von Kapstadt. Oder Umfolozi, was das betrifft. Also schön. Aber was ist mit Tom? Würde er mitkommen?« Michaels Tonfall änderte sich ein wenig. Serrin glaubte nicht, daß der Engländer in dem Troll mehr sah als ein Anhängsel.

»Wir könnten ihn fragen«, erwiderte Serrin. »Laß uns darüber schlafen und die Sache morgen früh entscheiden.«

»Nachdem ich noch ein paar Hausaufgaben erledigt habe«, grinste Michael. »Haufenweise nette Datenbanken, die es zu durchstöbern gilt.« Er bereitete sich darauf vor, sich einzustöpseln, und rieb sich die Hände angesichts dieser Aussicht. »Kommt zu mir, meine kleinen Datenpakete. Ich tue euch schon nicht weh.«

»Paß nur auf, daß du dir dabei nicht das Gehirn röstest«, sagte Serrin leichthin, wenngleich es kein Scherz war.

»Null Problemo. Wenn ich auf irgend etwas Unangenehmes stoße, rufe ich«, versicherte ihm Michael. Während sich der Engländer den Datenkanälen und der Metaphorik der Matrix widmete, kehrte Serrin zu seinem traumlosen Schlaf zurück. In der Ecke schnarchte Tom weiter vor sich hin.

Während Serrin auf der einen Seite des Atlantiks wieder einschlief, blickte ein anderer Elf über das Wasser desselben Ozeans auf einen wunderbaren Morgen. Das lange Gras, die Schieferfelsen und das harte Gestein, die Bäume, die sich alle Mühe gaben, dem peitschenden Wind zu widerstehen, all das leuchtete unter der strahlenden Sonne vor Leben. Er lehnte sich zurück, um darin zu schwelgen.

Er konnte es nicht riskieren, Beobachter auf den Magier anzusetzen, obwohl er gerne gewußt hätte, ob Serrin aktiv versuchte, die Leute aufzuspüren, die ihn hatten entführen wollen. Er hatte andere Prioritäten. Serrins Flug nach New York und die Gesellschaft, in der er sich bewegte, besagten, daß er etwas zu tun beabsichtigte. Niall nahm an, daß er endlich den richtigen Bauern für das Spiel gefunden hatte. Daß Mathanas die Nachricht hinterlassen hatte, war ziemlich plump gewesen, aber vielleicht auch wirkungsvoll.

Was er von seinen Beobachtern erfahren hatte, war, daß Luther seine Beute nicht weiter verfolgte. Das gleiche hatte er in Azanien getan. Sobald etwas schiefging, entledigte er sich seiner Werkzeuge. Niall wußte nicht genau, nach welchen Kriterien Luther seine Opfer auswählte, aber er konnte es sich denken. Er konnte sich nicht damit abgeben, die nächsten auf der Liste zu schützen, wie schmerzlich der Gedanke daran, was mit ihnen geschehen würde, auch sein mochte. Luthers Hunger hatte extreme Formen angenommen, und das war für jemanden seines Schlages ungewöhnlich. Es bedeutete, daß er von der Intensität dessen, was er tat, verzehrt wurde.

Es war der Gedanke daran, was Luther tat, der Niall plötzlich erschauern ließ, obwohl es ein so warmer und wunderbarer Morgen war – das und die Tatsache, daß er kurzerhand von seinem eigenen Fleisch und Blut vernichtet werden würde, wenn er sein Interesse durch einen zu offenkundigen Zug verriet. Praktisch all seine magischen Energien und auch jene seiner Verbündeten waren darauf gerichtet, ihn verborgen zu halten. Gegen den Willen des *Danaan-mor*, der eigentlichen Macht im Lande Tir na nOg zu handeln, war Häresie, ein Verrat von ungeheuerlichem Ausmaß. Zufällig war gerade das in dieser Situation das einzig richtige.

12

Das Geräusch eines Trolls, der sich im Badezimmer zu schaffen machte, weckte Serrin um kurz nach acht. Tom war nicht das leiseste Wesen auf dieser Erde. Seine Gurgelgeräusche hätte man leicht mit einem Wasserrohrbruch verwechseln können.

Michael stand knietief in Papier, als Serrin schließlich das Ritual des Kaffeekochens beendet hatte. Der Engländer nahm seine Anwesenheit praktisch überhaupt nicht zur Kenntnis, bis er flüssiges Frühstück roch. Er schien fast in die wirkliche Welt zurückzukehren und sah sich mit einigem Ekel um.

»Das ist das Problem bei drei Männern in einer Wohnung«, stellte er fest. »Männer sind so verdammt unordentlich.«

Serrin beschloß, diese Bemerkung zugunsten wichtigerer Angelegenheiten zu ignorieren. »Wie läuft es?« fragte er. Tom hatte sich ihnen mittlerweile angeschlossen, wobei er die Überreste des Kühlschrankinhalts auf einer Sammlung verschiedener Teller mit sich herumtrug. Die Waffeln sahen trotz der letzten Marmelade, die der Troll daraufgehäuft hatte, unappetitlich aus. Er kaute fröhlich auf mehreren gleichzeitig, während Michael eine rasche Zusammenfassung dessen lieferte, was seine Nachtarbeit erbracht hatte.

»Also, die Liste des Mädchens enthält Namen, über die ich nichts herausgefunden habe, und zwar nicht nur den Burschen, der in Kapstadt entführt wurde. Das ist nicht weiter überraschend, weil ich offensichtlich nicht die ganze verdammte Welt absuchen kann. Entscheidend sind die drei Namen, bei denen ich fündig geworden bin. Zwei von ihnen waren Entführungen, eine in der Slowakei, die andere in Griechenland. Bei beiden handelt es sich um Elfenmagier ohne Konzernverbindungen. Keine Informationen über die Entführer, keine Zeugen, beide sind spurlos verschwunden. Der dritte ist Shakala, und der lebt noch. Grund Nummer eins, nach Azanien zu gehen: Er ist der beste Zeuge, den wir bekommen können.

Jetzt wird es komplizierter«, seufzte der Engländer. Er lehnte sich ein wenig zurück und spielte mit seiner blauen Seidenkrawatte herum. »Von den Namen, über die ich nichts gefunden habe, ist einer ein Elfenmagier aus Finnland, zwei andere sind menschliche Magier, einer aus Wien, der andere aus München. Wenn es zwischen diesen Leuten eine Verbindung gibt, dann offenbar nicht die, daß sie Elfen sind. Die Verbindung scheint vielmehr die zu sein, daß alle Magier sind. Richtig?«

Serrin und Tom nickten. So weit, so gut.

»Aber mit den verbleibenden zweien gibt es ein Problem. Beides Deutsche. Einer aus Dresden, der andere aus Koblenz.«

»Unser Entführer steht anscheinend auf Deutsche«, stellte Serrin trocken fest.

»Ja, aber keiner von ihnen ist entführt worden.«

»Vielleicht haben sie sich die Entführer auch nur noch nicht vorgenommen«, schlug Tom vor.

»Völlig korrekt«, sagte Michael, der jetzt offenbar langsam in Fahrt kam. »Das ist mir auch als erstes eingefallen. Aber es gibt ein kleines Problem.«

»Und das wäre?« fragte Serrin.

»Keiner von ihnen ist ein Magier. Einer ist ein ganz gewöhnlicher medizinischer Techniker, der für den BuMoNA, den Bund für den Mobilen Notfall-Arzteinsatz in Deutschland, arbeitet, der andere ist Fließbandarbeiter bei IFMU. Das ist die Internationale Fahrzeug- und Maschinen-Union AG.«

»Aha«, sagte Serrin lahm. Ihm fiel einfach keine schlagfertige Antwort ein, nicht so früh am Morgen.

»Hast du versucht, diese Leute zu warnen?« fragte Tom den Engländer.

»Ich wollte nichts tun, ohne vorher mit euch darüber zu reden.«

»Ich meine, wir sollten uns sofort mit ihnen in Verbindung setzen. Sie sind in Gefahr«, sagte der Troll.

»Augenblick mal. Das wissen wir nicht mit Sicherheit. Von den Namen auf der Liste sind nur Magier entführt worden. Und diese anderen sind keine Magier. Wir können nicht einfach anfangen rumzutelefonieren und allen möglichen Leuten sagen, daß irgendwelche verrückten Entführer vielleicht hinter ihnen her sind, und das alles auf der Grundlage eines Papierfetzens, den wir nie gesehen haben.«

»Wir können sie aber auch nicht einfach ahnungslos in Gefahr schweben lassen«, konterte der Troll.

»Wir wissen nicht, ob sie in Gefahr sind. Wir können nicht einmal sicher sein, daß das Mädchen die Namen richtig durchgegeben hat – schließlich kann es nicht lesen. Was ist, wenn wir uns irren? Dann jagen wir all diesen Leuten für nichts und wieder nichts einen riesigen Schrecken ein. Und im übrigen, was können sie schon tun? Zur Polizei gehen und angeben, daß irgendein Engländer aus New York ihnen wegen eines Telefongesprächs zwischen einem Mädchen aus Azanien und einem Amerikaner, den dieses Mädchen nie gesehen hat, mitgeteilt hat, daß sie sich in tödlicher Gefahr befinden? Mach dich nicht lächerlich.«

»Was bedeutet, wenn sie so reich wären, daß sie keine Polizei brauchten, würdest du es ihnen sagen, weil sie es sich leisten können, auf sich selbst aufzupassen«, sagte Tom wütend. Er funkelte Michael an.

»Tom, wir wissen es wirklich nicht mit Sicherheit«, sagte Serrin sanft. »Und in einem Punkt hat Michael absolut recht. Die Polizei würde nichts von alledem ernst nehmen.« Der Troll ließ sich nicht beruhigen und stapfte in die Küche, aus der kurz darauf laute Aufräumgeräusche drangen. Zuerst klang es eher so, als zerbreche er das Geschirr und werfe mit Silberbesteck, aber nach und nach ging der Lärm in ein eher normales Klirren über, während Michael und Serrin überlegten, was sie als nächstes tun sollten. Als der Troll zurückkam – immer noch schmollend –, hatten sie die Anfänge eines Plans ausgearbeitet.

»Tom, wenn wir diese Leute warnen wollen, brauchen wir einfach mehr Fakten«, sagte Michael. Der Troll erhob keine Einwände. Er verschränkte nur die Arme und wartete darauf, daß Michael fortfuhr. »Wir sollten nach Azanien fliegen. Wir können das Mädchen aufsuchen und vielleicht mit dem Zulu-Magier reden. Wenn es uns gelingt, mehr herauszufinden, wird es uns viel eher möglich sein, etwas zu unternehmen. Vielleicht bekommen wir Beschreibungen, mehr Daten aus dem Computer, den das Mädchen gefunden hat. Wer weiß? Wenn ich weiter die Systeme der Welt durchsuche, wird das Bild vielleicht nur noch trüber. Wir haben jetzt zum erstenmal klare Spuren und Hinweise, denen wir folgen können. Ich weiß, es sieht etwas verrückt aus, zur anderen Seite der Welt zu fliegen, aber wir haben zwei Zeugen und einen Computer, die vielleicht etwas Wichtiges erbringen. So weit hergeholt, wie es auch zu sein scheint, ich meine, wir sollten fliegen.«

Tom dachte ein paar Augenblicke darüber nach, dann nickte er. Er war noch nicht bereit zu vergessen, daß Michael seine Sorgen als lächerlich abgetan hatte, aber die Argumentation des Engländers war vernünftig.

»Weißt du, welcher Rasse das Mädchen angehört?« fragte Michael.

»Sie ist keine Weiße«, sagte Serrin. »Zumindest glaube ich das nicht.«

»Ist das wichtig?« fragte Tom.

»Du warst noch nie in der Kaprepublik, oder?« erwiderte Michael ziemlich sarkastisch. »Das ist so ungefähr der letzte Ort auf der Welt, wo Rasse und Metatyp einer Person unwichtig wären, Tom. Jedenfalls dann, wenn du kein Bure bist, aber andererseits werden diese Wichser ohnehin von allen gehaßt. Was dort zählt, ist, ob du ein anglo-amerikanischer Weißer, ein europäischer Weißer, ein Xhosa, ein Inder oder ein Zulu bist, obwohl es nicht viele davon gibt. Wenn du ein Xhosa bist, kommt es darauf an, welchem Stamm du angehörst. Und Gott helfe dir, wenn du gemischtrassig bist.«

»Warum?« beharrte Tom. Als Troll hatte er genug Rassismus am eigenen Leib erlebt und wußte, daß die meisten seiner Ork- und Troll-Chummer das gleiche mitgemacht hatten. Die Bedeutung dieser anderen, älteren Diskriminierung war ihm nicht klar.

»Wenn sie schwarz ist, ist sie wahrscheinlich eine Xhosa. Wenn wir weiter nach Umfolozi fliegen, können wir sie in diesem Fall nicht als eingeborenen Führer benutzen. Drek! Entschuldigung, das war herablassend. Aber ihr wißt, was ich meine. Diese Geschichte ist eine Zeitbombe dort unten. Es ist nicht so, als spiele der Metatyp keine Rolle. Die Humanis-Gruppe und die Buren sind ziemlich dicke miteinander, und die Zulu-Elfen regieren ihre Domänen mit ebenso harter Hand. Wir müssen sehr vorsichtig sein.

Wo wir gerade davon sprechen, heute nachmittag geht ein Direktflug nach Kapstadt. Lassen wir Plätze reservieren?«

»Aber er rührt sich nicht?« sagte Jenna beunruhigt. Serrin war eine Komplikation, mit der sie nicht gerechnet hatte.

»Offenbar nicht«, sagte der rothaarige Mann gelassen. »Aber seine Begleitung gibt ein wenig zu denken. Der Troll, nun ja, ein großer dämlicher Fleischklumpen. Keine große Überraschung. Er ist ein angeworbener Leibwächter. Sie kennen sich noch von früher aus Seattle. Waren zusammen als Shadowrunner unterwegs. Aber der Mensch, Sutherland, ist ein außergewöhnlicher Decker. Ich glaube sogar, daß das einer von Euren eigenen Prinzen bestätigen könnte«, grinste er.

Daraufhin bedachte Jenna ihn mit einem ihrer eisigen Blicke. Es gehörte nicht zu Magellans Aufgaben, mehr über die Politik von Tir Tairngire zu wissen, als sie für klug hielt. Aber er hatte zu seinem Schutz immer ein As im Ärmel.

»Überraschend ist die Überwachung«, sagte er, während er mit seinen Fingernägeln spielte. Er sagte nichts mehr, noch nicht. Es war ihr altes Spiel, bei dem er wollte, daß sie ihn fragte, was er wußte, und sie wollte, daß er es erzählte, ohne dazu aufgefordert zu werden. Es war ihr kleines Ritual, um festzustellen, wer das Schweigen zuerst brechen würde. Diesmal gewann er zur Abwechslung.

»Welche Überwachung?« fragte sie in scharfem Tonfall.

»Jemand führt eine astrale Überwachung durch. Aus sicherer Entfernung. Sutherlands Wohnung ist mit ziemlich guten hermetischen Schutzvorrichtungen versehen. Er würde keine derart hohe Miete zahlen, ohne dafür magische Sicherheit zu bekommen, die gut und umfassend ist. Wirklich umfassend. Also bleibt unser Schnüffler auf Distanz. Er ist verdammt clever.«

»Woher weißt du, daß die Überwachung Serrin gilt?« fragte sie.

»Ich weiß es nicht. Aber vor einer Woche gab es sie noch nicht. Wie es der Zufall will, hat ein Bekannter die Gegend in einer ganz anderen Angelegenheit einer Untersuchung unterzogen. Wir hätten es mit einem außerordentlichen Zufall zu tun, wenn die Überwachung nicht Serrin gelten würde«, erwiderte Magellan.

Jenna wußte, daß er log oder die Wahrheit umschiffte. Magellan hatte keine ›Bekannten‹, sondern mußte die Gegend anläßlich eines Auftrags, über den sie nichts wußte, persönlich ausgeforscht haben. Aber Falschheit und Heuchelei waren ein derart zentraler Bestandteil ihrer Beziehung, daß es ihr egal war, welchen anderen Herren er diente, solange er es nicht wagte, sich ihren Forderungen und Ansprüchen zu widersetzen.

»Ich würde die Vermutung äußern, daß er herauszufinden versucht, wer hinter dem Entführungsversuch steht«, sagte Magellan.

»Wie stehen seine Chancen?«

»Das ist schwer einzuschätzen. Offen gesagt, mir ist nicht klar, welche Anhaltspunkte er haben könnte. Wenn er nichts über die anderen Fälle weiß, hat er gar nichts in der Hand. Aber vielleicht könnte er sich eine genaue Liste beschaffen, wenn er einfach damit anfängt, nach Entführungen anderer Elfenmagier zu suchen. Andererseits müssen auch welche verschwunden sein, ohne daß Luther seine Hand im Spiel gehabt hat«, grinste er. »Nein, ich glaube nicht, daß er dahinter kommt. Es sei denn, er weiß etwas, das wir nicht wissen.«

»Und wir wissen nicht, ob das der Fall ist«, sagte sie, indem ihr Blick über den Kratersee wanderte. Kristallines Licht glitzerte auf dem Wasser.

»Es sei denn, Ihr wollt, daß ich einen Einbruch arrangiere«, lachte er.

»Kaum dein intelligentester Vorschlag«, sagte sie gereizt.

»Ein Scherz. Wenn ich etwas in der Art in Erwägung ziehen würde, säße ich jetzt nicht hier bei Euch. Nein, ich glaube, wir sollten abwarten. Wenn er etwas unternimmt, folge ich ihm. Wenn er nichts unternimmt, bedeutet das, er hat nichts vor. Wenn er nichts vorhat, haben wir keine Probleme. Quod erat demonstrandum.«

»Die Logik ist wasserdicht. Unglücklicherweise wird sein Verhalten vermutlich nicht von der Logik bestimmt«, stellte Jenna trocken fest.

»Aber Ihr stimmt mir zu?« fragte er, vorsichtig sondierend, was sie wollte.

Sie dachte nach, schweigend und lange. Schließlich antwortete sie.

»Ja, ich denke schon. Es ist wichtiger, daß wir unsere Aufmerksamkeit auf Luther konzentrieren. Der Elfenmagier ist nur eine Fliege. Wir brauchen uns nicht mit ihm abzugeben.«

»Es sei denn, er breitet die Flügel aus und fliegt wie der Wind«, sagte Magellan, der eine geradezu absurde Freude darüber empfand, ihre Metapher aufgegriffen und weitergeführt zu haben.

»Es sei denn, er unternimmt etwas. Ja.« Sie ließ sich nicht zu einem Zugeständnis herab. »Wenn er das tut, folge ihm. Und laß dich nicht sehen. Ich kümmere mich um Luther.«

Er sagte ihr nicht, daß er über eigene Möglichkeiten verfügte, Luthers Aktivitäten zu verfolgen.

Der Kurier erschien eine Stunde nach Michaels hektischen Anrufen, die er von seinem Schlafzimmer aus geführt hatte. Als das Päckchen mit den falschen Ausweispapieren eintraf, waren Tom und Serrin nicht sehr erfreut.

»Was soll das? Ich mag keine gefälschten Ausweise«, beschwerte sich Serrin. »Besonders dann nicht, wenn ich in ein Land reise, das ich nicht einmal kenne.«

»Hör mal, wenn dich jemand entführen will, willst du dann wirklich unter deinem richtigen Namen reisen? Wenn ein Siebenjähriger mit einem Radio Shack in die Fluglisten decken kann? Nein, Chummer. Ich kenne Kapstadt. Diese Ausweise reichen allemal. Drek, ein *Affe* käme damit durch, aber es liegt an dir. Wenn du dich als Zielscheibe präsentieren willst, bitte. Ich werde unter einem meiner üblichen Falschnamen reisen, und zwar separat.«

»Unter einem von mehreren?« sagte Serrin erstaunt.

»Professionelle Kriminelle und Konzernmänner haben kein Exklusivrecht auf falsche Identitäten. Nicht, daß zwischen den beiden ein großer Unterschied bestünde. Ein paar wirklich gut gefälschte Ausweise, die ich besitze, habe ich ein paar Megakonzernen zu verdanken«, sagte Michael stolz.

»Ist das cool, Serrin?« fragte Tom unsicher, als er den Plastik- und Papierkram vor sich sah. Er hatte Seattle noch nie verlassen und keine Ahnung, was er von alledem halten sollte.

Serrin begutachtete die falschen Papiere, die Pässe und Visa und medizinischen Unterlagen und den Rest. »Sieht ziemlich gut aus«, mußte er zähneknirschend einräumen.

»Es ist besser so«, sagte Michael. »Vertraut mir. Um neunzehn Uhr geht ein Suborbitalflug. Das läßt uns reichlich Zeit. Ich nehme an, du willst magische Vorsichtsmaßnahmen dagegen ergreifen, daß jemand unsere Abreise bemerkt, Serrin. Dafür müßte genügend Zeit sein. Unter Berücksichtigung des Zeitunterschieds werden wir bei Tagesanbruch in Kapstadt landen. Das ist nicht zu spät, um einen Eindruck vom dortigen Nachtleben zu bekommen. Es reicht bis weit in den Tag hinein. Ich kenne deinen Geschmack nicht, aber wie er auch aussieht, in Kapstadt wirst du bedient.«

»Ja, darauf würde ich wetten«, sagte der Troll traurig. »Kinder, die für eine Handvoll Chips oder weißes Pulver sterben. Frauen, die mit zwanzig vom Leben auf der Straße schon halb tot sind. Die Dinge eben, die man hier oben wahrscheinlich nicht zu sehen bekommt.«

»Mich wirst du an solchen Orten nicht finden«, konterte Michael augenblicklich. »Meine einzigen schlechten Angewohnheiten sind die, daß ich zuviel für Kleidung und Computer ausgebe. Geh und such dir jemand anders, dem du die Schuld in die Schuhe schieben kannst. Ich kenne euch zwei eben nicht, das ist alles.«

»Hört mal, wir wollen die Streitereien doch im vernünftigen Rahmen lassen«, bat Serrin. »Wir haben alle Händevoll damit zu tun herauszufinden, wer hinter all diesen Leuten her ist, richtig? Das sollten wir nicht vergessen.« Dann verließ er das Zimmer mit der Bemerkung, daß er jetzt packen würde.

Tom versuchte es mit einem letzten wütenden Blick, aber er wußte, daß er unfair zu Michael gewesen war, und der Engländer würde nicht nachgeben. Als er Serrin nach draußen folgte, machte er mehr Lärm als nötig. Michael erwog, eines seiner Fairlights mitzunehmen, entschied sich dann jedoch für das Fuchi. Er neigte nicht dazu, Millionen-Nuyen-Risiken einzugehen, wenn er unterwegs war.

Die Sonne war längst untergegangen, als seine Beobachter den Elf vom Aufbruch der kleinen Gruppe informierten. Zwar hatte Serrin seine übliche Magie gewirkt, um ihre Abreise zu verschleiern, doch Niall durchschaute die Täuschung. Die Güte der Täuschung verriet ihm, daß Serrin erraten hatte, daß es ein Magier war, der ihn zu entführen versucht hatte. Es dauerte nicht lange, bis er herausgefunden hatte, wohin Serrin und seine beiden Begleiter unterwegs waren.

»Das ist wahrscheinlich der erste Schritt des Weges«, sagte Niall zu seinem Begleiter. Einen Augenblick lang spielte die Andeutung eines Lächelns angesichts des Wortspiels auf seinen Lippen, das Serrin wie die meisten Elfen von jenseits der Küsten Tir na nOgs nicht verstanden hätte. Die Elfengestalt an seiner Seite schwieg.

»Also ist er nach Azanien unterwegs«, sagte Niall beinahe traurig, obwohl er wußte, daß er nichts Besseres hätte erhoffen können. Serrin würde sein Jagdwild noch nicht gefunden haben, sondern immer noch auf der Suche sein. Vielleicht brauchte er ein wenig Hilfe. Niall erwog seine Möglichkeiten und beschloß, sich nicht einzumischen. Sein Bauer schien zumindest keine falschen Züge zu machen.

»Rindown?« fragte er seinen Begleiter. Die Frage war rhetorisch. Niall wußte, wohin er jetzt gehen mußte.

Die Blasphemie war weit genug gegangen. Jetzt brauchte er die Hilfe des einzigen Wesens, das seine Spuren für die letzten Etappen verwischen konnte. Es würde einige Zeit in Anspruch nehmen, das wußte der Elf, aber der Narr traf niemals übereilte Entscheidungen. Niall würde nicht schmeicheln, nicht flehen und nicht bitten können. Er konnte lediglich er selbst sein und auf sein Gefühl für Recht und Unrecht vertrauen.

Wie immer wußte der Geist, was ihm durch den Kopf ging.

»Dieses Leben ist dir nicht gegeben worden, damit es einfach wird«, sagte er schlicht.

Darüber lächelte der Elf. Dann sah er weg, und um seine Augen waren die Kummerfältchen zu sehen. Sie verrieten ihn immer.

»Es ist nur so, daß ich wünschte, ich würde die Schönheit der Dinge nicht so stark empfinden«, seufzte er, während der Wind sein Haar zerzauste, da er den Mond betrachtete, der über dem Wasser schien. »Das macht es manchmal so schwierig.«

»Heute ist dein Selbstmitleid aber sehr stark«, sagte der Geist in entschiedenem Tonfall.

Nialls Mund verzog sich zu einem schiefen Lächeln. Er stand auf und sah sich in einem weiten Kreis um. Vielleicht war es doch nur Wasser gegen Stein, der endlose Kampf des unwiderstehlichen Meeres gegen die unverrückbaren Felsen, und nicht mehr. Hätte er nicht gewußt, daß er diese Szenerie schon vor langer Zeit gesehen hatte, in Zeitaltern, bevor er ins Zentrum berufen worden war, wäre es leichter zu glauben gewesen. Es war das Meer, das ihn immer wieder an diese glücklicheren, einfacheren Zeiten erinnerte, welches er nicht ignorieren konnte.

»Ich muß gehen«, sagte er leise. »Beschütze mich. Verwische meine Spuren, so daß sie für meine Feinde unsichtbar sind.«

Der Geist nickte schweigend. Niall wickelte sich in

seinen Umhang und neigte den Kopf vor der Aussicht auf Regen, welche die dunklen Wolken über dem östlichen Atlantik mit sich brachten. Er hatte noch viele Vorbereitungen zu treffen.

»Sieh mal«, sagte Michael zu Tom. Serrin war nach dem Genuß des Weins, der den Suborbital-Passagieren serviert worden war, in einen unruhigen Schlummer gefallen. Tom hatte die mehr als bescheidene Mahlzeit, die mit dem Wein serviert worden war, ungläubig zur Kenntnis genommen und war, da er keine Zuflucht im Alkohol suchen konnte, wach geblieben. Seine Aufregung war offensichtlich. Als das Flugzeug landete, sah Michael die ersten Strahlen der aufgehenden Sonne und wußte, was Tom zu sehen bekommen würde.

»Das ist wunderschön«, sagte er nur. »Es ist mir völlig egal, was die Wissenschaftler sagen. Das hier sieht man sonst nirgendwo auf der Welt. Jedenfalls nicht so.«

Die rote Scheibe schob sich langsam in Sicht, aber fast wie eine Andeutung und nicht wie eine Realität. Der Rand der Sonne war da, aber noch war sie nur ein Trugbild am Himmel. Dann traf der Hof auf den Horizont.

Licht blitzte auf wie dem Verzweifelten eine Inspiration der Hoffnung. Das sanfte Blau eines neuen Tages erhob sich in einem dünnen, gelbrot umrissenen Streifen, resolut und unwiderstehlich. Der Troll war mehr als beeindruckt. Kein von der Erdoberfläche aus beobachteter Sonnenaufgang hatte je so ausgesehen, wie prächtig er auch gewesen sein mochte.

»Geschäftiger alter Narr, du ungebärdige Sonne, warum tust du das, scheinst durch Fenster und Vorhänge auf uns herab? Müssen sich sogar die Lenze der Verliebten nach deinen Bewegungen richten?«

Tom sah Michael an. Er hatte kein Wort verstanden. Michael grinste.

»Ein alter englischer Dichter. Die Zeilen kommen mir einfach immer in den Sinn, wenn ich eine Sonne wie diese sehe.«

Tom lehnte sich zurück und betrachtete den Engländer. Seine Blicke brannten sich förmlich in ihn hinein, doch Michael saß nur gelassen da und spielte mit seiner Plastiktasse. Die Geräusche der unmittelbar bevorstehenden Landung rissen Serrin aus seinem Schlummer, was das Schweigen zwischen seinen Begleitern durchbrach.

»Sieht so aus, als kämen wir heute morgen um die winterlichen Regenfälle herum«, sagte Michael fröhlich. Serrin grunzte und rieb sich die Augen. Er hatte etwas gegen Leute, die zu dieser Tageszeit fröhlich waren. Die riesigen Reifen des Flugzeugs setzten mit einem unangenehmen Kreischen auf der Landebahn auf.

»Laßt mich die Formalitäten regeln«, sagte Michael ernsthaft.

»Genau das hat mir auch vorgeschwebt«, sagte der Elf trocken.

Das Taxi brachte sie zu einem Zeitpunkt zu Indras Club, als alle anderen ihn gerade verließen. Die Ork-Türhüter sagten ihnen, der Laden schließe gerade, aber die Kombination aus Michaels Kleidung, seinem Akzent und seinem Geld überzeugte sie vom Gegenteil. In zimtfarbene und silberglänzende gelbe Gewänder gehüllt, erschien Indra selbst, um sie persönlich in Augenschein zu nehmen, wobei sie ihr Gesicht zu einem Lächeln veranlaßte.

»Ich weiß, das ist ziemlich ungewöhnlich, Madam, aber wir wären sehr dankbar, wenn wir hier für sagen wir zwei Tage wohnen könnten«, sagte Michael höflich, nachdem er sich vorgestellt hatte.

Indra wollte sich gerade abwenden, als er seine Bereitschaft bekundete, dafür zu bezahlen. Daraufhin änderte sie sehr rasch ihre Meinung.

»Ich weiß nicht, warum Herrschaften wie Sie hier

wohnen wollen anstatt in einem teuren Hotel«, sagte sie zu Michael und Serrin, während sie Tom demonstrativ ignorierte. »Die Zimmer sind sauber, aber einfach.«

»Exakt«, sagte Michael, während sich ein Lächeln um seine Mundwinkel kräuselte. »Wir sind jedoch nicht gekommen, um die Freuden Ihrer ... äh ... Angestellten zu genießen. Wir sind hier, um uns mit einer ganz bestimmten Person zu treffen, die uns sagte, daß wir sie hier antreffen würden. Wenn Sie jemanden schicken könnten, um sie zu holen, natürlich diskret und in aller Stille, würden wir selbstverständlich für diesen Dienst gut bezahlen.«

»So?« hakte Indra nach, während sie den Orks bedeutete, das Gepäck nach oben zu bringen. Augenblicke später drang das Geschrei der Mädchen, die widerwillig ihre Zimmer verließen, zu ihnen nach unten.

»Kristen. Kristen Makibo. Sie ist eine ... äh ... Freundin von uns. Sie hat uns von hier aus angerufen«, erklärte Michael.

Indra betrachtete sie von oben bis unten. »Das Mädchen hat Freunde wie Sie?« sagte sie ungläubig.

»Gewiß. Mr. Shamandar hier ist ihr Pate«, sagte Michael ernsthaft.

Indra brach in Gelächter aus und klopfte ihm auf die Schulter, während sie die Gruppe einließ.

»Ihr Pate? Mr. Sutherland, Sie sollten eine alte Frau nicht so unverschämt belügen. Dieses Mädchen hat weder Vater noch Mutter und so sicher wie nur irgendwas auch keinen Paten.«

Michael lüftete den Hut, lächelte schelmisch und ging die Treppe hinauf.

»Sie ist beim Arzt. Sie wird in einer Stunde hier sein«, sagte Indra entschlossen. Michael vermutete, daß sie das Mädchen noch in die Mangel nehmen wollte, bevor sie es ihnen aushändigte, und sagte, es sei dringend.

»Sagen wir fünfzehn Minuten«, stimmte die Frau zu, als er ihr ein Bündel Banknoten gab. Da er am Flughafen weniger Schmiergeld als erwartet ausgegeben hatte, war er in großzügiger Stimmung.

»Und einen Gin Tonic, bitte«, sagte er abschließend.

»Alles nur Schau, Tom«, flüsterte er dem Troll zu, als sie die knarrenden nackten Treppenstufen erklommen. »Sie erwartet nichts anderes. Ich weiß, wie ich meine Rolle zu spielen habe. Manchmal werden die Dinge eben auf diese Weise erledigt.«

»Ich verstehe dich nicht«, sagte der Troll, als sie oben angelangt waren.

»Du hast noch nicht viel Zeit mit Briten verbracht, nicht wahr?« Michael wartete nicht auf eine Antwort. Er konnte es kaum erwarten, seine Anzüge auszupacken und aufzuhängen, und er *wußte*, daß es keine Faltenpresse in diesem Haus gab.

13

Vom Zustand seines Zimmers angewidert, war Serrin immer noch nicht sicher, ob er mit Michaels Idee, hier zu wohnen, einverstanden war. Gewiß, der Club war der letzte Ort, an dem jemand, der noch bei klarem Verstand war, nach ihnen suchen würde – es sei denn, dieser Jemand hatte Zugang zu den Telekom- und Telefax-Nummern, die sie hergeführt hatten. Später würde er Magie wirken, um ihre Anwesenheit zu verschleiern, aber er würde hinsichtlich der Anwendung von Magie vorsichtig sein müssen, falls Indra nichts für solche Dinge übrig hatte. Er spürte keine Magie im Club und in seiner näheren Umgebung, aber er wußte auch nicht viel über die hiesigen Magier und Schamanen – und er wollte auf gar keinen Fall das Risiko eingehen, Anstoß zu erregen, wenn Indra einen auf ihrer Lohnliste hatte.

Michael hatte seinen Drink zur Hälfte getrunken, als der Ork das Mädchen praktisch in das Zimmer stieß. Das war also Kristen. Sie sah furchtbar aus: Ihr Ohr war mit groben Stichen genäht und ihre Kleidung mit getrocknetem Blut besudelt. Ihre Hände waren mit Schrammen übersät, und sie sah aus wie ein verängstigtes Kind, das für irgendeine ungezogene Tat Schläge erwartete. Was, wie ihm plötzlich klar wurde, gar nicht so weit von der Wahrheit entfernt war.

»Ich bin Michael«, sagte er. »Serrin wird gleich hier sein.« Er versuchte, beruhigend auf sie einzuwirken. »Es tut mir leid, wenn du auf dem Weg hierher schlecht behandelt worden bist.« Sie starrte ihn nur leicht zitternd an, ohne etwas zu sagen oder sich zu bewegen.

»Bitte setz dich«, sagte er lächelnd. »Wir sind extra

hergekommen, um herauszufinden, was du weißt. Es ist wichtig.«

Das schien zu helfen. Bis zu diesem Augenblick hatte noch nie jemand Kristen das Gefühl gegeben, irgendwie von Bedeutung zu sein. Als sie sich zögernd auf den wackligen Stuhl hinter dem Tisch am Fenster setzte, wirkte sie schon etwas weniger verängstigt, sagte jedoch immer noch nichts.

»Der Taschencomputer, den du erwähnt hast, derjenige, welcher die Namen enthielt. Hast du den noch?« fragte er. Sie schüttelte gerade den Kopf, als Serrin in der Tür erschien, die Anwesenheit des Mädchens aber offenbar nicht bemerkte.

»Michael, du mußt nicht ganz bei dir sein, daß du dafür bezahlst, hier zu wohnen. Als ich meine Hemden in den Schrank gepackt habe, ist das oberste Regal herausgefallen, und mir sind ein Haufen Huren-Unterwäsche und etliche Schaben entgegengekommen. Drek, wir können hier nicht ...«

Er unterbrach sich, als der Engländer mißbilligend den Kopf schüttelte.

»Achte auf deine Ausdrucksweise, mein Lieber. Es ist eine Dame anwesend.«

Als Serrin einen Schritt näher kam und sich umsah, erkannte sie seine Blässe und die grauen Augen sofort wieder. Die Neigung seiner Stirn. Das Hinken, sein schlimmes Bein. Dann wurde ihr klar, daß sie die Augen, die Blässe und die Stirn auf den Bildern in der Illustrierten gesehen und Nasrah ihr Einzelheiten über das Bein vorgelesen haben konnte. Aber Bilder und Worte hätten ihr niemals verraten können, wie er sich bewegte, und doch wußte sie es. Sie wußte ganz genau, wie er sein Gewicht immer auf das heile Bein verlagerte, wie er die Behinderung zu kompensieren versuchte, weil sie sich daran erinnerte. Und das ängstigte sie wirklich.

»Entschuldigung«, murmelte er. »Ich wollte nicht ...«

»Schon gut«, brachte sie heraus, und ihre Stimme klang in ihren Ohren schwach und weit entfernt.

Als er den Raum betrat, bestürzte Serrin die kurze, unheimliche Empfindung, diesen Augenblick schon einmal erlebt zu haben. Doch das Gefühl war nur von kurzer Dauer, sehr flüchtig. Sie sah aus, als habe sie gerade einen Zusammenstoß mit einem Lastwagen gehabt.

»Ich bin Serrin Shamandar. Wir haben uns am Telefon unterhalten«, sagte er. »Bist du schon lange hier?«

»Gerade angekommen. Sunil hat die Naht an meinem Ohr überprüft«, sagte sie.

»Geht es dir gut?« fragte der Elf beunruhigt. »Ist es etwas Ernstes? Wir können ...«

»Hör auf damit«, sagte Michael kühl. »Kristen ist aus eigener Kraft hergekommen. Ich glaube nicht, daß sie kurz davor steht, in Ohnmacht zu fallen.«

»Aber wir sollten uns einen sichereren Ort suchen, an dem wir uns unterhalten können«, sagte er mit einem mißbilligenden Blick auf die offene Tür. »Kristen, wir könnten Kaffee und etwas zu essen vertragen, aber laß uns irgendwohin gehen, wo wir reden können, ohne belauscht zu werden. Kennst du so einen Ort?«

Sie lächelte schwach. »Es ist noch ein wenig kalt am Hafen, aber wir könnten draußen sitzen, und es wäre ruhig, weil nicht viele Leute in der Nähe sein werden. Aber ich habe nicht viel Geld«, sagte sie ein wenig verlegen.

Ihr Geister, dachte Serrin, sie glaubt, wir erwarten von ihr, daß sie uns zum Frühstück einlädt. Er erwärmte sich für sie.

»Keine Sorge«, sagte er gelassen, indem er sie anlächelte. Plötzlich war er sich bewußt, wie durchdringend sie ihn musterte, als studiere sie ein Porträt in einer Galerie und suche nach einem verborgenen Detail.

»Wir haben aber allen Grund zur Sorge«, sagte Michael lakonisch. »Zum einen haben wir einen hungrigen Troll, den wir füttern müssen. Laßt uns Tom holen und die Vorstellung beenden. Dann gehen wir und reden. Wir müssen eine Menge herausfinden.«

Kristen änderte ihre Meinung, als sie Indras Club verließen. Plötzlich wollte sie sie nicht mehr zu einem ihrer üblichen Läden am Hafen bringen. Ein Teil von ihr wollte vor ihren Chummern auf der Straße angeben, aber damit würde sie sich nur den Groll und den Neid der anderen zuziehen, was sich später nachteilig auswirken konnte. Also brachte sie sie mit einiger Häme in einem Taxi zu einem der protzigen Läden am Strand. Das dort versammelte Geld würde sie anstößig finden, es jedoch angesichts der Gesellschaft, in der sie sich heute bewegte, nicht wagen, sie rauszuwerfen. Als sie am Blumenmarkt vorbeigingen, blieb sie an einem Stand stehen, um sich eine Tigerlilie zu kaufen, eine absurde Extravaganz. Sie steckte sie sich ins Haar über ihr heiles Ohr, als laufe sie ständig so herum, und betrachtete ihr Spiegelbild in einem Schaufenster, um sie genau richtig zu positionieren. Zumindest hat mein Gesicht nichts abbekommen, dachte sie. Ich sehe gar nicht so schlecht aus.

Als sie sich schließlich setzten, um zu frühstücken, bestellte Michael die meisten Gerichte auf der Frühstückskarte und hielt den gaffenden Kellner davon ab, irgend etwas wegen Kristen zu sagen, indem er einfach außerordentlich höflich war. Sie saßen in einer entlegenen Nische, die sowohl Ruhe als auch Abgeschiedenheit bot. Als Kaffee, Saft, Getreideflocken und Toast auf einem silbernen Tablett serviert wurden, hatte er erfahren, was mit dem Computer geschehen war. Er gab dem Kellner ein großzügiges Trinkgeld, um den gaffenden Blicken ein Ende zu bereiten, die er Kristen zuwarf, und bestellte dann Eier mit Schinken für Tom, der die gesunde Kost auf dem Tablett anstarrte wie eine tote Ratte.

»Du kannst uns zu dem Mann bringen, dem du den Computer verkauft hast?« fragte er Kristen. Sie nickte.

»Aber das Gerät wird längst auseinandergenommen sein«, sagte sie traurig.

»Vielleicht, vielleicht auch nicht. Jedenfalls ist es eine Bahnfahrt die Küste entlang wert, es herauszufinden.« Er steckte sich eine Leinenserviette in den Hemdkragen, um zu verhindern, daß er seine Krawatte mit Marmelade bekleckerte.

»Ich habe das hier«, sagte sie strahlend, indem sie ein zerfleddertes und verdrecktes Blatt Papier aus ihrer Tasche zog. Sie gab es Serrin, der die Namen betrachtete und dann das Blatt an Michael weiterreichte.

»Auf der Liste stehen mehr Namen als diejenigen, die du mir am Telefon genannt hast«, sagte er zu Kristen.

»Ich konnte sie mir nicht alle vorlesen lassen«, antwortete sie ein wenig besorgt, als befürchte sie, daß ihr etwas Wichtiges entgangen war.

»Das ist schon in Ordnung«, versicherte ihr Serrin. »Es bedeutet nur, daß wir mehr haben, als wir dachten.«

»Hier sind auch noch ein paar merkwürdige Codesymbole«, sagte Michael zögernd. »Mehr als nur Namen und Zahlen. Aber du sagtest, der Computer sei irgendwie abgestürzt?«

Kristen erklärte noch einmal, wie sie mit dem kleinen Kasten herumgespielt hatte und er plötzlich den Geist aufgegeben zu haben schien. Sie mußte außerdem erklären, daß sie die Botschaften nicht hatte lesen können, die über den Schirm geflackert waren, und sie schämte sich deswegen. Das war allzu offensichtlich.

»Das ist nichts, dessen du dich schämen müßtest«, sagte Tom, nachdem er das letzte Stück Schinken verzehrt hatte. »Wir leben in einem der reichsten Länder der Erde, und die Hälfte seiner Bewohner kann nicht einmal den eigenen Namen schreiben oder lesen. Wenn dir niemand eine Chance gibt, ist es nicht deine Schuld. Es macht dich nicht dumm oder was.«

Als sie mit dem Frühstück fertig waren, hatte Michael alles von Kristen erfahren. Ihre Schilderung der Entführung und des damit verbundenen Mordes ließ Serrin angesichts der Ähnlichkeit einiger Einzelheiten nicken, aber sie konnte keine genauere Beschreibung der Täter liefern. Daher ließ sich unmöglich sagen, ob es sich um dieselben Leute handelte, die versucht hatten, ihn in Heidelberg zu entführen, und das sagte er auch.

»Heidelberg?« Sie war verwirrt. »Aber ich dachte, du wärst gerade erst angekommen. Aus Amerika. Du warst vor ein paar Tagen in Azanien?«

Jetzt sah Serrin verwirrt aus, bis Michael es ihm erklärte. »Du hast deine Zeit in Johannesburg vergessen, mein Lieber. Ein Teil dieses Megaplex' ist das alte Städtchen Heidelberg im Süden. Im Osten gibt es auch noch ein Middelburg. Man kann die beiden leicht verwechseln.

Paßt auf, ich mache mich jetzt hiermit an die Arbeit«, fuhr er fort, indem er mit dem Blatt Papier wedelte und es in die Innentasche seiner Jacke steckte. »Mein Deck befindet sich im Hotelsafe des Hilton. Ich wollte es nicht bei Indra lassen. Ich habe zusätzlich ein Zimmer im Hilton gemietet, so daß ich dort arbeiten kann, und wir können dort untertauchen, wenn es bei Indra Probleme gibt. Obwohl ich natürlich nicht damit rechne. Komm mit, Tom, wir haben eine Menge zu tun.«

Er trat dem Troll unter dem Tisch gegen das Schienbein. Überrascht verzehrte Tom den letzten Bissen seines Muffins und stand auf.

»Hier wird euch garantiert niemand entführen«, sagte Michael nach einem Blick auf die Menschenmassen, die draußen auf der Straße unterwegs waren. »Wir treffen uns zum Mittagessen und einer kleinen Siesta danach, würde ich sagen. Bis später!« Bevor der Elf antworten konnte, hatte der Engländer Toms Arm genommen und ihn durch die Tür und auf die Straße gezogen.

»Was sollte das denn?« fragte Tom.

»Sie hat die ganze Zeit nur Augen für Serrin gehabt«, erklärte Michael. »Sie will mit ihm reden. Wir sind überflüssig. Außerdem haben wir, was wir wollten. Also lassen wir sie jetzt allein.«

Der Troll sah weg, und Michael folgte seiner Blickrichtung.

»Ah, der Berg«, sagte er leise.

»Was ist dort oben?« fragte der Troll. Er konnte erkennen, daß es sich bei dem gewaltigen abgeflachten Gipfel um einen Ort der Macht handelte. Jedem mit nur einer Spur von Talent wäre das aufgefallen.

»Die Regenkönigin. Der Drache Mujaji. Wenn du zum Gipfel willst, mußt du sehr vorsichtig sein und sehr höflich und darfst nirgendwohin, wohin du nicht gehen sollst. Die Schamanen dort oben sind ziemlich verdrehte Leute. Du kannst die Seilbahn nach oben nehmen, aber verhalte dich ruhig und bleibe innerhalb der abgesperrten Bereiche.«

»Hmmm«, grunzte Tom. »Du hast das Mädchen nicht nach diesem Magier gefragt. Äh ... Shakala?«

»Aus gutem Grund«, sagte Michael, der wieder mit seiner Krawatte spielte. »Sie ist eine Xhosa. Gemischtrassisch. Es wäre unhöflich, sie nach einem Zulu zu fragen.«

»Das verstehe ich nicht.«

»Wenn du hier lebtest, würdest du es verstehen – oder sterben«, erwiderte Michael. »Nimm nur die Regenkönigin. In den Sagen der Xhosa heißt es, sie beschützt sie vor ihrem großen Feind, den Zulus. Sie schickt Wolkenbrüche, um ihre Ernte zu verderben und es ihren Armeen unmöglich zu machen, gegen die Xhosa zu marschieren. In ihren früheren Manifestationen als Frau hat sie auch die Buren und die Briten gegeneinander ausgespielt.«

»Ich verstehe es immer noch nicht. Ist sie ein Drache oder eine Frau?« fragte Tom.

»Beides. Die Xhosa unterscheiden zwischen dem Großen Geist der Regenkönigin und ihren Manifestationen. Sowohl die Frau als auch der Drache sind Manifestationen ein und derselben Sache. Aber sie gehört ihnen, und sie beschützt sie vor ihren Feinden. Keinem Zulu würde gestattet, seinen Fuß auf diesen Berg zu setzen.«

»Ich will dort hinauf«, sagte der Troll zögernd. Das Gefühl der Macht zog ihn trotz dieser finsteren und abschreckenden Geschichte an.

»Dann tu es«, erwiderte Michael. Er hielt ein Taxi an und gab dem Fahrer Anweisungen.

»Zum Hilton, bitte. Und dann bringen sie meinen Freund zur Seilbahnstation des Tafelbergs.«

Als die Stahlkisten eintrafen, hatte Martin seine Analysen fertiggestellt. Er war steif um die Schultern von den vielen Stunden, die er vor dem Computer gesessen hatte, und die Augen brannten ihm vom nächtelangen Betrachten der Ausdrucke und Bildschirme. Aber die Daten machten einen ziemlich vollständigen Eindruck. Die PET-Untersuchungen und NMR-Daten aus Azanien erbrachten Ergebnisse, die sich gegenseitig bestätigten. Es gab nur nicht genug Elfenproben. Sonderbar, daß Luther in dieser Phase noch so zimperlich deswegen war. Insbesondere, wenn man bedachte, wozu ihn sein Hunger in letzter Zeit getrieben hatte.

Der Anruf von oben meldete ihm die Ankunft. Voller Aufregung stieß er fast seinen Drehstuhl um, als er zur Tür rannte und dann die Steinstufen des alten Gewölbes hinaufhastete. Als er den Flur erreichte, war dessen wunderschöner Mosaikfußboden halb von den Kisten bedeckt. Was sie enthielten, war gar nicht so groß. Das meiste mußte Dämm- und Polstermaterial sein, um ihre sagenhaft wertvolle Fracht zu schützen.

»Seine Gnaden hat uns angewiesen, ihn zu verständigen, sobald die Kisten eintreffen«, sagte einer der Lakaien zögernd.

»Bringt sie in den Ostflügel. Ich werde sie auspacken und ihn verständigen. Ich übernehme die Verantwortung«, sagte Martin. Er hatte keine Ahnung, wie Luther im Augenblick auf eine Störung reagieren würde, wollte es aber nicht darauf ankommen lassen. Es würde ein paar Stunden dauern, alles auszupacken, und je mehr Zeit er Luther gab, um sich zu beruhigen, desto besser. Außerdem wußte er, daß Luther nicht zwei Stunden lang herumsitzen und Däumchen drehen wollte, während alles ausgepackt wurde.

Der Lakai zögerte immer noch. Daß jemand anders die Verantwortung übernahm, war nur akzeptabel, wenn er sicher sein konnte, daß Luther damit einverstanden war. Es war nicht empfehlenswert, Befehle zu mißachten.

»Tut, was ich sage. Und benutzt die Handwagen. Wenn ihr eine Kiste fallen laßt, werdet ihr euch wünschen, tot zu sein«, fauchte Martin. Das reichte den Männern, die jetzt davoneilten, um Handwagen für die Kisten zu holen.

Martin überließ sie ihrer Arbeit und kehrte in das Gewölbe zurück, um den Azaniern die letzten Befehle zu übermitteln. Er hoffte nur, daß nicht zuviel Staub aufgewirbelt werden würde. Für eine Weile würde es natürlich Aufsehen erregen, aber es ließ sich alles mühelos als Unfall tarnen, und niemand würde eingehende Untersuchungen anstellen, jedenfalls nicht sofort. Er hatte die Simulation oft genug durchlaufen lassen und wußte genau, an welcher lecken Leitung ein im rechten Augenblick fallengelassener Zigarettenstummel den Job erledigen würde. Es wurde Zeit, ihre Spuren zu verwischen.

Kristen gelang es, sich eine Stunde lang an ihren zwei Tassen Kaffee festzuhalten und in dieser Zeit soviel wie möglich über ihn zu erfahren. Serrin konnte jedoch kaum noch die Augen offenhalten. Zehn Uhr morgens hier war drei Uhr nachts zu Hause, und die Zeitverschiebung machte ihm genauso zu schaffen wie immer. Aber sie war nicht gewillt, ihn gehen zu lassen. Ihre Fragen ergossen sich über ihn wie ein Wasserfall, und er war zu müde, um vorsichtig mit seinen Antworten zu sein.

Schließlich hob er die Hand, als wolle er sich vor einem weiteren Ansturm schützen.

»Ich brauche etwas Schlaf«, flehte er fast. »Ich bin völlig erledigt.« Er bestellte die Rechnung. Sie sah ein wenig schuldbewußt aus, war jedoch nicht in der Lage, ihre Erregung zu bezähmen. Einer Eingebung folgend, beugte sie sich plötzlich vor und versuchte den verrutschten Knoten seiner Krawatte zu richten. Beinahe instinktiv hob er die Hand, um sie davon abzuhalten. Ihre Finger berührten sich.

Seine Hand registrierte so etwas wie einen elektrischen Schlag, während sich sein Herz zu verkrampfen schien wie nach dem Genuß von zuviel Kaffee und zu vielen Zigaretten spät in der Nacht. Verblüfft stellte er fest, daß er in ihre dunkelbraunen Augen sah, die so voller Mitgefühl für ihn waren. Es fühlte sich nicht wie eine Warnung an, daß er sich verlieben könnte, wenngleich Serrins Erinnerung an derartige Dinge nebelhaft war. Es fühlte sich nach etwas Wichtigerem an, nach etwas Besserem, Dauerhafterem.

Sie sagte nichts, und er fragte nicht. Er wollte darüber schlafen und alles noch einmal durchdenken. Wieder zurück in Indras Club, widersetzte er sich entschlossen allen Versuchen Kristens, ihn zu bemuttern.

»Ich gehe jetzt unter die Dusche«, sagte er müde. »Wenn du willst, kannst du Michaels Zimmer benutzen. Er kommt erst später zurück. Äh… wenn du bleiben willst, bist du herzlich eingeladen.« Ihm wurde plötzlich klar, daß er ihr kaum eine Frage gestellt hatte, so eindringlich hatte sie ihn ausgehorcht.

»Ich habe Zeit«, sagte sie schlicht und verschwand, um ihm ein paar Handtücher zu holen. Serrin setzte sich aufs Bett, schüttelte den Kopf und fragte sich, in was, um alles in der Welt, er hineingeraten war.

»Du bist ein großes Risiko eingegangen hierherzukommen, auch wenn Mathanas bei dir ist«, schalt der junge Elf Niall. Er saß auf einem der größten Steine inmitten der Schloßruinen und beobachtete müßig die kleine Gruppe Leshy, die zwischen den efeubedeckten Bäumen am Fuß des Hügels spielten, während um sie herum der Morgen graute.

»Darum brauche ich deine Hilfe«, erklärte Niall. »Ich bin an meine Heimat gebunden. Ich kann mich nicht rühren, ohne daß es die Familien erfahren. Aber es gibt Dinge, die ich tun muß, Orte, die ich besuchen muß. Die Ereignisse nehmen jetzt einen rapiden Verlauf. Sie haben mittlerweile die Saat aus Azanien gebracht, glaube ich. Es wird nicht mehr lange dauern, bis Lùtair die letzten Schritte unternimmt. Sobald sie freigesetzt wird …«

Der flachshaarige junge Elf saß ruhig da, wiegte sich fast unmerklich hin und her. »Bist du so sicher, daß dies deine Aufgabe ist?« fragte er.

»Ich kann nicht untätig danebenstehen und es geschehen lassen«, erwiderte Niall.

»Ist es wichtiger als dein Leben?«

»Gewiß«, sagte Niall ohne Zögern.

»Ist es wichtiger als die Bestimmung deines Weges?«

»Es ist wichtiger als alle meine Leben«, sagte Niall leise. Er hatte lange und ausgiebig darüber nachgedacht, wie er es sagen sollte. Und nun, da er es gesagt hatte, war es viel leichter gewesen, als er erwartet hatte. Wie leicht es doch war, sein eigenes Wesen zunichte zu machen.

»Das ist es tatsächlich«, sagte der jugendliche Elf unerschütterlich. »Aber ich habe andere Besucher, die sagen, daß dies der Aufstieg ist.« Er sagte Niall nicht, was er davon hielt.

»Das ist *falsch*«, erwiderte Niall leidenschaftlich.

»Bist du um so vieles weiser?« sagte der jugendliche Elf, indem er müßig an einem Grashalm zupfte.

»Lùtair ist ein toxischer Geist«, argumentierte Niall. »Der Aufstieg kann nicht von solch einem Wesen ausgehen. Er löschte die Leben aus, die er erhöhen will. Das allein ist Beweis genug, daß er ein falscher Geist ist. Wenn Liam noch unter uns weilte, wäre ein Sichabfinden mit diesem Übel unvorstellbar.«

»Ah, dann kennst du also Liams Gedanken«, sagte der jugendliche Elf fröhlich. »Dann ist dir natürlich alles klar. Natürlich sind andere von uns nicht so anmaßend.«

»Das habe ich nicht gemeint. Kannst du mir nicht helfen?« flehte Niall. Er wollte nicht mehr Katz und Maus mit dem Narr spielen. Die Zeit wurde zu knapp für dessen raffinierte Spielchen.

»Heute nacht wird es ein Gewitter geben«, sagte der Narr ohne jede Besorgnis. Niall wußte, was er meinte. In der physikalischen Welt würde es einen Wolkenbruch mit Blitz und Donner geben, gewiß. Aber der Narr meinte das *doineann draoidheil*, die schreckliche Woge unkontrollierbarer Magie, die an geheiligten Orten über die Welt hereinbrach, unberechenbar und gewaltsam. Sein Mut sank, als er begriff, welche Unterstützung ihm der Narr anbot. Nur das Erscheinen des Gewitters an sich. Es würde Niall und den Geistern, die ihm zu helfen bereit waren, überlassen bleiben, sich die Macht des Gewitters zunutze zu machen.

»Rathcrogan«, sagte der Narr. »Beim Palast der Medb. Ich glaube, dort werden nur wenige Mitglieder deiner Familie sein. Jedenfalls genug, um Einwände gegen deine Anwesenheit zu erheben. Andererseits könnten sie sich auch klugerweise dazu entschließen, Zuflucht vor dem Gewitter zu suchen.«

Niall war nicht so dumm, um eine direktere Art der Unterstützung zu bitten. Nur wenige trafen den Narr je in so großzügiger Stimmung an. Auf seine Weise war er ein Abtrünniger desselben hermetischen Ordens, dem Niall schon vor langer Zeit den Rücken gekehrt hatte, aber es war nicht ratsam, ihn zu sehr zu drängen. Er hatte Niall auf die Lösung hingewiesen, sich der ehrfurchtgebietenden Kräfte des Gewitters zu bedienen, und jetzt blieb es dem Magier überlassen, diesen Rat zu beherzigen oder nicht.

In dem Bewußtsein, daß seine Chancen, die Nacht lebend zu überstehen, schlechter standen als fünfzig zu fünfzig, kehrte der deprimierte Magier zu seinem Geist zurück und fing an, sich zu überlegen, wie er den Hausmagiern seiner Familie entwischen sollte. Sobald das Gewitter begonnen hatte, würden sie es nicht wagen, sich ihm zu nähern. Immer vorausgesetzt natürlich, daß keiner von ihnen so wahnsinnig war und versuchte, es für seine eigenen Zwecke zu nutzen.

Niall sagte seinem Geistverbündeten, was er tun sollte, falls er in jener Nacht starb. Das war nicht morbide. Er berücksichtigte nur alle Wahrscheinlichkeiten.

14

Der Xhosa-Schamane starrte Tom an. Er mußte den Kopf weit in den Nacken legen, um zu Tom aufzusehen, aber er starrte immer weiter. Tom wußte nicht, ob es sich um eine Herausforderung oder ein Ritual handelte, ob es eine freundlich gemeinte, feindselige oder neutrale Handlung war. Aber er hielt den Mund und blieb, wo er war.

Der Xhosa zog etwas Grüngelbes und Leuchtendes aus einem Beutel an seinem Gürtel. Den Troll weiterhin anstarrend, zog er sich die unglaublich dünnen Handschuhe aus Schlangenhaut über seine klobigen Finger und berührte den Troll dann dicht unterhalb des Brustbeins. Als taste er nach irgendeinem Energiefluß, nach einem Lebensrhythmus, wanderten seine Hände über Toms Rippen und zu seiner rechten Hand. Der Schamane zischte, als er die Smartgunverbindung und den Muskelersatz spürte, aber er zog seine Hand nicht zurück, da er Toms mächtige Pranke betrachtete, die so groß wie sein Kopf war. Dann hob der Schamane den Blick wieder, bohrte seine Augen förmlich in den Troll, der zurückstarrte.

Tom sagte immer noch nichts. Er verspürte trotz der mißbilligenden Laute des Schamanen nicht die geringste Angst. Der Schamane winkte einen anderen Xhosa zu sich, der zu ihnen kam, um Tom ebenfalls zu untersuchen.

Die Schamanen unterhielten sich in der Xhosa-Sprache, dann nahm einer von ihnen Toms Arm und führte ihn zu der Absperrung und in die Wildnis jenseits der sicheren Pfade. Vielleicht würden sie ihn in den Tod führen, aber der Troll wollte ihnen vertrauen. Er konnte die Macht spüren, die sie in sich trugen. Stumm folgte er ihnen.

Der spröde, bröckelige Fels fühlte sich wie Feuer unter seinen Füßen an. Die Luft kam ihm dunstig und drückend vor, schwülwarm, und das Atmen fiel ihm schwer. Er spürte, wie sein Schritt unsicher wurde, als sie ihn zu einer Klippe führten, die hoch über dem Atlantischen und Indischen Ozean aufragte, welche sich in der azurblauen Weite unendlich tief unter ihm trafen. Ihm schwirrte der Kopf, und er spürte, wie er fiel.

Lautes Klopfen an der Tür ließ Serrin zusammenfahren. Er sprang auf und schaffte es gerade noch, sich die Hose anzuziehen, bevor aus der Störung ein Einbruch wurde. Es war nur Michael.

»Aufgewacht, Faulpelz«, sagte der Engländer. »Du hast fünf Stunden geschlafen. Noch etwas länger, und du schläfst heute nacht nicht, und dann fühlst du dich morgen noch schlimmer.«

»Wo ist Kristen? Wo ist Tom?« gähnte Serrin.

»Ist er noch nicht wieder da?« fragte Michael besorgt. »Verdammt noch mal. Der Berg kann doch nicht *so* interessant sein. Kristen ist unten.«

»Hast du irgend etwas über die neuen Namen herausgefunden?« fragte der Magier, als er sich ein sauberes Hemd anzog.

»Es wird immer verwirrender«, sagte Michael. Er setzte den Elf ins Bild, während dieser sich weiter ankleidete. »Drei weitere Personen. Europäer. Ein Magier, keine Spur von einer Entführung. Ein Arbeiter aus dem Squeeze, ausgerechnet, und ein Arzt irgendwo aus Sachsen. Keiner von ihnen ist auch nur angerührt worden. Ich habe ein paar Frames auf sie angesetzt, aber ich kann zunächst mal keinen Zusammenhang erkennen.«

»Hmmm«, grunzte Serrin.

»Ich habe es mit Alter, Rasse, Geschlecht, Vorstrafen, sozialer Stellung, Beruf und allen anderen offensichtlichen Merkmalen versucht. Ich muß irgend etwas übersehen«, sagte Michael in einem Tonfall, der deutlich machte, daß er wieder an die Arbeit wollte. Serrin sagte etwas Entsprechendes.

»Ja, das wollte ich auch«, erwiderte Michael. »Ich dachte, ich könnte zuerst an der Seilbahnstation vorbeifahren und sehen, ob ich Tom finde. Und da ist noch etwas, das du tun solltest.«

»Und das wäre?« fragte der Elf.

»Geh mit Kristen einkaufen. Kauf ihr ein paar neue Sachen. Sie hat nicht viel, und die Hälfte davon ist blutverschmiert, was nur die Aufmerksamkeit der Polizei auf sie lenken wird. Die wahrscheinlich nichts Besseres zu tun hätte, als noch ein paar Flecken hinzuzufügen.

Sag ihr, das sei eine Art Ausdruck des Dankes für ihre Hilfe. Für ein Mädchen von der Straße hat sie eine Menge Stolz. Sie wird wütend sein, wenn sie glaubt, daß es ein Almosen ist. Und was du auch tust, biete ihr kein Geld an. Das würde sie dir nie verzeihen.«

»Hältst du es für ungefährlich, auf die Straße zu gehen?« fragte Serrin besorgt.

»Ich glaube nicht, daß man dich am hellichten Tag auf den Hauptgeschäftsstraßen entführen wird. Nach allem, was ich in Erfahrung gebracht habe, finden die Entführungen immer nachts und/oder in irgendeiner dunklen Ecke statt. Diese Leute gehen keine unsinnigen Risiken ein.«

Im Taxi zum Berg brütete Michael über die Namensliste nach. Die Codesymbole, die einige der Namen auf der Liste von den anderen unterschied, gaben ihm Rätsel auf. Sie mußten etwas zu bedeuten haben, aber er mußte noch herausfinden, was. Das Problem war, daß ihn alle offensichtlichen Ansätze nicht weiterbrachten. Es war verwirrend, daß nur einer der Namen zu einer Frau gehörte, aber das schien nicht viel zu bedeuten. Nichts unterschied sie von einer Handvoll anderer ganz gewöhnlicher Leute auf der Liste. Und wer würde schon jemanden aus dem Squeeze entführen wollen, Londons ärmstem und heruntergekommenstem Stadtteil? Drek, es war schon beinahe unmöglich, Informationen über diese Leute zu bekommen. Die Hälfte von ihnen war nicht einmal in den Datenbanken der britischen Regierung gespeichert. Einige der Namen schlossen Lösegeld als Entführungsmotiv aus, aber die Tatsache, daß keine der entführten Personen je wieder aufgetaucht war, sprach ohnehin Bände. Ganz zu schweigen davon, daß es keine polizeilichen Vermerke hinsichtlich Lösegeldforderungen gab, wenngleich das auch damit zusammenhängen konnte, daß die Polizei aus Angst nicht informiert worden war. *Aber in keinem Fall*?

Er gab auf. Zu seiner großen Erleichterung sah er Tom gerade aus der Seilbahn steigen, als das Taxi an der Station hielt. Michael gab dem Fahrer ein paar Scheine, rief ihm zu, er solle ein paar Minuten warten, um dann aus dem Taxi zu springen und sich dem gemächlich daherschlendernden Troll zu nähern.

»Hey, wir haben uns schon Sorgen gemacht. Serrin wird sich besser fühlen, wenn er seinen Leibwächter wieder um sich hat«, begann Michael, um dann innezuhalten.

Der Troll ging einfach an Michael vorbei, als sei er gar nicht da. Michael hielt ihn am Arm fest, und daraufhin wandte sich Tom langsam in seine Richtung. Er betrachtete Michael, als sehe er ihn zum erstenmal, dann nickte er ihm unmerklich zu und folgte ihm zum Taxi.

»Geht es dir gut?« fragte Michael besorgt.

»War noch nie besser«, sagte Tom gelassen und zog an der Taxitür, um sie zu öffnen, wobei er sie fast aus den Angeln riß. Er sah verblüfft auf seine Hände, als könne er nicht glauben, daß sie so funktionierten.

»Wenn du nicht trocken wärst, würde ich annehmen, daß du dir einen hinter die Binde gekippt hast«, sagte Michael. Er war ein wenig nervös. Sich das Taxi mit einem höchst kräftigen und offenbar völlig desorientierten Troll zu teilen, mochte sich als nicht ganz ungefährlich erweisen.

»Unwahrscheinlich«, sagte Tom ruhig. Er testete die Tür mit einer Sanftheit, die er einem Baby in seinen Armen hätte angedeihen lassen, öffnete sie sehr vorsichtig und stieg ein, wobei er die Verwünschungen des Fahrers, er würde die Tür bezahlen müssen, falls er sie ruinierte, geflissentlich ignorierte.

Michael folgte ihm hinein und musterte den Troll durchdringend. Tom saß ganz gelassen da, die Hände auf dem Schoß gefalten.

»Zurück, würde ich meinen«, sagte der Engländer zum Fahrer. »Und keine Sorge. Er ist harmlos. Wirklich.«

Das Taxi fuhr los und brachte sie in die Stadt zurück.

Kristen war entzückt über den Vorschlag, sich von dem Geld, das Serrin ihr gab, neue Kleidung zu kaufen. Einzukaufen war ein Vergnügen, dem sie sich nie richtig hatte widmen können. Sie kümmerte sich zuerst um die praktischen Dinge und kaufte sich feste Stiefel, eine wetterfeste, doppelseitig tragbare Jacke und eine Hose, die aussah, als könne sie mehr als einen Winter überstehen. Dann standen sie zwischen unzähligen Regalen mit Damenunterwäsche, die sie schließlich auch benötigte, und Kristen war froh, daß Serrin nicht sehen konnte, wie sie errötete. Nicht weiß zu sein, hatte manchmal auch sein Gutes.

Sie berührte die sagenhaft weiche und glänzende Seide, schwelgte in dem schieren Luxus, den sie repräsentierte. Für sie natürlich ungeeignet. Wenn sie Seidenhöschen wollte, konnte sie immer für Indra arbeiten. Natürlich würde ihr das vermutlich nicht mehr als ein Satin-Imitat einbringen. *So* hochklassig waren Indras Mädchen nun auch wieder nicht.

Sie sah sich nach Serrin um und erlebte einen Augenblick schierer Panik, als sie ihn nicht mehr sah. Wenn sie in diesem Geschäft allein war, würde man sie wegen ihrer Hautfarbe aufhalten, sie des Ladendiebstahls verdächtigen und sie durchsuchen, und sie wußte nicht mehr, ob sie für alles, was sie sich gekauft hatte, die Kassenbelege noch besaß. Wenn nicht, und wenn er nicht bald wieder auftauchte, konnte sie sich auf eine Abreibung freuen, die sich gewaschen hatte.

Dann war Serrin wieder da, und zwar mit einer Handvoll seidener Tücher und Schals.

»Sie sind hübsch. Ich sah, daß du Seide magst, und ich wollte dir selbst etwas kaufen«, murmelte er. »Ich weiß, daß sie nicht sehr nützlich sind, aber dafür sehen sie nett aus.« Er entfaltete ein Tuch und hielt es an ihren Kopf, um zu sehen, wie es zu ihrer Hautfarbe paßte.

Sie strahlte ihn an. Unfähig, sich zu beherrschen, umarmte sie ihn, wobei es ihr egal war, daß sie die anderen Leute in dem Geschäft wütend und haßerfüllt anstarrten.

Was Serrin empfand, verblüffte ihn völlig. Es war nicht die übliche Furcht, etwas zu verlieren, das ihm etwas bedeutete. Was ihn wirklich verwirrte, war das Gefühl, daß das alles unbedenklich war. Hätte er innegehalten, um darüber nachzudenken, wäre ihm die Absurdität dieser Vorstellung aufgegangen, aber dieses eine Mal dachte er nicht nach. Er legte ihr nur die Hand auf den Kopf, als sie sich an ihn schmiegte, und spürte ihr stacheliges Haar durch die Seide des Tuchs.

Dann löste sie sich von ihm und sah sich verängstigt um. »Wir verschwinden besser«, sagte sie mit einem drängenden Unterton. »Die Leute sind schon außer sich.«

Ohne zu begreifen, folgte er ihr zur Kasse, wo er die Seidentücher bezahlte. Er wurde von einem sauertöpfisch dreinblickenden Mann bedient, der das Geld des Elfs behandelte, als sei es Überträger einer ansteckenden Krankheit.

Als sie draußen waren, hauten ihn ihre Worte fast um.

»Du wirst gehen. Du verläßt mich«, sagte sie traurig. »Diese Sachen sind Abschiedsgeschenke.«

»Nein, sind sie nicht«, sagte er leidenschaftlich. »Ich weiß nicht, wie es weitergeht, aber wir gehen nirgendwohin.«

Er hätte hinzufügen sollen, noch nicht, aber der Gedanke kam ihm gar nicht erst. Er hielt eines der vertrauten gelben Taxis an und ließ sich zum Hilton fahren.

Als sie das Zimmer betraten, bot sich ihnen ein verblüffendes Bild. Tom lag auf einem der großen Sofas und starrte schweigend an die Decke. Michael hatte sich in sein Fuchi eingestöpselt und zuckte beinahe spastisch. Seine Hände waren so krampfhaft zu Fäusten geballt, daß sie buchstäblich weiß waren.

»Ja! *JA!!!*« Er stöpselte sich aus. Seine Pupillen waren vor Aufregung geweitet, die Lippen zu einem Lächeln zurückgezogen, das jeder Zahnarzt für ein Werbeplakat hätte benutzen können. Er stellte sich auf seinen Stuhl, sprang in die Luft, schlug dabei einen perfekten Salto und landete auf den Füßen. Er hob die Arme in die Luft und stieß einen Jubelschrei aus, der die Fenster erbeben ließ.

Serrin und Kristen sahen einander an und brachen in schallendes Gelächter aus.

Es war die zunehmend vertraute Mischung aus Verzweiflung und Frohlocken, die ihn in den Klauen hatte. Für jemanden, der so lange an die Unfähigkeit, etwas zu fühlen, gewöhnt gewesen war wie er, war es schwierig gewesen, damit fertig zu werden und zu lernen, diese Energien festzuhalten und zu konzentrieren, so daß sie seinen Verstand überfluteten. Er hatte zwei, drei Tage ohne Schlaf vor sich, wenn er diese Energien in Gestalt eines strahlenden Blitzes äußerster Selbstbeschäftigung losließ. Luther wußte außerdem, daß er sie länger als üblich festhalten mußte, und das störte ihn.

Er hatte sich mit demselben Bedauern und derselben Entschlossenheit wie immer an die Beseitigung des Elfs gemacht. Da er wußte, wieviel schlechtes Karma es ihm einbrachte, betrachtete er es als sein persönliches Opfer, wenn er sich auf den schreienden Körper stürzte und ihm das Leben aussog, während das heiße Blut über sein Gesicht und seine Hände sprudelte und die letzten Qualen seines Opfers in dem Mausoleum in einem Echo nachhallten, das noch in einer Ewigkeit feststellbar sein würde. Luther wußte, daß er es nicht mehr lange tarnen konnte.

Es hatte hier unten ganz einfach zuviel Blut und Tod gegeben, zu viele Augenpaare, die sich in Erkenntnis eines Schicksals schlimmer als der Tod weiteten, zuviel nacktes Entsetzen, als daß sich kein magischer Hintergrund aufbauen würde, und zwar so stark, daß er selbst seine Fähigkeit überstieg, ihn zu tarnen. Die Zeit wurde langsam knapp. Aber wenn der Aufstieg kommt, dachte er, werde ich für mein Volk ein Held sein. Mein Opfer wird nicht umsonst gewesen sein.

Als er schließlich im Ostflügel angekommen war, hörte er Martins Worte nur halb. Alles war da. Alle Proben, die er benötigte. Er sehnte sich danach, mit der Arbeit zu beginnen, aber er wandte sich von den Proben ab und fragte statt dessen, wo das andere Material war.

Martin deutete auf den flackernden Schirm. Sein Lakai hatte gute Arbeit geleistet. Zwei Einheimische oder ein paar Wichte von weiter weg aus Bayern oder von jenseits der Grenze. Ein Marokkaner, urteilte er, möglicherweise aus Marseille. Martin hatte recht getan, die Opfer, die er brauchte, aus dieser elenden und verlorenen Stadt zu rekrutieren. Selbst der Chinese mochte von dort stammen. Das Schicksal dieser Opfer würde sich von demjenigen der anderen unterscheiden, die vor ihnen hierhergebracht worden waren. Ein Dutzend von ihnen stand angekettet da und harrte hilflos der Dinge, die da kommen mochten.

»Ich könnte mich darum kümmern, Euer Gnaden«, erbot sich Martin. »Ich kann die Ergebnisse bringen.«

»Nein«, sagte Luther zögernd. »Dann konzentriere ich mich zu sehr darauf, sie zu sehen. Wir sollten das gemeinsam erledigen, Martin.«

»Vielen Dank, Euer Gnaden. Es ist eine Ehre«, sagte Martin, den ein Gefühl der Demut und zugleich des Stolzes durchströmte.

»Das ist es in der Tat. Gedichte und Lieder werden dem zu Ehren geschrieben werden«, sagte Luther, dessen Sinn für Humor das blutige Feuer in seinem Kopf durchbrach. »Dein Name wird dazugehören.«

Martin, der den Spott nicht durchschaute, nahm das Lederetui und füllte es mit einigen der Proben.

Luther wischte sich die letzten Blutspuren aus den Mundwinkeln und wartete.

15

Es war so *offensichtlich*«, lamentierte Michael. »Ich habe nur so vor mich hin geträumt, und da ist es mir eingefallen. Ich dachte an die eine Frau auf der Liste. Ich dachte nur, hey, wenn alle Nichtmagier Frauen wären, würde das die Verteilung nach Geschlecht ausgleichen – nun, beinahe –, was nett wäre. Ordentlich.«

»Ich kann nicht ganz folgen«, gestand Serrin.

»Ich mag die Dinge ordentlich. Ich glaube, die Welt ist grundsätzlich wohlgeordnet, wenn man sie nur richtig betrachtet. Aber jetzt ist natürlich nicht der richtige Zeitpunkt, um über Metaphysik zu diskutieren.« Michael redete so schnell, daß Serrin ganz froh darüber war, daß Michael ab und zu abschweifte. Das erleichterte es ihm, das Wesentliche mitzubekommen. Aber er wartete immer noch auf die Schlußfolgerung.

»Dann ist mir ein Licht aufgegangen. Es sind fast alles Männer, richtig?«

»Und?«

»Dann wurde mir klar, daß nicht diese Männer entführt worden waren, sondern ihre *Ehefrauen*. Sie sind alle verheiratet. Dasselbe gilt für die Frau. Ihr Mann wurde vor elf Monaten entführt. Das besagen die Codesymbole. Sie stehen für jeden Fall, wo der Ehepartner entführt wurde. Lächerlich simpel. Nur eine Täuschung. Man sollte es für kaum der Mühe wert halten, sieht man einmal davon ab, daß man so eine einfache Sache ganz leicht übersehen kann. Schließlich hat es bei mir geklappt.«

»Schön. Das verbindet die Leute also. Aber warum gerade sie?« fragte Serrin.

»Ach, das ist etwas anderes. Die Entführten sind keine Magier, also kann es das nicht sein. Tatsächlich haben wir sogar einen Magier, dessen Frau entführt wurde, und er nicht«, fuhr Michael fort.

»Toll. Das klingt ziemlich rätselhaft«, sagte Serrin.

»Genau. Jetzt werfen wir einen Blick auf die zeitliche Abfolge. Die Kette der Opfer erstreckt sich beinahe linear von nichtelfischen Nichtmagiern zu nichtelfischen Magiern bis hin zu Elfenmagiern. Das bedeutet, daß diese Leute etwas anderes gemeinsam haben müssen, das zu dieser Progression einen Bezug hat. Etwas, das menschlichen Magiern mehr oder stärker zu eigen ist als gewöhnlichen Leuten und Elfenmagiern wiederum mehr oder stärker als menschlichen. Vielleicht.«

»Warum dann aber nicht direkt zur besten Quelle vorstoßen? Warum nicht gleich Elfenmagier nehmen?«

»Ja, das ist eine interessante Frage. Dafür gibt es zwei mögliche Erklärungen«, sagte Michael selbstgefällig.

»Eine ist schlicht und ergreifend die, daß Elfenmagier zu sehr im Rampenlicht stehen«, fuhr er fort. »Entführe einen Zahntechniker, und niemand interessiert sich dafür. Entführe einen Magier, und die Leute horchen auf. Vielleicht zu sehr. Ich meine, sieh dir nur an, was wir tun.«

»Klingt ganz logisch«, stimmte Serrin zu.

»Aber das erklärt nicht, warum vor den Elfenmagiern noch die menschlichen Magier entführt wurden. Nein, dafür brauchen wir eine andere Erklärung. Die Antwort liegt natürlich in einer Negation.«

»Sprich nicht in Rätseln«, flehte Serrin.

»Er meint, daß sich keine gewöhnlichen Elfen auf der Liste befinden«, sagte Tom plötzlich. »Das ist mir auch aufgefallen.«

Serrin starrte den Troll an. Er rührte sich immer noch nicht, und Serrin hatte angenommen, daß er mit seinen Gedanken ganz woanders war.

»Nein, keine Sorge. Er hat keine Vision gehabt oder so«, sagte Michael aufgeregt und begierig, mit seiner unbarmherzigen Analyse fortzufahren. »Er meint, daß er das Gefühl hatte, ich hätte recht, als ich es ihm gezeigt und erklärt habe. Jetzt sagen also mein Kopf und sein Herz, daß wir die Antwort haben. Damit ist ein Irrtum ausgeschlossen.«

»Würde es dir vielleicht etwas ausmachen, es mir dann auch zu erklären?« fragte Serrin mürrisch.

»Nicht im geringsten. Es sind keine gewöhnlichen Elfen auf der Liste. Wer für die Entführungen auch verantwortlich ist, hat es vermieden, Elfen zu nehmen. Und andere Metamenschen sind nicht betroffen. Also haben wir es mit etwas Seltenem zu tun, das noch dazu nur bei Menschen und Elfen bekannt ist. Und selten wie nur was ist. Ansonsten würde diese Liste nicht Personen aus der ganzen Welt einschließen.«

»Was ist es? Weißt du es?« fragte ihn Serrin in dem sicheren Gefühl, daß Michael gerade dabei war, sich zu der Antwort herabzulassen.

»Es handelt sich um ein extrem seltenes Allel einer Blutgruppe. Sehr seltene Einteilung. Vergiß 0AB und Rhesusfaktor und all das. Hier handelt es sich um einen Fall, der einmal in einer Milliarde auftritt. Gut, vielleicht nicht ganz so selten, aber fast. Zufällig befindet sich dieses Allel auf einem Chromosomenabschnitt, der einem der für die Metatypologie entscheidenden Genfokusse sehr nahe steht. Die medizinischen Fakten lassen den Schluß zu, daß dieses Allel mit nichtelfischen Metatypen inkompatibel ist. Trolle, Zwerge und Orks können damit nicht geboren werden. Der Fötus würde gar nicht erst heranreifen.

Jede Person auf dieser Liste hat dieses RA-17-Allel. Du eingeschlossen. Die einzige Ausnahme ist Shakala, von dem wir es nicht wissen, weil es keine medizinischen Daten über ihn gibt. Ach ja, und der Fall aus dem Squeeze. Natürlich existieren auch darüber keine Daten.«

»Aber woher wußten es dann die Entführer?« Der Elf

fing an, die Zusammenhänge zu begreifen, doch sehr langsam.

»Dies Frage könnte uns direkt zu ihnen führen. Sie können die Daten nicht aus einer Datenbank haben, sondern müssen sie durch direkten Kontakt erworben haben. Sobald wir wissen, wie der ausgesehen hat, haben wir eine direkte Verbindung zu ihnen.«

»Und wenn sie einen Decker haben, der genausogut ist wie du? Könnten sie die Informationen nicht von ihm haben?« fragte Serrin, der immer noch bemüht war, Michaels geistigem Höhenflug zu folgen.

»Das würde ihnen nichts nützen. Paß auf, Shakala *muß* dieses RA-17-Allel haben. Das ist eine offensichtliche Schlußfolgerung, nicht wahr? Alle anderen auf der Liste haben es. Aber diese Information findet sich in keiner verfügbaren Datenbank. Also kann sie auch kein Decker ausgegraben haben, als unsere Entführer ihre Liste zusammengestellt haben. Sie muß aus irgendeiner direkten Quelle stammen, möglicherweise aus einem Archiv.« Der Engländer schien die Nase über diese Vorstellung zu rümpfen, als handele es sich um eine direkte Beleidigung der Gemeinschaft der Decker im allgemeinen und seiner selbst im besonderen.

»Da ist noch etwas anderes. Unter Berücksichtigung der Tatsache, daß unser Entführer um Elfen einen Bogen macht, würde ich sagen, daß er selbst ein Elf ist. Ich bezweifle nicht, daß die Entführten getötet worden sind. Er ziert sich offenbar, Angehörige seiner eigenen Rasse zu töten, und nimmt sie nur, wenn es keine andere Möglichkeit gibt. Übrigens läßt sich die Tatsache, daß keine gewöhnlichen Elfen auf der Liste stehen, ziemlich leicht erklären. Alle Elfen, die das RA-17-Allel besitzen, verfügen zugleich auch über magische Fähigkeiten, das geht jedenfalls aus den medizinischen Quellen hervor, die ich bisher eingesehen habe. Es wird behauptet, daß RA-17 die Wahrscheinlichkeit, magisch aktiv zu sein, extrem erhöht. Das paßt. Ach, und bevor du danach fragst, RA-17 ist zwar ein einzelnes Allel, aber es tritt nur in Verbindung mit komplexen Polygen-Formen anderswo aus. Daher seine Seltenheit.«

»Aber warum werden sie lebend gefangen, wenn sie anschließend doch umgebracht werden?« versuchte Serrin zu folgern, wobei er die genetischen Fragen zunächst einmal ignorierte.

»Weil sie für den Entführer offenbar wertvoll sind«, sagte Michael zögernd. »Es geht ihm nicht ums Geld. Es geht ihm auch nicht um ihre überragende Intelligenz. Es muß ihm um etwas gehen, das direkt mit dem Allel zu tun hat. Mit der Blutgruppe.«

In Serrin stieg für einen Augenblick so etwas wie Übelkeit hoch. »Was willst du mir jetzt erzählen?« brachte er heraus. »Daß wir es mit einem verdammten Vampir oder so etwas zu tun haben?«

»Mit etwas, das noch viel schlimmer ist«, bestätigte Michael. »Ich glaube nicht, daß Knoblauch, Weihwasser und Kreuze etwas dagegen ausrichten können. Tatsächlich kann dieses Wesen eigentlich gar nicht existieren, wenn ich recht habe. Deshalb warte ich auch darauf, daß mich Professor Richard Bruckner zurückruft. Das wird ziemlich interessant. Ich zeichne seinen Anruf auf und veranlasse Geraint, ihn an seine Weißkittel in Oxbridge weiterzuleiten. Ich weiß nicht genug darüber, um es selbst zu verifizieren.

In der Zwischenzeit verschaffe ich mir einen Überblick über den Papierkram, der mit einem Visum für die Zulu- Nation verbunden ist. Eigentlich dürfte es damit keine Probleme geben. Ich mache mir nur Sorgen wegen der fehlenden Impfungen. Man kann sich jede nur erdenkliche aus einer breiten Vielfalt aller möglichen aufregenden und interessanten Krankheiten in Umfolozi zuziehen, und wir sind nicht besonders gut dagegen geschützt. Tom sagt, er kommt mit den meisten klar, auch mit denen, die er nicht kennt. Ich will mich trotzdem über erste Hilfe und ärztliche Notfallversorgung informieren. Es könnte interessant werden.«

Er war immer noch auf einem geistigen Höhenflug und sprühte förmlich vor Energie. »Kristen, du wirst ein ziemliches Problem in der Zulu-Nation haben, was?«

»Ja, vermutlich«, sagte sie kläglich. »Aber ich kann euch nützen.«

»Wie?« fragte Michael unverblümt.

»Ich weiß, wie man den Knopfspinnen aus dem Weg geht – den richtig gefährlichen. Und den Riesenskorpionen. Ich weiß, welche Pflanzen ungefährlich sind und welche nicht. Ich weiß, was man kaufen muß, um sich vor Insektenstichen zu schützen und sich die Bienen vom Leib zu halten. Ich weiß, was man anziehen sollte und was nicht.« Sie wäre fortgefahren, doch er bedeutete ihr lächelnd, daß es reichte.

Die Hälfte davon stimmte nicht, und wenn sie damit durchkommen wollte, würde sie einige Gefälligkeiten einfordern und eine Menge Rat und Hilfe einholen müssen, und zwar schnell. Aber sie wollte diese Leute nicht so schnell wieder aus ihrem Leben verschwinden sehen. Und sie hatte zwar nicht alles von dem verstanden, was Michael gesagt hatte, aber das Wort *Vampir* war ihr nicht entgangen, und verrückterweise erregte sie das eher, als daß es sie ängstigte. Sie wußte in bezug darauf zuviel aus dem Trideo und zuwenig über die Wirklichkeit.

»Aber du hast keinen Paß, oder?« Sie schüttelte den Kopf. »Und auch sonst kaum Ausweispapiere?« Sie nickte.

»Kennst du irgendwelche Schieber, die dir schnell einen guten Paß besorgen können? Zum Beispiel in einem Tag?«

»Warum beantragen wir keinen echten?« fragte Serrin. »Ihr steht doch bestimmt einer zu.«

»Sicher. Und warten dann drei Wochen. Selbst wenn

wir die richtigen Leute schmieren, dauert es mindestens ein paar Tage. Das gibt allen interessierten Parteien reichlich Zeit, uns hier aufzuspüren und vielleicht sogar herauszufinden, womit ich mich beschäftigt habe, wenn sie über einen Decker verfügen, der gut genug ist. Wir wissen nicht, ob wir beschattet werden«, erwiderte Michael.

»Ich habe bis jetzt noch niemanden entdeckt«, sagte Serrin, der an seine Beobachter und seine astrale Überwachung dachte.

»Was bedeuten könnte, daß niemand da ist, weil sie uns noch nicht aufgespürt haben, oder daß jemand da ist, der zu gut ist, als daß er entdeckt werden könnte. So oder so, warum sollen wir hier hocken bleiben wie eine Ente mit einem Karton Orangensoße im Schnabel und auf den Burschen mit dem Gewehr warten?«

»Sehr anschaulich ausgedrückt«, sagte Serrin sarkastisch.

»Quak«, grinste Michael. »Also, kennst du jemanden, Kristen?«

»Ich glaube schon, aber es wird nicht billig.«

»Nicht, wenn die Arbeit etwas taugen soll«, erwiderte Michael. Das Telekom summte. Er ging hin und nahm den Anruf im Schlafzimmer entgegen.

»Wir müssen nach Umfolozi, um den anderen Magier zu finden, der ihnen entwischt ist«, sagte Serrin zu Kristen. »Vielleicht kann er uns weiterhelfen. Wenn er etwas weiß oder gesehen hat, wenn wir herausfinden können, warum sie ihn entführen wollten, dann erfahren wir vielleicht auch, wer mich entführen wollte.«

»Das weiß ich«, sagte sie ein wenig ungeduldig.

»Wie schwierig wird es dort für dich? Ich weiß einfach nichts über diese Dinge«, murmelte Serrin.

Sie zischte. »Die Zulus mögen keine Xhosa«, sagte sie wütend.

»Aber wir sind Weiße. Wird es für uns noch schlimmer sein?« fragte er ehrlich verwirrt.

»Machst du Witze? Die OFs sind die besten Freunde der Zulus«, sagte sie. In Wahrheit plapperte sie jedoch nur nach, was sie über die stolze Zulu-Nation und den Oranje-Freistaat gehört hatte. Da sie niemals auch nur in die Nähe eines dieser beiden Nachbarstaaten gekommen war und auch nie Geschichte in der Schule gelernt hatte, konnte sie nur das weitergeben, was sie auf der Straße mitbekommen hatte. Aber sie wußte über die Zulus in Kapstadt Bescheid, und die mochten gemischtrassige Gesichter ungefähr ebensosehr wie sie es mochte, wenn ihr Gesicht drekverschmiert war.

Michael trat halb aus dem Schlafzimmer, den Hörer des Telekoms ans Ohr gepreßt. »Vielen Dank, Professor. Das hilft mir wirklich sehr bei meiner Dissertation. Ja, Sir, ich vergesse bestimmt nicht, Professor Malan von Ihnen zu grüßen. Nochmals vielen Dank, Sir. Sie haben mir sehr geholfen.« Er legte auf und warf das tragbare Telekom aufs Bett. Er lächelte, weil es ihm gelungen war, sich als Doktorand der Witwatersrand-Universität auszugeben.

»Das war der Bursche, der die Bruckner-Langer-MMVV-Abart isoliert hat«, strahlte er. »Er sagt, es sei nicht völlig unmöglich, daß ein Metamensch mit dieser Abart infiziert ist und trotzdem überlebt. Es ist kein Fall bekannt, aber theoretisch wäre es möglich. Es würde von … äh … kompensatorischen RNS-stabilisierenden Polygenen und irgend etwas abhängen, das mit dem C5-Kaskadensystem in der Immunologie zu tun hat.« Michael sah zum erstenmal so aus, als sei er nicht völlig sicher, etwas richtig verstanden zu haben. Für Serrin war dies fast eine Erleichterung.

»Also könnte unser Mann – oder unser Elf, um genau zu sein – möglicherweise tatsächlich existieren. Wenn man das Mögliche eliminiert hat, ist die Antwort offenbar in dem Unmöglichen zu finden, was übrigbleibt. Es ist im wesentlichen nur eine Frage des Beweisens, daß es möglich ist, wie Holmes es ausgedrückt hätte.«

»Ich glaube, er hat es nicht ganz so gesagt«, wandte Serrin ein, während er den Brandy aus der Vitrine aus Mahagoni-Imitat holte.

»Ach, geschenkt. Nur weil du meine Jagdmütze hast, heißt das noch lange nicht, daß du mir den Spaß verderben kannst«, verspottete ihn Michael. »Jetzt brauchen wir ihn nur noch zu finden. Einen elfischen Nosferatu. Da ich bezweifle, daß er sich mit leuchtenden Neonschildern umgibt, könnte das ziemlich schwierig werden. Ich hoffe, daß uns Mr. Shakala etwas erzählen kann, das uns auf den richtigen Weg bringt.

Wir sollten gehen. Zurück zu Indras Club. Ich kann es zwar nicht riskieren, mein Deck dorthin mitzunehmen, aber ich will hier nicht länger bleiben als unbedingt nötig. Dieser Ort ist einfach zu offensichtlich«, sagte der Engländer, während er sein Deck einpackte. »Und nimm den Brandy mit. Vielleicht genehmige ich mir nachher auch einen. Ich hatte einen guten Tag.«

Er hielt inne und bedachte Serrin und Tom mit einem pfiffigen Grinsen, während er leise grunzend den Koffer mit dem Deck aufhob. »Ach, übrigens, Bruckner sagte, wenn so ein Wesen existierte, sei es ziemlich wahrscheinlich, daß es ganz spezielle Nahrungsbedürfnisse habe, obwohl er mir keine genauen Einzelheiten nennen konnte. Interessant, oder?«

Er war schon halb zur Tür hinaus. Serrin hielt Tom am Arm fest, als dieser Anstalten machte, Michael zu folgen.

»Du bist ziemlich schweigsam, Chummer«, sagte er leise. »Was hast du den ganzen Tag über gemacht? Doch gewiß nicht deine Pflichten versäumt, oder?«

Die weichen braunen Augen des Trolls musterten ihn. »Nur etwas, das ich tun mußte«, sagte er unverbindlich, dann folgte er Serrin hinaus.

Magellan bemerkte viel zu spät, daß sie verschwunden waren. In der Wohnung hatten im Laufe des Vormittags keine Aktivitäten stattgefunden, und seine Beobachter hatten ihm nichts gemeldet. Schließlich tat er das nächstliegende und zog in dem schäbigen kleinen Schlupfloch, das er für fast nichts gemietet hatte, seine Uniform an.

Zehn Minuten später klopfte ein unauffällig aussehender Sicherheitsmann von Knight Errant an die Tür von Michaels Wohnung in Soho. Als auch ein zweites, lauteres Klopfen keine Antwort erbrachte, zog der Mann eine papierdünne metallische Karte aus der Innentasche seiner Uniformjacke und befestigte sie an der Seite des retinaanalysierenden Magnetschlosses. Nach wenigen Sekunden registrierte das Schloß eine positive Identifikation und öffnete sich.

Natürlich war es ihm nicht gelungen, alle Alarmanlagen abzuschalten. Schon der bloße Versuch wäre unmöglich gewesen und hätte die Sicherheit auf den Plan gerufen. Die Bewegungssensoren entdeckten ihn in der Tür, und eine Alarmsirene jaulte protestierend auf.

»Drek«, sagte er mit einer Stimme, die ihn als Elf verriet. Er schaffte es in wenigen Sekunden zum Lastenaufzug und überbrückte dessen Desaktivierung mit einem weiteren Passepartout. Im Erdgeschoß angelangt, hatten drei bullige Sicherheitsleute leichte MGs auf die Fahrstuhltür gerichtet.

»Um Gottes willen, schnell raus hier«, schrie er. »Da oben ist ein wahnsinniger Ork mit einer Bombe. Sagt, er will die oberste Etage sprengen. Ich mache, daß ich hier rauskomme, Leute!« Er rannte los. Die Sicherheitsleute waren lange genug verunsichert, daß er um die nächste Ecke biegen konnte, bevor ihm ein MG-Feuerstoß verriet, daß sie es für angebrachter hielten, wenn er auf der Stelle stehenblieb.

Er schaffte es vor ihnen ins Parkhaus und schwang sich auf sein Motorrad. Er war losgefahren und auf der Ausfahrt, bevor sie schießen konnten, was sie angesichts der Möglichkeit entgegenkommenden Verkehrs ohnehin nicht mehr riskierten. Er sah, wie sich die Schranke vor ihm senkte und die Metallkeile sich aus dem Boden hoben. Er ließ es darauf ankommen und überfuhr die Höcker, dann duckte er sich so tief auf dem Motorrad, daß er unter der Schranke durchfahren konnte, wobei zwischen Kopf und Schranke kaum mehr als ein Zentimeter Platz war.

Als er sich in die Anonymität des Manhattaner Verkehrs einfädelte, war er mehr als wütend auf sich. Er hatte es verpfuscht, und jetzt würde der Elf wissen, daß ihn doch jemand beobachtete. Aber dafür wußte er, daß die Vögel ausgeflogen waren. Er überlegte sich, welche Möglichkeiten es gab herauszufinden, wohin sie verschwunden waren. Vielleicht war es ihnen gelungen, ihre Namen zu ändern, nicht aber ihre Metatypen. Ein Flugzeug, das für eine Kapazität von vierhundert Menschen ausgelegt war, konnte mit vierhundert Trollen an Bord nicht abheben. Ein Elf, ein Mensch und ein Troll, und er konnte nur hoffen, daß sie nicht irgendeinem Penner einen Freiflug spendiert hatten, um zusätzliche Verwirrung zu stiften. Aber die Nachforschungen würden Zeit kosten, zuviel Zeit. Er wollte nicht, daß Jenna es erfuhr, und er hatte das entsetzliche Gefühl, daß sie nur allzu bald einen genauen Bericht anfordern würde. Es wurde Zeit, dafür zu sorgen, daß sein Telekom von einer Störung heimgesucht wurde.

Luther betrachtete sie auf der endlosen Bildschirmreihe. Mittlerweile hatte jeder von ihnen die Droge bekommen, die in ihren Venen kreiste und die Blut-Gehirn-Schranke durchbrochen hatte. Ihre Wirkung würde bereits jedes Körperteil erfaßt haben.

»Die Orientierungsreflexdaten«, sagte Martin anerkennend. »Völlig normal. Aber das freiwillige Element des späten OR – völlig unterdrückt. Sieht perfekt aus. Müllers Ausgangsdaten können nicht fehlerhaft sein.

Das ist eine exakte Kopie. Es ist unglaublich. Es wirkt bei allen. Es gibt keine rassischen Unterschiede.«

»Zeig mir den Verbrennungstest noch einmal«, sagte Luther nur. Das Video lief vor seinen Augen ab. Die Leute zogen die Hände von dem glühendheißen Eisen zurück, doch ihre Mienen zeigten keinerlei Furcht. Das konnte nicht vorgetäuscht sein.

»Ein reiner Reflex. Wie weit jemand seine Hand zurückzieht, ist ausschließlich proportional zum Grad der Verbrennung. Es gibt überhaupt keine emotionale Reaktion. Das zeigen auch die steroiden und sympathischen Werte.« Schwankende Linien mit steigenden und fallenden Kurven legten sich über die Reihe der ausdruckslosen Gesichter.

»Sie sehen richtig aus«, stimmte Luther zu. »Damit bleibt nur noch das Abtasten. Bereite alles vor, Martin.« Er rang jetzt mit seiner Selbstbeherrschung. Die sensitiven NMR- und PET-Abtastungen der Gehirne seiner Versuchspersonen würden mindestens zwei oder sogar drei Stunden dauern, kostbare Zeit, die er nur widerwillig einräumte, bevor er diese Chemikalie nehmen und Leben aus ihr schaffen konnte. Er selbst konnte seine Energien nicht damit vergeuden, die Versuchspersonen für die Abtastungen vorzubereiten. Für diese Art Dreksarbeit hatte er seine Lakaien.

16

Die Magier, die diese Gegend normalerweise patrouillierten, hatten sich längst vor dem herannahenden Gewitter zurückgezogen. Sie würden sicher in der Wärme des Anwesens hocken und damit über eine Meile von den Felsen und Steinen Rathcroghans im heulenden Nachtwind entfernt sein. Niall war, abgesehen von seinem allgegenwärtigen Schutzgeist, allein.

Er spürte, wie sich Mathanas' Umhang um ihn ausbreitete und die mächtige Maskerade des Geistes seine Anwesenheit vor allen Sondierungsversuchen verbarg. Bald würde das Gewitter so stark sein, daß dessen schiere Kraft ihn ohnehin verbarg.

Er schlang ein Seil um einen der kleineren, säulenähnlichen Felsen und knotete es sich um die Hüfte. Die physikalische Gewalt des Gewitters war an und für sich schon gefährlich genug. Nur ein paar Meilen entfernt mochte alles ruhig sein, doch hier würden die wirbelsturmartigen Winde, die es begleiteten, durchaus in der Lage sein, ihn wie eine Feder herumzuwirbeln, wenn er keine Vorsichtsmaßnahmen ergriff.

Niall hatte sich immer vor dem, was jetzt kam, gefürchtet, wie dies bei jedem Angehörigen seines Ordens der Fall war. Ein Magier, der bei dem Versuch starb, die unkontrollierbaren Energien des Gewitters in sich aufzunehmen, strandete im Limbus. Niemand wußte, welches Schicksal einen dort erwartete, in welche Ebene man geschleudert werden mochte, welche ewigen Leiden man erlitt. Er hatte geglaubt, sich dieser Herausforderung erst in vielen, vielen Jahren stellen zu müssen, vielleicht sogar niemals.

Er hatte jede erdenkliche Vorsichtsmaßnahme ergriffen, jeden Abwehr- und Schutzzauber gewirkt, den er aufrechterhalten konnte, ohne sich zu verausgaben.

Jetzt konnte er nur auf den Ansturm der Energien warten und sich so fest an das verzauberte Goldgefäß klammern wie an das Leben selbst.

Das ständig stärker werdende Heulen des Windes, das er ebensosehr spürte wie hörte, klang, als würden Seelen gefoltert, und fuhr ihm durch Mark und Bein. Er spürte kaum, wie der Regen auf ihn niederprasselte, da die Geräusche immer lauter wurden und näher kamen. Es war, als sei die Wilde Jagd persönlich in all ihrem unerbittlichen Wahnsinn geweckt worden.

Plötzlich blitzte es über ihm auf, und die Felsen begannen in einem blauen Energieschein zu leuchten, da pure Macht durch sie floß. Fetzen roher magischer Energie trieben träge zwischen ihnen, ein geisterhaftes Spinnennetz der Macht, das sich um ihn wob. Er beschwor jeden Funken Willenskraft und Entschlossenheit, der noch in ihm steckte, und zog die Struktur zu sich heran.

Während er krampfhaft den goldenen Kessel festhielt, hatte er das Gefühl, als würden Rasierklingen unter seine Fingernägel und in seine Fingerknochen getrieben, die jeden Muskel und jede Sehne seiner Handgelenke durchtrennten. Die Schmerzen waren unglaublich, unvorstellbar, unerträglich. Er hätte sich nie träumen lassen, daß ein Körper jemals so schmerzen könnte. Es gab keine Gewöhnung, keine Erleichterung, keine Ohnmacht, die ihn davor bewahrte, nur eine Überladung der Sinne, die immer mehr zunahm, durch seinen Körper fuhr, durch Muskeln und Unterarmknochen schnitt und seine Schultern kräuselte. Der Elf biß sich auf die Zunge, um nicht aufzuschreien, und Blut tropfte aus seinen Mundwinkeln. Seine nutzlosen Hände klammerten sich an den kleinen Goldkessel, und er versuchte die Macht hineinzuzwingen, aus den unendlichen Qualen des Leibes heraus und in das Gefäß hinein, um dieser Tortur ein Ende zu bereiten.

Das brennende Gefühl raste sein Rückgrat entlang

und durch jeden Wirbel. Er spürte, wie er gegen den Felsen gedrängt wurde, wie sich Spitzen und Vorsprünge in Rückgrat und Rippen bohrten. Er rang jetzt um jeden Atemzug. Das Spinnennetz verfärbte sich weiß, pulsierte, knisterte vor unkontrollierbarer Energie.

Dann sah er es. Nichts hatte ihn auf etwas Derartiges vorbereitet. Eine in dem grellen Weiß zusammengeballte amorphe Wolke aus Nebel verformte sich zu einem larvenartigen, mehrere Meter langen Gebilde. Das wurmartige Ding mühte sich mit seinen absurden, grotesk winzigen Armen, sich auf ihn zu zu ziehen, während sich ein großes saugrüsselartiges Maul in gräßlich anzusehenden Kontraktionen öffnete und schloß. Von dem Ding strahlte eine erbärmliche Verzweiflung auf ihn zurück, die Unmöglichkeit dessen, was er versuchte, die unendliche Erleichterung, die damit verbunden sein würde, wenn er aufhörte, sich gegen die überwältigenden Schmerzen zu wehren, und seinem Geist gestattete, dem gemarterten Fleisch zu entfliehen.

Einen winzigen Sekundenbruchteil drohte es ihn zu übermannen. Doch Nialls Verzweiflung nahm vor seinem geistigen Auge das Bild der endlosen Kette einer verzweifelten Menschheit an, eine Vision dessen, was geschehen würde, wenn Lùtair nicht Einhalt geboten wurde. Seine Verzweiflung verwandelte sich in Zorn, und er wehrte die Kreatur mit einer Willensanstrengung ab, die jedes sterbliche Maß sprengte. Ohnmächtig zog sich das Ding in das alptraumhafte Gefilde zurück, das es ausgespien hatte.

Niall spürte jetzt, wie er sich über seinen zusammengesunkenen Körper erhob, wurde weniger in die Astralebenen gezwungen, als daß er in sie aufstieg. Er sah die Struktur vollständig vor sich und zog sie herab und durch den Fokuspunkt in sich selbst, konzentrierte sie und füllte den Kessel damit bis zum Überlaufen. Er leuchtete wie die Sonne, aber um ihn herum verdichtete sich die Dunkelheit der Nacht und hüllte seinen Körper ein wie ein schwarzer Handschuh.

Dann, als durchbreche die Sonne die Wolkendecke und wärme sein Gesicht, spürte er die Anwesenheit des Geistes wieder, der nach ihm suchte und ihn mit seiner Kraft unterstützte. Er glitt in seinen Körper zurück und war erstaunt über seinen Zustand. Er empfand keinen Schmerz, trotz des Blutes auf Gesicht und Händen. Nicht einmal ein Gefühl der Erschöpfung. In sich spürte Niall nur Macht. Sie weckte in ihm den Wunsch, für immer und ewig herumzulaufen und seine Freude darüber in den Himmel zu schreien und zugleich ruhig und still zu sein, die Kraft zu sparen und zu horten, um sich immer so zu fühlen. Blut vermischte sich mit Salz, als ihm Tränen über die Wangen liefen. Er wußte, wie nah er dem Tod – und einem schlimmeren Schicksal – gewesen war.

»Halt ein«, flüsterte ihm Mathanas zu. »Du bist jetzt äußerst verwundbar, weil du dich so stark fühlst. Jetzt ist nicht die Zeit zum Handeln.«

Der Geist hielt ihn fest, und er spürte, wie die Schmerzen in Nialls Körper zurückkehrten. Das machte ihm den Schaden bewußt, den er erlitten hatte, während der Geist seine Heilkräfte einsetzte, doch gleichzeitig dafür sorgte, daß Niall nicht so berauscht von seiner Macht war, daß er blind und taub für die Gefahr wurde, in der er immer noch schwebte. Er stöhnte, als das Gefühl in seine Brust zurückkehrte und sich jeder Atemzug anfühlte, als brächen seine Rippen. Sogar Mathanas' Berührung, der sich gerade so weit materialisiert hatte, um seine Heilkräfte anwenden zu können, war schmerzhaft.

»Ja, ich verstehe«, keuchte er. »Wo können wir uns in Sicherheit bringen?«

Das schimmernde Gesicht des Geistes schien zu lächeln, fast sogar ein wenig verschmitzt. »Das hast du mich in den letzten sechs Jahren ständig gefragt«, sagte er.

»Das ist nicht der rechte Zeitpunkt für Scherze«, sagte Niall verärgert, obwohl er sich der Tatsache bewußt war, daß er trotz der Schmerzen in seiner Brust kurz davor stand, in überschäumendes, fröhliches Gelächter auszubrechen. Er band das Seil los, wobei er wiederum angesichts der damit verbundenen Anstrengung laut stöhnte. Irgendwie würde er von hier weggehen müssen. Auch mit Mathanas' Hilfe würde das nicht leicht werden.

»Ich müßte ein arabischer Zauberer aus Tausendundeiner Nacht sein«, murrte er. »Ein fliegender Teppich wäre im Augenblick äußerst nützlich.«

»Woher willst du wissen, daß du keiner warst?« konterte Mathanas. Der Geist war heute offenbar ziemlich aufgekratzt. Niall fragte sich, welche Wirkung das Gewitter wohl auf ihn gehabt hatte. Diesem Punkt hatte er zuvor eindeutig zuwenig Beachtung geschenkt.

»Darüber können wir uns später Gedanken machen«, sagte Niall, indem er vorsichtig ein paar Schritte machte.

»Ich kann das Gelände hier nicht verändern. Das würde nicht unbemerkt bleiben«, sagte Mathanas, als der Elf fast über die kleinen Steine gestolpert wäre, die überall herumlagen. »Es würde eine Spur hinterlassen.«

»Ich weiß«, stöhnte Niall. »Und es sind vier Meilen bis zum Wagen.« Er betrachtete den Kessel, der für das ungeübte Auge ganz gewöhnlich aussah, doch für jeden, der die Fähigkeit besaß, seine magische Tarnung zu durchdringen, geradezu vor Macht schrie.

»Andererseits, so weit, wie wir gekommen sind, was sind da schon vier Meilen?« sagte er in einem Tonfall, der viel fröhlicher klang, als er sich fühlte.

Der Geist folgte ihm. Er wußte besser als Niall, welche Wirkung der mit Verzögerung eintretende Schock auf den Elf haben würde, der alles brauchen würde, was Mathanas an Tarnung zu geben imstande war, bis er selbst in der Lage war, die Macht, die er errungen hatte, zu wecken und zu benutzen. Mathanas liebte Niall, fürchtete um ihn, verstärkte den schützenden Mantel um den Kessel mit seinen eigenen Kräften. Trotzdem würden sie beide in wenigen Tagen vielleicht schon völlig vernichtet sein.

»Scher dich zum Teufel«, grollte Serrin verschlafen, indem er ein Kissen gegen die Tür warf. Wenn dieser verdammte Engländer nicht endlich aufhört, gegen die Tür zu hämmern, dachte er wütend, erwürge ich ihn.

»Raff dich auf. Der Flug geht in zwei Stunden. Sei ein lieber Elf und steh auf«, kam die kichernde Stimme von draußen.

Serrin hatte nicht viel Schlaf bekommen. Stampfende Musik hatte ihn die halbe Nacht wachgehalten und klickende Schaben den größten Teil der andern Hälfte. Michaels Idee, hier abzusteigen, mochte in der Theorie ganz prima gewesen sein. In der Praxis hatte sie sich als ausgesprochen schlecht erwiesen. Nach seiner Uhr war es neun Uhr früh, aber sein Körper sagte ihm, daß es um Mitternacht herum sein müßte. Und irgendwo dazwischen, erinnerte sich Serrin, lag die Stunde, in welche die meisten natürlichen Todesfälle fielen, wenn der Körper den Kampf ganz einfach aufgab. So fühlte es sich auch an.

Ihm war ein wenig übel, als er das Laken zurückschlug und sich aufsetzte. Er wußte nicht genau, warum. Er hatte am Abend zuvor wenig getrunken und noch weniger gegessen, sondern war zufrieden damit gewesen, dazusitzen und Kristen zuzuhören, die aus ihrer Vergangenheit erzählte, obwohl sie nicht hatte glauben können, daß er sich tatsächlich dafür interessierte. Und, ehrlich gesagt, es war ein unbedeutendes Leben. Ein ständig betrunkener Vater, frühes Verlassen des Elternhauses, danach zielloses Dahintreiben. Was bedeutende Ereignisse anbelangte, war ihr Leben nicht einmal eine Fußnote wert. Doch sie beschrieb die Leute auf eine Weise, die deren Gesichter lebendig werden ließ, und ihr schien jeglicher Anflug von Verbitterung oder Böswilligkeit abzugehen. Sogar wenn sie jemanden mit dem ihr eigenen kehligen Zischen abtat, geschah dies nur, um ihn als Person zu kennzeichnen, der man besser aus dem Weg ging, wenn man überleben wollte, und niemals als Gegenstand der Rache oder auch nur eines Grolls.

Sie hatten sich für seinen Geschmack nicht lange genug unterhalten können. Sie mußte sich den Paß beschaffen – der einen ganz akzeptablen Eindruck machte, obwohl Serrin bezweifelte, daß sie in den UCAS damit durchkommen würde – und, was er nicht wußte, sich einem Schnellkurs über die Gefahren des Busches unterziehen.

Nachdem er damit begonnen hatte, sich mit dem sterilisierten Wasser in dem Krug neben dem Waschbecken die Zähne zu putzen, ließ er sich erweichen und öffnete die Tür. Wie üblich sah Michael untadelig aus. Auch dafür hätte Serrin ihn erwürgen können.

»Es ist alles geregelt. Ich habe eine von diesen Touristenrundfahrten gebucht. Übernachten im Zelt und so weiter. Dadurch haben wir die Möglichkeit, Fragen zu stellen, wenn wir dort ankommen. Ich habe außerdem an verschiedenen Orten unterwegs Lieferwagen gemietet. Sollten wir uns auf die schnelle verdrücken müssen, ist also für Transportmittel gesorgt. Hier ist deine Kopie des Papierkrams«, sagte er, indem er einen Stapel Blätter in eine von Serrins Hüfttaschen stopfte.

»Danke«, nuschelte Serrin durch die Zahnpasta. Er spülte sich den Mund aus, wobei er das Leitungswasser mied, wie Michael ihm dringend geraten hatte, dann nahm er ein Handtuch und schlurfte zum Badezimmer. Als er die Tür öffnete, ohne sich zuvor davon zu überzeugen, ob es frei war, lag ihm plötzlich ein fast nacktes

Mädchen in den Armen, das gerade auf dem Weg nach draußen war. Völlig überrumpelt murmelte er ein paar zusammenhanglose Entschuldigungen, gerade als Kristen oben auf der Treppe erschien.

Das Mädchen huschte an dem wie versteinert dreinblickenden Serrin vorbei und ließ ihn stehen. Michael krümmte sich hinter ihm vor Lachen.

»Ich wußte nicht, daß es besetzt war«, verteidigte sich Serrin.

»Das galt im letzten Weltkrieg auch für Norwegen, und dort hat man etwas mehr Widerstand geleistet als du«, konterte Michael und verschwand in seinem Zimmer, so daß der Flur zwischen Serrin und Kristen leer war. Sie zischte dem die Treppe hinuntereilenden Mädchen hinterher, um dann Serrin anzufunkeln. Er suchte Zuflucht im Bad und sperrte hinter sich ab.

Was, zum Teufel, ist jetzt los? fragte er sich, als er sich Wasser ins Gesicht spritzte und den Rasierschaum auftrug. Ich bin fünfunddreißig, und sie ist nicht mal halb so alt. Es ist nicht Wollust, jedenfalls nicht von meiner Seite. Ist es eine Großer-Bruder-Geschichte? Warum habe ich das Gefühl, sie schon eine Ewigkeit zu kennen, während ich dieses Gefühl bei den meisten Leuten, auf die das tatsächlich zutrifft, nicht habe?

Warum, zum Teufel, habe ich mich gerade geschnitten?

Der Morgen verging in einem Wirbel aus Vorbereitungen, Einpacken und doppelten und dreifachen Überprüfungen aller Papiere. Schließlich verbrachten sie am Flughafen noch die unvermeidliche zusätzliche Stunde mit Warten auf den verspäteten Flug.

Dies war gewiß kein Suborbitalflugzeug. Wahrscheinlich eher der Stolz der 777A-Flotte von Federated Boeings, Baujahr circa 2020. Es fehlte nur noch das Logo der Internationalen Schrottverwertungsgesellschaft auf dem Seitenruder.

»O je«, sagte Serrin kläglich. »Hast du irgendwelche Informationen über Flugzeugunglücke hier in dieser Gegend ausgegraben?«

»Ja, aber ich wollte dich nicht beunruhigen. Die Chance, daß du wegen deiner Brieftasche in einem Überlandexpreß ermordet wirst, ist sowieso größer«, sagte Michael kühl. Da er nicht wußte, ob der Engländer scherzte, nahm Serrin sein Handgepäck und schlenderte durch die flirrende Hitze auf den Flughafenbus zu, der sich anbot, sie die letzten hundert Meter zu dem wartenden fliegenden Sarg zu befördern. Es kam ihm außergewöhnlich sinnlos vor. Er hätte die Strecke zu Fuß in einer Minute zurücklegen können, mußte statt dessen jedoch deren zwanzig in der Glutofenhitze des Busses schwitzen, bis auch die letzten schnaufenden Touristen eingestiegen waren.

Kristen packte seinen Arm, als sie vor der fahrbaren Metalltreppe standen, die zum Einstieg führte. Plötzlich kam ihm der Gedanke, daß sie mit Sicherheit noch nie zuvor geflogen war, und er führte sie an der Hand zu einem Fensterplatz neben sich. Michael und Tom saßen vor ihnen. Als die Triebwerke zu dröhnendem Leben erwachten, drehte sich Michael zu ihnen um.

»Ach, und der Erste-Hilfe-Koffer ist auch rechtzeitig gekommen«, sagte er. »Er enthält die üblichen Dinge plus die eine oder andere Besonderheit. Dafür schulden wir Kristen Dank. Ihr Doc hat uns gut bedient. Und auch nicht zuviel dafür berechnet.« Er drehte sich wieder um, und sie lächelte glücklich. Kristen wußte nicht genau, wohin sie flogen und was diese Leute überhaupt suchten, aber ihre neuen Kleider fühlten sich einfach Sahne an, und sie hätte nie damit gerechnet, eine Gelegenheit zum Fliegen zu bekommen.

Das Flugzeug setzte sich in Bewegung und beschleunigte mit quälender Langsamkeit. Serrin wollte die Augen gegen die aufbrandende Panik schließen, mußte jedoch um Kristens willen versuchen, locker und entspannt zu wirken. Ihre Finger, deren Nägel bis zum Fleisch abgekaut waren, hatten sich tief in seinen Arm gegraben. Sie hatte Angst.

Mit der Eleganz eines dahinscheidenden Nilpferds hob das Flugzeug schließlich ächzend vom Boden ab und stieg steil in den klaren Himmel. Überall klickten Sicherheitsgurte, und plötzlich drehte sich Michael wieder zu ihnen um, sein Gesicht eine einzige Maske der Furcht.

»Paß auf! Terroristen!« zischte er. Von etwas weiter vorne ertönte ein scharfer Knall, das Geräusch eines Schusses. Serrin warf sich über Kristen und sah sich hektisch nach dem Schützen um. Michaels Gesicht verzog sich zu einem boshaften Grinsen, als er Serrin den Flaschenhals zeigte, aus dem eine dünne Rauchfahne entwich, während die ersten schaumigen Bläschen aus der Öffnung quollen und an der Flasche herabliefen. In der anderen Hand hielt er zwei Champagnergläser.

»Du verdammter Hurensohn«, knurrte Serrin. »Ich hätte einen Herzanfall bekommen können.«

Michael zögerte und bedachte den Elf mit einem langen, wissenden Blick, bevor Serrin schließlich, ein wenig errötend, die Gläser nahm und sich dabei vorbeugte, so daß Kristen seine Reaktion nicht sehen konnte. Der Engländer füllte die Gläser und wandte sich dann wieder ab, um sich seinem eigenen Glas zu widmen.

»Sind eigentlich alle Engländer champagnersüchtig?« fragte Serrin, der sich eine angemessene Rache auszudenken versuchte.

»Unbedingt, mein Lieber. Es ist eine der kleinen Ironien des Lebens, daß zwar, wie jeder anständige Engländer weiß, die Franzosen das heimtückischste und hinterhältigste Volk von Stromern der ganzen Weltgeschichte sind, wir jedoch dreimal soviel von ihrem Gebräu kaufen wie jede andere Nation. Mehr, als die

Franzosen selbst heutzutage trinken, aber das liegt nur daran, daß sie zu faul und träge sind, um ihn sich leisten zu können«, erwiderte er fröhlich.

»Du bist ein Klon. Von Geraint«, stöhnte Serrin.

»Nicht ganz, mein Lieber. Nicht ganz. Ich habe nicht diese romantische keltische Ader. In Cambridge machte er sich an die Mädchen heran, und ich machte Computer. Aber genug davon. Lies die Touristenbroschüre. Sieh zu, daß du all diese giftigen Critter identifizieren kannst.«

Als das Flugzeug in den Landeanflug auf New Hlobane überging, befand sich Serrin in dem für ihn beim Fliegen üblichen Dämmerzustand, während Kristen sich beschwingt von dem Champagner, den sie noch nie zuvor getrunken hatte, an seine Schulter gelehnt hatte. Michael drehte sich zu ihnen um und stieß Tom an. Als Tom ihre friedlichen Gesichter sah, lächelte er. Michael sah nachdenklich aus, vielleicht sogar ein wenig traurig.

»Ich weiß nicht, wie das alles enden wird, Tom. Ich weiß nicht, was sie für Illusionen hat. Er kennt sich selbst nicht gut genug, um aus ihr schlau zu werden«, sagte er gereizt.

Der Troll sah ihn unsicher an. Er mochte diesen Mann eigentlich nicht, der so selbstsicher war, auf alles eine witzige Antwort wußte und anscheinend so völlig instinktlos war. Was Michael von Anfang an klar gewesen war.

»Nicht so voreilig, Tom. Nur weil ich mein Herz nicht auf der Zunge trage, heißt das noch lange nicht, daß ich keine Augen und Ohren im Kopf habe. Ich tue einfach nur das, worin ich gut bin, und das ist das hier«, sagte er, indem er sich mit einem Finger an die Schläfe tippte.

Das weckte ein unbehagliches Gefühl in Tom. Vielleicht gilt das auch für mich, dachte er, daß ich versuche auf irgendeinem Gebiet gut zu sein und jemanden nur deshalb nicht mag, weil er auf seinem Gebiet so viel besser ist als ich auf meinem. Und wenn das stimmt, bin ich kleinlich und armselig.

»Tut mir leid, Chummer. Ich brauche nur etwas Zeit, um mich an Leute zu gewöhnen, die anders sind als ich«, murmelte der Troll.

»Das ist mir auch aufgefallen. Aber manchmal wünschte ich, ich könnte ein paar von den Dingen, die du kannst«, sagte der Engländer.

Tom war perplex. »Du willst mich verarschen.«

»Nun, bei genauerem Hinsehen vielleicht doch nicht«, lachte Michael. Tom wurde klar, daß er auch niemals das würde tun wollen, womit dieser Mann seinen Lebensunterhalt verdiente, und stimmte in Michaels Lachen ein.

17

Es dauerte nicht lange, bis er im Bilde war. In Manhattan gab es eine Menge Privatdetektive, die nur allzu bereit waren, Nuyen dafür zu nehmen, Passagierlisten durchzugehen, Informationen, die in den Matrixsystemen der Fluggesellschaften ohnehin nur minimal geschützt waren. Magellan hatte vier Möglichkeiten für einen Elf, einen Mensch und einen Troll. Flüge nach Nagoya, Moskau, Kapstadt und Aztlan. Kapstadt drängte sich förmlich auf. Es überraschte ihn, daß sie nicht direkt nach New Hlobane geflogen waren, bis ihm wieder einfiel, daß der Mensch früher in Kapstadt gearbeitet hatte. Magellan folgerte, daß Sutherland Kapstadt als Zwischenaufenthalt gewählt haben mußte, vielleicht, um ein paar alte Freude zu besuchen, vielleicht auch, um ein paar zusätzliche Muskeln für die Weiterreise in die Zulu-Nation anzuwerben. Er schob die Verschlüsselungskarte in sein Telekom, rief Jenna an und sagte ihr, daß er sie beschatten würde. Sie sagte wenig, befand sich, ihrer schroffen Knappheit nach zu urteilen, wahrscheinlich in einer ihrer nachdenklichen Stimmungen. Er ließ sich einen Platz in der nächsten Maschine nach Kapstadt reservieren und amüsierte sich über den Gedanken, daß er sie jederzeit anzeigen konnte, weil sie mit gefälschten Ausweisen unterwegs waren. Thompson, Randolph und Swiftwater, du liebe Güte!

Da er noch ein paar Stunden bis zum Abflug totzuschlagen hatte, ging er seine eigenen falschen Karten und Ausweise durch und suchte sich die besten aus. Außerdem packte er die Platin-Kredstäbe und eine Handvoll Banknoten mit hohem Nennwert in das Geheimfach in seiner Aktentasche. Am Zoll würden sie natürlich entdeckt werden, und er würde sich des Rituals unterziehen zu lächeln und die hocherfreuten Azanier zu schmieren, die so tun würden, als sei die Einführung von Kredstäben und Banknoten illegal. Nachdem er sich noch einmal vergewissert hatte, daß er alles eingepackt hatte, was er brauchte, rief er ein Taxi und wartete.

Der Flughafen von New Hlobane war nicht ganz das, was Serrin erwartet hatte. Er erinnerte sich vage an Johannesburg als an eine schmutzige, deprimierend amerikanisierte Stadt mit grausamer Armut in den Satellitenstädten und so viel Kriminalität, daß sich jeder New Yorker wie zu Hause fühlen konnte. Doch der Flughafen, die Fahrt durch die Vororte in die Stadt und die Skyline von New Hlobane selbst erweckten einen ganz anderen Eindruck. Pietermaritzburg, wie die Stadt geheißen hatte, bevor die Zulus sie umbenannten und im Zuge der Abkommen von 2039 zu ihrer Hauptstadt machten, schien sogar von chromblitzenden Industrieanlagen umgeben zu sein. Das Land war reich, soviel war klar. Und wenn es Nischen der Armut gab, dann waren sie verdammt gut versteckt. Der Eindruck von Eleganz und Stil, den er am Flughafen gewonnen hatte, verstärkte sich beim Anblick der weitläufig angelegten Prachtstraßen der Hauptstadt noch.

»Das ist unglaublich«, murmelte er Michael zu. »Soviel zu Klischees über unterentwickelte Nationen.«

»Das zweithöchste Pro-Kopf-Einkommen des Kontinents«, sagte Michael in sachlichem Tonfall. »Der Tourismus ist eine riesige Industrie, weil es hier sicher ist. Keine Banditen und Wilderer, die einen auf Safari erschießen. Im Norden gibt es Kohlefelder von der Größe Nebraskas, und dem König gehört obendrein noch die Hälfte von PWV. Sie haben ihr Geld gut angelegt. Du wärst überrascht, wie viele Schweizer Banken hier Zweigstellen unterhalten, und zwar nicht nur in New Hlobane.«

»PWV?« Serrin wußte nicht, wofür diese Abkürzung stand.

»Pretoria-Witwatersrand-Vaal. Der große Industrieplex. Ich dachte, du seist schon mal hiergewesen. Schließlich ist das ja auch nur die Verwaltungshauptstadt der Konföderation Azanischer Völker, die einzige Sache, die alle zusammenhält, Kaprepublik, Zulu-Nation, Oranje-Freistaat und Trans-Swasi-Föderation. Keiner war bereit, den PWV-Plex den anderen zu überlassen.«

»Tut mir leid«, entschuldigte sich Serrin vage. Er war zu sehr damit beschäftigt, nach der Taxifahrt die Lobby des Imperial in sich aufzunehmen. »Ist das nur Touristenkram?« Er war beeindruckt. Die Wandbehänge, Teppiche und batikartigen Drucke sahen gut genug aus, um einen Haufen Nuyen wert zu sein.

»Größtenteils«, sagte Michael. »Die Tierfelle sind natürlich nicht echt. In dieser Beziehung ist die Zulu-Nation sehr streng. Wildern zieht automatisch die Todesstrafe nach sich. Unerlaubter Waffenbesitz in der Wildnis wird mit mindestens zwanzig Jahren bestraft. Mit dem Tode, wenn sie der Ansicht sind, daß es sich um eine Jagdwaffe handelt. Eine der kleinen Merkwürdigkeiten hier ist die Tatsache, daß es weniger gefährlich ist, mit einer Sturmkanone in den Busch zu gehen als mit einem mickrigen kleinen Gewehr, zumindest im Hinblick auf das Gesetz. Schwere Waffen verderben die Felle.«

»Was ist mit den Nashörnern? Werden die nicht wegen ihrer Hörner gejagt?« fragte Serrin.

»Wo bist du in den letzten dreißig Jahren gewesen? Die einzigen lebenden Nashörner findest du im Zoo«, erwiderte Michael. »Oder auf Video.«

Er ging zum Empfang. Serrin mußte Kristen fast mit Gewalt mitzerren, da sie bereits mit einigen eindeutig feindseligen Blicken bedacht worden war.

»Herzlichen Dank«, schwärmte Michael, als er die

Magnetkarten für ihre Zimmer in Empfang nahm, »es ist wirklich reizend, hier zu sein. Der Bus fährt morgen um zehn Uhr? Ausgezeichnet. Sie sind ja so tüchtig. Nochmals vielen Dank.«

»Gib mir die Kotztüte«, murmelte Serrin, als sie zu den Fahrstühlen gingen.

Michael lächelte sardonisch. »Wir sind Touristen, schon vergessen? Dann benimm dich auch wie einer. Teile deinen IQ durch deine Schuhgröße und verhalte dich einfach nur unnatürlich.«

»Kristen soll eine Touristin sein?« fragte Serrin. Es kam ihm irgendwie nicht besonders plausibel vor.

»Tja, in gewisser Weise«, sagte Michael, als sich die Fahrstuhltüren zischend vor ihnen öffneten. »Wie ich sehe, hast du dir nicht alle Dokumente angesehen.«

»Was soll das heißen?« fragte Serrin argwöhnisch.

»Sie ist eine entfernte Cousine von mir, alter Junge. Das steht jedenfalls in ihren Papieren. Es war meine Idee«, erwiderte Michael glatt.

»Wie bitte?« Der Elf war völlig perplex.

»Es war nur logisch. Könnte es für ein Mädchen aus Kapstadt einen besseren Grund geben, einen Haufen von Ausländern zu begleiten. Alles andere würde verdächtig aussehen. Ich fürchte, einer meiner Verwandten väterlicherseits, irgendein verdorbener alter Lüstling, muß irgendwann in Kapstadt eine kurze Liebelei genossen haben, und jetzt bin ich überglücklich, meine lange vermißte Verwandte entdeckt zu haben«, grinste Michael.

»Das ist schon in Ordnung«, versicherte Kristen dem stirnrunzelnden Elf. »Er hat mich vorher um Erlaubnis gefragt.«

»Sieh es doch einfach von der lustigen Seite. Wenn du kein Elf wärst, hätte ich sie als deine Tochter eintragen lassen«, kicherte Michael. Dem gegen seinen Kopf gezielten Schlag des Elfs ausweichend, sprang er aus dem Fahrstuhl, als sich die Türen öffneten, um die kleine Gruppe in der fünfzehnten Etage abzusetzen.

»Ich muß noch ein paar Nachforschungen betreiben. Wir sehen uns später«, sagte Michael, während er über den mit Teppich ausgelegten Flur eilte.

»Deswegen wollte ich dich noch um etwas bitten«, rief Serrin ihm nach. »Ich fragte mich – das heißt, Tom und ich haben uns darüber unterhalten –, ob wir, das heißt du, die anderen möglichen Zielpersonen identifizieren könnten. Diejenigen mit der richtigen genetischen Konstellation.«

Michael öffnete den Mund, um zu einer Antwort anzusetzen, und seufzte dann. »Klar, es muß Leute geben, auf die ich noch nicht gestoßen bin. Aber es gibt einen guten Grund, warum ich das jetzt nicht tun kann. Wenn ich in die medizinischen Datenbanken jedes Landes eindringe, würde irgendwann jemand aufhorchen und es merken. Bis jetzt habe ich nur die Personen von Kristens Liste und jene aus Ländern mit Flügen nach New York zum Zeitpunkt von Serrins Abreise überprüft. Womit ich ungefähr fünfundachtzig Prozent des Planeten unangetastet gelassen habe.

Irgend jemand wird anfangen Alarmglocken zu hören, wenn ich meine Frames auf alles mögliche ansetze. Und was wäre, wenn dieser Jemand gerade derjenige ist, den wir suchen? Wir wollen doch nicht, daß er uns *zuerst* findet.« Michael fuhr sich mit dem Finger über die Kehle, melodramatisch, aber nicht ohne Eindruck. »Tut mir leid, Chummer. Die Dinge, die zu tun einem richtig vorkommen, müssen nicht immer die klügsten sein.« Er wartete nicht auf eine Antwort, sondern steckte seine Magnetkarte in das Türschloß und verschwand in seinem Zimmer.

»Ich nehme an, er hat recht«, seufzte Serrin. Der Troll musterte ihn finster und murmelte irgend etwas Unverständliches, bevor er zu seinem Zimmer stampfte.

Kristen sah unsicher aus und schien nicht zu wissen,

was sie mit der kleinen Plastikkarte anfangen sollte. Serrin zeigte ihr, wie man sie benutzte, wobei ihm klar wurde, daß der Aufenthalt in einem Hotel eine weitere Sache war, die sie zum erstenmal erlebte.

»Es geht automatisch. Schieb die Karte einfach in das Schloß. Darauf sind deine Personalien und eine Codenummer gespeichert«, sagte er, als sich die Tür summend öffnete und die Karte wieder aus dem Schlitz glitt. »Genieß deinen Aufenthalt hier. Trink die Bar leer, wenn du willst. Du mußt dafür nicht bezahlen.« Dann hinkte er über den Flur zu seinem eigenen Zimmer. »Wir sehen uns zum Abendessen. Klopf einfach, wenn du irgendwas willst.«

Fünf Minuten später pochte es leise an seine Tür. Serrin ließ die Nachrichten weiter über den Trideoschirm flackern und öffnete, um das verwirrt aussehende Mädchen einzulassen.

»Kann ich mit dir reden?« Sie setzte sich in einer Weise auf das riesige Bett, die besagte, daß sie kein Nein akzeptieren würde. Als er sie ansah, fiel ihm auf, daß sie barfuß war und ihre rosafarbenen Fußsohlen im krassen Gegensatz zu dem Braun der Fußrücken standen. Es war eine widersinnige Wahrnehmung. Andererseits neigte Serrin immer dazu, Einzelheiten zu sehen, wenn er sich weigerte, das Gesamtbild zu erkennen.

»Ich verstehe überhaupt nicht, was los ist«, sagte sie.

Serrin zuckte die Achseln. »Ich wünschte, ich könnte von mir das Gegenteil behaupten. Ich versuche schon die ganze Zeit herauszufinden, wie mich eine mißlungene Entführung in weniger als einer Woche, um die halbe Welt geführt hat. Ich wollte nur ein paar ruhige Nachforschungen in einer Bibliothek anstellen – und jetzt das hier.«

»Warum hast du mich mitgenommen? Wie könnte ich euch schon helfen? Ich hatte sowieso nicht damit gerechnet, dich je leibhaftig zu sehen. Warum hast du mich nicht einfach in Kapstadt zurückgelassen?«

Die Direktheit der Fragen schmerzte. Der Elf war sich der Tatsache nur allzu bewußt, daß der Wert eines Lebens wie des ihren praktisch gleich Null war. Straßenkinder verschwanden jeden Tag in London, Kapstadt, Rio, Seattle, jeder Stadt, die einem einfiel. Niemand machte sich etwas daraus oder auch aus deren Schicksal. Die beste Überlebenschance bot oft die Mitgliedschaft in einer Gang, was jedoch üblicherweise mit dem Tod oder der Verstümmelung des betreffenden Kindes bei einer Messerstecherei oder Schießerei endete.

»Es kam mir einfach nicht richtig vor«, sagte er lahm, wobei er es vorzog, nicht darüber nachzudenken, daß er selbst in jungen Jahren seine Eltern verloren hatte. Es ging nicht nur um die mit einem Abschied üblicherweise verbundene Enttäuschung. Da war noch mehr, aber er hatte sich noch nicht allzusehr in seine verwirrten und sehr starken Gefühle vertieft.

»Warum hast du mich nicht gleich aufgefordert mitzukommen?« sagte Kristen, indem sie sich ein wenig auf dem Bett ausstreckte. Er verstand nicht, was sie meinte.

»Du hast mich nicht angemacht«, sagte sie kühl.

Der Elf zögerte. Er wußte, daß es alles ruinieren konnte, wenn er das Falsche sagte. Er beschloß, mit einer klaren Antwort zu warten, bis er einen besseren Eindruck davon hatte, was sie von ihm hören wollte.

»Hätte ich dich denn anmachen sollen?« fragte er.

»Alle anderen tun es. Du bist reich, du trägst schicke Klamotten, du wohnst in Hotels. Dein Gesicht war auf dem Titelblatt einer Illustrierten. Wenn Leute wie du in die Hafengegend kommen, gibt es dafür nur einen Grund. Normalerweise.«

Er war nicht sicher, ob sich hinter diesen Fragen eine gewisse Feindseligkeit verbarg. Er fühlte sich sehr unbehaglich, da er sich bewußt war, daß er sich trotz seines größeren Alters und seiner größeren Welterfahrung plötzlich im Nachteil befand. Er versuchte etwas Zeit zu gewinnen, indem er sich eine Zigarette anzündete und tief inhalierte. Zu seiner Überraschung gelang ihm beim Ausatmen ein perfekter Rauchring. Er setzte sich neben sie.

»Ich weiß nichts über alle anderen. Es ist nicht so, daß du nicht hübsch wärst. Es ist nur so, daß ich mir erst kürzlich die Finger verbrannt habe.« Und dann erzählte er ihr von Julia Richards. Er fühlte sich irgendwie erleichtert. Damit zog er den Kopf aus der Schlinge.

»Aber es ist nicht nur das«, platzte es plötzlich aus ihm heraus. »Ich weiß es nicht, echt nicht. Ich habe das Gefühl, als würde ich dich schon lange kennen, was einfach verrückt ist. Und damit meine ich nicht, daß du mich an jemand anders erinnerst.« Ihm schoß durch den Kopf, daß das in gewisser Weise nicht ganz stimmte, aber er war zu verwirrt und unsicher, um ihr das zu sagen. »Ich mag dich, aber es ist nicht sexuell. Irgendwie. Ach, ihr Geister, ich weiß nicht.«

Er gab es auf und saß mit auf den Knien gestützten Ellbogen da, die geballten Fäuste unter dem Kinn, und sah zu Boden. Dann lächelte er und drehte sich zu ihr um.

»Aber du hast ganz reizende Füße«, lachte er in dem Versuch, die Spannung irgendwie abzubauen. Sie kicherte und ließ ihre Zehen mit dem Teppich spielen. Dann stand sie auf, stellte sich vor ihn und umklammerte seine Unterarme.

»Laß uns tanzen gehen«, rief sie zu Serrins völliger Überraschung.

»Was? Mitten am Nachmittag? Drek, ich kann überhaupt nicht tanzen. Ich habe ein zerschossenes Bein, Kristen.«

Ihr Griff um seine Arme wurde fester. »Laß es uns einfach tun«, bettelte sie.

»Ach, was soll's«, sagte er breit grinsend. »Laß uns tanzen gehen.« Sie nahm ihn bei der Hand und führte ihn zur Tür.

»Ich habe ein paar Worte mit einem Mann von der Safari-Leitung gewechselt«, sagte Michael leise zu Tom, als sie sich an den mit einem Spitzentuch gedeckten Tisch setzten. »Ihm ein paar Scheine zugesteckt. Wir werden auch in die weniger… äh… zugänglichen Gegenden kommen. Ich wollte keine Namen nennen und habe ihnen nur gesagt, daß wir uns für authentischen Schamanismus interessieren, nicht nur für den Touristenkram. Natürlich wird er denken, daß wir nur etwas wollen, was nicht ganz so auf Touristen gemacht ist, aber es ist ein Anfang. Ich werde später Shakalas Namen erwähnen und sehen, wie die Reaktion darauf ausfällt.«

»Hmmm«, machte der Troll. Er wußte, daß Michael sich bemühte, ihn auf dem laufenden zu halten, um ihm das Gefühl zu geben dazuzugehören. Aber Tom fühlte sich praktisch überflüssig. Er war als Serrins Leibwächter hier, hatte aber praktisch noch keinen Finger gerührt. Michael schien alles Notwendige zu erledigen. Nicht, daß er von jemandem mit solch einem besessenen Drang nach Kontrolle etwas anderes erwartet hätte.

Er drehte sich zur Tür um und sah Kristen und Serrin hinter einem livrierten Kellner hereinkommen, der sich mit einer geradezu unanständig großen Suppenterrine abmühte. Kaum erblickte er den hinkenden Elf, als ihm eine Veränderung an ihm auffiel. Aus dieser Entfernung konnte er keine Einzelheiten erkennen, aber er spürte sie dennoch. Die Falten um Serrins Augen waren nicht mehr so tief, das Zittern seiner Hände praktisch verschwunden. Obwohl er ein wenig stärker zu hinken schien als sonst, machte er einen fast, nun ja, sorgenfreien Eindruck.

Kristen und Serrin kamen zum Tisch, wobei sie sich etwas zuflüsterten, das sie beide lächeln ließ. Serrin machte Anstalten, einen Stuhl für sie abzurücken, doch sie bedachte ihn mit einem tadelnden Blick, und er nahm davon Abstand und setzte sich ihr gegenüber.

»Habt ihr euch gut amüsiert?« fragte Michael unschuldig.

Serrin schaute ein wenig verlegen drein und erzählte ihm, was sie getan hatten.

»Das hättest du mir vorher sagen sollen. Ich hätte dir einen Smoking geliehen«, grinste Michael.

»Völlig unnötig, alter Junge«, verspottete ihn Serrin. »Der Walzer ist in dieser Gegend nicht der bevorzugte Tanz. Außerdem glaube ich sowieso nicht, daß ich darin gut aussehen würde.«

»Morgen wirst du auf jeden Fall sehen, wie du in Khaki aussiehst. Trotz aller Technologie dieses wunderbaren Jahrhunderts gibt es immer noch nichts Besseres als Safarikleidung«, erwiderte Michael. »Und jetzt laßt uns essen. Abgesehen von dem Kürbis, der traditionell völlig zerkocht ist, sieht alles sehr gut aus. Ach ja, hütet euch vor dem gezüchteten Nilpferd. Zäh wie alte Schuhe und schmeckt fettig und fischig.«

»Aber ist das Krokodil auch so gut wie Lousiana-Alligator?« fragte Serrin.

Etwa zu der Zeit, als sein Jagdwild Schlafensvorbereitungen traf, landete Magellan in Kapstadt, wo er nur ein paar Stunden auf der Straße verbringen mußte, um herauszufinden, was sie unternommen hatten. Sie waren angekommen, hatten irgendein Straßenmädchen aufgelesen und waren wieder abgereist. Magellan brauchte kaum zu fragen, wohin, obwohl er sich für alle Fälle am Flughafen vergewisserte. Dann nahm sich der Tir-Elf ein Zimmer für die Nacht in einem ausreichend anonymen Flughafenhotel, da er ein paar Stunden schlafen mußte, bevor er selbst nach New Hlobane flog. Serrin tastete sich langsam vor, und wenn er die Anlage in Babanango erreichte, mochte er der Wahrheit zu nah kommen.

Aber was wird er damit anfangen? fragte sich Magellan. Ich will ihn nicht töten, nicht einen Angehörigen meiner Rasse. Und der Decker ist zu gerissen, um sich zum Narren halten und mit Lügen abspeisen zu lassen. Ihr Geister, der Decker ist vielleicht sogar so gut, daß er die Spur verfolgt und herausfindet, wer der Besitzer der Anlage ist, und von dort aus ist es nur noch ein kleiner Schritt zum Zentrum von allem. Luther wird ihn natürlich vorher töten, aber das macht mir keine Sorgen. Wenn er die Wahrheit herausfindet, wird er Vorkehrungen treffen, daß alles, was er weiß, automatisch an jemand anders weitergeleitet wird, falls ihm etwas zustößt. Er hat ein paar Freunde, die echten Ärger machen können. Drek, vielleicht hat er es sogar schon jemandem erzählt. Dem englischen Lord? Dieser Journalistin, die den Elf groß und breit in der *Newsweek* gebracht hat? Nein, noch nicht. Er ist noch nicht sicher genug. Einer Sache, der ich mir ganz sicher sein kann, ist die, daß er übervorsichtig ist. Er wird mehr wissen wollen, bevor er alles an die große Glocke hängt.

Voller Sorgen versuchte Magellan einzuschlafen, aber ihm schwirrte der Kopf von Plänen und Überlegungen, und das hielt ihn bis zum Morgengrauen wach. Dadurch verschlief er und verpaßte seinen Flug, woraufhin er sich verfluchte, weil er nicht daran gedacht hatte, einen Weckruf in Auftrag zu geben. Dann fiel ihm die Person in der Zulu-Nation ein, die ihm noch einen Gefallen schuldig war. Er rief vom Flughafen aus an. Es war nur eine Vorkehrung für den Notfall, die sich als absolut überflüssig erweisen mochte, aber der Preis war anständig, und ein Trupp Zulu-Samurai konnte nie schaden. Vielleicht würde sich sogar herausstellen, daß sich sein erster Gedanke als richtig erwies.

Als er seinen Flugschein nahm und zum Abflugschalter ging, fühlte er sich schon viel besser.

18

Serrin fühlte sich ziemlich erledigt, als er in Nkandla schwankend aus dem Flugzeug stieg. Er hatte fälschlicherweise gedacht, der Luxusbus sei zum Imperial gekommen, um sie zum Umfolozi-Reservat zu bringen, aber er hatte sie nur zurück zum Flughafen befördert. Die Marke des Flugzeugs, das die 777, in der sie angekommen waren, als Gipfel der Sicherheit und des Luxus erscheinen ließ, war Serrin unbekannt, und die Sitze verdienten den Namen nicht. Die Flugstrecke betrug weniger als hundert Kilometer, kam ihm jedoch so lang wie ein Flug zum Mars vor. Serrin hatte noch nie zuvor von Luftturbulenzen bei strahlendem Sonnenschein gehört und argwöhnte, daß sie eine Erfindung waren, um die Tatsache zu verschleiern, daß das Flugzeug auseinanderfiel. Er schaffte es nur mit allergrößter Mühe, seinen Mageninhalt bei sich zu behalten. Michael hatte ihnen gesagt, daß sie zu einem der weniger populären, abgelegeneren Lagerplätze gehen würden, aber Serrin hatte nicht damit gerechnet, daß der Transport so schlimm werden würde.

Michael war ärgerlicherweise unerschütterlich und sah in Khakishorts, Khakihemd, Wanderstiefeln und Tropenhelm makellos aus. Mit seinen dünnen weißen Beinen und den knorrigen Knien sah er wie der perfekte englische Tourist aus. Die Zinkcreme, die er sich zusätzlich zu der großzügig auf jede entblößte Hautstelle aufgetragenen Sonnenschutzcreme auf Nase und Lippen geschmiert hatte, sah mehr als nur ein wenig lächerlich aus. Er genoß ganz eindeutig jeden Augenblick.

»Wenn ihr euch noch nicht mit Insektenschutzmittel eingesprüht habt, ist jetzt genau der richtige Zeitpunkt«, sagte er fröhlich, während er durch seine Sonnenbrille auf den rotbraunen Streifen aus gewalztem Lehm starrte, der Nkandlas Landebahn war. »Und vergeßt nicht, euch dieses Talkzeug in die Unterwäsche zu sprühen. Auch wenn die Hitze sehr trocken ist, kann man sich die Haut hier draußen sehr schnell wundscheuern. Und, Tom, auch wenn du ein Troll bist, bei diesem Klima brauchst du einen Sonnenschutz. Echt. Glaub mir.«

Tom grunzte und versuchte ein wenig von der Creme aus der Plastikflasche zu bekommen, während ein paar Jeeps in einer riesigen Staubwolke näher kamen. Es gelang ihm, ungefähr drei Viertel des Inhalts der Flasche auf seine großen Hände zu verteilen, und er fing an, sich emsig einzucremen. Die Hitze der strahlend gelben Sonne war so intensiv, daß selbst er sie spürte, obwohl seine Haut dicker war als die aller anderen Anwesenden, ob schwarz oder weiß.

Serrin betrachtete die Handvoll anderer Leute, die ebenfalls an der Safari teilnahmen. Die meisten von ihnen sahen, wie er zufrieden feststellte, so absurd in ihren Shorts aus, wie er auch ausgesehen hätte, wenn er sich nicht statt dessen für lange Khakihosen entschieden hätte. Zwei Amerikaner, ein Trio knödelförmiger Deutscher und zwei Japaner. Die übliche Mischung. Nur Kristen sah aus, als sei sie hier zu Hause, weder unbehaglich noch fehl am Platz. Das halbe Dutzend Reiseführer vermied es ostentativ, mit ihr zu reden, obwohl sie ohnehin nicht viel sagten. Ruanmi, der Anführer der Gruppe, hatte das Reden praktisch allein erledigt, aber das meiste von dem, was er zu sagen hatte, bestand aus den üblichen Warnungen und der Aufforderung, die Standardverzichtserklärungen zu unterschreiben.

Nachdem sie in zwei Jeeps verfrachtet worden waren und nach Norden ins Zentrum des Reservats holperten, mußten sie sich aus Leibeskräften festhalten. Die Sicherheitsgurte in den Jeeps waren gewiß nicht deshalb vorhanden, um im Falle eines Unfalls die Verletzungsgefahr zu verringern. Ihre Hauptfunktion bestand darin zu verhindern, daß die Passagiere während der Fahrt über die holperige Steppe herausgeschleudert wurden.

»Schamanenlöwen in östlicher Richtung«, rief Ruanmi. »Ein Männchen mit zwei, drei Weibchen. Eines der Weibchen hat Junge, zwei Stück. Zwillinge, glaube ich.« Er ließ sich wieder auf seinen Sitz fallen, nachdem er diese Erklärung abgegeben hatte. Serrin konnte sich nicht erklären, wie es dem Mann gelungen war, sich in dem schwankenden Jeep aufrecht zu halten. Der Idiot, der es ihm mit seiner sagenhaft teuren Kamera in dem Jeep direkt hinter ihnen nachzutun versuchte, hatte Glück, daß er rückwärts in den Wagen anstatt auf die steinharte ausgedörrte Steppe fiel, über die sie fuhren.

»Sie erzeugen Illusionen?« fragte Serrin Ruanmi neugierig. Er wußte nicht, wozu die Erwachten Löwen fähig waren, wenngleich er sich an diese Einzelheit zu erinnern schien. Ruanmi grinste und befingerte seine Halskette aus Zähnen.

»Sie werden uns nichts tun«, sagte er. Serrin hatte bereits Macht in dem Mann gespürt, und als er sich jetzt konzentrierte, spürte er auch, daß sein Zauberfokus mächtig war. Intulo, der andere Schamane, sagte nie etwas, und seiner Gewandung nach zu urteilen, war er ein Krokodilschamane. Darüber wollte Serrin jedoch nicht zu ausgiebig nachdenken. Mit Ruanmi, dessen Haarmähne ihn ebenso deutlich wie sein stolzer Gang und die goldenen Flecken in seinen Augen als Löwenschamane auswies, kam er besser zurecht. Der Schamane schien Serrin durchaus zu mögen, was eine Erleichterung für den Elf war. Vielleicht weiß er, daß ich Katzen liebe, dachte Serrin innerlich grinsend.

Serrin litt zwar unter den Auswirkungen des endlosen Holperns, aber er hatte seine Sinne noch genügend beisammen, um beeindruckt zu sein, als sie schließlich den Stacheldrahtzaun ihres Lagerplatzes erreichten. Die

Elefanten, Raubtiere und Vogelschwärme in der Steppe und an den Wasserlöchern waren ein dramatischer Anblick gewesen, nicht zuletzt wegen ihrer gewaltigen Anzahl. Die Blutfalken hatten ihn beunruhigt, doch auch in diesem Fall hatten die Schamanen sie vor der Gefahr bewahrt, die von diesen Wesen ausging. Zu seinem Verdruß mußte er jedoch feststellen, daß er die Hilfe des Afrikaners brauchte, um aus dem Jeep zu steigen, da aus seinem schlimmen Bein jegliche Kraft gewichen war. Kristen war gewandt herausgesprungen, und er kam sich vor wie ein ältlicher Invalide, als er sich mühte, seine Stiefel auf den staubtrockenen Boden zu setzen.

Man hatte bereits Zelte für sie errichtet, und die Lagerbesatzung mit ihren leichten MGs war froh, daß ihre Ablösung eintraf. Sie schüttelten den Neuankömmlingen die Hände und unterhielten sich angeregt im Zulu-Dialekt. Zwar konnte Kristen nicht jedes Wort verstehen, aber sie schäumte über das, was sie über sie sagten, vor kaum verhohlener Wut.

Ruanmi versammelte sie in der Mitte des Lagers, um ihnen erneut die üblichen Warnungen mitzugeben. Der Stacheldraht unterstrich die Verfügung, daß es nicht gestattet war, das Lager ohne Begleitung zu verlassen, aber ihr Führer genoß anscheinend die Aufgabe, all die giftigen Insekten und Kleinreptilien dieser Gegend zu beschreiben und ausführlich darzulegen, welche Gegengifte gegen das Gift jeder Spezies wirkten.

»Wir wissen, daß es am Unlanga-Fluß im Osten, vielleicht eine Viertelstunde von hier entfernt, zwei Nagas gibt«, sagte er. »Es gibt Deckung in der Nähe, so daß wir sie in der Abenddämmerung aufnehmen können. Vier von euch können diesen Ausflug mitmachen. Andere Interessenten können es morgen wieder versuchen. Es gibt keine Garantie, daß die Nagas aktiv werden, aber jetzt, wo die Jungen das Revier verlassen haben, um sich ein eigenes zu suchen, sehen wir die

Alten öfter. Und die Nagas sind auch nicht mehr so wild, wo sie ihre Jungen nicht mehr beschützen müssen.«

Serrin war es zufrieden, den begeisterten Amerikanern und Japanern das Feld zu überlassen. Es wäre auch zu schade gewesen, den teuren Kameras die Erfüllung ihrer Lebensaufgabe zu verwehren. Michael tauchte neben ihm auf, und zu seiner Überraschung sah er, daß der Engländer eine HK227 MP in der rechten Hand trug wie ein Veteran.

»Ich sagte ja, daß wir hier draußen besser mit etwas fahren würden, das man nicht mit einer Jagdwaffe verwechseln kann«, sagte Michael lächelnd. »Und auf einer akkreditierten Safari braucht man für diese Dinger nicht mal einen Waffenschein. Ich dachte mir, daß Tom sich wohler damit fühlt. Er hat mir gesagt, zu Hause hätte er eine Uzi, aber ich selbst habe die H&K immer für die bessere Waffe gehalten. Außerdem konnte uns Ruanmi in der kurzen Zeit sowieso keine Uzi besorgen.«

Ausgerechnet in diesem Augenblick knatterte es nicht weit entfernt ein paarmal, und Serrin zog reflexartig den Kopf ein.

»Das wird das Abendessen sein«, sagte Michael, indem er an einem Fingernagel knibbelte. »Sie haben uns angeboten, uns zum Wildbretschießen mitzunehmen, aber ich selbst bin ziemlich zimperlich, und du scheinst im Augenblick nicht in der richtigen Verfassung für die Jagd zu sein. Tom schien auch nicht so interessiert zu sein.«

Er griff in eine der großen Seitentaschen seiner langen Khakijacke und zog eine Pistole heraus, die er dem Elf gab.

»Hast du ein Waffenarsenal da drinnen?« fragte Serrin.

»Nicht ganz, alter Junge. Aber die solltest du Kristen geben. Sie hat wahrscheinlich noch nie eine Pistole benutzt, also können wir nur hoffen, daß sie sie, falls nötig, zumindest auf das richtige Ziel richten kann. Sag ihr nur, das Wichtigste daran könnte sein, sie in der Hand zu halten und so auszusehen, als kenne sie sich damit aus.«

»Glaubst du, wir werden sie brauchen?« fragte Serrin beunruhigt. »Ich meine, dieses Lager kommt mir ziemlich sicher vor.«

»Ich dachte auch eher an die Zeit, wenn wir es verlassen«, sagte Michael, ohne auch nur mit der Wimper zu zucken.

Serrin sah auf den Rucksack, der seinen üblichen Koffer verdrängt hatte. Irgendwo unter dem Mineralwasser, das er für den Fall mitgenommen hatte, daß der Lagervorrat verseucht war, unter den Medikamenten und Sprays, die Michaels Vorrat ergänzten, unter den Dosen mit Lebensmitteln für den Notfall und dem anderen Kram, den mitzubringen er gezwungen gewesen war, warteten seine Kleidung und sein Waschzeug. Dann blickte er sehnsüchtig auf die improvisierte Dusche in der Nähe der Bäume. Das Sonnendach sah ebenso gut aus, wie die Aussicht, sich zu waschen, sich anfühlte.

»Welches ist mein Zelt?« fragte er, sich umsehend.

»Es sind Zweimannzelte. Ich halte es für besser, daß ich ein Zelt mit Tom teile, auch wenn er schnarcht. Da die ganze Nacht Tiere brüllen und fauchen, ist es sowieso egal«, lachte Michael.

Serrin kämpfte sich durch den Netzvorhang des Zeltes und fand Kristen darin vor, die den Inhalt ihres Rucksacks bereits auf dem Boden ausgebreitet hatte.

»Macht es dir etwas aus, das Zelt mit mir zu teilen?« fragte er. »Ich könnte auch draußen schlafen, wenn du für dich allein sein willst.«

Sie lachte ihn aus. »Klar, und du wirst von Moskitos gefressen. Sei nicht albern.« Sie schob ihre Sachen in eine Hälfte des Zelts, so daß Serrins Hälfte frei war. Er mühte sich, sein Handtuch aus dem Rucksack zu zerren, dann machte er sich auf den Weg zur Dusche. Unterwegs begegnete er zwei Zulus, die allem Anschein nach eine kleine Antilope durch die Tore des Lagers schleiften, und sah, daß man in ein paar alten, verrosteten Fässern bereits ein Feuer zum Braten entzündet hatte. Sein Magen verriet ihm, daß außen verkohlte und innen noch blutige Antilope nicht das war, was er jetzt oder auch später zu sich nehmen wollte, und er wandte sich voller Dankbarkeit darüber ab, daß er sich wenigstens auf eine Dusche freuen konnte.

Michael mußte sich unter dem Zeltvorhang hindurchwinden, um sie zu wecken, da das Zelt von innen verschlossen war und er keinen Lärm machen wollte. Im trüben Licht seiner Taschenlampe sah er sie nebeneinander liegen, wobei ihr Arm auf seiner Brust ruhte. Sie sahen außerordentlich friedlich aus. Er bekam fast so etwas wie Schuldgefühle, als er den Elf an der Schulter rüttelte.

»Hm? Was?« stammelte Serrin. Michael bedeutete ihm, ruhig zu sein, dann redete er leise und eindringlich.

»Wir gehen. Ruanmi hat einen Kontakt hergestellt. Shakala wird mit uns reden. Ruanmi sagt, es heißt, er sei ein äußerst temperamentvoller Bursche. Wenn er jetzt sagt, dann geht man *jetzt*, weil er es sich bis morgen vielleicht schon wieder anders überlegt hat. Packt euer Zeug zusammen. So leise wie möglich.«

Serrin rieb sich das Gesicht und war froh, daß er kaum etwas ausgepackt hatte. »Wie spät ist es?«

»Kurz nach vier. Es wird noch eine Weile dunkel bleiben. Der Treffpunkt ist offenbar acht Meilen von hier entfernt und befindet sich in der Nähe von Babanango. Und nun mach endlich.«

Kristen murmelte etwas, als er sie zu wecken versuchte, und drehte sich einfach auf die andere Seite, um weiterzuschlafen. Serrin mußte sie heftig schütteln, bevor sie widerwillig die Augen öffnete. Zehn Minuten später standen sie draußen in der überraschenden Kühle der afrikanischen Winternacht. Tom und Michael saßen bereits im Jeep.

»Ich kann euch nicht begleiten«, sagte Ruanmi zu Serrin. »Ich muß die ganze Zeit im Lager bleiben. Nholo wird euch zu Shakala bringen. Er fährt aber sofort wieder zurück. Ihr müßt selbst den Rückweg finden, könnt aber auch warten, weil er morgen um die gleiche Zeit wiederkommt. Wenn ihr bis dahin nicht wieder da seid, sagen wir den anderen, daß ihr von den Löwen gefressen worden seid.« Er stieß ein extrem realistisches, kehliges Löwenknurren aus, um dann leise in sich hineinzukichern.

»Danke, Chummer«, sagte Serrin trocken und schnallte sich auf dem Rücksitz an. Da Tom den Beifahrersitz in Beschlag nahm, mußte er sich mit Michael und Kristen auf den Rücksitz quetschen. Die Scheinwerfer des Jeeps flammten auf und enthüllten ein Miasma aus riesigen Motten und summenden Insekten. Serrin suchte in seinem Rucksack nach dem Insektenspray, fand es jedoch nicht, bevor der Jeep seine markerschütternde Fahrt antrat. Danach war es praktisch unmöglich, noch irgend etwas aus dem Rucksack herauszuholen. Der Elf konnte nur hoffen, daß sie zu schnell fuhren, um von irgend etwas gebissen oder gestochen zu werden.

Martin kannte die Anzeichen für Luthers wachsenden Zorn nur allzu gut. Die Spannung war fast greifbar. Die Arbeit war so anspruchsvoll, so präzise, so unvermeidlich mit winzigen Fehlern durchsetzt, welche die Perfektion ruinierten, die Luther anstrebte. Die Molekularproben hatten einfach nicht die erforderliche Präzision, nicht mit den zur Verfügung stehenden Techniken. Ein hartnäckiger Wissenschaftler wäre einfach jeder Möglichkeit nachgegangen und hätte dann die Fehler ausgemerzt, aber solch eine Person wäre andererseits nie in der Lage gewesen, Luthers Entdeckungen zu machen. Er wußte genau, was er wollte, und die sture Weigerung der Natur, damit herauszurücken, erzürnte ihn weit über jedes vernünftige Maß hinaus.

Martin war bei dem Wutanfall anno '42 nicht im Kloster gewesen, als Luther jedes anwesende Lebewesen getötet hatte. Martins Aufgabe hatte darin bestanden, diesen Vorfall zu vertuschen, also hatte er das Feuer gelegt, das einen Großteil des alten Bauwerks vernichtet hatte. Er glaubte nicht, daß er noch einmal mit so einem Trick durchkommen würde. Die Zeit wurde knapp, Luther war der Lösung jetzt sehr nah, und Martin mußte das Risiko eingehen, das Luther selbst wegen der Nähe des Opfers nicht tragen wollte. Luther war jetzt blind und taub für alles, brauchte weder Essen noch Trinken noch Schlaf, war sich nur noch vage irgendwelcher Dinge bewußt, die außerhalb seiner Laboratorien vorgingen. Martins Abwesenheit würde nicht auffallen. Wenn Luther zum Berserker wurde, mochte ihn eine letzte rauschhafte Mahlzeit wieder zur Vernunft bringen.

19

Ihr Fahrer war offenbar nervös, sogar ängstlich, als er den Jeep anhielt. Er drängte sie förmlich auszusteigen. Mit dem Versprechen, in der nächsten Nacht zurückzukehren, wenn sie bis dahin nicht im Lager eingetroffen waren, beschrieb er ihnen den Weg.

»Eine Halbe Meile in dieser Richtung. Wenn ihr die Geparden fauchen hört, geht weiter. Schießt nicht.« Die Augen vor Besorgnis geweitet, wendete er das Fahrzeug voller Hast und brauste davon.

»Halt die H&K bereit, Tom«, sagte Michael, den Lichtstrahl seiner Taschenlampe nach vorn richtend. Seine andere Hand hielt einen Predator.

Sie sahen die Raubkatzen nicht, sondern hörten sie nur, aber es war nicht das Fauchen, das sie erwartet hatten. Statt dessen klangen die abgehackten Rufe der Geparden mehr wie ein protestierendes Miauen. Auf jeden Fall schien es kein Vergleich zum Brüllen der Löwen zu sein.

Sie pirschten vorsichtig über die Steppe und hätten beinahe überhaupt nicht bemerkt, daß sie Shakala gefunden hatten, bis sie die Bäume, die vor ihnen vor dem Hintergrund des klaren Sternenhimmels aufragten, einer genaueren Betrachtung unterzogen. Die Äste und Zweige schienen merkwürdig verdreht zu sein, und aus den Wipfeln starrten gelb funkelnde Augen auf sie herab. Dann begriffen sie – rein instinktiv, bedachte man die Lautlosigkeit der Schritte –, daß sie umzingelt waren.

Einer der Elfen aus der Gruppe trat vor. Obwohl er offenbar groß, schlank und stark war, konnten sie seine genaue Gestalt nicht erkennen. Nur durch die Helligkeit seines umgürteten Lendentuchs und des Umhangs um seinen Schultern hob er sich von der

Nacht ab, mit deren makellosen Schwärze er ansonsten verschmolz.

Michael ließ den Predator langsam sinken, und die anderen folgten seinem Beispiel. »Shakala sagte, er würde mit uns reden, wenn wir kämen«, sagte er gelassen. Es waren so viele Speere auf sie gerichtet, daß er einen triftigen Grund sah, außerordentlich höflich zu sein, und das waren nur die offensichtlichen Waffen.

»Man hat uns nicht gesagt, daß ein Kaffer dazugehört«, sagte der Mann boshaft. »Dafür wird noch ein Preis zu entrichten sein.« Die Gruppe hinter ihm rückte noch einen Schritt vor. Sie war jetzt nur noch ein paar Meter entfernt und vielleicht vierzig oder fünfzig Mann stark. Kristen kauerte sich neben Serrin zusammen und versuchte, so klein wie möglich auszusehen. Der Elf zitterte, da er sich der Tatsache bewußt war, daß sich in dieser Gruppe auch Schamanen befanden, deren Macht er spürte. Sie würden viel gefährlicher sein als die Speere, wenn es zu Gewalttätigkeiten kam.

Die Zulus umringten sie schweigend und starrten sie an, ließen die Spannung absichtlich steigen. Dann sprang eine Gestalt aus den Bäumen vor ihnen volle zehn Meter tief auf den Boden, landete perfekt auf allen vieren, erhob sich dann zu ihrer vollen Größe von gut zwei Metern, verschränkte die Arme und musterte sie dann mit einem Blick, aus dem grimmige Intelligenz sprach. Der Zulu-Elf strahlte Macht aus. Serrin war verwirrt, da er die Aura eines Magiers spürte, doch den unverwechselbaren Schmuck eines Katzenschamanen an ihm sah.

»Shakala, nehme ich an«, sagte Michael mit der Andeutung eines Nickens. Der Elf ignorierte ihn und richtete den Blick statt dessen auf Kristen.

»Sei froh, daß dies kein heiliger Ort ist, Kaffer, sonst würde ich dir die Kehle herausreißen«, knurrte er. Dann wandte er sich an Tom, den er lange und eingehend musterte. Da der Troll spürte, daß es sich hier um eine Art Wettbewerb im Niederstarren handelte, erwiderte er den Blick, weigerte sich nachzugeben. Die Miene des Elfs verhärtete sich für einen Augenblick, dann verzogen sich seine Lippen zu einem spielerischen Grinsen. Sein Gesichtsausdruck gemahnte an eine Katze, die mit ihrer hilflosen Beute spielt.

»Wir sind gekommen, um deine Hilfe zu erbitten. Wir wissen, daß jemand versucht hat, dich zu entführen. Es ist möglich, daß man es noch einmal versucht«, begann Serrin. Da Shakala Michael ignoriert hatte, hielt er es für angeraten, selbst das Wort zu ergreifen.

Shakalas Blick richtete sich auf ihn, da sich gedämpftes Licht von Gegenständen ausbreitete, die einige der Zulus bei sich trugen. Es schien sich nicht um Taschenlampen zu handeln. Serrin glaubte, eine magische Aura an ihnen zu spüren, konnte jedoch den Blick nicht von dem Schamanen wenden. Trotz der Situation war Serrin gezwungen, die Schönheit des Mannes anzuerkennen. Mit seiner Adlernase, den hohen Wangenknochen, der Eleganz und den Proportionen seines kräftigen Körpers sah er wie ein Prinz aus.

Shakala lachte. Es war ein ungewöhnlicher Laut, durchsetzt vom schrillen Miauen eines Geparden zu Beginn und mit dem Grollen eines Löwens am Ende.

»Niemand wird es noch einmal versuchen«, sagte er verächtlich. »Und warum sollte ich dir helfen, kleiner Magier? Was gehst du mich an?«

»Nichts«, sagte Serrin ruhig. »Aber dieselben Leute haben auch versucht, mich zu entführen. Und andere *sind* entführt und sogar getötet worden. Es ist möglich, daß sie zurückkommen und versuchen, mehr Angehörige deines Volkes zu holen. Wir wissen es einfach nicht.«

Er log nicht. Nach allem, was er wußte, mochte das durchaus stimmen. Shakala starrte ihn an, als wolle er die Wahrheit aus Serrin herauslesen. Immer noch nicht antwortend, wandte er sich abrupt ab und deutete auf Tom.

»Vielleicht rede ich mit ihm«, sagte er. »Vielleicht. Wenn ich ihn nicht zuerst töte. Er ist entweder sehr mutig oder sehr dumm, mit Mujajis Zeichen an sich hierherzukommen. Ich neige zu der Ansicht« – sein strahlendes, sadistisches Lächeln blitzte wieder auf –, »daß er wahrscheinlich sehr dumm ist. So oder so wird er mit diesem Zeichen nicht von hier weggehen.«

Tom blieb, wo er war, ohne mit der Wimper zu zucken. Er wußte nicht, was die Schamanen vom Tafelberg mit ihm angestellt hatten. Sie hatten ihm den Stein und den Ozean gezeigt, etwas von deren Immanenz in ihm gespürt und sich darüber gewundert, aber ihm war nicht klar gewesen, daß andere Schamanen das erkennen konnten. Bär hatte sich in ihm nicht verändert. Sie hatte keinerlei Mißvergnügen über das Geschehene zum Ausdruck gebracht. Der Elf zeigte auf ihn und führte ihn in den Baumkreis. Die Hälfte der Zulu-Elfen bildeten einen Kreis um sie, die anderen umringten Serrin, Michael und Kristen. Mittlerweile waren auch andere Waffen als Speere zu sehen, die in dem sanften Licht schimmerten.

»Das ist mein Revier«, rief Shakala. »Ich bin hier Prinz. Hüte dich vor Prinzen, Troll, weil sie nicht so leicht zu beschwichtigen sind wie Könige und ihr Vergnügen viel ernster nehmen.« Es hätte pompös geklungen, sogar lächerlich, hätte der Zulu-Elf in der kaum erleuchteten Dunkelheit nicht so bemerkenswert und wunderschön ausgesehen.

Tom war früher einigen Katzenschamanen begegnet. Sie waren unberechenbar, kapriziös und eitel, oft grausam, aber manchmal auch freundlich und beschützerisch. Shakala schien nicht in diese letzte Kategorie zu gehören. Der Troll wußte nichts über Gepard, doch Shakalas Worte schienen zu besagen, daß es sich dabei um ein gefährlicheres Totem als Löwe handelte. Shakala würde sich ein Vergnügen mit ihm machen. Der Troll wußte, daß sie alle tot waren, wenn er hier versagte. Er flehte Bär an, ihn nicht zum Berserker werden zu lassen, wenn Shakala ihn zu lange und zu heftig verspottete. Als ihm Shakalas Gefolge seine Waffen abnahm, hatte er nur sich selbst, um sich zu wehren.

Vor seinen Augen begann sich die Gestalt des Elfs zu verwandeln. Seine Hände wurden zu bepelzten Pfoten mit mächtigen Krallen. Sein Kopf verwandelte sich in den eines Geparden, dessen kräftige Reißzähne glänzten, doch der Troll konnte immer noch die Züge des Elfs erkennen, welche den Gepardenkopf wie ein Schattenbild überlagerten. Das war keine Illusion. Tom war verblüfft. War Shakala ein Gestaltwandler in Elfenform, der sich jetzt verwandelte? Nein, er konnte nichts dergleichen spüren. War er vielleicht maskiert? Was war dieses Wesen?

Der Katzenschamane umschlich ihn, wobei er sich hin und wieder duckte und ein tiefes Knurren ausstieß. Der Troll bewegte sich ebenfalls im Kreis, hielt den Blick immer auf Shakala gerichtet. Dann schoß der Katzenschamane vorwärts, stürzte sich auf die Seite des Trolls und versetzte ihm einen Prankenhieb, der hart genug war, um einen blutenden Kratzer zu hinterlassen. Es war keine ernste Verletzung, aber sie ärgerte Tom, der erkannte, daß sein Gegner viel zu schnell und gewandt für ihn war.

Shakala rollte sich ab, warf sich herum und sprang auf, alles in einer einzigen fließenden Bewegung.

Es ist wie ein mörderisches Ballett, dachte Serrin, der den Blick nicht von Tom abwenden konnte. Kristen hatte ihr Gesicht mittlerweile an seiner Schulter vergraben.

Der Katzenschamane umkreiste Tom und sprang erneut. Und wiederum war der Troll zu langsam und mußte eine Schulterwunde hinnehmen. Ein dritter Angriff nach einem weiteren Umkreisungsritual mit anschließendem Sprung hinterließ eine Fleischwunde an seinem linken Oberschenkel, dem bevorzugten Angriffsziel des Geparden. Die Wunden waren alle oberflächlich, aber Tom spürte, wie sich seine Wut immer mehr steigerte. Bitte nicht, Bär, flehte er. Wenn ich ihn angreife, wird er mich töten. Und er wird meine Freunde töten.

Er mußte all seine Willenskraft zusammennehmen, um den wachsenden Drang einzudämmen, sich auf den Geparden zu stürzen, der jetzt still und reglos im Gras lag. Tom wußte, daß der Schamane ihn damit aufforderte, ihn anzugreifen, und der Drang, sich auf ihn zu stürzen und ihn dann mit seinen mächtigen Armen zu zerquetschen, wurde mit jeder Sekunde stärker. Im nächsten Augenblick sprang die Raubkatze auf, stürzte sich auf ihn und versetzte ihm einen Prankenhieb, der sein dünnes Khakihemd zerfetzte und vier blutige Kratzspuren auf seiner Brust hinterließ.

Shakala zog sich wieder zurück und legte sich vor dem Troll auf den Rücken. Es war die klassische Unterwürfigkeitsgebärde eines Geparden, die Hinterbeine angezogen und bereit, sich mit ihnen im Falle eines Angriffs zu verteidigen und den Unterleib zu schützen. Offenbar wollte er den Troll mit allen ihm zur Verfügung stehenden Mitteln zum Angriff provozieren. Das Blut dröhnte in Toms Ohren, während es sich gleichzeitig auf seinem Hemd ausbreitete. Er zwang sich mit jedem Funken seiner Willenskraft, reglos stehenzubleiben.

So blieben sie eine endlose Minute, in der sich der Blutfleck auf Toms Brust langsam ausbreitete und der Katzenschamane sich sehr langsam hin und her räkelte und auf Toms Angriff wartete. Tom ballte die Fäuste und biß sich auf die Zunge, versuchte die Schmerzen, die die Wunden verursachten, in Widerstandskraft umzuwandeln. Er schloß dabei nicht die Augen, sondern starrte nach wie vor auf die abwartende Katze. Er

sehnte sich mit jeder Faser seines Körpers danach, seinen Peiniger zu zermalmen, der so einladend vor ihm im Gras lag. Er bekämpfte diese Sehnsucht mit allem, was über den bloßen Instinkt hinausging.

Shakala erhob sich langsam, fast träge und trabte gemächlich auf den Troll zu. Er blieb direkt vor ihm stehen und starrte zu ihm auf. Serrin zitterte vor Furcht und dem Drang, Tom mit einem Zauber zu helfen, der seine Willenskraft stärken würde, aber er wußte ganz genau, daß die Augen der anderen Schamanen außer Shakala auf ihn gerichtet waren. Er konnte nur hoffen und beten.

Shakala legte Tom die Vorderpfoten auf die Schultern. Dünne Blutrinnsale liefen aus den Wunden, die die Krallen hinterließen, als sie die Haut des Trolls durchbohrten, der dennoch nicht schwankte. Der Kopf des Gepards zuckte zurück, und dann spie er Tom ins Gesicht.

Tom brüllte auf und schlang die Arme um Shakala. Die gewaltigen, blutverschmierten Bizepse des Trolls spannten sich, als er den Körper des Elfs mit all der aus Wut und Demütigung resultierenden Kraft zu zerquetschen versuchte.

Doch es war nichts zum Zerquetschen da.

Hoch über ihm sprang die große Katze von einem Baum, landete auf dem Rücken des Trolls und riß ihn zu Boden. Sein Maul schloß sich um Toms Nacken und biß einmal zu.

Als er unter dem pelzigen Leib des Geparden lag, verflüchtigte sich Toms Wut wie Tau an der Sonne. Er spürte gewaltige Pfoten um sich, aber die gehörten Bär und nicht Shakala, schützende Arme, die ihn sanft und sicher hielten. Er spürte keinen Schmerz mehr. Der Biß war nicht tief. Er wurde nicht getötet. Er rollte sich in dem Bewußtsein zusammen, wie lächerlich klein sein gewaltiger Körper in Bärs Umarmung war.

Shakala ließ von ihm ab. Pfoten und Maul waren

blutverschmiert. Einen Augenblick später war die Gepardengestalt verschwunden und der Elf, der sie begrüßt hatte, wieder da. Er betrachtete den vor ihm am Boden liegenden Troll durchdringend, wobei er die anderen völlig ignorierte.

Einen schrecklichen Augenblick lang glaubte Serrin, Tom sei tot. Doch er war kaum einen halben Schritt vorgetreten, als sich auch schon zwei Speere auf seinen Hals und ein Gewehrlauf auf seinen Rücken richteten. Shakala rührte keinen Muskel.

»Bringt sie weg«, murmelte der Zulu-Elf mit einem Winken seiner Hand den Kriegern zu, die Serrin, Michael und Kristen umringten. »Bringt sie morgen mittag zurück.« Speere dirigierten die drei in das Baumdickicht.

»Er hat sich bewegt. Ich glaube, er lebt noch«, flüsterte Michael Serrin zu. »Um Gottes willen, in was haben wir uns da nur hineingeritten?«

Serrin wollte nicht darüber nachdenken. Er war sich nur allzu deutlich der Tatsache bewußt, daß er derjenige war, der Tom hierhergebracht hatte. Wenn der Troll noch lebte, ließ sich unmöglich sagen, welche Wirkung diese Demütigung auf ihn haben würde. Wenn sie ihn genauso schwer trifft wie die Liebe damals, habe ich sein Leben auf eine Weise ruiniert, die viel schlimmer ist, als von diesem Verrückten umgebracht zu werden.

Der Troll kam kurz nach Morgengrauen wieder zu sich. Seine Wunden heilten auch ohne Anwendung seiner spärlichen magischen Kräfte. Er lag auf einer Lichtung, umgeben von der Röte des Morgengrauens am Horizont und dem Gezwitscher und Gesumme unzähliger Vögel und Insekten. Shakala saß neben ihm. Er war jetzt nur ein einfacher Elf, schien ihn jedoch aufmerksam und gespannt zu mustern. Er bot Tom Wasser, Brot, getrocknetes Fleisch und Orangen an. Der Troll verschmähte das Fleisch und riß statt dessen eine Orange auseinander. Der Elf lächelte.

»Du bist schwach, aber du benutzt alles, was du hast«, sagte Shakala. »Dein Körper ist zu verunstaltet, um wirkliche Macht beherbergen zu können, aber du bist größer, als du sein dürftest. Du bist klug und wirst nicht zu sehr beschämt werden. Dies ist mein Revier, und das hast du akzeptiert. Du hast mich überrascht.«

Der Troll grunzte. »Ich weiß nicht viel über deine Gewohnheiten«, sagte er schließlich. Shakala war offenbar bereit, mit ihm zu reden, aber es gab Grenzen, wie freundlich er zu jemandem sein konnte, der ihn wiederholt verspottet und verwundet hatte.

»Ich werde das Zeichen, das du hergebracht hast, hier nicht dulden«, sagte Shakala wütend. »Ich habe es weggebrannt. Jetzt trägst du statt dessen deutlich sichtbar für meine Feinde mein Zeichen.«

Prima, dachte Tom, das müßte echt praktisch sein, wenn wir wieder nach Kapstadt kommen. Die Xhosa-Schamanen werden sich bestimmt mächtig darüber freuen.

»Wir sind gekommen, weil wir verhindern wollen, daß noch mehr Leute getötet werden – und wir brauchen Hilfe«, sagte Tom leise. »Die Männer, die dich entführen wollten, haben das auch bei meinem Freund versucht. Wir wissen etwas über den, dem sie dienen.«

Shakala saß nur da und wartete.

»Wir glauben, daß er ein Nosferatu ist. Ein Vampir, ein Blutsauger«, fügte Tom hinzu, da er nicht wußte, ob der Schamane mit der ersten Bezeichnung etwas anfangen konnte. Bei Licht betrachtet, war selbst Tom diesbezüglich unsicher. »Er nimmt nur bestimmte Leute. Sie haben alle etwas Besonderes im Blut, von dem er sich nährt.«

Shakalas Augen verengten sich. »Woher wißt ihr das?« sagte er leise, indem er einen Streifen Fleisch nahm und ihn langsam zerpflückte.

»Michael, der Mensch bei uns. Du hast nicht mit ihm gesprochen«, begann Tom.

»Ha!« schnaubte Shakala. »Er besitzt keine Macht. Er ist nur eine leere Hülle.«

»Mag sein.« Tom wollte darüber jetzt nicht streiten. »Aber er kann mit Computern umgehen und hat die medizinischen Unterlagen der Entführten durchgesehen.« Dann fiel dem Troll wieder ein, was Michael Rätsel aufgegeben hatte.

»Wir sind auch gekommen, weil Michael sagte, daß es über dich keine derartigen Unterlagen gibt. Jedenfalls in keinem offiziellen Computer, den er überprüft hat. Er versteht nicht, wie diese Leute dich gefunden haben. Woher können sie gewußt haben, daß du das richtige Blut hast?«

Shakala kaute nachdenklich sein Fleisch, während Tom feststellte, daß ihm der Elf trotz allem immer sympathischer wurde. Der Katzenschamane besaß mehr Macht, als Tom je auch nur erfahren konnte, und seine laszive Schönheit übertraf alles, was Tom je gesehen hatte. Es war schwer, jemanden, der körperlich so perfekt war, nicht zu mögen, auch nach der vergangenen Nacht.

»Durch Magie«, sagte Shakala zögernd. »Vielleicht. Durch rituelle Magie.«

»Das wäre möglich«, stimmte Tom zu, »aber das würde sehr lange dauern. Und wenn sie nichts von dir hätten, wäre es praktisch unmöglich. Gibt es irgend jemanden, der ...«

Er unterbrach sich mitten im Satz. Er hatte Shakala gerade fragen wollen, ob jemand etwas von ihm besaß – Haare, Blut, etwas, das ihm einmal gehört hatte und ihm lieb und teuer war –, das für rituelle Magie benutzt werden konnte. Aber das wäre gleichbedeutend damit gewesen, ihn aufzufordern, seine größte Schwäche zu enthüllen, das Mittel, mit dem er am besten angegriffen, außer Gefecht gesetzt oder gar getötet werden konnte.

Das war gewiß nicht die klügste Frage, die man diesem Elf stellen konnte, also verkniff er sie sich. Aber der Elf wußte dennoch, was er hatte fragen wollen.

»Es gibt etwas«, sann der Elf. »Blut. Bevor die Zulu Nation ins Leben gerufen wurde, als ich noch ein Kind war, ist hier eine Epidemie ausgebrochen. Es gab nicht genug Erwachte, um damit fertig zu werden. Sie benutzten Medikamente, um sie, so gut es ging, zu behandeln. Sie nahmen Blutproben, um herauszufinden, ob die Medikamente gefahrlos eingesetzt werden konnten. Die Medikamente waren gefährlich. Manche sind daran gestorben. Eine allergische Reaktion«, sagte er, indem er den Troll mit pfiffiger Miene betrachtete.

Es war ein sauberer Konter. Tom hatte einen möglichen wunden Punkt des Elfs angesprochen, und der hatte sich mit einer Anspielung auf Toms Achillesferse revanchiert. Wie alle Trolle litt auch Tom an einer ernsten Allergie – in seinem Fall eine Silberallergie. Wie der Elf würde er nie wollen, daß jemand anders die genauen Einzelheiten seiner Schwäche erfuhr.

Shakala schien zufrieden mit der Reaktion des Trolls auf seine Spitze zu sein und fuhr fort: »Das Blut wurde Jahre später aus dem alten Krankenhaus zurückgebracht. Wir Erwachten konnten nicht zulassen, daß es in den Händen anderer blieb. Aber vielleicht wurden Aufzeichnungen aufbewahrt. Das wäre eine Möglichkeit. Auf diese Weise hätte es jemand herausfinden können.«

»Wäre das nicht auch in einem Computer gespeichert?« fragte Tom.

»Irgendwo. Aber in welchem? Und wäre es einer, den dein Freund, dieser Mann, untersucht hat?«

»Ich weiß nicht. Wahrscheinlich nicht«, erwiderte der Troll unsicher. »Aber ich weiß nicht viel über Computer.«

»Müssen wir viel darüber wissen?« sagte Shakala.

Wir. Es war das erstemal, daß er dieses Wort benutzte. Tom hatte das Gefühl, daß der Elf ihm jetzt eine gewisse Achtung zollte. Er mag mächtiger und bedeutender sein als ich, dachte der Troll, aber er ist trotzdem ein Schamane, und das heißt, daß er wiederum einem Wesen dient und es anerkennt, das weit bedeutender und mächtiger als er ist.

»Dieses Krankenhaus. Gibt es das noch?« fragte Tom jetzt entspannter.

»Ja, aber es wird als Labor benutzt«, sagte Shakala zögernd. »Sie züchten hier viele ungewöhnliche Pflanzen. Das Labor wird durch mächtige Magie und von vielen Kriegern geschützt. Diejenigen, welche dort arbeiten, stammen nicht von hier, sondern werden aus dem Ausland geholt.«

»Kannst du uns sagen, wo sich dieser Ort befindet?« fragte Tom. Er war auf die richtige Antwort erpicht, aber diejenige, die er bekam, war nicht ganz die, auf die er gehofft hatte.

»Ich bringe euch selbst dorthin. Wenn sie mein Blut in ihren Maschinen haben und es benutzen wollten, um mich zu töten, dann werde ich sie vernichten«, sagte der Zulu. Die Gelassenheit in seiner Stimme ließ die Worte noch bedrohlicher klingen.

»Aha«, sagte der Troll.

»Tom!« rief Serrin erleichtert. »Hey, Chummer, ist das schön, dich zu sehen!« Er versuchte alles, um den Troll zu umarmen, aber der mächtige Brustkorb des Trolls war einfach zu breit für seine Arme. »Wie geht es dir?«

»Wir haben uns unterhalten«, sagte Tom, indem er auf die Anteilnahme seines Freundes nicht einging. Er wollte keine Worte verschwenden, um dem Elf zu versichern, daß er geheilt war. Das mußte für ihn offensichtlich sein. »Es wird kompliziert.« Er wiederholte das Wesentliche dessen, was er von Shakala erfahren hatte.

»Wenn sich die Information in einer privaten Datenbank befindet, hätte ich sie nicht gefunden«, sagte

Michael. »Ich habe nur die Datenbanken der Regierungen und der medizinischen Konzerne überprüft, und letztere auch nur da, wo ich mußte. Außerdem hängt es noch davon ab, um was für eine Art von Krankenhaus es sich handelt. Eine Wohlfahrtseinrichtung hätte ich nicht überprüft. Gleiches gilt für Krankenhäuser, die von einem Konzern übernommen worden sind.« Irgend etwas nagte an Michael, lauerte in seinem Hinterkopf, entzog sich jedoch seinem gedanklichem Zugriff. Toms Geschichte erklärte auf jeden Fall, warum seine Suche die Informationen über den Zulu nicht zu Tage gefördert hatte. Etwas anderes, dachte er. Komm schon, da ist noch etwas anderes, was kann es nur sein …?

»Das Problem besteht darin, daß er die Absicht hat, seine Krieger einzusetzen, um den Laden auszuradieren«, erklärte Tom Shakalas Logik.

»Aber das ist sinnlos. Die Informationen könnten irgendwohin kopiert worden sein. Das Wissen um seine Blutgruppe könnte an einem Dutzend Orten auf der ganzen Welt gespeichert sein. Es wird ihm nichts nützen, dieses Labor zu zerstören. Drek, man kann Informationen über die Blutgruppe doch sowieso nicht für rituelle Magie benutzen, oder? Braucht man nicht das Blut selbst?« sann Michael.

»Du hast recht. Alles, was du sagst, stimmt«, erwiderte Tom mit einem traurigen Lächeln. »Aber versuch mal, ihm das klarzumachen.«

»Hat er irgendeine Beschreibung von den Leuten, die ihn entführen wollten? Und wie ist die Geschichte überhaupt publik geworden? Hier draußen laufen keine Medienschnüffler herum. Und was …«

»Hey, immer langsam, Chummer«, protestierte der Troll. »Die Entführer sind offenbar mit einem Hubschrauber gekommen. Er hat zwei seiner Leute verloren, aber seine Krieger konnten keinen der Entführer verletzen, so daß Shakala keine rituelle Magie anwenden konnte, um sie aufzuspüren. Er wurde von einem Betäubungspfeil getroffen, aber dann sind schnell genug Leute von ihm aufgetaucht, um die Entführer daran zu hindern, ihn wegzuschaffen. Shakala hat einen von ihnen zu Gesicht bekommen. Einen Weißen. Und wißt ihr was? Er hatte eine Narbe auf der linken Seite seines Kinns. Shakala sagte, irgend etwas mit der Aura des Burschen hätte nicht gestimmt. Er weiß nicht genau, was, weil die Luft gerade in dem Augenblick zu bleihaltig für präzise astrale Wahrnehmungen war.«

»Also ist es derselbe Mann, die gleiche Vorgehensweise«, sann Serrin. »Die Beschreibung beweist es. Das heißt, wenn du ihm nicht gesagt hast, was ich gesehen habe.«

»Komm schon, so dämlich bin ich nicht«, protestierte der Troll. »Nein, er hat ihn von sich aus so beschrieben.«

»Wie hat er das eigentlich bei dir gemacht, als du ihn gepackt hattest?« fragte Michael. »Gerade hattest du ihn noch, und einen Moment später war er in den Bäumen über dir. Diesen Trick solltest du auch lernen, Serrin.«

»Schön wär's«, sagte der Elf inbrünstig. »Du sagtest, er sei ein Magier. Aber er sieht aus wie ein Schamane. Ich sehe beides an ihm. Vielleicht haben die üblichen Klassifikationen hier draußen keine Gültigkeit.«

»Der Grund, warum der Zwischenfall in die Nachrichten gekommen ist«, meldete sich Tom, »ist der, daß ein Regierungsminister gerade in der Gegend war. Auf Fotosafari im Wildreservat, der übliche Touristenkram. Als sie Schüsse hörten, haben sich die Schnüffler und Fotografen bei der Gruppe gleich die Beine nach einer echten Story ausgerissen. Nur ein glücklicher Zufall.«

»Werden sie mich töten?« platzte es schließlich aus Kristen heraus. Die bedrohlich wirkende Gruppe der Zulu-Männer hatte sie gründlich verängstigt.

»Nein, ich glaube nicht«, kicherte der Troll. »Shakala ist auch so zufrieden. Offenbar hat es ihm gründlich mißfallen, daß mich die Xhosa-Schamanen mit einem Zeichen versehen haben. Dieses ganze Ritual letzte Nacht hatte nur den Zweck, dieses Zeichen durch sein eigenes zu ersetzen.«

»Was heißt hier Ritual?« protestierte Serrin.

»Wie auch immer, ich glaube, ich habe etwas daraus gelernt«, sann der Troll.

»Ich nehme an, es ist so ähnlich wie bei den Lemuren«, sagte Michael ein wenig unsicher.

Serrin schien diese Bemerkung völlig zu verblüffen. »Lemuren?«

»Ja, sie hinterlassen Duftmarken. Wenn es ihr Revier ist, pissen sie darauf, um deutlich zu machen, daß es ihres ist. Wenn sie auf einen Eindringling stoßen, überdecken sie seinen Geruch mit ihrem. Oder so.« Michael spürte nach einer durchwachten Nacht allmählich die Auswirkungen des fehlenden Schlafes, und ihm ging auf, daß es ihm gelungen war, sich in Schwierigkeiten zu reden.

»Also hältst du mich für einen Baum, den man anpissen kann?« sagte Tom in gespieltem Zorn. Tatsächlich war er ziemlich belustigt, weil ihm klar wurde, daß der Engländer zum erstenmal auf dem falschen Fuß erwischt worden war. Der Troll hatte die Absicht, diese Gelegenheit weidlich auszunutzen.

»Äh … nein … ich wollte es nur an einem Beispiel verdeutlichen«, sagte Michael lahm.

»Du dämlicher Penner«, knurrte der Troll, packte den Engländer bei den Jackenaufschlägen und hob ihn einen halben Meter hoch. »Du weißt einen Drek.«

»Tut mir leid, ich wollte dich nicht …«, begann Michael.

»Lemuren leben nicht in Afrika, sondern in Südamerika. Das weiß ich, weil ich mal eine Sendung im Trid über sie gesehen habe. Wenn du schon durchblicken läßt, daß ich von irgendwem angepißt werde, dann solltest du dich vorher auch vergewissern, daß er hierhergehört, du dämlicher Engländer«, lachte Tom, indem er Michael wieder absetzte.

Serrin wollte gerade in das Gelächter einfallen, als er sah, daß Verstärkung eintraf. Die Speere hatten schon schlimm genug ausgesehen, aber sechzig mit MPs und Sturmkanonen bewaffnete Zulus eröffneten ganz neue Perspektiven der Zerstörung.

»Ich hoffe nur, daß noch ein brauchbarer Beweis übrig ist, wenn sich diese Burschen ausgetobt haben«, sagte er hoffnungsvoll.

20

Nach einer zweistündigen Wanderung durch die Mittagssonne waren ihre Nerven ziemlich strapaziert. Die Waffen in ihren Händen wurden immer schlüpfriger, da ihnen der Schweiß in Strömen herabrann. Für Kristen war es das Wichtigste, ob sie die Waffe würde behalten können, wenn das hier vorbei war. Der Besitz einer Kanone war zu Hause ein echter Vorteil. Genug Geld für ihr Essen zusammenzubekommen, war immer ein Problem. Nur die Top-Gangs konnten sich Waffen leisten.

»Seht mal, Rauch«, sagte Michael, indem er nach vorne auf die Baumlinie zeigte. »Genau dort, wohin wir unterwegs sind.«

Ein Schrei der Enttäuschung erhob sich aus den Reihen der Kundschafter, die ihnen vorausgeeilt waren. Alle rannten plötzlich los, um sie einzuholen.

Die Gebäude waren mittlerweile rauchende Trümmer. Es war kein Lebenszeichen zu sehen, und über der ganzen Szenerie hing eine dünne Rauchfahne. Dem Aussehen der Ruinen nach zu urteilen, mußte der Brand schon am Tag zuvor ausgebrochen sein.

»Wir kommen ein wenig zu spät«, sagte Michael trocken. »Ich bezweifle, daß wir hier noch irgend etwas finden. Aber das ist schon ein merkwürdiger Zufall, findet ihr nicht auch? Die Besitzer müssen gewußt haben, daß jemand zu ihnen unterwegs ist.«

»Aber wer sind die Besitzer?« fragte Serrin.

»Das finde ich heraus, sobald wir wieder in New Hlobane sind«, sagte Michael entschlossen.

Shakala baute sich mit wutverzerrter Miene vor ihnen auf. »Ihr kommt, und dann wird dieser Ort niedergebrannt. Ist das nur ein Zufall?«

»Das glaube ich kaum«, sagte Michael. »Aber glaubst

du nicht, Prinz, daß der Ort wichtig sein muß, wenn sich jemand die Mühe macht, ihn zu zerstören? Weil sie sich davor fürchteten, was du hier finden könntest?« Er benutzte den Titel ohne jeden Spott. Der Elf schien beschwichtigt zu sein oder zumindest über Michaels Worte nachzudenken.

Plötzlich erhob sich irgendwo in dem Rauch voraus ein klagender Schrei. Zwei von Shakalas Männern kamen zu ihm gerannt, und einer flüsterte Shakala etwas ins Ohr, um zu verhindern, daß die Besucher mithörten. Shakala stieß ein Wort aus und bedeutete ihnen, ihm zu folgen.

»Was hat er gesagt?« fragte Serrin Kristen, deren überraschte Miene darauf hinzudeuten schien, daß sie ihn verstanden hatte.

»Er sagte, ›ein Toter‹. Nein, warte, nicht Toter ... Wie sagt ihr dazu ...?« Sie suchte nach dem Wort und fand es. »Zombie.«

Die Zulus schleiften die beiden Gestalten, die sie gefunden hatten, vor Shakala. Sie waren Zulus, dünn wie Bohnenstangen und in Lumpen gekleidet, und die Reaktionen der Kundschafter besagten, daß sie keine Einheimischen waren. Die Männer trugen sichtbare Wunden am ganzen Körper, und einer hatte eine gräßlich anzusehende, brandig gewordene Stelle am Oberschenkel.

»Das ist kein Zombie«, flüsterte Michael Serrin zu. »Jedenfalls keine Art, von der ich je gehört habe.«

»Also bist du jetzt auch Experte für Zombies?«

»Nein, aber ...« Michael unterbrach sich, als Shakala den Kopf eines der beiden Männer in die Hände nahm und heftig schüttelte. Der Unglückliche leistete keinen Widerstand und zeigte, abgesehen von der Grimasse auf seinem Gesicht auch keine Reaktion. Shakala ließ ihn los, offenbar verunsichert.

»Weißt du irgend etwas darüber?« wollte er von Tom wissen. »Er ist jedenfalls nicht von einem Geist besessen.« Der Troll schüttelte den Kopf.

»Er hat keine Seele«, stellte der Elf fest. »Aber der Körper – er ist lebendig. Er ist nicht untot. Er hat eine Krankheit und wird daran sterben.«

Der mitleiderregende Mann fiel auf die Knie und schluchzte. »Herr, Herr, sag mir, was ich tun soll. Ich weiß nicht, was ich tun soll. Niemand hat mir etwas gesagt.« Es hätte lächerlich gewirkt, wäre das schreckliche Aussehen des Mannes nicht gewesen. Fliegen umschwärmten hungrig das faulende Fleisch an seinem Bein.

»Dein Prinz gebietet dir, ihm zu sagen, was du hier getan hast«, sagte Shakala ohne die geringste Spur von Mitgefühl.

»Mich um die Blumen gekümmert, wie mir befohlen wurde.«

»Wo kommst du her? Wo wohnst du?«

»Na hier«, sagte der Mann offenbar verwirrt. »Ich wohne hier.«

»Wo hast du vorher gewohnt?« wollte der Schamane wissen. Der Mann verstummte. Entweder verstand er die Frage nicht oder konnte ganz einfach nicht antworten. Er fing wieder an zu schluchzen.

Serrin wandte sich von dem Anblick ab. »Es muß irgendeine Droge sein«, murmelte er Michael zu. »Irgendein Stoff aus den Pflanzen. Alkaloide oder so. Ich kenne mich damit nicht besonders gut aus.«

»Ich auch nicht. Aber ist dir aufgefallen, daß hier überall Entlaubungsmittel gesprüht worden sind?«

Serrin drehte sich um und betrachtete die rote Erde. Es gab keine verräterischen Flecken, aber nun, da Michael es erwähnte, sah er, daß das Gras an einer festumrissenen Linie endete. Jemand hatte das ganze Gebiet präzise und exakt eingesprüht.

»Warum? Wegen uns? Haben sie Angst vor uns? Michael, wenn ich eine Sache beherrsche, dann die, auf mich aufzupassen, sobald ich gewarnt worden bin. Meine Beobachter hätten es mir gesagt, wenn wir verfolgt worden wären. Und Shakala würde es auch wissen. Dieser Elf hat eine Menge Macht. Er würde wissen, wenn uns jemand hierher verfolgt hätte.«

»Vielleicht hat es ihnen gereicht, daß wir in die Zulu-Nation geflogen sind«, überlegte Michael. »Sie müssen uns gar nicht hierher gefolgt sein. Außerdem, bist du so sicher, daß deine Beobachter *so* gut sind?«

»Bei allen Geistern«, rief Serrin plötzlich aus, den Faden ihres Gesprächs abrupt aufgebend. »Sind wir denn Idioten?«

Michael sah ihn fragend an und wartete, um den Grund für den plötzlichen Ausbruch zu erfahren.

»Du sagtest doch, ein Nosferatu, oder? Haben solche Wesen nicht Diener, die sie kontrollieren? Zombies, mehr oder weniger? Zumindest einige von ihnen.«

»Schön, sie haben also Diener. Wie diese Männer. Aber warum braucht er dann einen Ort wie diesen, an dem er sich wahrscheinlich mit irgendwelchen Drogen abgibt, die sie zu dem machen, was sie sind, wenn er sie aus eigener Kraft dazu machen kann? Wofür braucht er sie hier draußen überhaupt?« fragte Michael.

»Ich will verdammt sein, wenn ich das weiß«, sagte Serrin kläglich.

Michael wollte gerade etwas sagen, erstarrte aber angesichts des schrillen Schreis eines der Männer, die sie hier gefunden hatten. Er reagierte auf Shakalas Versuch, seinen Verstand, oder was noch davon übrig war, mit Magie zu sondieren.

»Ich glaube nicht, daß das zu irgend etwas führt«, sagte Michael. »Wir können die Ruinen durchsuchen, wenn du willst, aber ich wette tausend Nuyen gegen eine Knopfspinne, daß wir hier nichts mehr finden.

Aber wir wissen jetzt einiges mehr. Wer Shakala entführen wollte, hatte es auch auf dich abgesehen. Sie müssen die Information über seine Blutgruppe und außerdem Zugang zu diesem Ort gehabt haben – wahrscheinlich gehört er ihnen sogar, sonst hätten sie ihn wahrscheinlich nicht so gründlich niederbrennen können. Ich werde herausfinden, wer sein Besitzer ist. Und du hast immer noch deine Reporter-Freundin in New York, die du über Wesen ausfragen kannst, die in der Nacht Blut saugen.« Plötzlich verzog sich das Gesicht des Engländers zu einem irren Grinsen, und er schnippte triumphierend mit den Fingern.

»Und mir ist gerade klar geworden, was mir keine Ruhe gelassen hat, seitdem wir hier sind. Eine Person von der Liste stammt aus dem Squeeze in London. Auch über diese Leute gibt es keine offiziellen Daten. Aber es gibt Konzerndaten. Und es gibt nur einen Konzern, der sich seine Arbeiter aus dem Squeeze holt.

Jetzt brauche ich nur noch herauszufinden, wem dieser Ort gehört *und* Zugang zur Personaldatenbank von British Industrial hat. Eine doppelte Verifikation. Wir können es ganz genau festmachen. Ich kann Geraint um Hilfe bitten ...« Seine Stimme verlor sich. »Ach, Drek«, schloß er.

»Der Kerl gehört neuerdings zu den Direktoren von BI«, fügte er deprimiert hinzu. Er konnte sich bereits denken, wer sich um die Besitzrechte kümmern würde, und er wußte außerdem, daß jeder Versuch, in ihr System zu decken, mehr oder weniger gleichbedeutend mit der Unterzeichnung seines eigenen Todesurteils sein würde.

Magellan war in New Hlobane gelandet, bevor Serrin und die anderen sich an die Durchsuchung der Ruinen in Babanango machten, aber es dauerte einige Zeit, bis er ihre Spur aufgenommen hatte. Schließlich hatte er genug Geld ausgegeben, um sie wiederzufinden. Außerdem erfuhr er, daß sich das Cyberdeck des Engländers noch im Imperial befand. Er würde mit Sicherheit zurückkommen, um es zu holen, was bedeutete, daß Magellan ihnen nicht in den Busch zu folgen brauchte. Doch sobald er erfuhr, wohin sie unterwegs waren, war er sicher, daß sie die Anlage finden würden. Was er nicht wußte, war, daß Luther ihre Zerstörung angeordnet hatte, bevor sie dort angekommen waren.

Der Elf steigerte sich jetzt fast in eine Panik hinein. Sie würden die Beweise finden, die Pflanzen, die Drogen, die Zombies. Die Forschungsdokumente. Nicht auszudenken. In der Hoffnung, daß noch nichts von alledem geschehen war, rief er aus seinem Hotelzimmer an.

»Der Anschluß ist außer Betrieb«, informierte ihn eine automatische Ansage. Magellan starrte den Telekomschirm verständnislos an und lehnte sich ratlos zurück. Er wußte, daß sich diese Nummer in keinem Verzeichnis fand. Jenna hatte ihre eigenen Möglichkeiten, sie herauszubekommen – aber, außer Betrieb? Er versuchte es mit der Vermittlung und sagte ihr in eindringlichem Tonfall, daß es sich um einen Notfall handele und er unbedingt diese Nummer erreichen müsse.

»Es tut mir leid, Sir, aber der Anschluß ist außer Betrieb«, erwiderte die Stimme. Magellan hieb mit der Faust auf den Tisch und fluchte laut. Dann rief er die Nachrichten im Trideotext auf, fand dort jedoch nichts über die Anlage in Babanango.

Hat Luther dort etwa schon aufgeräumt? fragte er sich. Das war nicht möglich. Es sei denn, es sei denn … *es sei denn, er hat alles, was er braucht.*

Magellan spürte, wie ihn der Schock durchzuckte. Jenna hatte nicht geglaubt, daß Luther so dicht vor dem Abschluß stand. Er auch nicht.

Gab es noch irgend etwas, sann er, irgendeinen Beweis?

Sutherland wird Luther aufspüren. Er ist gut genug. Er wird herausfinden, wem die Anlage gehört hat. Sie werden Luther Knüppel zwischen die Beine werfen.

Er hatte erwogen, Jenna anzurufen, bis er herausfand, daß Luther die Forschungsanlage bereits aufgegeben hatte. Jetzt mußte er andere Anrufe erledigen und eine Falle stellen.

Niall hatte fast vierundzwanzig Stunden lang geschlafen, dabei stark geschwitzt und vor sich hin gestöhnt, während er sich unruhig hin und her warf. Er erwachte mit dunklen Ringen unter den Augen und unausgeruht. Seine Magiersinne zeigten ihm seinen für das gewöhnliche Auge unsichtbaren Geistverbündeten am Höhleneingang.

»Wo bin ich? Wie lange bin ich schon hier?« stöhnte er.

»Ein Tag und eine Nacht«, sagte Mathanas. »Hier solltest du in Sicherheit sein. Wir sind nicht verfolgt worden. Jedenfalls nicht intensiver als sonst. Wir sind gut verborgen. Du brauchst keine Angst zu haben.«

»Was sagen die Beobachter?« fragte ihn Niall. Er hatte sie persönlich beschworen, aber die Kräfte des Geistes verbargen sie, obwohl er sehen konnte, was sie sahen, und alles erfuhr, was sie wußten.

»Sie sind noch in Afrika. Ich habe eine starke schamanische Präsenz bei ihnen gespürt. Die Beobachter sind ihnen nicht gefolgt. Es war zu gefährlich. Sie wären entdeckt worden. Die Gruppe war in Lùtairs Forschungsanlage, aber mittlerweile haben sie sie wieder verlassen. Der Ort ist zerstört worden. Nicht einmal die Aura ist noch übrig.«

»Lùtair hätte das nicht ihretwegen getan«, sann der Elf. »Er weiß nichts von ihnen. Dessen bin ich mir sicher.« Mathanas schwieg.

»Er muß fast fertig sein«, fuhr Niall fort. »Er muß die Anlage zerstört haben, weil er keine Verwendung mehr für sie hat. Die Forschungen sind abgeschlossen. Es kann sein, daß uns nur noch ein paar Tage bleiben.

Vielleicht weniger. Wir müssen uns auf den Weg machen.«

Die Worte hatten eine tiefere Bedeutung, als es den Anschein hatte. Niall bezog sich darauf, seine Heimat zu verlassen, all das, was er an der Magie und den Wundern von Tir na nOg liebte, auf den Verlust von allem, was er noch besaß. Mathanas spürte den Kummer des Sterblichen ganz deutlich.

»Noch nicht. Wir müssen sichergehen, daß uns niemand folgen kann«, sagte er.

»Aber wir haben keine Zeit«, protestierte Niall. Mathanas wollte, daß er wertvolle Stunden mit ritueller Magie verbrachte, die ihn mit einem Netz aus Täuschung und Verwirrung tarnen würde, um etwaige Verfolger irrezuführen.

»Es muß sein. Du hast dich dem Sturm nicht nur deshalb ausgesetzt, um Macht gegen Lùtair allein zu sammeln«, sagte der Geist beruhigend. »Die befindet sich innerhalb des Kessels. Auch das Drumherum bedarf einer Stärkung.«

»Mathanas, versprichst du mir etwas?« fragte Niall mit beschwichtigender Stimme, um dem Geist sein Einlenken zu zeigen. Mathanas wartete schweigend, bis Niall fortfuhr.

»Falls wir ihn finden und er mich dann zu einem seiner lebenden Toten machen will, tötest du mich dann vorher?«

»Dazu bin ich nicht in der Lage«, erwiderte Mathanas zögernd.

Der Elf zuckte die Achseln. Er hatte eigentlich auch keine andere Antwort erwartet.

»Tja, ich nehme an, wir sollten uns besser an die Arbeit machen«, sagte er unglücklich. »*Daingit*, ich brauche etwas zu essen.« Da ging ihm die Lächerlichkeit seines Wunsches auf, und er hätte beinahe laut aufgelacht. »Da haben wir nun einen Fokus, für den die meisten Erwachten auf dieser Erde einen Mord begehen würden, und ich kann mir nicht einmal eine Schüssel mit Brot und Milch beschaffen, um meinen Hunger zu stillen. Das ist wahrhaftig absurd.«

Der Geist lächelte. »Ich werde sehen, was ich tun kann.«

Am Spätnachmittag kamen sie in Babanango an. Shakala sagte kaum etwas zu ihnen, von Tom abgesehen. Die Schamanen waren immer noch voreinander auf der Hut, und wenn sie beieinander standen, waren sie wie Hirsche, die sich darauf geeinigt hatten, sich nicht ihre Geweihe aneinander abzustoßen, da Tom die Vorherrschaft des Elfs in seinem Revier und Shakala die Anwesenheit des Trolls akzeptierte. Aber zwischen ihnen knisterte immer noch eine gewisse Spannung, und Serrin tat es nicht leid, als Shakala sie verließ und einige seiner Krieger abstellte, um sie zu den Ausläufern der Stadt zu begleiten.

Als sie schließlich ein Taxi gefunden hatten, das sie zum Flughafen fuhr, fühlte sich Serrin ziemlich ausgelaugt. Michael hatte den Flug nach New Hlobane gebucht und auch bezahlt. Der Decker hatte seine Müdigkeit überwunden und bekam gerade den zweiten Atem, da er erpicht darauf war, zu seinem Fuchi zurückzukommen, so daß er den Informationen nachjagen konnte, die sie benötigten. Serrin kaufte sich schnell eine Flasche Fruchtsaft und traf dann gerade noch rechtzeitig am Flugsteig ein, um das Flugzeug nicht zu verpassen, Kristen dicht hinter sich.

»Da haben wir aber verdammtes Glück gehabt«, bemerkte Michael. »Wenn wir dieses Flugzeug verpaßt hätten, hätten wir hier übernachten oder die ganze Nacht mit dem Bus fahren müssen. Wir müssen endlich vorankommen.«

Serrin grunzte zustimmend. Er war zu sehr damit beschäftigt, sich auf eine weitere Tortur an Bord einer weiteren fliegenden Rostlaube vorzubereiten, die sich bei den hiesigen Luftfahrtgesellschaften großer Beliebtheit zu erfreuen schienen.

»Hör mal, wenn dieses Land so reich ist, wie kommt es dann, daß es sich keine anständigen Flugzeuge leisten kann?« beschwerte er sich über den Motorenlärm hinweg.

»Wir sind Touristen, alter Junge. Manchmal gewinnt man, manchmal verliert man«, lautete Michaels wenig beruhigende Antwort. »Außerdem wird heutzutage praktisch niemand mehr auf einer Safari gefressen, also ist das vielleicht der Ausgleich. Die Wahrscheinlichkeit läßt sich nun mal nicht betrügen.«

»Du bist irre«, schrie ihn der Elf an.

»Natürlich. Das liegt in der Familie. Der Wahnsinn grassiert bei uns seit Generationen«, schrie Michael zurück. »Ich meine, warum, zum Teufel, wäre ich sonst hier?«

Serrin lehnte sich zurück und sagte nichts mehr. Er döste ein und erwachte erst, als ihn der dumpfe Schlag des Aufsetzens aus dem Schlaf riß. Er wußte nicht mehr, wie oft er in den letzten hektischen Tagen und Nächten gestartet und gelandet war. Schläfrig sah er sich nach Tom um.

Der Troll saß teilnahmslos und mit einem Gesichtsausdruck da, als sei er weit weg. Serrin wurde plötzlich klar, daß es dem Schamanen sehr schwergefallen sein mußte, dem Drang zu widerstehen, Shakala früher anzugreifen, als er es dann getan hatte. Bär wurde bösartig, wenn er verwundet war. Serrin hatte es nur einmal miterlebt, und zwar bei einer Cajun-Frau, als er noch in Lafayette gewohnt hatte. Eine der sanftesten Seelen, die ihm je begegnet war, bis sie eines Tages durchdrehte, nachdem sie sich bei einer Kneipenschlägerei einen Messerstich eingefangen hatte. Sogar zwei Ork-Samurai waren um ihr Leben gelaufen.

Die müde kleine Gruppe trottete in einen weiteren

Flughafen, nahm ihr Gepäck in Empfang und steuerte fast automatisch den Taxistand an. Als sie das Taxi schließlich in der Stadtmitte absetzte, fühlte sich Serrin hellwach. Er war erschöpft, aber nicht schläfrig, und er brauchte etwas Ablenkung.

»Ich glaube, ich gehe noch aus. Michael, was hältst du davon?«

»Es müßte ungefährlich sein«, sagte der Engländer vorsichtig. »Es sieht ganz so aus, als sei unser Mann geflohen. Jetzt verfolgen wir ihn, nicht umgekehrt. Beschränke dich für alle Fälle auf sichere Orte – wenn du herausfindest, welche Orte sicher sind.«

»Wir sind vorgestern ein wenig in der Stadt herumgelaufen. Ihr Geister, ist das wirklich erst zwei Tage her? Ich verliere mein Zeitgefühl.«

»Paß nur auf, daß du um halb elf im Bett liegst und deinen Kakao trinkst«, kicherte Michael. Serrins Einwurf ignorierend, er solle sich zum Teufel scheren, stieg der Engländer vor dem Hotel aus dem Taxi und bezahlte den Fahrer.

»Kann ich mit dir kommen?« fragte Kristen Serrin.

Er grinste und nahm ihre Hand. »Klar«, sagte er mit einem schelmischen Lächeln. »Laß uns gehen und uns amüsieren. Wir sehen uns später«, rief er Michael und Tom zu, als das Taxi mit ihm und Kristen auf dem Rücksitz losfuhr.

Tom sah besorgt aus, als er und Michael die Lobby betraten. »Das gefällt mir nicht«, maulte der Troll. »Ich soll für seinen Schutz sorgen, kann aber nicht mit ihnen gehen. Ich wäre im Weg.«

»Du könntest dir ein Taxi nehmen und ihnen folgen«, lachte Michael. »Wie im Trid. Nur die Ruhe, Chummer, ihnen wird schon nichts passieren.

Und in der Zwischenzeit habe ich einiges zu erledigen. Nach dem Abendessen werde ich herausfinden, wem die Anlage gehört oder gehört hat. Was ist mit dir? Du kannst mir Gesellschaft leisten, wenn du willst.

Ich rechne nicht mit Problemen, aber ich hätte nichts dagegen, dich bei mir zu haben, sollte ich tatsächlich auf eine wirklich üble IC stoßen. Ich könnte jemanden brauchen, der den Stecker zieht, wenn mir der Rauch aus den Ohren quillt.«

Der Troll lächelte. »Kann ich den Zimmerservice in Anspruch nehmen?«

»Iß die Küche leer, Junge. Du bist herzlich eingeladen.« Michael lächelte ihm zu. Er fühlte sich jetzt wohler mit dem riesigen Troll. Er vermutete, daß Tom das Gefühl hatte, etwas Wichtiges getan zu haben, indem er Shakalas Hilfe gewonnen hatte. Vielleicht würde sich der Troll ihm gegenüber jetzt nicht mehr so reserviert verhalten.

»Ich frage mich, wo das alles noch hinführt«, sagte Tom im Fahrstuhl, nachdem Michael sein Deck aus dem Hotelsafe geholt hatte.

»Wer weiß? Frag Nostradamus«, sagte Michael.

»Wer ist das?« Tom war verwirrt.

»Ein Linebacker der Seahawks«, erwiderte Michael, der über seinen eigenen Witz lachen mußte, während der Troll weiterhin verständnislos dreinblickte.

»Im Ernst, Tom«, sagte er. »Ich habe keine Ahnung, wo das alles noch hinführt. Ehrlich nicht. Aber laß mir ein paar Stunden Zeit, dann sind wir der Lösung wieder einen Schritt näher.«

Serrin wußte, er hätte sich nicht die scharf gewürzten Fleischstreifen bestellen sollen. Er war ganz zufrieden damit gewesen, der Musik zu lauschen, an einem Drink zu nippen, mit Kristen zu reden und zu lachen und ganz allgemein seine Umgebung zu beobachten. Und jetzt schien das Essen seine Verdauung durcheinanderzubringen.

»Entschuldige mich, Kristen«, sagte er, indem er sich von dem Tisch erhob. »Ich bin in einer Minute wieder da.« Seine Eingeweide verrieten ihm laut und deutlich, daß er schleunigst die Herrentoilette aufsuchen mußte.

Zu sehr damit beschäftigt, voller Unbehagen vor sich hin zu stöhnen, registrierte Serrin die magische Warnung seiner Schutzvorrichtung nicht schnell genug. Er hatte die Kabine kaum betreten, als plötzlich die Tür aufflog und ihn zwei hartgesichtige Männer mit Predators drohend musterten, während er sich mühte, seine Hose hochzuziehen. Sie bedeuteten ihm, die Hände auf den Kopf zu legen, eine Aufforderung, der sich zu widersetzen er kaum in der Position war. Mit einer Kanone im Rücken wurde er an einer erstaunten Gruppe von Männern am Pissoir vorbei und zur Hintertür hinaus geführt. Nicht durch die Bar, sondern durch den hinteren Teil des Gebäudes, vorbei an Kisten mit leeren Flaschen. Vor der Tür warteten zwei weitere Männer mit Maschinenpistolen.

Drek, dachte Serrin, ich hätte einfach nicht das Risiko eingehen dürfen, mich in der Stadt so offen zu zeigen. Nun, da sie wissen, daß wir in Umfolozi waren, werden sie mich verdammt schnell abservieren.

Er erwog einen selbstmörderischen letzten Zauber, um so viele wie möglich mitzunehmen, als ihm plötzlich einfiel, daß Kristen immer noch in der Bar saß. Wenn er nicht zurückkam, würde sie machen, daß sie zu Tom und Michael kam. Vielleicht war es doch noch nicht vorbei. Als er an sie dachte, verlor die Vorstellung, sich zu opfern, ohnehin gewaltig an Anziehungskraft.

Die beiden Männer zwangen ihn mit vorgehaltenen Waffen, in eine wartende Limousine zu steigen, und dann fuhr der Wagen los und auf die Schnellstraße.

»Versuchen Sie nicht, am Robot zu schreien, niemand wird Sie hören. Türen und Fenster sind nicht nur kugelsicher, sondern auch schalldicht«, sagte eine elfisch klingende Stimme, die von der in Dunkelheit gehüllten Gestalt neben Serrin ausging.

»Am Robot? Was für ein Robot?«

»Entschuldigen Sie, Magier. Ein hiesiger Ausdruck für Verkehrsampel. Ich schätze, Sie hatten noch keine Gelegenheit, den Ausdruck aufzuschnappen.« Der Elf beugte sich zum Fahrer vor. Im Licht der vorbeihuschenden Straßenlaternen sah Serrin die Einzelheiten seines hageren Gesichts. Rote Haare gab es bei den amerikanischen Elfen nicht so häufig, wenngleich sein Akzent auf Tir Tairngire hindeutete. Tir Tairngire? Der Name dieser Elfenenklave war nie auf Michaels Listen aufgetaucht. Serrin machte sich plötzlich Gedanken darüber, von denen er sich wünschte, er hätte sie sich viel eher gemacht.

»Ich habe also das richtige Blut«, sagte Serrin zögernd. Der andere Elf drückte auf einen Knopf, und zwischen ihnen und dem Fahrer hob sich zischend eine Trennscheibe.

»Ich glaube, es könnte mir gefallen, wenn Sie noch ein wenig mehr erzählen würden«, sagte der rothaarige Elf grinsend. Serrin spürte, wie sich auf der anderen Seite ein Pistolenlauf in seine Rippen drückte. »Aber nicht hier. Später und an anderer Stelle. Wenn Sie in das Fach vor Ihnen greifen, finden Sie dort eine Plastiktasse mit einer blauen Flüssigkeit darin. Schmeckt ganz angenehm. Ich schlage vor, Sie trinken sie. Es ist nur ein Schlafmittel. Um sicherzugehen, daß Sie sich nicht erinnern können, welchen Weg wir zu unserem Bestimmungsort genommen haben.

Also seien Sie ein lieber Junge und trinken Sie«, fuhr die eindeutig elfische Stimme mit einem härteren Unterton fort. Serrin hatte keine Wahl. Zwei Minuten später verschwammen die Straßenlaternen zu einem blendenden Kaleidoskop, und dann wurde alles von einer pechschwarzen Dunkelheit verschluckt.

21

Sein Kopf fühlte sich schrecklich an, als sei ein Migräneanfall oder eine schlimme Erkältung im Anzug. Es war spät, das war ihm klar, aber die Droge hatte offenbar ein heilloses Durcheinander in ihm angerichtet, da er spürte, daß sein Herz schneller als normal schlug. Ja, sicher, dachte er, die übliche Verhörprozedur. Sie halten mich wach, wenn meine Widerstandskraft gering ist.

Serrin richtete sich auf seiner Koje auf und stellte fest, daß er sich in einem Zimmer befand, das bis auf das provisorische Bett, einen Tisch und einen wackligen Sessel völlig leer war. Hinzu kam eine nackte Glühbirne an der Decke. Im Vergleich zu diesem Raum mußte eine Kaserne wie ein türkischer Luxuspuff aussehen. Der rothaarige Elf saß auf dem Sessel, die Arme auf den Lehnen, die Beine lässig ausgestreckt. Er öffnete ein Päckchen Zigaretten und bot Serrin eine an. Der Magier zögerte.

»Ach, hören Sie schon auf«, sagte der andere Elf. »Nehmen Sie ruhig eine. Wenn ich Sie unter Drogen setzen wollte, hätte ich draußen ein paar Freunde, die mir mit Vergnügen dabei helfen würden.«

Serrin nahm die Zigarette. Seine Marke. Er ließ sich von dem Elf Feuer geben und inhalierte den Rauch.

»Wer sind Sie?« fragte er ihn.

»Ich glaube, ich bin hier derjenige, der die Fragen stellt, meinen Sie nicht auch? Aber Sie können mich Magellan nennen. Sie haben einigen Ärger verursacht, fürchte ich. Ach ja, bevor Sie auf die Idee kommen, irgendwelchen Unfug mit Ihrer Magie anzustellen, rate ich Ihnen, das zu vergessen. Wir haben einen starken magischen Dämpfer eingerichtet. Sie können hier keinen Furz wirken. Außerdem stehen draußen ein paar große Zulus mit einer Vielzahl aufregender Waffen; für Sie besteht also nicht die geringste Hoffnung, von hier zu fliehen.«

Er hatte reichlich Selbstvertrauen, erkannte Serrin. Vielleicht zu viel. Und schien selbst nicht einmal bewaffnet zu sein.

»Ärger?« fragte er.

»Nun, drücken wir es mal so aus«, sagte Magellan, indem er sich ein Glas Rotwein aus einer Flasche eingoß, die neben dem Aschenbecher auf dem kleinen Tisch stand, »Sie sind in letzter Zeit ziemlich herumgekommen. Was, wie ich vermute, in direktem Zusammenhang mit jenem Vorfall in Heidelberg stehen muß.«

»Warum fragen Sie mich nicht einfach, was Sie wissen wollen?« sagte Serrin, der sich gleich darauf für seine Dummheit hätte ohrfeigen können. Er mußte Zeit gewinnen, aber die Nachwirkungen der Droge schienen sein logisches Denkvermögen zu beeinträchtigen.

»Es geht mir mehr darum herauszufinden, was Sie wissen und was nicht«, erwiderte Magellan glatt.

»Und was hängt davon ab?« fragte Serrin.

»Hören Sie mit den Spielchen auf. Jemand hat versucht, Sie zu entführen, aber Sie sind ihm entwischt. Und jetzt wollen Sie herausfinden, wer dafür verantwortlich ist, und sich an dem betreffenden rächen.«

»Ins Schwarze getroffen«, sagte Serrin. Tatsächlich waren die Dinge nicht so einfach, aber Magellan schien sich alles so zurechtgelegt haben, also beschloß er mitzuspielen, um festzustellen, wohin das alles führte.

»Sie haben die Muskeln des Trolls und den Verstand Sutherlands angeheuert. Der Decker hat Nachforschungen über vermißte Magier angestellt. Nicht dumm, aber vorhersehbar. Sie fangen an, die Teile zusammenzufügen, und finden jemand anders, bei dem eine Entführung mißlungen ist. Sie reisen in die Zulu-Nation, um mit ihm zu reden. Sagen Sie mir, warum Sie zuerst nach Kapstadt geflogen sind. Das würde ich gerne von Ihnen hören.«

Serrin nahm an, daß Magellan es tatsächlich nicht wußte, und ihm stockte der Atem. Dieser Elf gehörte nicht zu den ursprünglichen Entführern, dessen war er sicher. Er arbeitete für jemand anders. Was wiederum bedeutete, daß er tatsächlich einige Dinge würde wissen wollen.

»Michael sagte, wir sollten zuerst dorthin fliegen, weil er die Stadt kennt. Wir haben uns Waffen und Medikamente besorgt. Das brauchten wir in Umfolozi.«

»Was ist mit dem Mädchen?«

»Michael kennt einen Puff in Kapstadt und sagte, dort würde uns niemand finden. Das Mädchen, tja, die Kleine hat etwas, finden Sie nicht. Also, ich hatte jedenfalls meinen Spaß.« Serrin haßte sich für diese Worte, aber es war eine Erklärung, die Magellan ihm vielleicht abkaufte. Wenn Serrin so wenige Karten wie möglich aufdeckte, hatte er in diesem Spiel vielleicht doch noch eine Chance.

Magellan musterte ihn durchdringend. Serrin hielt seinem Blick gelassen stand.

»Also haben Sie sich mit ihr amüsiert«, sagte der andere Elf. »Das erklärt aber nicht, warum Sie sie mitgenommen haben. Wenn Sutherland schon bei den Zulus gewesen ist, muß er gewußt haben, daß sie wegen ihres Xhosa-Gesichts dort so beliebt sein würde wie eine Knoblauchpizza bei einem Vampir.«

Der Vergleich war absichtlich so gewählt, dessen war Serrin sicher. Er tat so, als erschrecke er absichtlich, um Magellan wissen zu lassen, daß er den Teil des Puzzles kannte.

»Sie sagte, sie würde sich mit den örtlichen Critters auskennen. Knopfspinnen, Giftschlangen und so weiter. Sagte, sie könnte uns nützlich sein.«

»Hah! Was sollte ein Kaffermädchen über die Wildnis von Umfolozi wissen?«

»Genau meine Meinung, aber das hat sie uns gesagt.« Er sprach mit einer Überzeugungskraft, die auf der Tatsache beruhte, daß er die Wahrheit sagte. »Ich nehme an, das Geld hat sie gelockt.«

Magellan musterte ihn lange und eindringlich, dann nickte er. »Also schön. Also haben Sie Shakala gefunden. Was hat er Ihnen erzählt?«

»Er hat genug gesehen, um einen der Entführer zu beschreiben. Die Beschreibung paßte auf jemanden, der auch bei meinem Entführungsversuch dabei war. Auf einen Kerl mit einer Narbe.«

Magellan nickte wieder. Er goß Serrin ein Glas Wein ein; der Magier nahm es und beroch es mißtrauisch.

»Habe ich es Ihnen nicht bereits gesagt: Wenn ich Sie unter Drogen setzen wollte ...«

»Und ich habe Sie gut verstanden. Aber was ich in dem Club gegessen habe, hat meine Gedärme ziemlich in Aufruhr versetzt, und ich kann mir nicht denken, daß einer von uns scharf darauf ist mitanzusehen, wie ich hier alles vollkotze.«

Magellan lehnte sich ein wenig zurück und lachte. »Serrin, Sie gefallen mir. Ich würde Sie wirklich nicht töten wollen, es sei denn, ich müßte es.«

»Vielen Dank«, sagte Serrin, um dann einen Schluck Wein zu riskieren.

»Ich meine es ernst. Niemanden wie Sie. Aber es hängt alles davon ab, wohin uns diese Unterhaltung führt.«

Niemanden wie Sie. Der andere Elf gab diesen Worten eine seltsame Betonung, bei der sich Serrin fragte, ob sein Überleben davon abhing, ganz genau herauszufinden, was Magellan damit meinte. Und er würde es herausfinden müssen, während er sich gleichzeitig jedes Wort, das er sagte, genau überlegte. Auf seiner Stirn bildete sich eine Schweißperle und lief ihm in die Augenbraue.

Michael hatte sich kaum eingestöpselt, um mit seiner Arbeit zu beginnen, als das heftig gegen die Tür hämmernde Mädchen ihn zwang, sich gleich wieder auszustöpseln. Unkontrolliert schluchzend, stürzte sie herein und warf sich in Toms Arme. Es dauerte mehrere Minuten, bis es ihnen gelang, ihr die Geschichte aus der Nase zu ziehen.

»Versuch nachzudenken, Kristen. *Bitte*«, sagte Michael aufgebracht, Toms feindselige Blicke vollkommen ignorierend. »Wir können Serrin nicht helfen, wenn wir nicht genau wissen, was vorgefallen ist. Hör mir zu. Denk genau nach … wer ist ihm auf die Toilette gefolgt? Hast du jemanden gesehen, der dir ungewöhnlich vorkam, den du vielleicht wiedererkennen würdest?«

Sie schüttelte den Kopf und fing wieder an zu weinen. Michael war darauf erpicht, daß sie weiterredete, mußte jedoch nachgeben und sie in den Armen des Trolls weinen lassen. Als er sich einen Drink eingegossen und den Drang unter Kontrolle hatte, sie anzuschreien, war sie endlich in der Lage, als Reaktion auf Toms sanfter gestellte Fragen mit einigen gemurmelten Einzelheiten aufzuwarten.

»Du bist also sicher, daß er nicht wieder in den Club zurückgekommen ist? Das bedeutet wahrscheinlich, daß sie ihn zur Hintertür hinausgeschafft haben. Und wenn dir niemand aufgefallen ist, der ungewöhnlich ausgesehen hat, müssen sie Leute von hier für den Job angeheuert haben. Und das bedeutet wiederum mit an Sicherheit grenzender Wahrscheinlichkeit, daß irgend jemand im Club genau weiß, was abgelaufen ist. Wir werden ein paar Fragen stellen müssen.«

»Was ist mit der Polizei?« fragte Tom.

»Ausgeschlossen. Wir reisen mit falschen Papieren, weißt du noch? Wir sind zwar durch die Flughafenkontrolle gekommen, aber wir können es uns nicht leisten, daß sie genauer unter die Lupe genommen werden«, sagte Michael. Dann hatte er eine Idee.

»Tom, diese Schutzvorrichtung von Serrin. Kennst du dich damit aus? Ich meine, könntest du ihn astral aufspüren?«

Der Troll schüttelte den Kopf. »Niemand überläßt seine Schutzvorrichtungen anderen Magiern zum Spielen. Außerdem habe ich nicht die Fähigkeiten, um ihn astral aufzuspüren.« Tom schüttelte noch einmal traurig den Kopf. »Ich kann es ganz einfach nicht.«

»Aber du mußt es versuchen. Es sind haufenweise Sachen von ihm hier. Damit hast du eine Verbindung.«

»Selbst wenn ich es könnte, würde es viele Stunden dauern. Finde dich damit ab, Chummer. Ich kann es nicht«, sagte der Troll unglücklich. Er kannte seine Grenzen als Schamane nur allzugut.

»Tom, du *mußt* es versuchen«, flehte Michael.

Tom holte tief Luft und schlug die Augen nieder. »Also gut... Ich versuche es, ich tue, was ich kann. Aber es wird nicht klappen«, sagte er. Er ließ das Mädchen los und ging langsam zur Tür. »Ich muß allein sein. Brauche Ruhe und Frieden«, sagte er, um dann die Tür hinter sich zu schließen.

»Kristen, du wirst mit mir zu diesem Club fahren müssen. Aber zuerst muß ich dich etwas fragen«, sagte Michael, der nicht wußte, wie er ihr die Frage stellen sollte, ohne sie zu beleidigen. »Haben dich die Leute angestarrt? Weil du eine Xhosa bist?«

Sie nickte.

»Dann ist es besser, wenn du nicht mit mir hineingehst. Ich muß alleine gehen. Wenn ich mit genügend Geld um mich werfe, erfahre ich vielleicht etwas. Sie könnten Serrin feindlich gesonnen sein, wenn sie dein Gesicht zu stark daran erinnert, mit wem er gekommen ist, richtig?« Er versuchte, es freundlich zu sagen, und fügte dann hinzu: »Das ist nun mal eine Tatsache des Lebens, Mädchen.«

»Als ob ich das nicht wüßte«, sagte sie kläglich.

»Aber wenn du uns die Beschreibung nicht gegeben

hättest, hätten wir gar nichts in der Hand. Du hast dein Teil bereits geleistet.«

Sie nahmen den Fahrstuhl nach unten und dann ein Taxi zu dem Club. Michael stieg aus, bezahlte den Fahrer und trug ihm auf, Kristen zum Hotel zurückzubringen. Zu aufgeregt, um während der Rückfahrt stillzusitzen, begann Kristen in ihrer Tasche nach der Magnetkarte für ihr Zimmer zu suchen, und fand zwei anstatt einer. Sie starrte sie einen Augenblick lang verständnislos an, dann fiel ihr plötzlich ein, daß Serrin ihr seine gegeben hatte, damit sie sie in ihrer Tasche verstaute.

Als sie wieder im Imperial war und den Fahrstuhl nach oben nahm, hatte bereits ein Plan Gestalt vor ihrem geistigen Auge angenommen. Gewiß, er war verrückt, aber sie hatte gesehen, wo Serrin seine Sachen aufbewahrte, und wenn er genug Geld hatte und sie herausfand, wie man eine Überweisung machte …

Eine Stunde später war Michael aus dem Club zurück. Sein Geld hatte Erinnerungen gekauft. An vier Männer, Mitglieder einer bekannten Straßengang, und an den Stadtteil, den sie als ihr Revier betrachteten. Aber er war verwirrt. Die Vorgehensweise bei den bisherigen Entführungsversuchen war ganz anders gewesen. Er klopfte leise an Toms Tür; das Ausbleiben jeder Reaktion verriet ihm, daß der Troll offenbar immer noch in Trance war und versuchte, den Elf aufzuspüren. Er erwog, ihn zu stören, da er selbst eine Spur hatte, als Kristen auf den Flur stürzte.

»Ich glaube, ich weiß, wo er sein könnte«, sagte Michael zu ihr. »Das Problem ist, er könnte von einer ganzen Straßengang bewacht werden.«

»Das ist kein Problem mehr, wenn du zehntausend Nuyen auftreiben kannst«, sagte sie fröhlich, während sie grinsend an ihm vorbei und in sein Zimmer schlenderte. Er schloß die Tür hinter ihr und lehnte sich dagegen, wobei er sie durchdringend musterte.

»Was hast du getan?« fragte er. Sie sagte es ihm.

»Für Humanis scheinen Sie nicht viel übrig zu haben«, bohrte Magellan. »Ich hörte, Sie seien an einigen Vergeltungsaktionen beteiligt gewesen.«

Serrin überlegte, was dieser plötzliche Themawechsel zu bedeuten hatte. Und er dachte auch noch über diese Bemerkung nach: *Niemanden wie Sie*. Ein Elf. Ich. Er. Der Entführer ganz oben an der Spitze. Elfen.

»Man muß die Seinigen schützen«, knurrte Serrin.

»Genau richtig«, sagte Magellan mit einer Spur zuviel Wein in der Stimme. Dann wechselte er wiederum das Thema.

»Mal sehen, was Sie sonst noch wissen. Hat Sutherland den Besitzer der Anlage in Umfolozi schon identifiziert?«

»Zu neunundneunzig Prozent«, log Serrin. »Durch die Verbindung nach England und die medizinischen Datenbanken, die nicht in offiziellen Computern gespeichert sind. Dadurch konnte er den Kreis der in Frage Kommenden entscheidend einengen.« Wieder ein Volltreffer. Und ein weiterer Schritt auf dem Weg, Magellan davon zu überzeugen, daß er viel mehr wußte, als dies tatsächlich der Fall war.

»Clever. Daran hatte ich gar nicht gedacht«, sann Magellan. Er erhob sich aus seinem Sessel, schien Anstalten zu machen, sich noch ein Glas Wein einzuschenken, fuhr statt dessen aber plötzlich zu Serrin herum und packte ihn an dessen Jackenaufschlägen.

»Wer weiß es sonst noch?« zischte er.

Damit hatte Serrin gerechnet. »Wir haben unsere Vorkehrungen getroffen«, sagte er kühl.

»Und die wären?«

»Glauben Sie ernsthaft, daß ich Ihnen das erzähle? Es muß Ihnen reichen, wenn ich sage, daß die Informationen gespeichert sind und an interessierte Parteien geschickt werden, sollte uns irgend etwas Unvorhergesehenes zustoßen.«

Magellan spuckte Gift und Galle und murmelte irgend etwas, das wie ›Drek‹ klang. Er hatte es gefressen. Zum erstenmal in dieser langen Nacht glaubte Serrin, daß er hier tatsächlich lebend herauskommen würde.

»An wen? Und wie?« Der rothaarige Elf schüttelte Serrin.

Der Magier starrte ihn nieder. »Halten Sie mich für so dumm, daß ich mein Todesurteil unterschreibe, indem ich Ihnen das sage? Michael ist nicht nur gut, er ist brillant. Sie werden keine Spuren finden. Und überhaupt, was bringt Sie auf den Gedanken, daß wir so dumm waren, die Informationen nur in elektronischer Form niederzulegen?« sagte er gelassen.

Magellan ließ Serrin los, und es war offensichtlich, daß er angestrengt nachdachte. Er schien davon überzeugt, daß es noch schlimmer war, als er befürchtet hatte. Daß Serrin fast alles wußte – und vielleicht sogar tatsächlich *alles*. Ihn zu töten – sogar alle zu töten –, war jetzt sinnlos. Was Serrin ihm erzählt hatte, reichte völlig aus. Sie hatten inoffizielle Datenbanken durchsucht – da war Sutherlands Verstand am Werk. Magellan hatte jetzt nur noch eine Karte, die er ausspielen konnte. Aber es würde lange dauern, bis er sich so weit in die Sache hineingesteigert hatte, daß er dazu in der Lage war.

»Schön, Serrin, dann lassen Sie uns über unser Volk reden.«

Der Plex war so verdammt groß, und der Troll hatte keine Ahnung, wo er suchen sollte, während er astral den Sprawl durchstreifte. Sicher, er wußte, wonach er suchte, aber der Heuhaufen war riesig, und die Nadel würde gut versteckt sein. Um den Elf zu finden, würde

Toms Astralleib tatsächlich den Raum betreten müssen, in dem sich Serrin aufhielt. Er konnte nicht einfach versuchen, dessen Aufenthaltsort durch die Wände und Mauern aufzuspüren, die seinen Freund umgaben. Bei einer Million Häuser in der Stadt würde das eine Ewigkeit dauern.

Es mußte eine Spur geben, das wußte er. Von der Schutzvorrichtung, die Serrin benutzte, um Feinde zu entdecken. Aber er konnte sich noch so sehr anstrengen – in Serrins Hotelzimmer zu schweben und zu versuchen, die Spur dieser Schutzvorrichtung aufzunehmen, brachte ihn nicht weiter. Serrin war ganz einfach ein weitaus mächtigerer Magier als er, und seine Tarnung verbarg die Spur vor dem verzweifelnden Troll.

Ein astraler Besuch in dem Club hatte ebenfalls zu nichts geführt. Die Auren der Leute dort waren die gleiche unangenehme Mischung, die der Troll an jedem vergleichbaren Ort auf der Welt erwartet hätte: Aggression, Lust, unter der Oberfläche brodelnde Gewaltbereitschaft. Natürlich war das nicht alles, und so versuchte Tom, sich an die seltene positive Energie zu klammern: Erregung, Freude, hier und da ein wenig Liebe, doch nichts von Serrin. Er dehnte seine Suche auf die nähere Umgebung des Clubs aus. Immer noch nichts.

Serrin, wo bist du? Tom spürte, wie ihn eine düstere Trauer überkam. Das lag nicht nur daran, daß der Elf verschwunden, für ihn verloren war. Der Troll hatte auch die Verbindung zwischen dem zynischen, ruhelosen Geist des Magiers und dem einsamen Mädchen gespürt. Er sah, daß sie einander liebten, es aber nur noch nicht herausgefunden hatten. Daß Serrin vielleicht tot war oder im Sterben lag, daß diese Liebe zerstört wurde, bevor sie die Chance bekam, sich zu entwickeln, schmerzte Tom tief.

Inmitten dieser traurigen Überlegungen spürte der

Troll plötzlich – und zu seiner völligen Verblüffung – einen Biß im Nacken, und er erinnerte sich an Shakala. Sein Astralkörper erstarrte. Er verdrängte alle Gedanken, leerte seinen Geist und wartete schließlich einfach, da er nicht viel mehr empfand als das Bewußtsein seiner selbst.

Es war der reine Instinkt, der ihn jetzt leitete und ihn direkt in die tote Zone führte.

22

Michael wollte gerade an Toms Tür klopfen, als diese sich öffnete, bevor er die Hand gehoben hatte.

»Ich weiß, wo er ist«, sagte der Troll, aber er sah nicht besonders erfreut oder zufrieden mit sich aus.

»Ich auch«, sagte Michael zögernd. »Wir sind gerade unterwegs in die Stadt. Um Verstärkung zu holen.«

Der Art und Weise, wie das Mädchen lächelte, entnahm Tom, daß sie diejenige gewesen sein mußte, die das arrangiert hatte. Er würde genausowenig nach dem Wie fragen, wie Michael Einzelheiten von ihm verlangt hatte.

»Ihr Leute habt echt Hummeln im Hintern«, sagte der Ork-Fahrer, als sie in sein Taxi stiegen. Dann las er die Adresse auf dem Zettel, den Michael ihm vor die Nase hielt.

»Hey, für die Fahrt kriege ich den dreifachen Fahrpreis«, knurrte er. »Und ihr zahlt für alle Schäden am Motor, klar?«

»Null Problemo«, sagte Michael, indem er mit einigen Geldscheinen vor der Nase des Fahrers wedelte, während das Taxi losfuhr.

»Sie wissen, daß unser Volk etwas Besonderes ist«, sagte Magellan. »Sie wurden mit diesem Wissen geboren.«

»Das hängt davon ab, was genau Sie damit meinen«, sagte Serrin, der immer noch Zeit gewinnen wollte.

»Hören Sie auf. Sie sind ein Magier. Sie wissen ganz genau, daß magische Fähigkeiten bei unserer Rasse häufiger vorkommen als bei allen anderen auf dieser Erde.«

Serrin nickte. Er wußte auch, daß die Prozentsätze in

einigen Gegenden noch höher lagen. Zum Beispiel im alten Land Tir na nOg. Aber mittlerweile hatte er eine Ahnung, wohin dieses Gespräch führte. Um hier lebendig herauszukommen, würde er Magellan sagen müssen, was dieser hören wollte, und das bedeutete, daß er hinter dessen Ansichten kommen und sie ihm später als seine eigenen verkaufen mußte.

»Und die Länder, in denen wir die Kontrolle haben ... sie *funktionieren*. Die Tirs, die Zulu-Nation und überall da, wo unser Volk das Sagen hat. Wir schützen das Land und die Umwelt. Wir setzen sogar unsere Magie ein, um es aus der Asche auferstehen zu lassen, die die Menschen an so vielen Orten hinterlassen haben. Unsere Technologie ist sauberer, sicherer, eben besser. Wir wissen, wie wir zum Nutzen aller zu handeln haben. Zum Nutzen *aller*, richtig?«

»Das läßt sich wohl kaum bestreiten«, sagte Serrin.

»Und wir Elfen waren schon früher hier, und das wissen wir auch. Oder jedenfalls einige von uns. Wir kümmern uns besser um diese Welt, weil wir wissen, daß wir zurückkommen. Anders als die Menschen. Die glauben, sie können das Wasser verschmutzen und die Luft vergiften und alles beschmutzen, weil sie sich keine Gedanken um die Zukunft machen, sondern nur um das Hier und Jetzt. Sie gehen davon aus, daß sie nur dieses eine Leben haben, und so gebrauchen und mißbrauchen sie alles, was sie können, und zum Teufel mit den anderen, zum Teufel mit der Zukunft.«

Magellan hatte die Stimme erhoben und schrie jetzt fast.

Er ist besessen, wurde Serrin klar. Er kann an dieser Stelle Illusion nicht mehr von Realität und Lüge nicht mehr von Wahrheit unterscheiden. Ich brauche ihm nur zuzustimmen.

»Das ist wahr. Man sieht es jeden Tag«, sagte Serrin mit einiger Überzeugung, wenngleich er nicht glaubte, daß eine bestimmte Rasse ein Monopol darauf hatte zu denken, die Welt sei nur für sie geschaffen und zum Teufel mit dem Rest der Schöpfung.

»Stellen Sie sich doch nur mal vor, Serrin, wenn wir Elfen die Kontrolle über alles hätten. Über die ganze Welt. Wir könnten richtig anfangen, alles zu säubern, alles ins Lot zu bringen. Wie es einmal war. Serrin, die Welt braucht das, und es ist unsere *Bestimmung* als Elfen.«

»Ich habe mir immer gewünscht, daß es so wäre«, log Serrin in dem Bewußtsein, daß es das war, was der andere Elf hören wollte. Magellan kauerte neben ihm auf dem Boden und schien ihn jetzt buchstäblich zu beknien.

»Du brauchst es dir nicht mehr zu wünschen, Bruder. Es ist so. Es *ist* so.« Kein Trideo-Prediger hatte je überzeugter geklungen.

Damit blieb nur noch eine Sache, die Serrin wissen mußte.

Die Straßenlaternen waren schon vor langer Zeit zerschossen worden, und die meisten Häuser waren zu Schutt zerfallen. Die Gegend, die wie die vergessenen Ruinen eines Kriegsgebiets aussah, war ganz anders als alles, was sie bis jetzt in Azanien gesehen hatten, und der Gegensatz war schockierend. Das Taxi hielt mit quietschenden Reifen.

»Weiter fahre ich nicht«, sagte der Ork hinter dem Steuer. »Ich habe vorne den Kugelfang noch nicht ersetzt. Hört mal, soll ich euch nicht einfach irgendwohin fahren, wo es nett ist? Chips, Dope, Mädchen, Jungen, was ihr wollt. Ich kenn' mich aus. Ihr müßt völlig verrückt sein hierherzukommen.«

»Bist du absolut sicher?« fragte Michael Kristen, indem er seinen Predator zog. Sie nickte.

»Ich weiß nicht, warum ich das tue«, sagte er geistesabwesend, wobei er dem Fahrer sein Geld gab. »Hör mal, Chummer, würdest du irgendwo in der Nähe auf uns warten? Ein Bonus von fünfhundert, wenn du eine Stunde wartest. Wenn wir nicht zurückkommen, fahr morgen früh zum Imperial. Du bekommst die Hälfte nur dafür, daß du dort aufkreuzt, auch wenn du uns nicht auf liest.«

»Wenn ihr umgelegt werdet, kriege ich gar nichts – während ich hier eine Stunde rumhänge wie eine Teufelsratte und nur darauf warte, daß die Falle zuschnappt«, erwiderte der Ork.

Michael gab ihm noch eine Banknote. »Als Vorschuß. Wo wirst du warten?«

»Zwei Blocks weiter hinten, vor dem letzten Robot. Näher komme ich nicht. Und wenn jemand auf mich schießt, bin ich verschwunden.«

»Abgemacht.« Michael öffnete die rückwärtige Tür, und Kristen und Tom stiegen mit ihm aus. Das Taxi schoß davon und bog mit quietschenden Reifen um die nächste Ecke.

»Es gefällt ihm hier nicht besonders«, witzelte Tom.

»Mir auch nicht«, sagte Michael, den die MP in den Händen des Trolls nur unwesentlich beruhigte. »Kristen, wenn das nicht klappt, können wir uns hier auf einen Haufen Ärger gefaßt machen.«

»Ich hab's dir doch gesagt. Indra hat einen Vetter, der auch einen Vetter hat, und das Geld hat ihnen gereicht. Sie werden hier sein.«

Wie auf ein geheimes Stichwort schälte sich eine Gruppe von Gestalten aus der Dunkelheit der Straße. Es war ungefähr ein Dutzend. Sie trugen keine Waffen, die den Namen verdienten, aber es reichte. Es war die Sturmkanone, die Michael schließlich beruhigte, und die Pistole unter seiner Nase, die ihm bei der Entscheidungsfindung half.

»Zehntausend, Spatzenhirn«, fauchte ihn der Zwerg an. »Alles im voraus. Du zahlst für alle anfallenden Straßendoc-Kosten. Und für jeden, der eventuell dabei draufgeht, weitere fünftausend. Für die Familie.«

Tja, schließlich war es die Familie, die uns diese Truppe besorgt hat, dachte Michael. Selbst wenn ich das Doppelte zahlen muß, sind sie es wahrscheinlich wert. Er gab dem Zwerg den Umschlag.

»Zehntausend«, sagte er glatt. Der Zwerg zählte das Geld langsam, und seine Miene ließ keinen Zweifel daran, wie es ihn freuen würde, wenn der Umschlag nicht die volle Summe enthielte.

»Also, wo ist die Bude?«

»Hier entlang«, sagte Tom. Er fand den Weg so mühelos, als habe ihn jemand mit Neonschildern gekennzeichnet.

»Mal angenommen, nur mal angenommen«, schwadronierte Magellan weiter, »daß es jemanden gibt, der das alles wahr werden lassen kann. Mal angenommen, er weiß einen Weg, der garantiert, daß wir Elfen alles bekommen. Nehmen wir das nur mal an.«

»Das kann ich nicht«, sagte Serrin. Er rieb sich die Hände, als bereite ihm die Enttäuschung körperliches Unbehagen. »Ich meine, wie? Darauf kommt es schließlich an, oder?«

In Magellans Augen flammte für einen Sekundenbruchteil Argwohn auf. Serrin starrte ihn direkt an, als bemühe er sich, ihm verzweifelt zu sagen, ja, ja, das ist gut, das will ich auch, ich wünschte nur, ich könnte es glauben, und das könnte ich, wenn ich nur wüßte, wie das möglich sein soll. Glaub mir.

»Mal angenommen«, sagte Magellan zögernd, »es gäbe eine Möglichkeit, die Menschen zu verändern. Sie ruhiger zu machen. Gefügiger. Leichter zu kontrollieren. Irgend etwas, um diese verrückte Gewalttätigkeit in ihnen auszulöschen. Eine Art Friedensstifter. Keine Kriege mehr. Keine Zerstörung all dessen, was wir aufbauen. Stellen wir uns das mal vor.«

»Eine Droge«, dachte Serrin laut.

»Besser. Eine dauerhafte Veränderung. Für die Ewigkeit. In den Genen, Bruder.«

»Aber ich verstehe nicht ...«

»Du brauchst auch nicht zu verstehen! Du brauchst nur zu *glauben*«, schrie Magellan. »Es stimmt. Es ist Realität.«

»Ich glaube dir«, sagte Serrin eifrig, da er es für klüger hielt, keine Zweifel mehr zum Ausdruck zu bringen. »Aber warum bin ich hier? Was hat das alles damit zu tun, daß ich herausfinden will, wer mich entführen wollte? Ich meine, mehr wollte ich schließlich gar nicht.«

Magellan nickte und biß sich auf die Unterlippe, da er offenbar einen Entschluß darüber zu fassen versuchte, was er als nächstes sagen sollte.

»Paß auf. Der Elf, der dich entführen wollte ... er hat ganz bestimmte Bedürfnisse. Besondere Bedürfnisse. Das weißt du alles. Glaubst du, ihm gefällt, was er tut? Glaubst du, er will Angehörige seines Volkes töten? Ach, Bruder, es *schmerzt* ihn. Es ist das letzte, was er will. Aber er hat keine andere Wahl. Er verbrennt innerlich, er muß essen, und es sind nicht mehr viele übrig. Es ist seine letzte Möglichkeit. Gott, wie er leiden muß.«

Serrin wußte nicht, ob er lachen oder vor Wut schreien sollte. *Er* sollte leiden, wer immer er auch war?

»Aber warum soll ich davon abgehalten werden ...«

»Weil du Rache willst. Aber die kannst du nicht nehmen. Darfst du nicht nehmen«, flüsterte Magellan, dessen Gesicht nur Zentimeter von seinem entfernt war. Seine Augen hatten einen irren Ausdruck, sein Gesicht war eine grotesk verzerrte Fratze. Er hatte Serrin unterschätzt. Er hatte gedacht, Luther würde leicht mit dem Elfenmagier fertig werden, wenn er zu dicht an ihn herankam, aber Serrin und seine Freunde waren zu schnell gewesen. Was hatten sie noch arrangiert? »Er ist das

Wunder, Bruder. Er ist derjenige, der es getan hat, verstehst du das nicht? Er steht jetzt so dicht davor, es kann nur noch ein oder zwei Tage dauern. Es ist fast soweit … Er ist derjenige, der …«

Die Explosion schleuderte Serrin gegen die Wand und wirbelte Magellan über den Boden. Serrins Kopf knallte so hart gegen den Beton, daß vor seinen Augen alles verschwamm. Er bekam gerade noch mit, daß sich Magellan aufrappelte und zur Tür stolperte. Zu benommen, um auch nur gerade zu stehen, hatte Serrin keine Möglichkeit, den rothaarigen Elf aufzuhalten, als dieser nach der Türklinke tastete und in die Dunkelheit taumelte. Draußen knatterten Schüsse, und irgendwo hinter ihm ertönte erneut das Donnern einer Sturmkanone. Serrin wälzte sich vom Bett und versuchte, sich unter das Metallgestell zu ziehen, um wenigstens etwas Deckung zu haben.

Dann hörte er eine vertraute Stimme »Nein!« rufen, als der Zulu-Samurai in der Tür auftauchte. Der Zulu hatte eine MP in der Hand und sah sich hektisch um, offenbar bereit, den Raum jeden Augenblick in ein Sieb zu verwandeln. Serrin versuchte einen Barrierenzauber zu wirken, um sich vor dem drohenden Bleihagel zu schützen, doch seine Kopfschmerzen ließen es nicht zu. Zum Teufel, ich bin tot, dachte er matt.

Der Zulu hatte den Abzug zu drei Vierteln durchgezogen, als sein Hals plötzlich in einer Blutfontäne explodierte und Blut und Fleischfetzen gegen die Wand spritzten. Die MP hob sich in unstetem Bogen; ein paar Kugeln trafen die Decke und jaulten als Querschläger durch den Raum. Serrin bedeckte seinen Kopf und betete. Als er den dumpfen Knall hörte, mit dem der Zulu zu Boden ging, öffnete er ein Auge und warf einen Blick auf das Gemetzel.

Diesmal war es ein Zwerg in einer Flakjacke, der in den Raum eindrang. Nußbraun und mit grimmiger Miene suchte er ebenfalls nach Serrin. Noch verblüffender war die Tatsache, daß der Zwerg offenbar indischer Abstammung war. Mittlerweile war es jedoch nicht mehr der Zwerg, den Serrin sah. Es war das Mädchen, das in der Tür zusammengesunken war, heftig zu zittern begann und immer noch eine Pistole schlaff in der rechten Hand hielt.

»Hier«, rief Serrin dem Zwerg zu, der herumwirbelte und seinen Roomsweeper auf ihn richtete. Serrin wußte, daß er nicht erschossen würde. Er wollte nur zu ihr.

Kristen sank auf die Knie, ließ die Pistole fallen und übergab sich in dem Augenblick, als er sie erreichte. Er faßte unter ihre Arme, zog sie hoch und drückte sie so fest an sich, daß er kaum noch atmen konnte. Sie konnte nicht reden. Ein Rinnsal von Erbrochenem tropfte von ihrem Mund auf seinen Ärmel.

»Als Film wäre es nicht der große Hit«, sagte der Engländer zu dem Troll, als die beiden den kleinen Raum ebenfalls betraten. Toms riesige Hände waren bereits damit beschäftigt, Michaels nutzlos herabhängenden Arm, der den Ärmel seiner Jacke bereits völlig mit Blut durchtränkt hatte, mit einer Aderpresse zu versorgen. Der Troll war jedoch sicher, ihn ziemlich gut heilen zu können. Vielleicht sogar besser, als es ihm eigentlich möglich sein dürfte.

»Aber ist Romantik nicht etwas Wunderbares?«

Tom schaffte es gerade noch, seine Arme um Michael zu legen, bevor dieser ohnmächtig wurde.

Michael bekam zusätzlich ein Wundpflaster, um zu gewährleisten, daß die von Tom eingeleitete Heilung ihre volle Wirkung entfaltete, und dann sagten ihnen ihre neuen Verbündeten, daß es an der Zeit war, aus der Stadt zu verschwinden, und zwar schnell. Die Gang, von der Serrin hergeschafft worden war, hatte Chummer, und die würden nachsehen kommen. Aber in dem Haus, in dem Serrin festgehalten worden war, fanden sich keine weiteren Hinweise – und auch nicht die Leiche des rothaarigen Elfs.

»Das Schwein ist tatsächlich entkommen«, murmelte Serrin.

»Was uns hoffentlich auch gelingen wird. Wahrscheinlich wissen sie es in dem Club schon«, sagte Michael schwach. »Von der Straße ganz zu schweigen. Ein Taxi, James, und schnell nach Hause. Oder jedenfalls zum Flugplatz. Von dort aus können wir einen Boten schicken, der unsere Sachen holt. Ich glaube nicht, daß es ratsam wäre, selbst zum Hotel zurückzugehen.«

»Nein«, sagte Serrin. »Das wäre zu verdächtig. Tom und ich werden gehen. Die Gang wird uns nicht dorthin folgen können.«

»Ich habe auch mehr an Magellan gedacht«, sagte Michael.

»Das Risiko gehe ich ein«, sagte Serrin grimmig.

»Gut, dann gehen wir alle zusammen. Weil ich es für keine gute Idee halte, daß wir uns trennen. Ist dir das nach diesem letzten Vorfall immer noch nicht klargeworden?«

»Wirst du es schaffen?« fragte ihn Serrin.

»Klar. Ich habe nur ein wenig Blut verloren, das ist alles. Meinem Arm geht es prima, echt. Irre«, seufzte Michael, »diese ›Familienbande‹ hat mir den letzten Nuyen abgenommen, aber die Burschen waren ihr Geld wert. Es ist eine Weile her, daß ich an einem richtigen Kampf teilgenommen habe. Macht tatsächlich so viel Spaß, wie es ohne Datenbuchse überhaupt möglich ist.«

»Ja, aber wo finden wir hier ein Taxi?« sagte Serrin. Das baufällige Haus, in das sie die Gruppe indischer Samurai geführt hatte, war nicht gerade ein ausgesuchter Halteplatz für einen Taxifahrer, der Geld verdienen wollte.

»Gute Frage«, sagte Tom. Er wich vom Fenster zurück, als draußen auf der Straße Scheinwerfer auftauchten. Dann lugte er vorsichtig um den verfaulten Fensterrahmen.

»Wir haben Glück«, sagte er und ging nach draußen. Eine Minute später saßen die anderen drei ebenfalls im Wagen.

»Was in aller Welt hat dich bewogen, wieder hierher zurückzukommen?« fragte Tom den Ork.

»Ich habe gesehen, daß die Maharana-Jungs hierher unterwegs waren, und da hab ich mir gedacht, daß sie euch vielleicht helfen wollen. Und wenn die sich um die Sache kümmerten, dachte ich, daß ihr wahrscheinlich mit heiler Haut davonkommt. Ich wollte meine fünfhundert«, grunzte der Ork.

»Die sind im Hotelsafe im Imperial«, sagte Michael. »Paß auf, bring uns dorthin und dann zum Flugplatz, dann kannst du die Summe verdoppeln.«

Tausend Nuyen für eine Taxifahrt, dachte Serrin verwundert. Aber egal. Das Geld würde den Ork auf Trab halten.

»Wir können uns im Hotel waschen und umziehen«, sagte er. »So, wie wir jetzt aussehen, dürfen wir uns am Flugplatz nicht sehen lassen.« Seine eigenen Sachen waren zerrissen und dreckig, und Michaels Jacke war blutrot gefärbt. »So, wie du aussieht – nämlich wie ein wandelndes Massaker –, würdest du nicht einmal in die Hotelhalle kommen.«

»Geht einfach rein, wascht euch, zieht euch um und bringt mir mein Zeug mit. Ich ziehe mich dann im Taxi um«, stöhnte Michael. Er beugte sich unter Schmerzen vor, um einen Blick auf Kristen zu werfen, die auf der anderen Seite von Serrin saß. Sie schien zu schlafen, da sie sich gegen den Elf gelehnt hatte und sich nicht rührte.

»Ich nehme an, wir nehmen Kristen mit«, sagte er leise. »Ihre Papiere werden ihr bei der Einreise nach New York nicht viel nützen, aber irgendwie glaube ich nicht, daß du ohne sie gehen willst.«

»Nein.« Das war endgültig. »Aber warum sollen wir New York riskieren?«

»Erstens, ich will meine Fairlights. Zweitens, ich glaube, ich bin mittlerweile soweit, daß ich für eine Lieferung aus dem durchgehend geöffneten Delikatessenladen bei mir zu Hause um die Ecke einen Mord begehen würde. Drittens, du hast eine Freundin dort, die den mysteriösen Elf vielleicht kennt, von dem Magellan geredet hat. Ich meine diese Schnüfflerin mit dem Hang zum Okkulten, weißt du noch?«

»Zwei von den dreien sind nicht schlecht«, sagte Serrin leutselig, während er nach einer Zigarette tastete. Die vorbeihuschenden Straßenlaternen überzogen sein hageres Gesicht mit grellen Neonstreifen. Das Taxi war mittlerweile wieder in der Zivilisation angelangt.

»Ganz zu schweigen von der Tatsache, daß wir es jetzt offenbar mit zwei verschiedenen Gruppen zu tun haben, die ein Interesse daran haben, dich zu entführen oder gar umzubringen. Oder vielleicht sogar drei, wenn man bedenkt, daß hier unten wahrscheinlich jeden Augenblick ein kleiner Rassenkrieg ausbrechen wird. Und Magellan läuft dort draußen immer noch frei herum. Du sagtest, sein Akzent habe amerikanisch geklungen. Er könnte uns von dort aus gefolgt sein. Also keine Zwischenstation in Kapstadt, sondern direkt nach Hause ins schöne New York, alter Junge.«

»Aber was ist mit Kristens Paß? Wird sie damit durch die Einwanderungsbehörde kommen?« Serrin kannte die Antwort bereits.

»Ihre Chance ist so groß wie die eines Schneeballs in der Hölle«, erwiderte Michael grimmig. Keiner sagte etwas. Dem Engländer war schon eine Lösung des Problems eingefallen, aber er wußte nicht, wie er sie Serrin beibringen sollte.

»Es gibt da eine Sache, die wir tun könnten«, sagte Michael zögernd. »Erstaunlicherweise hat sie einen eigenen Ausweis. Einen echten. Den braucht sie, wenn sie auf der Straße von der Polizei angehalten wird, hat sie mir gesagt. Offensichtlich keinen Paß. Und das ist das Problem. Es würde Tage dauern, einen zu bekommen, und die Zeit haben wir nicht. Aber …«

Dann erzählte er dem Elf, was er vorhatte.

»Hör mal zu, mit dir geht es nicht«, sagte der Engländer, als Serrin protestierte. »Ich meine, es wäre zu schwierig unter den gegebenen Umständen. Ein wenig … äh … verfrüht. Nein, das habe ich nicht so gemeint. Du weißt, was ich meine. Glaube ich. Aber bei *mir* ginge es. Ich bin naturalisiert. Doppelte Staatsbürgerschaft.«

Serrin betrachtete ihn mit weit aufgerissenen Augen.

»Das wird Geraint ein Vermögen kosten«, lamentierte der Engländer. »Ich meine, ich hätte nie gedacht, daß es so kommen würde.«

Serrin starrte ihn immer noch wütend an.

»Sieh mich nicht so an«, fauchte Michael. »Denk an den Gefallen, den ich *dir* damit erweise, du undankbarer Hund.«

Serrin sagte zwar immer noch nichts, wußte aber, daß Michael recht hatte. Es gab keinen anderen Weg. Ein Bestechungsversuch würde sie in New York nicht weiter als bis in das nächste Gefängnis bringen. Und es würde tatsächlich viel zu lange dauern, in Kapstadt auf den offiziellen Papierkram zu warten. *Nur noch ein oder zwei Tage,* hatte Magellan gesagt.

»Aber wie sollen wir das anstellen?«

»Ich wette, Indra wird jemanden kennen«, sagte Michael. »Sie scheint jeden zu kennen. Jedenfalls hoffe ich das.«

Als sie vor dem Hotel ankamen, zog Serrin seine schmutzige Jacke aus und gab sie dem Engländer, bevor er und Tom ausstiegen und hineingingen.

Während er wartete, schüttelte Michael das schlafende Mädchen. »Wach auf, Kristen. Es ist wichtig.«

»Was? Wo sind wir jetzt?« sagte sie schläfrig. Er

schüttelte sie weiter, wobei er den Protest seines verwundeten Arms ignorierte.

»Hör mir genau zu. Ich mache dir jetzt einen Vorschlag.«

»Betet, daß die Holländische Reformierte Evangelische Kirche gut genug ist«, sagte Michael, als sie im trüben Licht des Morgengrauens die Landebahn in Manhattan betraten.

Die letzten acht Stunden waren wie im Flug vergangen. Die letzte ausgiebige Nachtruhe lag so lange zurück, daß sie kaum noch wußten, welcher Tag war. Und dann die hektischen Anrufe, der Papierkram, die endlose Warterei auf dem Flughafen, die bizarre Zeremonie, die fast unter den Augen der Einwanderungsbehörde vollzogen wurde, ihre Fotografien, die auf die Karten geheftet wurden, die Ruhelosigkeit des Suborbitalflugs.

»Gott, hoffentlich kommen wir damit durch.« Michael holte tief Luft und legte einen Arm um Kristen, während die beiden Tom und Serrin voraus und zur Einwanderungsbehörde eilten. Der gelangweilte Beamte warf einen Blick auf Michaels Paß und führte ihn dann in einen Nebenraum.

Michael war der Ansicht gewesen, daß er seine echten Papiere benutzen mußte, wenn er sichergehen wollte, daß Kristen in New York einreisen durfte. Seine Papiere würden zu genau durchleuchtet werden, um es mit Fälschungen zu versuchen, wie gut sie auch sein mochten. Jetzt mußte er zwanzig Minuten schwitzen, bevor der Beamte eintraf, um mit ihm zu reden.

»Sie haben also eine entfernte Cousine geheiratet«, sagte der Mann, ohne den Engländer dabei anzusehen. Er hielt seinen Ausweis in der Hand, als könne er sich bei ihm mit Lepra anstecken, wenn er ihn zu lange behielt. »George, jag diesen Drek durch die Analyse. Und seinen Paß auch. Überprüf ihn so gründlich, wie es eben geht.

Ich habe nicht den Eindruck, daß Sie Amerikaner sind«, sagte der Inspektor entschieden, indem er die Arme vor der Brust verschränkte und ihn anfunkelte.

»Doppelte Staatsbürgerschaft. Vor zwei Jahren erworben. Ist alles völlig koscher.« Völlig übermüdet, klammerte sich Michael an den optimistischen Gedanken, daß sie ihn und seine Papiere überprüften und nicht Kristens. Zumindest hoffte er das.

Der Mann grunzte nur und wartete. Es dauerte weitere fünfzehn Minuten, bis George, der andere Beamte, zurückkehrte. Er gab Michael seine Papiere zurück und wandte sich an seinen Vorgesetzten.

»Es stimmt alles. Visuelle Identifikation des Mädchens. Sie ist es. Es ist alles in Ordnung«, sagte er.

»Schön. Und jetzt nimm dir das Mädchen vor«, sagte der erste Mann boshaft.

»Bitte«, sagte Michael verzweifelt. »Ich will meine Frau nach Hause bringen. Wir sind entfernte Verwandte, und unsere Familien stehen sich sehr nah. Ich bin amerikanischer Staatsbürger. Ich bin weit gereist und will nach Hause. Außerdem haben Sie vielleicht bemerkt, daß einer meiner Reisebegleiter Mr. Serrin Shamandar ist. Vielleicht haben Sie davon gehört, daß er vor ein paar Tagen dem Bürgermeister an der Columbia-Universität das Leben gerettet hat. Wir warten jetzt seit über einer halben Stunde, in der Sie unsere Unterlagen prüfen konnten, und jetzt sagen Sie mir, daß Sie uns noch länger hierbehalten wollen. Es tut mir leid, aber ich muß Sie bitten, mir ein Telefon für einen Anruf beim Bürgermeisteramt zur Verfügung zu stellen. Und würden Sie mir bitte auch Ihren Namen nennen?«

Der Mann musterte ihn mit blankem Haß.

»Das mit Shamandar stimmt«, murmelte George. »Der Elf war direkt hinter ihm. Ich habe ihn wiedererkannt.«

Michael hätte den Mann dafür küssen können, obwohl Georges Vorgesetzter eher so aussah, als wolle er ihn umbringen. »Also schön, *Mister* Sutherland, dann können Sie jetzt gehen.«

Michael verließ den Raum, wobei ihm das Herz im Halse schlug; draußen wartete Kristen. In der Ferne sahen sie einen Troll bei seiner vierten Tasse Kaffee sitzen und einen Elf mit viel zu vielen Zigarettenstummeln in dem Aschenbecher neben ihm.

Die kleine Gruppe verließ müde den Terminal und fand ein Taxi. Als Michael einem weiteren Fahrer ein weiteres Mal Anweisungen gab, fühlte er sich irgendwie von der Realität losgelöst, als sei seine Stimme die eines Roboters, der durch seinen Sprachsynthesizer krächzte.

»Nach Hause. Mann, so sehr habe ich mich noch nie danach gesehnt«, murmelte er zu niemandem im besonderen. Er warf einen Blick auf Serrin, als versuche er seine Blicke zu konzentrieren.

»Ich glaube, ich sollte mich bedanken«, sagte Serrin. »Teufel, nein, ich sage tatsächlich danke. Du bist voller Überraschungen, weißt du das?«

Michael lehnte sich zurück und fixierte den Elf mit eisigem Blick. Dann sagte er mit perfektem, pompösem englischen Akzent und gehässigem Unterton: »Was erlaubst du dir? Laß gefälligst die Finger von meiner Frau!«

23

Niall hatte immer gewußt, daß er eines Tages für seine Flugstunden dankbar sein würde. Das Fiat-Fokker Cloud Nine Wasserflugzeug hatte monatelang in seinem Versteck gestanden und war von einem der wenigen Leute gewartet worden, denen der Elf trauen konnte. Als er früh am Morgen eintraf, erkannte er diesen Mann trotz des dichten Nebels schon von weitem.

»Vielen Dank, Patrick«, sagte Niall müde. »Du hast hier ziemlich lange Wache gehalten. Du kannst jetzt jederzeit gehen. Aber man wird sich um dich kümmern.«

»Paß auf dich auf. Ich weiß, was auf dem Spiel steht. Das heißt, ich weiß zumindest ein wenig«, sagte der Mann ruhig. »Ich weiß, was falsch ist, und ich verstehe nicht, warum man es geschehen läßt.«

»Das kann ich dir nicht sagen«, sagte Niall traurig. Der Mann hatte viele Wochen und Monate gewartet und Wache gehalten, ohne zu wissen, warum. »Wenn du es wüßtest, würden sie dich töten. Wenn ich dir mehr erzählte, könnte ich dir auch gleich hier und jetzt einen Dolch ins Herz stoßen.«

»Gut, dann war es das«, sagte der Mann ohne jeden Groll. »Du machst dich am besten sofort auf den Weg. Gleich wird es einen ordentlichen Guß geben.«

Niall lächelte und schüttelte seinem Helfer die Hand. Dann verschwand der Mann im Nebel, und der Elf ging zu der Kaianlage.

Er wußte, in welcher Höhe er fliegen mußte, ein Wellenritt über dem grauen Atlantik, um nicht auf den Schleier zu stoßen, die magische Illusionsbarriere, die die irische Küste von Tir na nOg schützte. Die Illusionen bereiteten ihm keine Sorgen, doch die Möglichkeit der Entdeckung schon. Er kannte zwar die Koordinaten, an denen Fluktuationen am wahrscheinlichsten waren, aber er würde niemals unentdeckt durchkommen, wenn er nicht aus der Macht des Kessels schöpfte – die er für die Konfrontation mit Lùtair aufsparen mußte. Aber ich werde gar nicht erst in seine Nähe kommen, wenn ich den Schleier nicht durchdringen kann, dachte er. Während er auf die Barriere zu und weiter zur südwestlichen Spitze Britanniens und zur Bretagne flog, beschwor er so wenig von der Kraft des Kessels, wie er glaubte, riskieren zu können.

Serrin erwachte schließlich um zehn Uhr abends nach fast sechzehnstündigem Schlaf, aus dem ihn auch ein Erdbeben nicht geweckt hätte. Er fühlte sich scheußlich. Sein Bein pochte wie ein Vorschlaghammer, und sein Kopf schien im gleichen Rhythmus mitzupochen. Er rieb sich den Schlaf aus den Augen und hustete dann lange und rauh, wobei er den Auswurf in ein Taschentuch spuckte. Eines Tages, dachte er, gebe ich diese verdammten Dinger wirklich auf.

Als er Michaels Arbeitsraum betrat, mußte er seine Augen gegen die brennenden Lampen abschirmen, obwohl sie ziemlich heruntergedimmt waren. Der Engländer, dessen Finger auf der Tastatur seines Decks ruhten, war in seinem doppelreihigen Blazer, der Kavalleriehose und den italienischen Lederschuhen wieder makellos gekleidet. Er hatte sich eingestöpselt, so daß er für alles andere außer der elektronischen Wirklichkeit der Matrix blind und taub war. Tom saß in der Nähe, und Kristen stand hinter ihm und flocht die frisch gewaschenen, glänzenden schwarzen Haare des Trolls. Da er Tom noch nie mit offenen Haaren gesehen hatte, war er verblüfft, daß sie ihm bis auf den Rücken fielen. Er starrte immer noch voller Verwunderung darauf, als der Drucker auf dem Tisch neben Michael ein Blatt Papier auswarf. Serrin nahm es und las es.

Vergiß die reizende Julia nicht, stand darauf.

Serrin war verwirrt, da Michael seine Anwesenheit

nicht registriert haben konnte; doch seine Überlegungen wurden von einer weiteren Druckerbotschaft unterbrochen.

In deinem Zimmer befindet sich ein Infrarot-Sicherheitsmonitor, Dummkopf. Er war darauf programmiert, diese Botschaften über ein Druckerrelais auszuspucken, sobald du die Tür öffnetest. Und jetzt geh und besuch deine Reporterfreundin.

»Wie spät ist es?« fragte Serrin. »Drek, welchen Tag haben wir heute?«

Tom sagte es ihm. Kristen lächelte ihn zurückhaltend an. Unbewußt fuhr er sich durch die grau werdenden Stoppeln auf seinem Kopf. Auf diesem Gebiet konnte Tom eine unangefochtene Überlegenheit geltend machen.

»Schön, warum nicht. Wenn ich erneut entführt werden sollte, schickt einfach wieder die Kavallerie«, murmelte er, indem er sich erhob.

»Diesmal nicht«, sagte Tom entschlossen, als Serrin erklärte, was er zu tun beabsichtigte. »Diesmal komme ich mit.«

»Ich auch«, sagte Kristen grimmig und beeilte sich mit ihrer Arbeit. Sie sah jetzt ganz anders aus. Sie trug zwar ein Seidenhemd von Michael, das ihr zu groß war, aber Serrin fand, daß sie besonders hübsch aussah. Außerdem war sie offenbar in einer Drogerie gewesen, da ihm auffiel, daß sie sich ein wenig zurechtgemacht hatte. Dann ärgerte er sich über sich selbst. Wir stecken bis über beide Ohren im Drek, sagte er sich wütend. Was ist los mit dir, Serrin? Kannst du dir die Frauen nicht aus dem Kopf schlagen und dich aufs Geschäft konzentrieren?

»Nein. Du bleibst besser bei Michael«, sagte Serrin. »Wenn er in Schwierigkeiten gerät, braucht er jemanden, der schnell den Stecker zieht. Hat er dir irgendwas darüber …«

»Ja«, sagte sie. »Ich weiß Bescheid. Keine Sorge. Also geht und erledigt die Sache.«

Die Kraft in ihrer Stimme und die Entschlossenheit ihres Tonfalls verrieten Serrin, daß sich mehr geändert hatte als nur ihr Aussehen. Eigentlich wollte er bei ihr bleiben und mit ihr reden, aber das war unmöglich. Ihnen blieben noch maximal ein Tag. Sie hörte auf zu flechten und trat einen Schritt zurück, um ihr Werk zu begutachten. Dann drehte sich Tom um, erhob sich und bedankte sich bei ihr.

»Die gute Nachricht ist die«, sagte Tom, als sie den Fahrstuhl nach unten nahmen, »daß wir kein Taxi zu nehmen brauchen. Michael hat mir seine Wagenschlüssel anvertraut.«

»Wie geht es ihm überhaupt?« sann Serrin. »Ich meine, er hat doch diese Schußverletzung erlitten. Ist er denn schon wieder soweit, daß er sich in die Matrix wagen kann?«

»So schlimm war es nicht. Eine Fleischwunde. Er hat Blut verloren, sich aber irgendeinen Schuß gesetzt, als wir hier ankamen. Ein Mittel, das die Erythrozytenproduktion anregt.« Tom hatte Schwierigkeiten mit dem Fremdwort. »Plus Eisen und so weiter. Außerdem habe ich ihn geheilt. Es geht ihm wieder prima.«

»Hör mal, sollten wir die Dame nicht zuerst anrufen und fragen, ob es in Ordnung ist, wenn wir vorbeikommen? Es ist schon ziemlich spät.«

»Geschenkt!« sagte Serrin wütend. »Ich kümmere mich nicht um soziale Gepflogenheiten. Das hat sie auch nicht getan.«

»Vielleicht ist sie nicht da.«

»Dann brechen wir ein«, sagte der Elf nur.

Das war jedoch nicht nötig. Die Tür öffnete sich praktisch sofort, nachdem sie laut an Julias Wohnungstür geklopft hatten.

»Julia, du bist mir was schuldig«, sagte Serrin zu ihr durch den schmalen Spalt in der Tür, den die schwere Stahlkette zuließ. »Irgend etwas sagt mir, du könntest jemanden kennen, der jemanden kennt, der mir mit ein paar Informationen aushelfen kann, die in keiner Bibliothek zu finden sind – aber *denk* nicht mal daran, aus dieser Sache wieder eine Story zu machen.«

Michael stöpselte sich blitzschnell aus dem System der Zulu Nation aus, als ihm das schwarze Ice auf den Pelz rückte. Den Rest konnte er sich auch aus internationalen Registern holen, dessen war er sicher. Was er bis jetzt gefunden hatte, reichte für einen guten Anfang.

Während er eine Tasse Kaffee trank und sich ein paar Minuten ausruhte, war er sich nur allzusehr des Mädchens bewußt, das mit gekreuzten Beinen auf dem Sofa saß. Ihm war bereits die kalte Erkenntnis gekommen, daß ihr mit dieser offiziell von der Einwanderungsbehörde der UCAS ausgestellten Aufenthaltsgenehmigung glatte fünfzig Prozent von allem zustanden, was er besaß. Es war ihm logisch vorgekommen, die einzig mögliche Lösung. Drek, es *war* logisch *gewesen*. Und außerdem das Dümmste, was er in seinem ganzen Leben je getan hatte. Michael gefiel der Gedanke nicht, daß Logik und Dummheit offenbar Hand in Hand gehen konnten. Und jetzt wußte er wirklich nicht, was er zu ihr sagen wollte. Sich in Arbeit zu vergraben, war der einzige Ausweg gewesen.

Und er hatte bei seinem kleinen Matrixrun genau das gefunden, was er erwartet hatte. Besitzer der Anlage in Babanango war eine winzige Firma namens Vereinigte Photosynthese, die als Tochtergesellschaft von HKB, Englands Finanzkonglomerat, eingetragen war. Das bedeutete, HKB fungierte für die tatsächlichen Besitzer als Geschäftsadresse, also als Schutzschild und Deckmantel. Für diesen Dienst nahm der Megakonzern entweder ein festes Honorar oder einen Prozentsatz vom Gewinn, je nachdem, was die Haie in der Geschäftsleitung für profitabler hielten. HKB hatte eine ganze Abteilung, die sich nur mit solchen Leasing-Deals befaßte, aber sie gehörte nicht zum britischen Zweig des Konzerns – jedenfalls nicht, was das internationale Recht anbelangte. Sie existierte irgendwo in einem der dreißig unterentwickelten Länder, welche die Brosamen nahmen, die HKB ihnen zuwarf, und keine Fragen stellten. Jeder Versuch, in das System dieser Abteilung einzudringen und herauszufinden, wem ein Stück von British Industrial und zumindest der Löwenanteil der Vereinigten Photosynthese gehörte, war blanker Wahnsinn. HKB hatte mehr Ice, als die Natur gebraucht hatte, um die *Titanic* zu versenken. Michael wußte, daß es unmöglich war. Er wußte auch, daß sie ihren Mann in diesem Fall nie finden würden. Es sei denn, Serrins Reporterfreundin konnte ihnen den entscheidenden Hinweis liefern, aber das hieße, zu sehr auf das Glück zu vertrauen.

»Warum hast du es getan?«

Er drehte sich auf seinem Stuhl zu ihr um. »Was hätten wir sonst tun sollen? Wir mußten hierher zurück. Es gab mindestens zwei Gruppen in Azanien, die Serrin ans Leder wollten, vielleicht sogar noch mehr. Er wollte nicht ohne dich gehen. Wenn wir versucht hätten, dich mit deinen falschen Papieren nach New York zu schaffen, hätten sie dich sofort nach der Ankunft in irgendeiner Rostbeule wieder zurück nach Azanien geschickt. Und wir hatten keine Zeit, ganz offiziell einen Paß zu beantragen.«

»Aber du kennst mich ja nicht einmal.«

»Nicht besonders, nein. Vielleicht hatte es etwas damit zu tun, daß du diese indischen Samurai aufgetan hast. Ohne sie wäre Serrin jetzt tot. Vielleicht war ich dir nur etwas zu dankbar. Ich konnte nicht mehr klar denken. Schließlich hatte ich eine Menge Blut verloren.«

Kristen zündete sich eine von Serrins Zigaretten an, obwohl sie ihr nicht besonders schmeckte. Sie war Stärkeres gewöhnt und vermißte es. Sie beschloß, ihn nicht noch einmal zu fragen, warum er diesen Teil nicht Serrin überlassen hatte. Er würde wieder nur das gleiche sagen, daß er ihre Beziehung nicht hatte ruinieren wollen. Er hatte ihr auch erzählt, wie einfach eine Scheidung nach dem einen vorgeschriebenen gemeinsamen Jahr sein würde.

»Ich will nichts haben«, sagte sie leise. Sie zog die Beine an, so daß sie jetzt fast die Embryonalhaltung einnahm, und sah ganz so aus, als würde sie jeden Moment zu weinen anfangen. Er ging zu ihr, setzte sich neben sie und legte ihr den Arm um die schmalen Schultern.

»Was tue ich hier?« sagte sie, gegen die Tränen ankämpfend. »Ich weiß nichts über diese Stadt. Ich kann hier nicht leben. Und jetzt habe ich auch noch einen verdammten Ehemann. *Ich* habe einen Ehemann, den ich vor vier Tagen kennengelernt habe. Vier Tage – das ist doch richtig, oder?«

»Ich kann mich nicht erinnern«, sagte Michael, indem er sie irgendwie verwirrt anlächelte. Sie ließ die Hände sinken, die sie vor das Gesicht geschlagen hatte, und sah aus, als wisse sie nicht, ob sie lachen oder weinen sollte. Sein Lächeln schien den Ausschlag zugunsten des ersteren zu geben.

Als ihre Heiterkeit abgeklungen war, hatte sich Michael einen Gin eingeschenkt. Ihrer Miene konnte er entnehmen, daß sie auch einen wollte. Er gab Eis aus dem Kübel in ein Glas und füllte den Gin mit Tonic auf.

»Was ist mit mir? Wie soll ich es meiner Familie erklären? Gut, mittlerweile sind sie wahrscheinlich längst zu dem Schluß gekommen, daß ich mehr auf Männer stehe, weil ich trotz meines vorgerückten Alters noch unverheiratet bin.«

»Und stehst du auf Männer?« fragte sie ihn.

»Ach was. Ich liebe Computer.«

Sie stieß ihn in die Rippen, überraschend hart. Er hatte schwer zu kämpfen, um den Schluck Gin-Tonic bei sich zu behalten, den er gerade getrunken hatte.

»Ich liebe ihn«, sagte sie plötzlich und mit Nachdruck. Michael fühlte sich wieder unbehaglich, da er nicht wußte, was sie als nächstes sagen würde.

»Ich weiß«, sagte er beinahe traurig. »Er liebt dich auch.« Ihm fiel keine aufmunterndere Bemerkung ein.

»Warum will er mich dann nicht haben?«

Michael dachte einen Augenblick nach. »Äh ... ja, ich glaube, wenn ich von der Reporterin eines Schmierblatts hereingelegt worden, mit Betäubungspfeilen beschossen, in einer Woche in ein halbes Dutzend Länder gereist, entführt, von einem MG fast in ein Sieb verwandelt und auf einen Haufen Leute angewiesen wäre, die ich kaum kennen würde, und ich dann noch herausfände, daß irgendein verrückter vampirischer Elfenmagier gerade dabei ist, das Armageddon einzuläuten – wobei wir über das Wie noch im Dunkeln tappen –, stünde mir der Sinn wahrscheinlich auch nicht nach Liebe. Ich meine, das ist einfach ein Haufen Sorgen.« Er betete im stillen, daß Serrin und Tom im nächsten Augenblick an die Tür klopfen würden.

»Aber woher soll ich wissen, was er wirklich empfindet? Wird er sich ändern?«

Michael erhob sich. Das war wirklich zuviel für ihn. »Kristen, erinnere dich an die heiligen Worte, die du geschworen hast. Dieser halb exkommunizierte Bure hat uns mit einer ziemlich traditionellen Variante beglückt. Du hast gelobt, deinem Ehemann zu gehorchen, fürchte ich. Politisch schrecklich unkorrekt. Aber das hast du gesagt. Also frag Serrin, wenn er zurückkommt. Ich kenne ihn noch weniger als du. Bis dahin sei ruhig und laß mich arbeiten.« Er drohte ihr scherzhaft mit dem Finger. Sie lächelte nur und zuckte die Achseln.

Michael bereitete sich darauf vor, sich wieder einzustöpseln. Er würde nicht auf Serrins und Toms Rückkehr warten. Wenn er sich mit den Abwehrvorrichtungen von HKB auseinandersetzte, konnte er wenigstens das tun, worin er gut war. Dann verwünschte er sich wegen seiner Dummheit, zog sich in sein Schlafzimmer zurück und rief London an.

»Geraint, alter Junge, können wir das Gespräch verschlüsseln?«

»Klar.« Die volle Stimme des Walisers klang so vertraut wie eh und je. »Wie steht's?«

»Du schuldest mir ein Vermögen, mein Lieber. Warte, bis du meine Rechnung siehst.«

Geraint seufzte und strich sich mit den Fingern einer Hand durch sein dunkles Haar. »Dann hast du also alles geregelt? Ist die Sache erledigt?«

»Nicht ganz. Hör zu, alter Freund, ich brauche deine Hilfe.«

»Schieß los.«

»Es wird dir nicht gefallen«, warnte ihn Michael.

»So?«

»Ich meine, es wird dir *bestimmt* nicht gefallen«, betonte Michael. Geraint wartete mit ausdrucksloser Miene. »Ich muß etwas über die Besitzverhältnisse einer gewissen Tochtergesellschaft herausfinden, die sich unter den Fittichen von HKBs Konzernlizenzabteilung befindet.«

»Das kann ich nicht machen«, sagte Geraint. »Wird alles zurückverfolgt. Keine Chance.«

»Du brauchst nicht in ihr System zu decken. Die Unterlagen müssen Schwarz auf Weiß vorliegen. Schließlich bist du einer der Direktoren. Diese kleine Firma ist völlig obskur und stellt absolut keine Interessensbedrohung für HKB dar. Die Information ist in keiner Weise heikel.«

»Ich fürchte, alter Junge, daß alle diesbezüglichen Informationen heikel sind. Wenn nicht, würden uns die Leute nicht dafür bezahlen, die Besitzverhältnisse anonym zu halten«, sagte Geraint trocken. »Sie bezahlen uns, um ganz sicherzugehen, daß niemand dahinterkommt.«

»Geraint, wir haben einen ganz dicken Fisch an der

Angel. Um einen berühmten Rockmusiker aus dem letzten Jahrhundert zu zitieren, das ist kein Rock 'n' Roll, das ist Völkermord.«* Dann schilderte Michael seinem Freund, was sie erlebt und in Erfahrung gebracht hatten.

Geraint hatte seine erste Zigarette aufgeraucht und drückte die an der ersten angezündete zweite gerade aus, als Michael fertig war.

»Wir wissen nicht genau, was dieser Elf vorhat. Nur, daß er irgendeine Droge zusammenbraut, die die Menschheit ausrottet. Dazu gehören auch du und ich, alter Junge. Kannst du dir vorstellen, dich in einen Zombie zu verwandeln?«

»Das weißt du nicht mit Sicherheit«, sagte Geraint nervös, hörte sich aber so an, als glaube er selbst nicht an seine Feststellung. »Ich setze mein Leben aufs Spiel, wenn ich in die HKB-Unterlagen decke.«

»Aber du kannst es«, beharrte Michael.

»Ich brauche vier Stunden. Ich muß mich irgendwie absichern«, sagte Geraint. Er war mittlerweile sehr blaß geworden.

»Du hast meine Nummer.«

Damit konnte er sich die Überprüfung der Squeeze-Connection schenken. Was ihm eine Begegnung der unangenehmen Art mit schwarzem Ice ersparte.

Das Telekom summte um halb zwei, dann nahm Geraints Gesicht auf dem Bildschirm Gestalt an, das Michael anfunkelte.

»Ich fliege für ein paar Tage geschäftlich nach Hongkong«, sagte der Waliser leise. »Ich habe es so eingerichtet, daß die Sache auf jemand anders zurückfällt. Aber ich will nicht dabei sein, wenn das passiert.«

»Und?« drängte ihn Michael.

»Die Firma ist in Wien eingetragen. Du wirst dich mit

* »This ain't Rock 'n' Roll, this is Genocide.« – David Bowie, 1974

der Wiener Matrix auseinandersetzen müssen. Ich habe gar nicht erst versucht herauszufinden, wem der verdammte Laden gehört«, murmelte Geraint und gab ihm die Adresse. Er wartete weder auf ein Dankeschön noch auf ein Aufwiedersehen, sondern unterbrach die Verbindung, sobald sich Michael die Einzelheiten notiert hatte.

Der Engländer wollte sich gerade einstöpseln, als Serrin und Tom von ihrem Besuch bei Julia Richards zurückkamen.

»Wir haben zwei Möglichkeiten«, sagte der Elf aufgeregt. »Eine in der Ukraine und die andere in der Nähe von Regensburg. Julia hat eine Freundin, die der Sache für uns nachgeht.«

»Die Firma, der die Vereinigte Photosynthse gehört, hat ihren Standort in Wien«, berichtete Michael. »Ich wollte gerade mit der Suche nach den Besitzern beginnen. Wenn wir eine Übereinstimmung mit einem Namen oder Standort finden, wissen wir Bescheid.«

»Und was unternehmen wir *dann*?« fragte Kristen.

»Das ist eine verdammt gute Frage«, antwortete Michael. »Wir können von Glück sagen, wenn uns dazu eine Antwort einfällt.«

24

Luther tobte durch die Gänge, brüllte wie ein Minotaurus und zerschlug mit übermenschlicher Kraft alles, was ihm in die Quere kam, während Martin ihn mit den Überwachungskameras beobachtete. Natürlich hatte Luther diesen Anfall vorausgesehen. Er hatte das Labor hinter sich abgeschlossen, um zu verhindern, daß er sein kostbares Werk zerstörte. Jetzt war er völlig außer Kontrolle, da das Blut wie ein Lavastrom durch seinen Körper raste. Als er die dichtgeschlossenen Reihen der Statuen und Büsten restlos zerschmettert hatte, erblickte er endlich den jungen Magier.

Luther warf sich auf den jungen Mann, wie sich eine Hyäne auf ein gefallenes Herdentier gestürzt hätte. Kiefer schlossen sich wie ein Schraubstock um dessen Kehle, eine Klauenhand krallte sich in die Rippen, die andere in die Brust über dem Herzen. Der Mann schrie auf, wand sich, nicht in der Lage, die Hände zu heben, um sich zu wehren. Sie zuckten in ihren Handschellen auf dem Rücken. Luthers Eckzähne trafen die Halsschlagader; salziges Blut füllte seinen Mund und rann ihm über das Kinn, als er die Wärme voller Gier in sich hineinschlürfte. Er löste sich vom Hals des Mannes und sah ihm in die Augen.

Er zwang den Magier auf die Knie und dann flach auf den Boden und kauerte sich über ihn. Das Gesicht des jungen Elfs war zu einer Grimasse des Todes verzerrt, seine Augen stierten irre und blicklos. Luther beugte sich über ihn und trank das Entsetzen und die Angst seines Opfers ebenso begierig wie zuvor dessen Blut. Die Panik und Todesangst des Mannes erregte ihn, nährte ihn ebenso sehr, wie es sein Blut tat. Er liebte es, eine lebendige Seele auszusaugen, gewann Macht daraus.

Luther bemühte sich, die ausgehungerte Bestie in sich zurückzuhalten, genoß jede Sekunde des Frohlockens und Vergnügens, die ihm der Sterbende bereitete. Dann sprengte der Hunger alle Dämme, und er zerfetzte die Kehle des Elfs, um dann dessen zuckenden Kopf mit beiden Händen festzuhalten. Er saugte sich förmlich am Hals des Sterbenden fest, und das Blut spritzte ihm über Brust und Hände. Die scharlachrote Flut enthielt die letzten Qualen des sterbenden Magiers, Lebensblut, das mit Todesangst angereichert war, und das Entzücken, das es ihm vermittelte, überwältigte ihn. Luthers Körper zuckte wie ein riesiger bleicher Blutegel und wand sich in peristaltischen Krämpfen, während er schluckte und schlang.

Martin ging zu ihm, als er wimmernd neben der Leiche lag und sich klebriges Blut von Gesicht und Händen wischte. Luthers Hände zitterten unkontrolliert. Martin zog ein Taschentuch aus der Brusttasche und kümmerte sich so liebevoll um ihn wie eine Mutter um ihr Neugeborenes.

»Ich weiß, Euer Gnaden«, sagte er leise. »Ich wußte, es würde notwendig sein. Jetzt wird alles gut.«

Luther sah ihn mit vorübergehender Verständnislosigkeit an. Er hustete, ein ersticktes Keuchen ganz tief aus dem Rachen, und die Augen quollen ihm fast aus dem Kopf. Schrecklich würgend, erbrach er dunkles, klebriges Blut auf den Boden. Martin legte dem anderen Elf die Hände unter die Arme, zog ihn hoch und hielt ihn fest, bis Luther wieder aus eigener Kraft stehen konnte.

»Ah, Martin.« Luther hatte sich wieder beruhigt oder zumindest unter Kontrolle. »Du sorgst immer für mich.«

»Wollt Ihr baden, Euer Gnaden?«

»Dazu ist keine Zeit«, sagte Luther, während er gereizt über die klebrigen Flecke auf Manschetten und Kragen strich. »Ich stehe ganz dicht vor dem Abschluß.

Vielleicht ist es schon am Mittag so weit. Der erste Schub gegen Abend. Die Helikopter sollten morgen früh hier sein. Dann können wir mit der Verteilung beginnen.«

Er betrachtete die schrecklich zugerichtete Leiche. »Wer war er?«

»Ein Magier aus dieser Gegend, Euer Gnaden. Ich weiß, daß es riskant war, ihn zu nehmen, weil er so nah bei uns gewohnt hat«, sagte Martin, auf Luthers fragenden Blick antwortend. »Aber die Zeit ist knapp, Meister, und von den anderen hätten wir keinen rechtzeitig herschaffen können.«

Luther wandte sich ab und ging. Er haßte, was geschehen war. Er war Kälte gewöhnt, seltene Mahlzeiten, Jahre ohne den Hunger. Und wenn er seinen Hunger stillte, erfreute er sich normalerweise an langsamer Folter und ausgedehnten Leiden, indem er in seinem Opfer so viel Entsetzen wie nur möglich wachrief. Er haßte die Derbheit dieses neuen Brennens in ihm, fühlte sich von der Bestialität dessen, was es ihn zu tun zwang, besudelt und angeekelt.

Trost bot natürlich das Wissen, daß er kaum zwanzig Stunden von der endgültigen Austilgung der überflüssigen Menschheit vom Angesicht dieser wunderschönen Welt entfernt war.

Michael traute seinen Sinnen kaum, als er sah, wie das Oktopus-Icon emsig Datenpakete in seine Tasche stopfte. Aber natürlich. Er verließ sich darauf, daß die HKB-Verbindung die Anonymität wahrte. Die Sicherheit neigte dazu, jedermann aufzuhalten, der mit der azanischen Firma verbunden war. Seine Registrierung hier in Wien war absolut offen. Bioenergetische Archivierungen. Wiener Adresse. Das ließ sich in der öffentlichen Datenbank leicht nachprüfen.

Er raste durch die Datenleitungen und schlich sich am Zugangsknoten vorbei, wie er es gern hatte, während sein Analyseprogramm in das Straßenverzeichnis eintauchte. Jetzt nichts wie raus und kopieren, dachte er, und hätte sich beinahe ausgestöpselt, bevor er das Frame startete.

»Das ist eine Nachsendeadresse, wenn ich je eine gesehen habe«, knurrte er, als er das Papier förmlich aus dem Drucker riß. »Aber es spielt keine Rolle. Da ist unser Name. Luther von Hayek.«

»Bingo«, sagte Serrin. »Der Regensburger Name.«

»Was hat dir die Freundin deiner Freundin über ihn erzählt?«

»Luther von Hayek, geboren am siebzehnten November zweitausendzehn als Sohn von Luther und Mathilde von Hayek in einer Privatklinik in München. Ging auf eine Regensburger Privatschule. Seine Mutter ist zweitausendelf gestorben.«

»Sehr praktisch«, bemerkte Michael.

»Der Vater starb zweitausendachtundzwanzig. Luther Junior wurde von Privatlehrern unterrichtet. Keine Universitätsausbildung vermerkt. Keine existierenden Fotografien. Luther soll ein Elf sein, obwohl keine Einzelheiten über UGE und Goblinisierung vorhanden sind. Auf der Geburtsurkunde ist der Metatypus nicht verzeichnet, aber das ist mit Blick auf das Geburtsdatum nicht ungewöhnlich. Interessanterweise ist aber auf seiner Geburtsurkunde vermerkt, daß sein Vater am 4. 11. 1956 in Kralowitz geboren wurde. Unglücklicherweise sind alle Aufzeichnungen im Jahre zweitausendzwölf bei einem Feuer verbrannt. Wiederum sehr praktisch, nicht wahr?«

»Wo liegt Kralowitz?« fragte Michael. »In Polen?«

»Nein. Du meinst Kattowitz, nicht wahr? Unser Ort liegt im Westen der Tschechischen Republik. Kurz vor der Grenze.«

»Also keine Aufzeichnungen über Daddy?«

»Nein. Aber das erklärt den Namen. Abgesehen von dem ›von‹ ist es eher ein tschechischer als ein deutscher.

Wohlgemerkt, Julias Freundin hat Unterlagen über einen Luther Hayek, Einwohner von Zwolen – in der Slowakei –, um zirka achtzehnhundertzehn. Das Bemerkenswerteste über ihn ist ein privat veröffentlichtes Pamphlet. Autor ist ein gewisser Jesuit der Gemeinde – wenn Jesuiten überhaupt Gemeinden haben –, und er beschuldigt Hayek darin der Nekromantie und des Vampirismus. Es gibt keinen stichhaltigen Beweis für einen Zusammenhang. Der Name ist nicht so ungewöhnlich. Die Übereinstimmung könnte ein Zufall sein.«

»Warum hat sie unseren Luther aber als Blutsauger eingeordnet?« fragte Michael. »Ich meine, es ist kein Allgemeinwissen, soviel ist sicher. Ich kann mir nicht vorstellen, daß die Marienbader Stadtverwaltung eine Aktennotiz an das örtliche Finanzamt weitergereicht hat, in der es heißt: ›Und sorgen Sie dafür, daß wir von dem Vampir am Ende der Straße nächste Woche den vollen Satz erhalten.‹«

»Die Frau, die Julia dieses Material gegeben hat, brauchte viel gutes Zureden, bevor sie damit herausgerückt ist. Außerdem hat es mich einen Haufen Kreds gekostet. Und du hättest sehen sollen, wie ängstlich *Julia* ausgesehen hat, als sie es an mich weitergab. Julias Kontakt hat sie dreimal gefragt, ob wir ihren Namen hätten. Ein Nein hat ihr nicht gereicht«, sagte Serrin. »Die Frau hat auf keinen Fall gelogen.«

»Das würde ich auch sagen«, fügte der Troll hinzu.

Michael sah sie an und zuckte die Achseln.

»Also, sie hat uns den Namen genannt. Du hast ihn bestätigt. Das klingt so, als hätte sie ihre Hausaufgaben ordentlich gemacht«, sagte Serrin.

»Und wir wissen genau, wo sich dieser Luther aufhält?«

»Er besitzt ein Kloster in Schwandorf. Das ist nicht weit von Regensburg.«

»Dann haben wir unseren Mann. Oder vielmehr unseren Nosferatu. Jetzt müssen wir analysieren, was wir zu wissen glauben.« Michael holte tief Luft, glättete ein Blatt jungfräulich weißen Papiers und griff nach einem Stift. »Laßt uns alles Schritt für Schritt durchgehen.«

Sie grübelten noch einmal über alles, was geschehen war, über alle Teile des Puzzles, die sie zusammengetragen hatten. Es ging weitaus schneller, als Michael erwartet hatte. Sorgen machte ihm nur, was sie mit diesem Wissen anfangen würden. Ganz besonders eine Möglichkeit jagte ihm einen kalten Schauer über den Rücken.

»Wenn das derselbe Kerl ist ...«, sann Michael.

»Was meinst du damit?« fragte Tom.

»Ich meine, was ist, wenn es die ganze Zeit über nur einen Luther gegeben hat? Nach allem, was wir haben, sieht es so aus, als sei unser heutiger Luther kaum je gesehen worden – Privatlehrer und so weiter. Das klingt ganz so, als könnte es derselbe sein.«

»Wenn er ein Nosferatu ist, warum nicht?« warf Serrin ein.

»Nun ja, wenn er wirklich ein Elf ist, muß das bedeuten, daß er als solcher geboren wurde. Und zwar gegen Ende des neunzehnten Jahrhunderts oder noch früher in der Slowakei. Es ist möglich, nehme ich an. Wir wissen von den Spikebabys, aber das Mana müßte bei einer derartig frühen Geburt ein unglaublich hohes Niveau erreicht haben. Es wird kein Spaziergang, wenn sein magisches Talent diese Tatsache widerspiegelt.«

Sie schwiegen eine Weile.

Es war Michael, der das Schweigen brach. »Also, was genau hat Magellan über Luthers kleine Überraschung erzählt?« fragte er Serrin.

»Ich kann mich nicht mehr an die genauen Worte erinnern. Irgend etwas darüber, daß es in den Genen sei. Eine dauerhafte Veränderung.«

»Also keine Drogen«, sagte Michael. »Eine genetische Veränderung. Aber wie will er das machen? Er kann nicht herumlaufen und die DNS jedes Menschen einzeln verändern.«

»Es muß irgendeinen Vektor geben«, schlug Serrin vor.

Michael wurde weiß. Er war kein Fachmann für Molekularbiologie, hatte Geraint jedoch an der Universität bei dessen Arbeiten auf diesem Gebiet geholfen. Davon war genug hängengeblieben, um sich mit dem Vokabular dieser Disziplin einigermaßen auszukennen.

»Ein Virus. Ein Retrovirus«, keuchte er. »Verändert die DNS. Er muß eine metatypische Fixierung eingebaut haben, so daß nur bestimmte Metatypen betroffen sind.«

Hinter ihm summte der Drucker, aber er machte sich kaum die Mühe hinzusehen. In seine Überlegungen vertieft, nahm er das Blatt, um seinen Händen eine Beschäftigung zu geben. Seine Augen weiteten sich, als er es überflog.

»Tracey war ziemlich aktiv. Ich hätte sie früher überprüfen sollen. Drei weitere Entführungen von Magiern sind gemeldet worden, während wir in der Weltgeschichte herumgereist sind. Eine in Beijing, vermutlich ein Bandenkrieg. Eine in Atlanta, mutmaßliche Konzernverwicklung. Eine in Regensburg, Motiv unbekannt. Gestern. Schau, schau.«

»Ich würde sagen, es gibt jetzt absolut keinen Zweifel mehr«, murmelte Serrin.

»Dieser Luther wird immer hungriger. Aber das paßt nicht in das Nosferatu-Schema«, sagte Michael, nachdem er Serrins hingekritzelte Notizen über Untote gelesen hatte. »Sie essen nur selten. Die letzten sechs Entführungen, die auf sein Konto zu gehen scheinen, haben in einem Zeitraum von nur sieben Wochen stattgefunden. Warum rufst du Julia nicht an und bittest sie, sich noch einmal mit ihrer Freundin zu unterhalten und herauszufinden, was das bedeuten könnte?«

Serrin kam nach wenigen Minuten mit einer Antwort zurück. »Sie sagt, sie sei nicht hundertprozentig sicher, aber das würde nur geschehen, wenn der Nosferatu einen Haufen Energie speichert oder benutzt. Es würde zu Luther passen, daß er um seiner Forschungen willen nächtelang durcharbeitet, wenn er wirklich darin aufgeht. Ach, und sie hat noch gesagt, ich soll nicht mehr anrufen. Sie meldet sich einstweilen nicht mehr.« Da er Magellans Beinahe-Manie selbst erlebt hatte, hielt Serrin diese Erklärung für zutreffend, und das sagte er auch zu Michael. Der Elf aus Tir Tairngire arbeitete offenbar nicht für Luther, aber die beiden hatten einen Wahn gemeinsam, der sie irgendwie verband.

Der Engländer nickte müde. »Was sollen wir also jetzt tun?«

»Die Behörden?« fragte Serrin hoffnungsvoll.

»Toll. Gehen wir also zur deutschen Polizei und sagen ihr, daß ein gefährlicher Nosferatu Magier entführt und in seinem Kloster gerade ein Virus zusammenbraut, das die ganze Welt bedroht. Glaubst du, wir haben genügend Beweise, um diese Theorie zu erhärten? Wir haben nicht eine einzige wirklich greifbare Tatsache. Wir haben nur unsere persönlichen Aussagen. Wir haben nicht mal einen Beweis, daß Luther irgendwie in die Entführungen verwickelt ist. Und können auch nicht beweisen, daß er ein Nosferatu ist.«

Serrin wußte, daß Michael recht hatte. »Dem habe ich nichts entgegenzusetzen. Gut, aber was dann?«

»Vielleicht hat sich Magellan geirrt«, sagte Michael voller Hoffnung. »Du sagtest, er sei ein Besessener.«

»Luther brütet auf jeden Fall irgend etwas aus«, stellte Serrin fest. »Sonst hätte er nicht so ein gesteigertes Nahrungsbedürfnis.«

»Was meinst du also?«

Serrin erwiderte den fragenden Blick Michaels, in dessen Miene sich äußerste Hilflosigkeit widerspiegelte. Er hatte eine fast wasserdichte Geschichte zusammengetragen, der jedoch das Ende fehlte. Und er hatte nicht die leiseste Ahnung, wie sie sie beenden sollten.

»Haben wir irgendwelche Kontakte in Deutschland?« fragte er. Er selbst zermarterte sich bereits das Hirn.

»Nein«, sagte Michael. »Vorausgesetzt, du hast keine, Tom?«

Der Troll lächelte. Bisher hatte er den Denkern mit Freuden die Arbeit überlassen, aber er wußte es zu schätzen, daß Michael seine Anwesenheit nicht vergessen hatte. Dann schüttelte er den Kopf.

»Aber wenn man irgendwo ohne Kontakte Staub aufwirbeln muß, ist Deutschland dafür vermutlich der am besten geeignete Ort auf der ganzen Welt«, fuhr Michael fort, der immer noch fieberhaft nachdachte. »Berlin. Wir fliegen nach Berlin.«

»Warum?« fragte Serrin.

»Weil Berlin ein Irrenhaus ist. Totale Anarchie. Wir brauchen nicht einmal Pässe, um dorthin zu gelangen, weil niemand sie überprüft. Und dort gibt es massenhaft Leute, die wir als Hilfe anwerben können. Metamenschliche Policlubs zum Beispiel. Aber wir brauchen etwas Besseres als eine dünne Geschichte.« Michael hielt inne, als denke er einen Moment lang nach.

»Nein, brauchen wir gar nicht«, sagte er plötzlich. »Wir brauchen nur einen Haufen Geld. Und dann müssen wir den richtigen Straßenschamanen finden. Jemand, der mitkommen und Luthers Kloster astral begutachten könnte. Jemand, der den dortigen Samurai sagen kann, daß wir recht haben und dort wirklich etwas Übles im Gange ist. Das könnte einen Samurai dazu bewegen, den Job zu übernehmen. Bestimmt. Wir müssen einfach hoffen.« Er ging zum Telekom und tippte eine Londoner Nummer ein.

»Noch eine Sache, bevor du dich in den Osten absetzt«, sagte er zu Geraint, als die Verbindung stand. »Du bekommst meine Rechnung noch früh genug, aber ich brauche sofort einen Vorschuß.«

»Wieviel?« fragte die müde Stimme am anderen Ende der Leitung.

»Ein paar hundert müßten eigentlich reichen.«

»Du belästigst mich wegen zweihundert?« sagte Geraint ungläubig.

»Zweihundert*tausend*, alter Junge. Nuyen. Du kannst das Geld auf das übliche Konto überweisen.«

»Was?« Geraint war völlig verblüfft. »Bring mir das Empire State Building, dann können wir darüber reden.« Er wollte gerade die Verbindung unterbrechen, als Michael sein As ausspielte.

»Wir brauchen das Geld. Außerdem wollen wir doch beide nicht, daß HKB erfährt, wer in den Unterlagen geschnüffelt und einem Außenstehenden etwas über gewisse Besitzverhältnisse verraten hat, oder?«

Geraint sah aus wie vom Donner gerührt. »Du verdammter Schweinehund! Dafür bringe ich dich um!«

»Nein, das wirst du nicht tun. Dann würde HKB nämlich auf jeden Fall alles erfahren. Komm schon, du bist doch ein paar Millionen schwer. Mach schon.«

»Serrin, bist du auch da?« wollte Geraint wissen. Als er die Stimme des Elfs hörte, fragte er ihn, ob das ein Witz sei.

»Nein, alter Freund, es ist kein Witz. Ich weiß zwar nicht, warum Michael glaubt, daß er so viel braucht, aber wir stecken hier echt tief im Drek. Es ist kein Witz, das kannst du mir glauben.«

Die Aufrichtigkeit in Serrins Stimme beruhigte Geraint ein wenig. Er wandte sich wieder an Michael.

»Also schön«, knurrte er. »Aber dafür wirst du sechs Monate lang für mich arbeiten, du kleines Schwein, und diese Erpressung vergesse ich dir erst, wenn die Hölle zufriert.«

»Nenn es eine für beide Seiten vorteilhafte Vereinbarung«, sagte Michael. Dann fügte er hinzu: »Aber abgemacht«, bevor er die Verbindung unterbrach. Ein paar

Minuten später war das Geld auf einem seiner Konten, eine Tatsache, die er gleich überprüfte.

»Du würdest ihn nicht verpfeifen, oder doch?« fragte der Elf. Geraint war ein guter Freund.

»Natürlich nicht. Wenn er genauer darüber nachdenkt, wird er das auch wissen und sich beruhigen. Aber wir brauchten das Geld. Ich habe nicht so viel flüssig«, sagte Michael. »Mach dir deswegen keine Gedanken. Damals in unserer Schulzeit haben wir einander viel schlimmer mitgespielt.«

»Dann nehme ich an, wir sollten Flüge nach Berlin buchen«, sagte Serrin. Er fühlte sich ein wenig desorientiert. Es war sechs Uhr morgens, aber er fühlte sich wie mitten am Nachmittag, und zwar am Nachmittag des Tages nach einem der extremsten Gelage in jeder dem Menschen bekannten Form körperlichen Raubbaus.

»Ich lasse die Kredstäbe vorbereiten, so daß ich das Geld am Flughafen abholen kann«, sagte Michael. »Wenn wir sofort fliegen, sind wir am frühen Nachmittag in Berlin. Wir können ein wenig schlafen und dann am Abend alles kaufen, was uns über den Weg läuft. Und Mr. von Hayek dann morgen früh einen Besuch abstatten. Bei Sonnenaufgang, ha, ha.«

Der Engländer stöhnte, als er sich von seinem Stuhl erhob. Er war steif, und sein linker Arm pochte schmerzhaft. Serrin zündete sich eine Zigarette an und hustete.

»Gott, fühlst du dich so, wie ich mich fühle?« fragte er den Elf. »Mein ganzer Körper tut weh.«

»Ins Schwarze getroffen«, erwiderte Serrin mit Nachdruck.

»Bist du je von einem Troll massiert worden, der wirklich weiß, was er tut?«

»Klingt beängstigend«, erwiderte der Elf mit noch mehr Nachdruck.

»Tatsächlich? Eine Stunde, nachdem er jeden einzelnen deiner Muskeln in Hackfleisch verwandelt hat, fühlst du dich wie der leibhaftige Tod. Dann schläfst du eine Runde, und wenn du aufwachst, fühlst du dich, als könntest du an einem Marathon teilnehmen. Normalerweise brauche ich so etwas bei meiner Meditation nicht, aber ich habe meine Sitzungen jetzt ein paar Tage lang ausgelassen, und ich meine, wir sollten den Troll-Massagedienst bemühen.«

»Toll. Ich kann es kaum erwarten«, sagte Serrin lakonisch und hustete erneut.

»Ach ja, und noch ein anderer Anruf«, fügte Michael auf dem Weg in sein Schlafzimmer leise hinzu. Sie hörten nicht mit.

Niall landete das Flugzeug in Saint Malo und schmorte eine halbe Stunde, in der er darauf wartete, daß der richtige Beamte auftauchte, um seine Papiere zu überprüfen. Nantes oder Paris, fragte er sich, was geht schneller? Es mußte Paris sein. Er konnte von dort aus nach München fliegen. Aber das war die offensichtliche Route, und vielleicht wurde er verfolgt …

Hör auf, paranoid zu sein, sagte er sich. Es muß Paris sein. In Nantes bekomme ich nie einen Direktflug nach München, auch wenn Paris hundertfünfzig Kilometer weiter von München weg ist. Ich kann gegen Mittag in Paris sein und dann wahrscheinlich gegen vier in München. Das heißt, ich wäre um sechs Uhr in Schwandorf. Ich könnte es heute nacht tun.

Nein, das könntest du nicht, meldete sich Mathanas. Du weißt, wie lange die Rituale dauern. Du wirst nicht vor Morgengrauen fertig sein. Also warte bis Sonnenaufgang. Zu dieser Tageszeit ist Luther nie ganz auf der Höhe. Außerdem weißt du, daß das Auskundschaften des Klosters und seiner Schutzvorrichtungen Stunden dauern wird. Du darfst nichts übereilen.

Eine Stunde Verzögerung könnte von entscheidender Bedeutung sein, flehte Niall. Es könnte die Stunde sein, in der er das Virus freisetzt.

Mathanas dachte darüber nach und sagte ihm dann, daß dies ein Risiko war, das sie eingehen mußten. Niall wechselte im *Bureau de change* einen Kredstab gegen Francs und Mark in Scheinen ein. Er kaufte sich eine Fahrkarte für den Magnetzug nach Paris und ging dann zum Bahnsteig.

Unterwegs sah er in einer Glasscheibe sein Spiegelbild. Die Kleidung, die Patrick für ihn bereitgehalten hatte, war so rustikal, daß er einem französischen Bauern ähnelte, der zu der einen oder anderen sinnlosen politischen Protestkundgebung unterwegs war, obwohl dem seine dramatischen Züge widersprachen. Er verbarg sein Haar unter dem Kragen der unförmigen Jacke und beugte sich vor, um seine Größe zu verheimlichen und so wenig wie möglich von seinem Gesicht sehen zu lassen. Dann schlurfte er weiter, geduckt und mit gesenktem Kopf, bis er auf dem nackten Beton des fast verlassenen, abfallübersäten Bahnsteigs stand.

Serrin stritt mit Kristen, während Michael packte und Tom in sein Zimmer zurückkehrte. Er flehte sie an, nicht mitzukommen. Sie hatte keine Übung mit einer Waffe, sie würde ein Risiko darstellten, es war verrückt. Sie war wütend.

»Beim letztenmal bin ich ganz gut damit zurechtgekommen«, protestierte sie, was stimmte. Wenn sie nicht den Kopfschuß gelandet hätte, wäre er in New Hlobane von dem Zulu mit der MP in ein Sieb verwandelt worden.

»Aber diese Sache wird ganz anders. Sehr, sehr gefährlich«, sagte er.

»So? Ich will dabeisein«, beharrte sie. Sie hatte so eine Angewohnheit, mit dem rechten Fuß auf den Boden zu klopfen, wenn sie sich ärgerte, die ihm noch gar nicht aufgefallen war. Wäre die Situation nicht so angespannt gewesen, hätte er sie ungeheuer liebenswert gefunden.

»Wir werden reichlich Muskeln mitnehmen«, sagte er.

»Bis jetzt habt ihr noch keine«, stellte sie fest. »Ich lasse dich nicht ohne mich gehen. Vielleicht muß ich noch einmal für dich abdrücken.« Sie lächelte glücklich. Es war ihre Trumpfkarte, und sie hatte die Absicht, die größtmögliche Wirkung damit zu erzielen.

»Und vergiß nicht«, fuhr sie breit grinsend fort, »in meinem Leben gibt es zwei Männer, um die ich mich kümmern muß: dich und meinen Ehemann.« Serrin mußte unwillkürlich lachen. Sie hatte den Streit gewonnen.

»Also schön. Aber versprich mir, daß du dich zurückhältst. Du gibst jedem Deckung, der reingeht, aber *du* bleibst draußen.«

»Versprochen«, sagte sie mit einem spöttischen Grinsen, das besagte, gewiß, sie würde sich alle Mühe geben, aber …

Der Troll lag auf seinem Bett, wobei seine gewaltigen Füße über das Fußende hingen, und betrachtete durch das Fenster die vormittägliche New Yorker Sonne. Mit über dem Bauch verschränkten Händen grub er die Finger seiner linken Hand in die Smartgunverbindung, die er unter der Haut der anderen Hand spüren konnte.

Drek, wenn ich meinen Körper nicht mit Metall ruiniert hätte, dachte er, wäre ich ein viel besserer Schamane. Aber jetzt ist es zu spät, alles rückgängig zu machen.

Seltsame Gedanken kamen ihm in den Sinn. Was geschieht mit mir? Ich bin fünfundzwanzig Jahre alt und von Bär auserwählt worden. Jeder weiß, daß das Leuten von der Straße normalerweise nicht passiert. Die Straßenschamanen, die ich kenne, folgen größtenteils Ratte, ein paar auch Hund – die von der angenehmeren Sorte –, und ich bin auch schon dem einen oder anderen Anhänger von Katze begegnet. Aber Bärenschamanen gibt es in der Stadt nicht viele. Trotzdem fühle ich mich dort … hier nicht fehl am Platz. Komisch …

Seine Gedanken wanderten nach New Hlobane zurück. Ohne die geringste Chance, Serrin zu finden, hatte er es geschafft. Und zwar dadurch, daß er versucht hatte, absolut gar nichts zu tun, nur leer und still zu sein. Daraus wurde er einfach nicht schlau. Sein Leben lang hatte Tom versucht, Dinge zu tun: Als Shadowrunner hatte er getötet, gestohlen und in den schlechten alten Zeiten auch getrunken und in den besseren in der Seattler Innenstadt gearbeitet. Alles, was er vom Leben bekommen hatte, alles, was irgendeine Bedeutung für ihn hatte, war ihm nicht einfach zugeflogen. Er hatte hinausgehen und es sich aktiv holen oder es zumindest versuchen müssen.

Aber er spürte, daß am Ende von alledem etwas echt Schlimmes wartete. Klar, er hörte die Argumente und Schlußfolgerungen des Engländers und verstand sie auch. Aber Tom konnte keine *Argumente und Schlußfolgerungen* spüren. Er konnte nur spüren, was er auch fühlen, was er *packen* konnte.

Ich kann dieses Nosferatu-Ding nicht packen, aber ich kann seine Bosheit aus Tausenden von Kilometern Entfernung spüren, dachte er. Er konnte sich nicht vorstellen, was er tun würde, wenn sie erst mal dort waren. Einfach abwarten und sehen, was passiert, nahm er an.

Seine Grübelei wurde von einem Klopfen an der Tür unterbrochen. »Troll-Massagedienst. Brauchen Sie eine Behandlung?«

Der rothaarige Elf zitterte, während er auf dem Flughafen wartete. Er hatte wie durch ein Wunder überlebt, obwohl er nicht wußte, ob es so etwas wie Wunder wirklich gab.

Wenn sie es herausfindet... Vielleicht hat er mir geglaubt. Vielleicht hat er das Licht gesehen; er ist ein Bruder, er *kann* uns nicht verraten, er *kann* einfach nicht. Das wäre Blasphemie.

Wenn ich zu Jenna zurückkehre, läßt sie mich umbringen. Schlimmer. Sie wird meinen Verstand auseinandernehmen, um herauszufinden, was wirklich vorgefallen ist, und dann … seine Gedanken wanderten zu dem alptraumhaften Bild von Jenna in Tir Tairngire. Zu ihrem wunderschönen Gesicht und den im krassen Gegensatz dazu stehenden Dornen an ihrem Körper, dem endlosen Blut. *Das könnte sie mir antun.*

Ich muß zu Luther, wurde ihm klar. Ich muß ihn direkt warnen. Telefonieren hat keinen Sinn. Nicht von hier aus.

Magellan rannte zum Schalter, um sein Reiseziel zu ändern.

25

Michael stellte hocherfreut fest, daß zufällig George von der Einwanderungsbehörde an der Abflugkontrolle auf dem JFK-Flughafen herumlungerte.

»Sie schon wieder«, knurrte der Mann. »Sie scheinen ziemlich viel herumzukommen.«

»Flitterwochen, Chummer«, strahlte Michael ihn glücklich an.

»Klar. Und die beiden kommen wohl als Brautjungfern mit«, schnaufte er nach einem gründlichen Blick auf Serrin und Tom.

Michael lachte über den bescheidenen Witz des Mannes. Die gute Laune brachte sie durch, ohne daß sie mehr als eine oberflächliche Überprüfung über sich ergehen lassen mußten.

»Hoffen wir, daß er bei unserer Rückkehr auch noch da ist«, sagte Michael. »Ich will diesen Drek nicht noch einmal erleben.«

»Wir können hinterher nach Kapstadt fliegen und einen echten Paß für Kristen beantragen«, sagte Serrin.

Michael wirbelte herum, ein glückseliges Lächeln auf den Lippen, schlang die Arme um den Elf und drückte ihn an sich. Serrin zuckte zusammen. Sein Körper fühlte sich immer noch so an, als sei er mit einem Fleischklopfer bearbeitet worden, nachdem die Troll-Masseurin ihr Werk vollendet hatte.

»Ich liebe dich, du bist ein Genie«, plapperte der Engländer.

Serrin sah ihn verständnislos an.

»Von Kapstadt können wir nach Sun City fliegen. Es ist ein stinkendes Drekloch, aber es hat etwas an sich, das ich bis jetzt völlig vergessen hatte.«

»Und das wäre?« fragte Serrin, wobei er sich verzweifelt überlegte, wovon der verrückte Engländer überhaupt sprach.

»Man kann sich dort schnell und problemlos scheiden lassen. Vorausgesetzt, die Heirat wurde innerhalb der Konföderation Azanischer Völker geschlossen. Ich habe es irgendwo gelesen«, sagte Michael glücklich. »Wenn beide Parteien anwesend und sich einig sind, braucht man nur die Gebühr zu bezahlen, und, hokuspokus, ist man nicht mehr Mister und Missus. Geht ganz automatisch.« Er rannte in einen der Läden und kehrte kurz darauf mit einem beinahe unanständig großen Strauß Rosen zurück. Sie sahen fast echt aus, aber Seide war auch kein schlechter Ersatz. Er drängte sie Kristen mehr oder weniger auf und ließ sich vor ihr auf ein Knie sinken.

»Liebling, erweist du mir die Ehre, dich von mir scheiden zu lassen?«

Das Mädchen krümmte sich vor Heiterkeit, doch Serrin fand ihr bezauberndes Lachen reizender denn je.

»Tja, ich weiß nicht so recht, Michael. Das ist eine schwierige Entscheidung für ein Mädchen. Aber in Ordnung«, lachte sie, »ich tue es.«

Michael lächelte, als er aufstand und sich die Hände rieb, um seine Zufriedenheit zum Ausdruck zu bringen. »Und jetzt laßt uns los und diesen Blutsauger ins nächste Universum jagen.«

Auf dem Weg zum Flugsteig wandte sich Tom an Serrin.

»Du hast ein paar verrückte Freunde, Chummer«, sagte er fröhlich.

»Ja, er ist schon irgendwie komisch.«

»Und sie ist sehr schön«, sagte der Troll leise.

Serrin spürte, wie ihm fast das Herz stehenblieb. Der Gedanke, daß sie zu einer Konfrontation mit jemandem unterwegs waren, der ebenso mächtig wie teuflisch war, schmerzte ihn. Sie wußten nicht, ob sie morgen noch leben würden, und doch zog er Kristen mit in die

Sache hinein. Einen Moment lang wollte er sich einfach umdrehen, weggehen und sagen, das ist nicht unsere Sache, soll sich jemand anders darum kümmern. Doch er wußte, daß er das nicht konnte. Es gab niemand anders.

In Paris kaufte sich Niall eine Armbanduhr. Er betrachtete die goldenen Fuchis und die anderen absurd überteuerten Prunkstücke in den Auslagen für Leute, die ihren Reichtum allen zeigen wollten, dann entschied er sich für ein preiswertes koreanisches Modell. Er brauchte die Uhr jedoch nicht, um zu wissen, wie spät es war. Das konnte er jederzeit dem Stand der Sonne oder des Mondes und auch seiner inneren Uhr entnehmen. Doch aus irgendeinem Grund, vielleicht Aberglaube, meinte er, daß er eine brauchte.

Er fühlte sich einsam. Mathanas war nicht bei ihm, sondern in seiner astralen Gestalt unterwegs, um ihre Route auszukundschaften, nach Verfolgern Ausschau zu halten und ganz allgemein Energie zu sammeln für das, was vor ihnen lag. Niall kehrte in ein Straßencafé an den Champs-Elysées ein, aß Schnecken in Knoblauchsoße und trank, was die Franzosen lächerlicherweise als Bier bezeichneten. Es schmeckte wie eine Mischung aus schlechtem englischem Lager und dem Blaseninhalt einer Teufelsratte, aber wenigstens war es kalt. Er stellte den Krug aus Steinimitat vor sich auf den Tisch und wischte sich den Schaum von den Lippen.

Ich bin wirklich ein Idiot, dachte er. Wer fährt schon nach Frankreich und bestellt *Bier*? Geschieht mir recht.

Die Armbanduhr verriet ihm, daß er noch dreißig Minuten Zeit hatte, bevor sein Zug zum Flughafen Charles de Gaulle und dem anschließenden Flug nach München ging. Er bestellte einen Cointreau und kippte den Likör in einem Schluck herunter.

Auf das nächste Leben, dachte er philosophisch, und machte sich dann auf, ein Taxi zum Flughafen zu finden. Die Überwachung der Amerikaner hatte er schon längst eingestellt. Für sie war es jetzt zu spät.

Sie trafen um vier Uhr in Berlin ein, und alle fühlten sich nach dem kurzen Nickerchen im Flugzeug etwas besser. Insbesondere Serrin war angenehm überrascht, als er feststellte, daß Michael hinsichtlich der Massage recht hatte. Einige seiner Muskeln fühlten sich tatsächlich so an, als befänden sie sich am Rande der Entspannung.

Serrin war noch nie in Berlin gewesen, hatte Michaels Beschreibung im Flugzeug aber eigentlich keinen rechten Glauben geschenkt. Kein Ort konnte so chaotisch sein. Es war einfach zu verrückt, und die Deutschen waren zu vernünftig.

Außer in Berlin, wie ihm klar wurde, als sie dort ankamen.

Bei der Einreise beachtete man ihre Papiere kaum. Die Beamten warfen lediglich einen flüchtigen Blick auf die erste Seite ihrer Pässe, lächelten über die Heiratseintragung und gratulierten Michael in einem Tonfall, der die Vorstellung erweckte, daß sie kürzlich Glück gehabt und die Einfuhr von etwas gleichermaßen Interessantem wie Illegalem verhindert haben mußten – und sich das meiste davon gleich zu Gemüte geführt hatten.

Der Flughafen war eine Rekonstruktion Babels mit dem Unterschied, daß beim Bau Start- und Landebahnen miteinbezogen worden waren. In der Flughafenhalle wimmelte es von Straßentheaterfreaks, Jongleuren, Puppenspielern, dadaistischen Pantomimen und religiösen Verrückten, die je nach Kultzugehörigkeit für nächsten Montag, Mittwoch oder Freitag das Ende der Welt prophezeiten. Hinzu kamen ausgebrannte Chipheads, Straßenmädchen, Straßenjungen, Straßenirgendwas und Betrunkene. Gelegentlich taten Passagiere wie sie selbst ihr Bestes, sich einen Weg durch diesen menschlichen Ausschuß zu bahnen, der ihnen den Weg versperrte. Die Flughafensicherheit schien von alledem nur dort etwas zur Kenntnis zu nehmen, wo offene Gewalt drohte. Serrins kleine Gruppe war noch keine zehn Meter weit gekommen, als ihr schon Mädchen, Jungen, Bewußtseinserweiterung durch Guru oder Pille, Erlösung durch Bestellungen per Post und Mitgliedschaften in Gesellschaften und Organisationen jeder nur vorstellbaren – und zum Teil auch unvorstellbaren – Neigung und Richtung angeboten worden waren.

»Ich bin noch nie hier gewesen«, sagte Serrin, als Kristen sich an ihn klammerte, »und ich werde *niemals* wieder hierher zurückkehren.«

»Ach, es ist gar nicht so schlimm, Chummer. Es ist nur so, daß die Freistadt so ziemlich alles aufgegeben hat, was die letzten sechstausend Jahre Zivilisation an wünschenswerten Errungenschaften mit sich gebracht haben«, grinste Michael. »Aber das Bier ist gut. Und die Stadt ist nicht überall so. Natürlich sind manche Gegenden noch schlimmer. Tatsächlich sogar die meisten, um die Wahrheit zu sagen. Aber das Metropolitan, in dem wir absteigen, ist eine Oase geistiger Gesundheit. Auf jeden Fall beschäftigt es Sicherheit, was genau das ist, was wir brauchen. Und wir können hier Dinge bekommen wie sonst nirgendwo in Deutschland. Uns steht ein geschäftiger Abend bevor.«

Serrin war gewaltig erleichtert, als sie im Hotel eintrafen, wo Michael eine Suite mit vier Schlafzimmern für sie gebucht hatte. Der Trideoschirm an der Wand des Salons war der größte, den er je gesehen hatte.

»Allererste Klasse«, räumte er widerwillig ein, während Michael in der Bar aus Mahagoniimitat nach Bier suchte. »Ich denke, wir haben drei Möglichkeiten«, sagte der Engländer, indem er eine Flasche öffnete, um dann einen großen Schluck zu nehmen.

»Erstens, wir suchen uns die am kompetentesten aussehenden Söldner, die man vor Mitternacht für Geld kaufen kann. Das muß schnell über die Bühne gehen. Wenn es länger dauert, haben die Leute nur mehr Zeit, uns genauer unter die Lupe zu nehmen, und das wären Komplikationen, auf die wir nicht scharf sind. Ich kann mit genügend Geld um mich werfen, um Qualität zu kaufen, aber machen wir uns nichts vor, man kann niemandem so viel Geld bezahlen, daß er sein Leben im Kampf gegen einen Nosferatu aufs Spiel setzt.«

»Einen Nosferatu-Magier«, sagte Serrin.

»Das wissen wir nicht mit Sicherheit«, erwiderte Michael. Serrins Miene verriet ihm, daß es besser war, gewisse Dinge unbesehen zu glauben.

»Aber Söldner könnten einen Rückzieher machen und kneifen«, fuhr Michael fort. »Was nicht sehr angenehm für uns wäre. Damit bleiben uns zwei andere Möglichkeiten. Eine habe ich bereits verworfen, aber ich würde sie gern erwähnen, damit ihr meinem Gedankengang folgen könnt.«

Er ist wieder in Form, dachte Serrin. Er hat wieder dieses irre Glitzern in den Augen, und wahrscheinlich glaubt er seinem eigenen Spruch, daß Engländer gegen Kugeln praktisch gefeit sind.

»Entschuldigt, daß ich die Möglichkeit überhaupt erwähne, aber da wäre Humanis.«

Tom war schon halb von seinem Stuhl aufgesprungen, als Michael, der aufrichtige Angst hatte, der Troll könne ihn mit seiner wassermelonengroßen Faust bearbeiten, beschwichtigend mit den Armen wedelte.

»Ich sagte, ich hätte sie verworfen. Es ist nur so, daß die Herrenrasse bereitwillig ihr Leben opfern würde, um unser Problem zu lösen. Wahrscheinlich brauchten wir sie nicht einmal dafür zu bezahlen. Kommt schon, bleibt fair, ihr müßt zugeben, daß sie motiviert wären.«

»Im Laufe der Jahre habe ich vielleicht ein Dutzend dieser Kerle ins Jenseits befördert, und ich schäme mich nicht zu sagen, daß ich deswegen keine einzige schlaflose Minute hatte«, knurrte Tom.

»Damit bleibt noch eine dritte Möglichkeit. Es gibt die Orkische Befreiungsfront. Ich könnte auch die Orkische Anarchistische Kommune, die Kriegshunde und ein halbes Dutzend anderer Gruppierungen nennen, aber sie unterscheiden sich alle nicht voneinander. Die Orks machen hier ein Viertel der Bevölkerung aus. Die echten Aktivisten verteilen sich auf zwei Gruppen. Ein Haufen – der, den ich erwähnt habe – besteht aus harten Burschen, aber sie schützen, was sie haben, und strengen sich an, ein größeres Stück vom Kuchen zu bekommen. Sie sind organisiert, so daß man sie als Policlub bezeichnen könnte. Dem anderen Haufen muß man aus dem Weg gehen. Er heißt Die Horde. Die Brüder schießen auf alles, was nicht nach großem, bösem Ork aussieht. Der Witz ist, Leute aus dem ersten und nicht aus dem zweiten Haufen anzuwerben.«

»Geht das denn?« fragte Serrin.

»Es gibt eine Bar, das Meld In in der Grenzstraße. Ironischerweise ist das ein Laden für Berliner, denen tatsächlich an der Verbesserung der Beziehungen zwischen den Metatypen gelegen ist. Dort wirst du keine Mitglieder der Horde treffen, aber dafür alle anderen. Und jetzt wird es spannend. Wir brauchen nämlich Leute, die scharf genug sind, daß sie die Vorstellung dessen, was Luther vorhat, auf die Palme bringt, aber nicht so übermotiviert, daß sie uns zuerst den Kopf abreißen wollen.«

»Wieso unbedingt Orks?« fragte Tom.

»Weil das hier die am zahlreichsten vertretenen und am besten ausgerüsteten Muskeln sind. Aber egal, wenn Trolle, Zwerge oder sonst jemand mitkommen und uns helfen wollen, um so besser. Die andere gute Sache an den Orks ist die, daß sie alles für sich behalten werden.«

»Und was ist mit mir?« fragte Serrin. »Wir wollen sie fragen, ob sie bereit sind, einen größenwahnsinnigen Elfenrassisten wegzublasen, und dann steht da ausgerechnet ein Elf vor ihnen, der sie das fragt? Wird das nicht ziemlich verdächtig aussehen?«

»Nein«, sagte Michael zögernd. »Nicht, wenn sie sehen, daß du mit Kristen da bist.« Serrins unbehaglichem Blick ausweichend, fuhr er fort: »Paß auf, was sind wir vier? Ein Troll. Ein Elf. Ein Weißer. Eine Farbige. Ist es wahrscheinlich, daß wir als Gruppe eine rassistische Verschwörung fördern?«

»Wahrscheinlich nicht.« stimmte Serrin zu.

»Nein. Tatsächlich sind wir eher eine Gruppe, der man zutrauen würde, daß sie sich genau dagegen wendet.«

»Vielleicht wäre es besser, wenn Serrin zu dem Treffen mit den Orks nicht mitkäme«, sagte Tom. »Deine Logik ist tadellos, aber das Leben ist nicht logisch.«

»Was jammerschade ist«, sagte Michael trocken. »Nein. Ich will sie nicht täuschen. Wir erledigen das zusammen. Und genau das werden wir ihnen vorschlagen.«

»Wie wäre es mit einem Kompromiß? Ich könnte etwas später in dieser Bar eintreffen. Ohne mich ist es vielleicht leichter, den Boden zu bereiten«, schlug Serrin vor.

»Gute Idee. Und jetzt laßt uns eine Einkaufsliste der Dinge zusammenstellen, die wir brauchen werden. Traurigerweise bekommt man nicht einmal in Berlin einen taktischen Atomsprengkopf – jedenfalls nicht in der Zeit, die uns zur Verfügung steht –, aber davon abgesehen haben wir genug Geld, um uns alles zu beschaffen, was wir haben wollen.«

Michael packte sein Cyberdeck aus. »Ich glaube, ich sollte auch ein paar Läden unter die Lupe nehmen, die nicht so bekannt sind wie das Meld In. Das dürfte eigentlich nicht länger als eine halbe Stunde dauern.

Währenddessen könnte Tom vielleicht schon dorthin gehen und sich einfach zurücklehnen, etwas trinken und sich ganz allgemein sehen lassen. Wenn wir dann später alle dort aufkreuzen, wird es so aussehen, als hätten wir jemanden geschickt, um sich umzusehen, und daß uns gefällt, was wir gesehen und gehört haben. Wenn dann die Zeit der Verhandlungen gekommen ist, könnte uns das etwas Respekt einbringen, weil es den Eindruck erwecken wird, als wüßten wir, was wir tun.«

»Hört sich vernünftig an«, sagte der Troll, indem er sich erhob. »Wo war dieser Laden noch gleich?«

Michael nannte ihm die genaue Adresse. »Bleib nicht zu lange, vielleicht eine halbe Stunde. Und benimm dich nicht zu auffällig, laß es nicht so aussehen, als würdest du alles genau unter die Lupe nehmen.«

»Hör mal, Chummer, ich bin vielleicht nicht der Klügste, aber ich bin auch nicht dämlich«, erwiderte Tom.

»Tut mir leid«, sagte Michael verlegen. »Ich bin nur nervös, das ist alles.«

Als Tom gegangen war, fragte Serrin Michael, als dieser sein Fuchi anschloß: »Warum solltest du bei diesem Unternehmen überhaupt mitmachen? Du bist kein Samurai.«

»Aber ich bin verdammt gut mit einem Predator. Hör schon auf damit, schließlich wohne ich in New York. Es ist einfach nur der nackte Überlebensinstinkt. Jedenfalls habe ich die Absicht, mich von der Front fernzuhalten. Ist das nicht die gleiche Abmachung, die du mit Kristen getroffen hast?«

Serrin warf dem Engländer einen griesgrämigen Blick zu. Wieder einmal hatte er bewiesen, daß seine Schlußfolgerungen messerscharf waren. Es wäre nett gewesen, wenn er zur Abwechslung auch einmal falsch gelegen hätte.

Michael traf seine Vorbereitungen, um sich einzustöpseln. »Und jetzt wollen wir uns mal auf die Suche nach Sachen begeben, die angenehm laute Explosionen verursachen.«

26

Trotz anfänglicher Bedenken fühlte sich Tom in der Bar sofort wie zu Hause. Bevor er überhaupt zur Tür durchgedrungen war, hatten ihm verschiedene Leute mindestens ein halbes Dutzend Pamphlete in die Hand gedrückt, welche die Tugenden rassischer Koexistenz in all ihrer facettenreichen Pracht anpriesen. Er kam zu dem Schluß, daß die Fähigkeiten der eifrig, aber harmlos aussehenden Kundschaft der Bar vermutlich hinter den grandiosen Ambitionen in den Pamphleten zurückblieben. Irgendwie kam es ihm falsch vor, in einem deutschen Bierkeller ein Mineralwasser zu trinken, also bestellte er sich einen Krug mit alkoholfreiem Bier. In den UCAS schmeckte alkoholfreies Bier wie Teufelsrattenpisse, aber in Deutschland konnte das einfach nicht sein.

Die Augen des Trolls weiteten sich, als er einen Schluck nahm und dann verblüfft den halbgeleerten Krug betrachtete. Es war ausgezeichnet. Seine Geschmacksknospen registrierten Hefe, Hopfen, Gerste und etwas Undefinierbares. Er erwog gerade, noch einen Krug zu bestellen, als plötzlich im Eingang die Hölle losbrach. Schockwellen rasten durch die Bar, und Tom wurde von seinem Hocker geschleudert. Er schlug schwer auf den Boden und registrierte benommen die Gesichter im Eingang, das Schreien auf Deutsch und die Waffen, die geschwungen wurden und bereit waren, der Erschütterungsgranate in die Bar zu folgen. Glas- und Holzsplitter regneten auf ihn herab. Er spürte den einen oder anderen Kratzer am Arm, doch sein Gesicht blieb unverletzt.

Der Roomsweeper war unter diesen Umständen nicht die richtige Waffe. Er war eher dazu geeignet, von draußen in einen Raum hineinzuschießen als umge-

kehrt, aber er wälzte sich trotzdem auf den Bauch, legte an und leerte das Magazin in Richtung Tür. Er konnte nur hoffen, daß alle Gäste der Bar durch die Schockwelle weit genug von der Tür weggeschleudert worden und außerhalb der Schußlinie waren.

Als das Magazin leer war, trübte Rauch die Sicht. Überall knatterten Schüsse, hallten von den Wänden wider und erzeugten in der Enge der Bar einen Höllenlärm. Ein halbes Dutzend Leute lag blutend auf dem Boden, manche in schrecklich unnatürlicher Haltung. Sein Blick fiel auf eine Orkfrau, die offenbar einen Zauber wirkte, da sie sich hin und her wiegte und dabei vor sich hin murmelte. Dann schoß ein Feuerstrahl durch die Tür und verschwand draußen auf der Straße. Die Wirkung war wegen des Rauchs nicht zu erkennen, aber die Schreie übertönten sogar das Geschrei und Gebrüll in der Bar.

Willkommen in Berlin, dachte Tom. Man hatte ihm gesagt, daß hier Anarchie herrschte. Michael hatte nicht übertrieben.

Jemandem war es gelungen, die Eingangstür zuzuschlagen, und ein Elf legte gerade Metallbolzen von der Dicke eines Trollarms vor. Tom fiel auf, daß die Tür von innen mit Metall verkleidet war, und er nahm an, daß sie hier an derartige Überfälle gewöhnt waren. Unglücklicherweise herrschte unter den Belagerten ein offensichtlicher Mangel an Kommunikation, denn während der Elf hektisch die Tür verrammelte, hatte ein stämmiger Ork mit einer MP gerade ein Fenster eingeschlagen und schickte ein paar Feuerstöße nach draußen auf die Straße.

Tom erhob sich schwer atmend auf die Knie und sah, daß ihn die Orkfrau beobachtete. Daran, daß sie eine Katzenschamanin war, konnte es keinen Zweifel geben. Tom brauchte sie nicht erst mit seinen Astralsinnen zu betrachten. Ihre dunklen Augen weiteten sich, als sie ihn ansah, und dann rief sie ihm etwas zu. Er konnte sie kaum hören, da er immer noch fast taub war, aber was spielte das für eine Rolle? Wahrscheinlich sprach sie Deutsch, also hätte er ohnehin kein Wort verstanden.

Sie packte seinen Zopf und zog ihn hoch. Dann rief sie ihm wieder etwas zu, doch als er murmelte: »Tut mir leid, ich verstehe nicht«, und sie hilflos ansah, zeigte sie einfach nur auf den hinteren Teil des Schankraums. Zwei Orks hatten eine Falltür im Boden geöffnet, und der größte Teil der Gäste war bereits hindurch und auf dem Weg nach unten. Tom erhob sich endgültig und folgte ihnen.

Michael saß gelassen in der Tarantel, nippte an seinem Gewürztraminer und sah sich nach einem plausiblen Kandidaten um, den er ansprechen konnte. Diese bescheidene kleine Bar war angeblich ein bevorzugter Treffpunkt für Waffenhändler aus ganz Europa. Von den Anwesenden würden die Briten und Araber die großen Tiere sein und Deals in Millionenhöhe abwickeln. Die Südamerikaner sahen wie ihre potentiellen Kunden aus. Da ihre Anzüge seinem in nichts nachstanden, was Qualität, Eleganz und Preis anbelangte, waren sie kaum das, wonach er suchte. Er hatte sich absichtlich so angezogen, daß er wie einer von den Großen aussah, weil ihm das seiner Ansicht nach ermöglichen würde, selbst jemanden anzusprechen, anstatt einen Haufen Fragen beantworten zu müssen. Doch seine Rechnung schien nicht aufzugehen.

»Wäre es möglich, daß ich Sie für etwas interessieren kann?« erklang eine träge Stimme hinter ihm. Der Akzent wäre von vielen für deutsch gehalten worden, doch Michael tippte eher, daß der Mann Österreicher war. Vielleicht auch Tscheche. Was auch immer. Wichtig war nur, was er zu verkaufen hatte.

»Kann sein. Ich interessiere mich für einige Dinge, aber nicht in der Größenordnung, wie Sie vielleicht annehmen«, sagte er kühl.

Der Mann setzte sich neben ihn an die unauffällige Bar. Die einfachen Tische und Stühle aus Holzimitat ließen nichts Ungewöhnliches vermuten, aber die sechs Trolle, die vor und hinter der Eingangstür Wache standen, vermittelten einen besseren Eindruck davon, wie wählerisch man in der Tarantel hinsichtlich der Kundschaft war.

»Nun, vielleicht ist das sogar von Vorteil. Ich ziehe es vor, keine Geschäfte mit Herstellern und Lieferanten von Massenware zu machen«, lächelte der Mann. Sein Bart verbarg den größten Teil seines Gesichts, und seine Augen waren hinter einer Sonnenbrille versteckt, die Michael auch für seine Berufsgruppe ein wenig zu auffällig fand. Sein Bauch besagte, daß er nicht ganz so eng sitzende Hosen tragen sollte, aber das Seidenhemd war bewußt zurückhaltend und die Krawatte unter dem gutgeschnittenen Blazer schlicht und dunkelblau.

»Ich bin an einer Grundausstattung für eine bestimmte Anzahl von Leuten interessiert«, sagte Michael und nippte wieder von seinem Wein. »Und auch an einigen nicht ganz so grundlegenden Dingen.«

»Das klingt so, als könnte ich Ihnen vielleicht helfen«, sagte der Mann. »Sie können mich Walter nennen.«

»Und Sie mich James«, erwiderte Michael. »Ich würde mich gerne zuerst um die weniger grundlegenden Dinge kümmern, es sei denn, Ihnen wäre es andersherum lieber. Ich weiß noch nicht genau, wie viele Grundausstattungen ich brauche, aber ich kann eine eventuelle vorläufige Vereinbarung später am Abend definitiv bestätigen. Können Sie die grundlegenden Dinge tatsächlich zur Verfügung stellen?«

»Mr. James«, erwiderte der Mann, »ich habe ein breitgefächertes Angebot fabrikneuer Standardwaren, die für die meisten Gelegenheiten hervorragend geeignet sind.«

Michael grinste und dachte kurz über seine Einkaufsliste nach. Er sah den rothaarigen Elf nicht, der sich in eine dunkle Ecke der Bar zurückgezogen hatte, und hätte ohnehin nicht gewußt, wer er war. Er hatte Magellan noch nie zuvor gesehen.

Der Elf saß ganz ruhig da und konnte sein Glück kaum fassen. Er ließ den Engländer keine Sekunde lang aus den Augen.

Tom gefiel es im allgemeinen nicht in Abwässerkanälen. In Seattle hatte er einige davon näher kennengelernt, als ihm lieb war, und er hatte eine Abneigung gegen sie. Die Abwässerkanäle in Berlin unterschieden sich nicht sehr von denjenigen in Seattle.

Die Katzenschamanin hielt sich immer in seiner Nähe auf und schien ihn im Auge zu behalten. Verschiedene Grüppchen waren an verschiedenen Kreuzungen abgebogen, und Tom war nicht entgangen, daß die Gruppen größtenteils nach Rasse getrennt waren. Soviel zur Verbesserung der Beziehungen und der rassischen Integration, dachte er bedrückt. Dadurch befand er sich inmitten einer etwa ein Dutzend Köpfe zählenden Gruppe von Orks. Die Katzenschamanin wandte sich an den Ork, der sich einen Spaß daraus gemacht hatte, die Straße mit einer MP zu beharken.

»Gunther, wir haben einen Besucher, falls dir das noch nicht aufgefallen sein sollte«, sagte die Schamanin in nicht ganz akzentfreiem Englisch. Der Ork musterte Tom mit einiger Abneigung.

»Ziemlich gefährlich, das Ding zu benutzen«, sagte die Schamanin, indem sie auf Toms Roomsweeper zeigte. »Du hättest ein paar von uns töten können.«

»Ihr wart alle von der Tür weggeschleudert worden«, erwiderte Tom. »So gefährlich war es also gar nicht. Hätte ich abwarten und erst die Leichen zählen sollen?«

Sie musterte ihn wachsam. Er nahm an, daß sie ihn bereits astral begutachtet hatte, konnte sich aber nicht denken, wie ihre Reaktion ausgefallen sein würde. Katzenschamanen waren zu unberechenbar.

»Was wolltest du im Meld In?« fragte sie. »Du schienst dir den Laden ziemlich genau anzusehen. Warum?«

»Das ist eine lange Geschichte«, sagte er vorsichtig. »Was waren das für Leute, die euch angegriffen haben?«

»Kreuzritter. Wie sagt man noch gleich? Religiöse Fanatiker. Auf der Jagd nach Ketzern«, höhnte sie. »Obwohl sie gewöhnlich Jagd auf Leute wie dich machen. Bis heute haben sie es nicht gewagt, uns anzugreifen. Sie werden dafür büßen, und zwar eher, als sie denken.

Aber sag mir, wer bist du und was wolltest du in der Bar?«

Tom nannte seinen Namen und fragte sich, wo er mit seiner Geschichte beginnen sollte. »Paßt auf, das ist nicht leicht zu erklären. Ich bin gekommen, um festzustellen, ob ich für eine sehr, sehr wichtige Sache Muskeln kaufen kann. Das Geld ist kein Problem.«

Als er ihre spöttische Miene sah, ging Tom auf, daß er nicht wie jemand aussah, der ein paar hundert Riesen ausspucken konnte.

»Ich habe Freunde. Ich bin allein gekommen, um mir ein Bild zu machen. Je nachdem, wie es ausfiel, wollten wir alle zurückkommen und ein paar Gespräche führen. Glaub mir, wir haben das Geld«, sagte er.

»Hinter wem seid ihr her?«

»Hinter einem Rassisten. Einem Wahnsinnigen. Er muß aufgehalten werden«, sagte Tom ziemlich lahm.

Sie winkte ab. »Berlin ist voll davon. Du bist gerade erst einem ganzen Haufen von ihnen begegnet. Was ist so besonders an eurem?«

»Das Besondere ist, daß er nicht mit Kanonen und Granaten daherkommt. Er hat ein Virus ausgebrütet. Eine Art Pest. Eine Pest, die seine Rasse am Leben läßt und alle anderen mehr oder weniger vernichtet.«

»Solche Geschichten hören wir andauernd«, sagte die

Schamanin. »Und alle sind ein Haufen Drek. Warum sollten wir uns ausgerechnet diese anhören?«

»Weil meine Freunde ein sechsstelliges Angebot zu machen haben, das besagt, ihr solltet den Job zumindest in Erwägung ziehen.«

Gunther bedachte Tom mit einem harten, eindringlichen Blick. Tom nahm an, daß sie ihm glauben wollten. Wer auch nicht?

»Ich verlange nur, daß ihr euch mit meinen Freunden trefft. Wir können uns unterhalten«, sagte Tom. »Und das Geld gibt es im Voraus.«

»Wir können uns unterhalten«, sagte die Schamanin zögernd. »Geht die Grenzstraße bis zum Ende entlang. Gunther wird dort sein. Wenn wir eine Weile warten, wird die Polizei verschwunden sein. Sagen wir, in eineinhalb Stunden?«

»Das müßte klappen«, stimmte Tom zu. »Und wie komme ich jetzt hier raus?«

Nachdem sein Flugzeug in München gelandet war, kaufte sich Niall eine Straßenkarte von Bayern, mietete einen Wagen und versuchte dann, sich im Stadtverkehr zurechtzufinden. Letzteres war eine Erfahrung, die ihm überhaupt keinen Spaß machte. Es war lange her, seit er außerhalb des ländlichen Tir na nOg einen Wagen gefahren war, und die schiere Anzahl der Autos und Lastwagen um ihn brachte ihn ins Schwitzen. Er fuhr nicht schneller als dreißig, während er sich verzweifelt nach Schildern umsah, die ihm verrieten, wie er zur Autobahn nach Regensburg kam. Vor einer Ampel, die bequemerweise auf Rot stand, konnte er einen Blick in die Karte werfen, die besagte, daß es keine gab.

Ich hätte nach Nürnberg fliegen sollen, dachte er unglücklich. Jetzt sieht es so aus, als müßte ich nach Ingolstadt fahren und von dort aus die Landstraße nehmen. Das sieht wie die schnellste Verbindung aus.

Seine Armbanduhr verriet ihm, daß es eine halbe

Stunde später war, als er gehofft hatte. Dann forderte ihn eine blökende Hupe auf, endlich loszufahren, da die Ampel auf Grün geschaltet hatte.

Er schaffte es gerade noch, nicht auf einen Westwind aufzufahren, der vor ihm bremste. Für diesen dichten Verkehr hatte er den Kopf ganz einfach zu voll mit Fragen, wie er die letzte Phase der Annäherung unbemerkt schaffen sollte, wie er die Macht des Kessels nutzen konnte, welche Elementare oder Geister beschworen werden konnten, wie er herausfinden sollte, welche Sicherheitsvorkehrungen Luther getroffen hatte …

Doch wenn Niall überhaupt irgendwohin wollte, würde er zu grübeln aufhören und auf den Verkehr achten müssen. Alle Planung der Welt konnte ihm nichts mehr nützen, wenn er zu einem Erdbeerfleck auf der Straße wurde. Den Hinweisschildern Richtung Ingolstadt folgend, lenkte er das Fahrzeug vorsichtig durch den dichten Münchener Verkehr.

»Schön«, sagte Michael gelassen. »Die Ware ist gut, und das heißt, der Deal gefällt mir. Nur schade um die Virusfilter für die Gasmasken. Dafür hätte ich fast jeden Preis bezahlt.«

Der Mann zuckte die Schultern. »Virusfilter kann ich nicht besorgen. So etwas hat niemand an der Hand. Geben Sie mir eine Woche, dann könnte ich Ihnen welche besorgen, aber das ist eine ziemlich spezielle Angelegenheit. Was Sie bekommen, wird Gase und Bakterien herausfiltern, und das bekommt man normalerweise nur bei ganz großen Abschlüssen.«

»In Ordnung. Wir sind uns also einig. Fünfundsechzig für die Sonderwünsche. Sie können sie uns bis zehn Uhr heute abend besorgen?« Der Mann nickte zustimmend. »Sie haben meine Nummer. Rufen Sie mich um neun Uhr dreißig an, dann können wir einen Übergabeort ausmachen. Bliebe noch die Frage der Anzahlung.«

»Fünfzig Prozent«, sagte Walter mit Entschiedenheit.

»Das ist ziemlich viel für einen Deal, bei dem es um fünfundsechzig Riesen geht«, erwiderte Michael.

»Wenn ich betrügen und mich mit dem Geld aus dem Staub machen würde, säße ich nicht hier«, sagte der Mann. »Ich wäre längst tot. In meinem Geschäft zahlt es sich nicht aus, Leute zu betrügen. Ich arbeite, um Gewinne zu machen. Und damit macht man keine.«

Michael grinste. »Schön, wie wäre es mit einer runden Summe, sagen wir dreißig. Meine Kredstäbe sind auf jeweils zehntausend ausgestellt. Wären Sie damit einverstanden?«

»Das reicht. Es ist ein Vergnügen, Geschäfte mit Ihnen zu machen, Mr. James. Wenn ich anrufe, lassen Sie mich wissen, in welcher Menge Sie die Grundausstattung benötigen, und dann einigen wir uns auf einen endgültigen Preis, richtig? Ich brauche nur eine halbe Stunde, um die Lieferung zu regeln. Wie ich schon sagte, es ist ein Vergnügen, Geschäfte mit Ihnen zu machen.«

Der Mann trank sein Glas aus, nahm die zusammengefaltete Zeitung, in der Michael diskret die Kredstäbe deponiert hatte, und ging ohne ein weiteres Wort. Michael zahlte, dann zog er sich seinen Kaschmirmantel über und ging ebenfalls zur Tür in der Absicht, ein Taxi anzuhalten.

Unglücklicherweise kam er nicht so weit.

Als er fiel, war er sich trübe bewußt, was ihm soeben zugestoßen war, und er drückte auf seine Manteltasche und die kleine Metallkarte darin. Der letzte Anruf, den er von New York aus geführt hatte, war jeden Cent wert gewesen. Hinter ihm verschwand der Elf in der Dunkelheit einer Hintergasse, floh vor den Rufen und Schreien, suchte verzweifelt nach einer Tür, durch die er schlüpfen konnte, nach irgendeiner verdammten Tür.

Er fand eine.

Tom ging in der Suite im Metropolitan unruhig auf und ab, während er auf Michaels Rückkehr wartete. Die Zeit wurde langsam knapp. In den an das Fuchi angeschlossenen Drucker kam Leben. Serrin sah den Troll vielsagend an und wartete, bis der Drucker das Blatt ausspie.

Hallo zusammen. Ich fürchte, mir ist gerade etwas ziemlich Schlimmes zugestoßen. Wenn diese Nachricht abgeschickt wird, heißt das, daß mich ein Rettungswagen des BuMoNa aufgelesen hat. Mich versichern zu lassen, war also richtig. Ihr müßt mit dem BuMoNa Kontakt aufnehmen, um herauszufinden, wo ich bin und ob ich noch lebe oder nicht. Für den Fall, daß ich tot bin, war es nett, euch kennengelernt zu haben. Übrigens, das Geld befindet sich in dem Metallkoffer.

Ungläubig tippte Serrin die Nummer des deutschen medizinischen Gefahreneinsatzdienstes. Nach seiner ersten Frage murmelte er nur noch ein paarmal ja und nein. Schließlich unterbrach er die Verbindung und stand völlig perplex da, wußte nicht, was er tun sollte.

»Was ist los?« knurrte Tom. Serrin hatte ihm immer noch nicht gesagt, was auf dem Blatt stand.

»Michael liegt in irgendeinem Krankenhaus in der Stadt auf der Intensivstation. Ein Schuß in den Rücken. Eine Niere ist hinüber, und die Kugel ist in die Milz eingedrungen. Schockzustand. Möglicherweise Schäden an der Wirbelsäule. Er wurde auf dem Bürgersteig vor der Tarantel niedergeschossen.«

»Verfluchter Drek«, murmelte der Troll.

»Sie wollen seinen nächsten Verwandten«, sagte Serrin leise. Ihrer beider Augen richteten sich auf Kristen. Sie saß unsicher da und biß sich auf die Unterlippe.

»Kristen, ich glaube, du mußt zu ihm. Wenn er überhaupt sprechen kann, finden wir vielleicht heraus, was passiert ist. Tom, du und ich werden allein zu dem Treffen mit den Orks gehen müssen«, sagte Serrin in unnachgiebigem Tonfall. »Wenn wir deinen Ork nicht treffen, sind wir erledigt. Kristen, schaffst du das? Ja?«

Sie nickte und erhob sich zögernd. »Ich tue, was nötig ist«, sagte sie.

»Wir auch.« Serrin fühlte sich allein, obwohl die anderen bei ihm waren. Bis jetzt war Michael der Planer gewesen, derjenige mit dem Überblick, und jetzt fiel ihm diese Aufgabe zu. Außerdem war ihm überdeutlich bewußt, daß der Engländer möglicherweise starb – und zwar um seinetwillen. Doch Serrin fühlte sich nicht schuldig. Er empfand lediglich eine eisige Wut.

»Laß uns ein Taxi nehmen«, sagte er zu Tom, während er in Michaels Koffer nach dem Geld suchte, »und dann laß uns jede verdammte Kanone anheuern, die wir kriegen können!«

27

Das Taxi, in dem Serrin und Tom saßen, schlich zweimal im Schrittempo durch die Grenzstraße, bevor Gunther es für angebracht hielt, sich zu zeigen, und ihnen bedeutete, den Wagen zu verlassen. Sie bezahlten den Fahrer, stellten ihren Mantelkragen hoch und traten auf den Bürgersteig. Serrin gefiel das Gewicht der Kredstäbe in seinen Taschen überhaupt nicht, und er wollte unbedingt von Kristen erfahren, wie es Michael ging.

»Die Anzahl deiner Freunde kommt mir ziemlich spärlich vor«, sagte der Ork zu Tom, als er sie über die Straße führte.

»Einem von ihnen ist gerade in den Rücken geschossen worden, nachdem er Waffen für euch gekauft hat – falls ihr den Job übernehmt«, erwiderte Tom. »Er liegt auf der Intensivstation.«

»Wollt ihr mich verarschen?«

»Klar. Wir kommen mit einem Haufen Kredstäben und Scheinen zu dir und wollen dich verarschen. Wir haben sogar unseren eigenen Mann abgeknallt, oder was? Sollen wir euch ins Krankenhaus fahren, damit ihr euch selbst überzeugen könnt?« fauchte Serrin wütend.

»Schon gut, schon gut«, sagte Gunther. Er bog in eine Seitengasse und bedeutete ihnen zu folgen, während er an eine mit Graffiti besprühte Tür klopfte. Sie öffnete sich, und er verschwand in der Dunkelheit dahinter.

Serrin folgte ihm und wünschte sich augenblicklich, Orks würden dazu neigen, ein Deodorant zu benutzen. Die sechs Samurai und die Frau, die Katzenschamanin, die Tom erwähnt hatte, warteten mit einer Vielzahl wenig beeindruckender Pistolen im Anschlag. Ihre schmutzigen Jeans und ausgefransten Jacken bestätigten auch dem Auge, daß sie sich einen Drek um Körperhygiene scherten.

»Dann erzählt uns mal alles«, sagte die Schamanin. »Wenn ihr lügt, merke ich das sofort. Du schirmst dich ab«, sagte sie zu Serrin, »das könnte dich schützen. Aber bei ihm ist kein Irrtum möglich. Also, raus damit.«

»Zwei Dinge vorweg«, gab Serrin nach, da er wußte, daß er kaum eine andere Wahl hatte. »Vor einer halben Stunde ist ein Freund von uns angeschossen worden, der jetzt schwerverletzt im Krankenhaus liegt. Ich muß dort anrufen, um mich zu erkundigen, wie es ihm geht. Ich gebe euch die Nummer, und ihr könnt euch vorher davon überzeugen, daß alles seine Richtigkeit hat. Zweitens, nun ja ...« Er hielt inne und strich sich mit den Fingern durch das Haar. »Das wird eine ziemlich lange und verrückte Geschichte. Wahrscheinlich werdet ihr nicht mal die Hälfte davon glauben. Ich kann nur sagen, daß wir euch einen Haufen Geld dafür zahlen werden, wenn ihr mit uns kommt und euch selbst überzeugt«, sagte er, wobei er dem durchdringenden Blick der Schamanin standhielt. »Du kannst den Ort astral begutachten, wenn wir dort ankommen. Er befindet sich in der Nähe von Regensburg. Wir wollen im Morgengrauen zuschlagen.«

»Das läßt sich machen, wenn wir vor Mitternacht aufbrechen«, sagte die Schamanin gelassen, wobei sie sich an Tom wandte. »Das heißt, wir haben genug Zeit, um uns eure Geschichte anzuhören. Und jetzt rede, Troll, und gib dir Mühe.«

»Sie können nur ganz kurz zu ihm«, sagte die Krankenschwester zu ihr. »Er schläft jetzt. Aber es geht ihm immer noch sehr schlecht. Versuchen Sie bitte, ihn nicht zu stören.« Beim Anblick der Heiratsurkunde verzog sie argwöhnisch das Gesicht. Dieses Mädchen sah keinesfalls wie eine passende Partie für den wohlhabenden Mann aus, der sich die beste Versicherung zugelegt hatte, die für Geld zu haben war. Seine Kleidung und das Geld machten es nicht sehr wahrscheinlich, daß er dieses verwahrloste afrikanische Mädchen tatsächlich geheiratet hatte. Aber das Mädchen konnte sich ausweisen, und der Doktor hatte ihr erlaubt, den Mann zu sehen.

Kristen war verängstigt. Die Polizei hatte nur kurz hier im Krankenhaus mit ihr gesprochen, wunderte sich aber offenbar darüber, daß Michael nicht ausgeraubt worden war, eine Tatsache, die das offensichtlichste Motiv für das Verbrechen eliminierte. Sie hoffte verzweifelt, daß sie nicht von der Polizei beschattet würde, wenn sie das Krankenhaus verließ.

»Wie geht es ihm? Wird er wieder gesund werden?« fragte sie die Krankenschwester unsicher.

»Das kann Ihnen Doktor Kohler sagen. Er wird nachher mit Ihnen reden.« Die Krankenschwester führte Kristen in das Zimmer. »Achten Sie darauf, ihn nicht zu stören. Er braucht die Ruhe.«

Michael sah schrecklich aus, obwohl sie sich darüber freute, daß er überhaupt noch lebte. In den Nasenlöchern und einem Arm steckten Schläuche, wobei ein Tropf und die Elektronik der Intensivstation den Patient in den üblichen menschenunwürdigen Zustand versetzte. Sein Körper war in einen halbtransparenten Plastikkokon gehüllt, in dem eine hellrosafarbene Flüssigkeit kreiste. Sie glaubte, ein paar Stellen sehen zu können, wo der Kokon direkten Körperkontakt hatte und sich um den Austausch seiner Körperflüssigkeiten kümmerte, ihn mit Sauerstoff versorgte und die Menge der zugeführten Schmerzmittel regulierte, wenngleich Kristen selbstverständlich noch nie zuvor etwas Derartiges gesehen und keine Ahnung hatte, was der Kokon bewirkte.

Seine Augen öffneten sich. Sie konnte nicht einmal

seine Hand halten, da er durch den Kokon vom Hals abwärts völlig isoliert war. Sie küßte ihn auf die Stirn und strich das Haar weg, das ihm feucht an den Brauen klebte.

»Hi«, sagte er mit einer Stimme, die kaum mehr als ein Krächzen war, während sie ihr Ohr ganz dicht vor seinen Mund hielt, um ihn verstehen zu können. »Hör zu, es ist wichtig. Zeichne es auf.« Sie kramte in ihrer Tasche, bis sie den kleinen Tragbaren CD-Player mit Recorder fand, den er ihr gekauft hatte. Beim Anblick des Geräts huschte die Andeutung eines Lächelns über sein Gesicht.

Dann sagte ihr Michael, wann sie den Anruf erwarten konnte, und nannte ihr Walters Namen. »Hat Serrin alles Geld mit zu den Samurai genommen?« fragte er mühsam. Sie verneinte und sagte ihm, daß das meiste noch da war.

»Wenn Serrin nicht selbst anrufen kann, mußt du das Treffen übernehmen. Nimm die Heiratsurkunde mit.« Ein weiteres schmerzverzerrtes Lächeln spielte um seine Lippen. »Weißt du, wo das Geld ist?« Sie nickte und sagte zu ihm, er solle jetzt ruhig sein und sich ausruhen. Die Krankenschwester wartete in der Tür.

»Hey, Kristen, wenn ich sterbe, bist du eine reiche Frau«, sagte er und hustete.

»Wirst du wohl still sein!« Sie hätte ihn so gern umarmt, die Arme um ihn geschlungen und alles wieder in Ordnung gebracht. Aber sie konnte lediglich seine Lippen mit ihren Fingerspitzen berühren, bevor ihr die Krankenschwester befahl, das Zimmer zu verlassen.

Als Kristen allein draußen auf dem Flur stand, den ewig gleichen Krankenhausgeruch nach Desinfektionsmitteln in der Nase, hielt sie sich an ihrer Tasche fest und weigerte sich standhaft zu weinen.

»Frau Sutherland?« Sie drehte sich um, und der Arzt stand vor ihr. Ein adretter Mann mit modischem Haarschnitt und etwas an der rechten Wange, bei dem es sich in einem anderen Zeitalter um eine Duellnarbe hätte handeln können. Nicht am Kinn, wie sie erleichtert registrierte, da sie sich an Serrins Beschreibung des Mannes erinnerte, der ihn zu entführen versucht hatte. Er sah wie jene Art von Ärzten aus, die hübschen jungen Schwestern mehr Beachtung als ihren Patienten schenkten.

»Wie geht es ihm? Und was passiert jetzt weiter?« fragte sie mit einem Gefühl völliger Hilflosigkeit.

»Sein Zustand ist stabil, Frau Sutherland, soviel kann ich sagen. Die Verletzungen ihres Mannes sind nicht tödlich, wenn es keine unvorhergesehenen Komplikationen gibt. Morgen unterziehen wir ihn einer Sondierungsoperation, und wir haben auch gute Aussichten auf einen Spender für die erforderliche Nierentransplantation. Der Schaden an der Milz ist ernster, aber seine Versicherung kommt für ein Ersatzimplantat auf, das praktisch alle Funktionen dieses Organs übernimmt.«

Kohler sah sehr zufrieden mit sich aus, doch nur für einen Augenblick. »Unglücklicherweise sind wir nicht sicher, ob seine Wirbelsäule Schaden genommen hat. Fragmente der Kugel stecken ganz dicht am Rückenmark. Wir können vielleicht nicht alle entfernen, weil es einfach zu gefährlich wäre, auch mit den Mitteln der modernen Mikrochirurgie. Mit Bestimmtheit werden wir dies aber erst nach der Operation morgen früh sagen können.«

»Wird er...« Sie wollte die Worte nicht aussprechen. Querschnittsgelähmt. Ein Krüppel. An einen Rollstuhl gefesselt sein.

»Wie ich schon sagte, das können wir erst morgen mit Bestimmtheit sagen, vielleicht sogar erst vierundzwanzig Stunden nach der Operation, weil wir auf die Ergebnisse der diagnostischen Tests warten müssen. Wenn sie über Nacht hier im Krankenhaus bleiben wollen, wir sind dafür eingerichtet. Die Versicherung übernimmt die Kosten.«

»Das kann ich nicht«, platzte es aus ihr heraus, und sie bemerkte seine schockierte Reaktion. »Ich meine, Michael wollte sich mit einigen … äh … Verwandten treffen. Ich muß es ihnen sagen. Und es gibt Freunde.«

»Natürlich«, sagte Kohler, und seine Stimme drückte ebensoviel Mißbilligung aus wie seine Miene. »Wir haben die Nummer Ihres Hotels. Wir werden anrufen, sobald eine Änderung seines Zustands eintritt.« Er sagte ihr, wie sie zum Ausgang kam.

Die Uhr in der Eingangshalle verriet ihr, daß es 19:40 Uhr war. Jetzt konnte sie nur noch hoffen, daß Serrin in den nächsten zwei Stunden im Hotel anrief.

»Informationen über Mr. Sutherlands Zustand sind nicht öffentlich zugänglich«, informierte ihn die Robotstimme am Telekom. »Auskünfte werden nur den unmittelbaren Verwandten erteilt.«

»Ihr Geister, ich bin sein bester Freund. Ich will doch nur wissen, ob er noch lebt, verdammt«, brüllte Serrin in den Hörer, um sich dann zur Ruhe zu zwingen. »Seine … äh … Frau hatte die Absicht, ihn zu besuchen. Kann ich mit ihr sprechen?«

»Zum gegenwärtigen Zeitpunkt kann ich weder bestätigen noch dementieren, daß Mr. Sutherland von einem seiner Verwandten besucht wurde«, dröhnte die Stimme zurück. »Vielen Dank für Ihre Anfrage.« Dann war die Verbindung unterbrochen.

»Ich kann es, verdammt noch mal, nicht glauben!« rief der Elf. »Ich meine, gibt es vielleicht irgendwo auf der Welt einen speziellen Archipel, wo solche Leute gezüchtet werden?«

»Kristen wird ins Hotel zurückkehren«, sagte Tom gelassen. »Ruf sie dort an.«

»Keine weiteren Anrufe.« Die Schamanin, von der sie

mittlerweile wußten, daß sie Mathilde hieß, blieb unnachgiebig. Sie nahm dem Elf das Mobiltelefon ab, bevor er die Nummer des Hotels eintippen konnte.

»Aber Michael hat einen Deal für Waffen und Rüstungen abgeschlossen. Wir müssen herausfinden, was er bekommen hat«, flehte Serrin. »Vielleicht müssen wir zu einer Verabredung, die er getroffen hat und jetzt nicht einhalten kann.«

»Dann müßt ihr euch eben mit dem begnügen, was wir haben«, sagte Mathilde nachdrücklich. »Und ihr müßt noch eine Menge Überzeugungsarbeit leisten. Bis jetzt wissen wir, daß ihr nach Kapstadt geflogen seid, weil du von einer Reporterin in New York reingelegt worden bist und dich dann in Heidelberg jemand entführen wollte. Und dort habt ihr ein Straßenmädchen kennengelernt, das dich für einen Heiligen oder sonstwas hält, weil sie dein Gesicht auf dem Titelblatt einer Illustrierten gesehen hat. Für mich hört sich das so an, als jage ein verrückter, gelangweilter Idiot seinen eigenen Schatten um die ganze Welt.«

Nach einer weiteren Stunde hatte auch die ganze Geschichte nichts an der Situation geändert. Die Haltung der Orks hatte sich lediglich insofern geändert, daß an die Stelle ihrer Skepsis ein Anflug von schlichter Feindseligkeit getreten war. Serrin wurde klar, daß Tom und er einfach keine Beweise hatten. Keine harten Tatsachen.

»Der Witz ist«, sagte er, »daß ...« Er hielt ein paar Augenblicke inne, um ein wenig zu rechnen. Er kalkulierte hundert Riesen für Michaels Deal. Wenn es mehr war, konnte Serrin genug auftreiben, um die Differenz auszugleichen. »Daß hunderttausend dabei drin sind. Hunderttausend für euch. Das setzt ein Minimum von fünfzehn Samurai voraus. Und dich, Mathilde. Wir brauchen dort jemanden, der alles überprüft und bestätigt.«

»Hunderttausend Mark?« fragte sie ungläubig.

»Hunderttausend Nuyen«, erwiderte er. »*Zwei*hunderttausend Mark.«

»Dieser Bursche kann nicht ganz echt sein. So viel Geld würde nur ein ganz schweres Kaliber bekommen, wenn er den halben Berliner Rat umlegte. Wenn sich jemand dafür interessierte«, sagte Gunther. »Ich würde jedenfalls für diese Summe töten. Drek, für hunderttausend würde ich mir selbst den Schädel wegblasen.«

»Das ist ein Pauschalhonorar. Dafür können wir uns Leute kaufen, die bei dieser Sache bis zum bitteren Ende gehen. Ihr wißt und ich weiß, daß wir uns mit diesem Geld erstklassige Söldner kaufen könnten. Aber Söldner können wir nicht brauchen. Wir *müssen* diesen Burschen aufhalten«, flehte Serrin.

»Ach ja, ihr könnt alles behalten, was Michael gekauft hat. Wenn sein Deal platzt – was eure Schuld wäre –, könnten wir höher gehen als hundert Riesen. Aber dann würden wir mehr Leute wollen.«

Mathilde dachte angestrengt nach. Serrin und Tom sahen, daß die Samurai offenbar auf ihre Führerschaft vertrauten. Sie war kleiner und weniger kräftig als alle anderen, doch sie schienen ihr zu folgen. Abgesehen von Gunther hatten die anderen kaum den Mund geöffnet.

Tom erhob sich, um seine Glieder zu strecken. Der kleine Stuhl war ziemlich unbequem.

»Mathilde, kann ich kurz mit dir reden? Unter vier Augen, meine ich«, sagte er freundlich. Er glaubte, ein Geräusch gehört zu haben, als sei eine Waffe entsichert worden.

Sie sah ihn an und winkte verächtlich in Richtung der Samurai. »Sicher. Aber keine Tricks. Wenn ihr irgendwelche verdächtigen Geräusche hört, legt sie um, Jungs.«

Sie führte den Troll in den vorderen Raum des heruntergekommenen Hauses. In der Decke klaffte ein riesiges Loch, und von oben lief Wasser herunter, das von einer Lampenhalterung mit darin eingeschraubter Birne tropfte. Mathilde ging zur gegenüberliegenden Wand und wartete darauf, daß er seinen Spruch aufsagte. Im Dämmerlicht, das von draußen hereinfiel, sah die Schamanin tatsächlich katzenhaft aus.

»Ich weiß, die Geschichte klingt verrückt, aber jetzt kannst du einen Blick in meinen Verstand werfen. Ich wäre überrascht, wenn du kein Zeichen an mir erkennen würdest«, sagte er zu ihr. Sie duckte sich ein wenig. Er wußte, daß sie bemerkt hatte, womit Shakala ihn gezeichnet hatte.

»Ich versuche es nachzuerleben. Versuch es zu verfolgen. Versuch dich einzuklinken«, sagte er. Sie nickte und wartete. Der Troll setzte sich auf den nassen Boden und schloß die Augen.

Wut stieg in ihm hoch, als er sich vorstellte, wie ihn der Gepard-Schamane verspottet hatte. Er versuchte es sich so deutlich wie möglich vorzustellen, und dann überkam ihn die Erinnerung an die Kratzer und Wunden tatsächlich. Er geriet beinahe in Panik, als die Wut stärker wurde, und fragte sich, ob seine Erinnerungen reichten, um ihn zum Berserker werden zu lassen. Er richtete seine Willenskraft auf die Empfindung und rang sie nieder, unterdrückte sie, aber dann überkam es ihn.

Er lag wieder mit dem Gesicht nach unten, und der Gepard war bereit, ihm das Genick durchzubeißen. Aber er ließ alles aus sich herausfließen, leerte sich völlig, bis nur noch Ruhe und Gelassenheit übrig war. Er sah sich nachher mit Shakala reden, als schwebe er über allem und beobachte sich beim Gespräch.

Dann änderte sich die Szenerie. Er stand am Rande der ausgebrannten Ruine der entlaubten Forschungsanlage. Die Zombies schlurften mit ausgestreckten Armen auf ihn zu, die Gesichter leer und paradoxerweise zugleich voller Qual. Während sie sich ihm näherten, überrollte ihn eine Woge der Emotion aus den rauchenden Trümmern wie eine zeitlupenhafte Flutwelle. Er war wie vom Donner gerührt und konnte sich nicht umdrehen und weglaufen.

Irgendeine kalte Präsenz, die er nicht identifizieren konnte, strahlte Verachtung, kalten Haß und einen freudlosen Nihilismus aus, der so verschlingend war, daß er einen schrecklichen Augenblick lang dachte, er würde sterben. Was alles so fürchterlich machte, war die absolute Unpersönlichkeit, die allem anhaftete. Er interessierte die Präsenz nicht im geringsten. Sie nahm ihn nicht einmal zur Kenntnis. Sie setzte einfach ihren Weg fort und sog Leben und Seele aus jedem, der ihr in die Quere kam.

Dann übergab er sich zitternd, und ihm brach der kalte Schweiß aus. Er schlang die Arme um die Brust, dann lehnte er sich gegen die Wand, um sich zu vergewissern, daß er sich wirklich in diesem Raum befand, daß er die Feuchtigkeit des Bodens spüren konnte, daß immer noch Blut durch seine Adern floß, daß er noch lebte. Mathildes Gesicht auf der anderen Seite des Zimmers war eine Maske. Sie rührte sich eine volle Minute nicht, während er weiterhin die Arme um sich schlang, um das heftige Zittern zu unterdrücken.

»Du bist auf etwas Schlimmes gestoßen«, sagte sie mit einer Stimme, die kaum mehr als ein Flüstern war. »Ich sage nicht, daß ich die Geschichte glaube. Aber ich weiß, daß du es ernst meinst. Ich glaube, wir kommen ins Geschäft.«

Sie erhob sich und ging zu Tom, der nicht in der Lage war aufzustehen. Sie öffnete die Tür und rief ein paar von ihren Orks herein.

»Ich glaube, wir haben heute nacht etwas vor«, sagte sie zu ihnen, während sie Tom beim Aufstehen halfen und ihn stützten, bis er wieder aus eigener Kraft stehen konnte.

»Kann ich jetzt anrufen?« flehte Serrin.

»Ja«, stimmte Mathilde zu. »Aber mach es kurz.«

Vielleicht glaubte er ihr, vielleicht auch nicht. Aber das Telekomgespräch ermöglichte es ihr, ihm das Geld tatsächlich zu zeigen.

»Schön, Lady, vielleicht kommen wir ins Geschäft. Ich hörte von der Schießerei im Trid. Wir hatten fünfundsiebzig Riesen abgemacht«, sagte der Mann. »Er hat mir dreißig im Voraus gegeben, also stehen noch fünfundvierzig aus. Ich habe alles da. Jetzt wollen Sie also noch ein paar grundlegende Dinge. Wir reden hier von einem ganz neuen Deal.«

»Klar«, sagte sie. Sie hatte sich in den letzten zwei Stunden alles genau überlegt. Alles in allem befanden sich hundertvierzigtausend in bar und in Kredstäben in Michaels Zimmer. Wenn sie die fünfundvierzig abzog und siebzig für Serrin reservierte, damit er die Samurai bezahlen konnte, blieben ihr nur fünfundzwanzigtausend. Einen Moment lang hatte sie verwundert über die gewaltigen Summen nachgedacht. Noch vor einer Woche hatte sie in ihrem ganzen Leben nicht einmal einen Bruchteil dieser Summen zu Gesicht bekommen. Und jetzt mußte sie sich so verhalten, als würde sie jeden Tag mit Beträgen dieser Größenordnung jonglieren. Aber zumindest kannte sie den wirklichen Betrag, den Michael mit dem Waffenhändler ausgemacht hatte, und daß der Bursche gelogen hatte, was den Preis anbelangte. Er versuchte zehn Riesen extra aus ihr herauszuquetschen, aber sie behielt das Wissen als eine Art As im Ärmel für sich.

»Lassen Sie noch mal die Einzelheiten der Lieferung hören«, sagte sie.

»Hören Sie, Lady, ist das irgendeine Falle? Wenn es ...«

»Machen Sie schon. Sie haben doch Ihren Vorschuß, oder nicht?« Er sah ein wenig beruhigt aus. In dem Augenblick, als es so ausgesehen hatte, daß er den Deal platzen lassen würde, hatte ihr Herz wie wild zu hämmern begonnen. Sie unterdrückte ihre Erleichterung.

Sie war verblüfft, daß sie so viel von den beiläufigen Unterhaltungen der wenigen Samurai behalten hatte, die sie in Kapstadt kennengelernt hatte. Nicht, daß sie je damit gerechnet hätte, ihr Wissen auf diese Weise anzuwenden.

»Offensichtlich brauchen wir Pistolen und Muni. Und Panzerjacken«, sagte sie in dem Versuch, so überzeugend wie möglich zu klingen, während sie auf seine Antwort wartete.

»Ich habe Ares Viper Silver, Lady«, grinste er. »Die besten. Nur tausend pro Stück, ein Munitionsclip inclusive.«

»Ich will Mengenrabatt.«

»Über welche Mengen reden wir hier?« konterte er.

»Sagen wir fünfzehn.« Serrin und Michael hatten gesagt, daß sie wenigstens ein Dutzend Samurai anwerben wollten. Eine kleine Reserve konnte nicht schaden. Aber fünfzehntausend konnte sie sich nicht leisten. Sie mußte ihn herunterhandeln.

»Dreizehn.«

»Zwölf. Legen Sie vier Reservemagazine pro Stück drauf, und wir sagen dreizehn.«

»Vier pro Stück? Sie sind verrückt, Lady, das wären allein schon fünfzehnhundert.«

»Dreizehnfünf, höchstens.«

»Vierzehn, Lady. Von mir aus auch dreizehnfünf, wenn Sie bei unserem Treffen richtig nett zu mir sind. Hängt davon ab, wie gut Sie sind.« Kristen fand, daß dieser Kerl sich ganz und gar nicht wie der aalglatte höfliche Bursche verhielt, den Michael ihr beschrieben hatte. Das Schwein glaubt, er kann so mit mir reden, weil ich schwarz bin, dachte sie, oder vielleicht, weil ich jung bin. Oder vielleicht ist er auch nur ein Frauenhasser.

Es ist wie zu Hause, dachte sie, von dem lüsternen Gesichtsausdruck des Mannes angewidert. Sie sagte, sie würde ihm vierzehn geben, wenn er eine anatomisch unmögliche Handlung vornahm, die sie in liebevollen Einzelheiten beschrieb. Er lachte.

»Lady, Sie gefallen mir. Ihre Einstellung ist richtig. Sagen wir also dreizehnfünf für fünfzehn Ares Viper mit je vier Reservemagazinen. Jetzt zu den Panzerjacken ...«

Nachdem sie sich auf einen Preis geeinigt hatten, vereinbarten sie ein Treffen für 22:15 Uhr. Das Problem war, daß Kristen bei einer Gesamtsumme von dreißig Riesen ihr Konto überzogen hatte. Sie konnte ihn nicht noch weiter herunterhandeln.

»Da ist noch eine Sache«, sagte sie. »Sie haben mich angelogen. Die vereinbarte Summe war fünfundsechzig. Dreißig im Voraus und fünfunddreißig bei Abschluß. Sie sollten nicht den Fehler begehen, jemanden nur aufgrund von Äußerlichkeiten zu unterschätzen.«

Das Schlucken war hörbar. Sie genoß jeden Augenblick der Pause, die er benötigte, um Luft zu holen.

»Okay, Lady. Entschuldigung. Sagen wir, ich erlasse Ihnen neun von den zehn, die ich aufgeschlagen habe, und behalte einen Riesen um meiner Reputation willen. Wohin soll der Kram geliefert werden?«

Drek, dachte sie. Ein Trupp Samurai, der Kisten mit Granaten und Munition in das Hotelfoyer schleppt? Unmöglich. Was mache ich bloß? Ihr fiel nur ein Ausweg ein.

»Zum Meld In. Um zehn Uhr dreißig. Dann habe ich etwas mehr Zeit, ein paar Einzelheiten zu regeln.«

»Sie kommen besser, Lady. Sie schulden mir sechsundsechzig Riesen.«

Kristen unterbrach die Verbindung, riß ein frisches Päckchen von Serrins Zigaretten auf und nahm sich eine heraus. Ich muß dorthin und jemanden finden, dachte sie. Ansonsten sitze ich mit Waffen im Wert von hunderttausend Nuyen allein auf der Straße.

Jeder, der auch nur flüchtig nach einer guten Gelegenheit Ausschau hält, wird mir die Kehle durchschneiden und den Kram mitnehmen. Serrin, wo bist du?

Als das Telekom klingelte, hatte sie das Zimmer bereits verlassen und befand sich im Fahrstuhl nach unten, so daß sie es nicht mehr hörte.

28

Keine Antwort«, lamentierte Serrin. »Wahrscheinlich haben wir den Deal gerade platzen lassen. Sahne.« Sein Ärger wurde auch nicht durch Mathildes plötzlichen Sinneswandel besänftigt.

»Dann müssen wir eben mit dem zurechtkommen, was wir haben«, sagte sie zu ihm. »Unsere Samurai können auf sich selbst aufpassen.«

»Klar«, stöhnte Serrin. Er wollte gerade eine wenig vorteilhafte Bemerkung machen, als ihm klar wurde, daß etliche Blicke auf ihn gerichtet waren, die nur darauf warteten, daß er ein falsches Wort sagte. Er schwieg.

»Was nun?« fragte Tom. Er war immer noch blaß und ein wenig zittrig, während er herauszufinden versuchte, was gerade über ihn hinweggerollt war.

»Wir treffen ein paar Freunde im Untergrund. Unter dem Meld In«, erwiderte Mathilde. »Ein paar von ihnen halten dort Wache. Falls die Kreuzritter zurückkommen, um ihr Werk zu bewundern. Und es ist gleich um die Ecke. Wir können jede Verstärkung besorgen, die wir brauchen. Gunther, sieh dich dort mal um.«

Sie warteten, und ein paar Minuten später kehrte der Ork zurück und sagte, draußen sei alles ruhig.

»Das war's Leute. Auf geht's.«

Die Orks erhoben sich mit einem Anflug von militärischer Präzision. Sie verließen das Haus mit Serrin und Tom in ihrer Mitte durch die Hintertür.

Toll, dachte Serrin trübsinnig, als er sich umsah. Diese Orks sind kaum vercybert. Dieser Gunther hat offenbar eine Smartgunverbindung und vielleicht noch Dermalpanzerung. Der Rest der Truppe sieht mir wie Kanonenfutter aus. Ach, Drek, hätten wir doch nur Michaels Deal zu Ende bringen können. Falls er überhaupt je einen gemacht hat… und Kristen. Wo ist sie?

Sie hatten das Haus gerade verlassen, als der Lieferwagen um die Ecke bog. Es war nur irgendein Fahrzeug. Zuerst achteten sie nicht darauf.

Mathilde pfiff, und vier Gestalten schälten sich aus der Dunkelheit, während der Lieferwagen näher kam. Sie hatten die Gruppe fast erreicht, als der Lieferwagen direkt vor der Bar anhielt. Gunther entsicherte seine Waffe. Ein halbes Dutzend Orks folgte seinem Beispiel.

»Wenn das irgendeine Falle ist…«, fauchte Gunther.

»Nein!« schrie Serrin, als Kristen die Beifahrertür öffnete und ausstieg. »Das sind Freunde! *Freunde*, zum Teufel! Schießt nicht, sonst leg' ich euch alle um!«

Sie hörte seine Stimme und lief ihm entgegen, wobei sie ihn fast umwarf, als sie sich in seine Arme stürzte und sich an seiner Brust vergrub. Sie konnte kaum glauben, was sie getan hatte.

»Ich hab alles«, rief sie, wobei sie vor Freude auf und ab hüpfte. »Ich hab's geschafft. Es ist alles im Lieferwagen, aber ich habe fünf Riesen zuviel ausgegeben!«

Zwar schien sie sich vor Serrins Reaktion darauf ein wenig zu fürchten, doch sein Gesicht verzog sich zu einem Grinsen, das breiter war als Toms Brust.

»Du bist wunderbar«, rief er und zog sie an sich. »Hey, Mathilde, Gunther, werft mal einen Blick in den Lieferwagen. Dann seht ihr, wie echt wir sind.«

Die Orks waren bereits zu dem Lieferwagen gegangen und forderten den Fahrer auf, den Van auf die Rückseite der Bar zu fahren, wo er vor neugierigen Blicken geschützt war.

»Michael«, sagte sie atemlos. »Es geht ihm einigermaßen. Sein Zustand ist stabil. Morgen früh wollen sie ihn operieren. Aber…« Ihre Stimme verlor sich.

»Aber was?« mußte Serrin nachhaken.

»Schäden an der Wirbelsäule. Sie wollten nicht näher darauf eingehen.«

»O nein.« Der Elf sah weg, Kummer in den Augen, das Gesicht zu einer Grimasse verzerrt und die Fäuste geballt. »Gott, nein.« Er wandte sich an Tom, während er sie festhielt, und sein Blick vermittelte plötzlich nackte Entschlossenheit.

»Tom, wir müssen die Sache durchziehen.«

Der Troll nickte und umklammerte den Roomsweeper, der ihm zurückgegeben worden war. »Natürlich«, sagte er. Vom Hinterhof hörten sie aufgeregte Orkstimmen. Jemand schien völlig aus dem Häuschen zu sein. Tom lächelte Serrin an, bevor die Orks in lauten Jubel ausbrachen.

»Unser Chummer muß wohl einen guten Deal gemacht haben«, sagte der Troll. »Mal sehen, was wir für Feuerwerk zum Spielen haben.«

Gunther begutachtete den Raketenwerfer und die Sturmkanonen, während die übrigen Orks den Inhalt der Kisten untersuchten, als der Lieferwagen davonfuhr.

»Die Abmachung lautet, daß ihr hinterher alles behalten könnt. Aber damit verpflichtet ihr euch zu hundertprozentiger Einsatzbereitschaft«, warnte Serrin.

»Mit diesem Waffenarsenal trete ich auch gegen die Tore der Hölle an«, knurrte Gunther. Er hatte gerade die Kiste mit den Granaten und dem Plastiksprengstoff entdeckt.

»Das mußt du vielleicht auch«, erwiderte Serrin.

Mathanas, alter Freund, das könnte unsere letzte gemeinsame Nacht auf dieser Welt sein. Es könnte sehr, sehr lange dauern, bis wir uns wiedersehen. In meiner Seele gibt es nichts, was du nicht kennst. Wenn der morgige Tag mein Ende bringt, werden wir uns irgendwann wiederbegegnen. Wir sind alte Seelen, du und ich.

Niall riß sich aus seinen Grübeleien. Er war längst aus München heraus, hatte Ingolstadt und Regensburg hinter sich gelassen und die von Eulen bewohnten Wälder in der Nähe Schwandorfs erreicht. Die Koniferen standen da wie Wächter, da es in dem Wald an der üppigen Vegetation fehlte, die er an seiner Heimat so liebte. Kurz vor Mitternacht hatte Niall seine Tarnung beendet, alle Illusionen und Barrieren und Schleier, und er wußte, daß Mathanas seine Kräfte zu Strukturen verwoben und die Aura in ihrer Umgebung verändert hatte. Der Elf war nicht müde, obwohl er seit vielen Stunden nicht geschlafen hatte. Er gebot über Energien, die alles überstiegen, was er sich jemals hatte träumen lassen. Sie erweckten in ihm den Eindruck, als könnten sie ihn bis in alle Ewigkeit wachhalten. Gleichzeitig war er sich der Gefahren dieser Versuchung bewußt.

»Wir müssen das Kloster jetzt auskundschaften«, sagte er zu seinem Geistverbündeten. »Wir müssen die Schutzvorrichtungen und Abwehranlagen finden. Die Schwachstellen, wenn es welche gibt. Und ohne bemerkt zu werden.« Dieser letzte Teil war das eigentlich Anstrengende daran. Er durfte es nicht riskieren, daß Lùtair seine Anwesenheit bemerkte. Er mußte alles über die magischen Abwehrvorrichtungen des Klosters herausfinden, ohne einen Alarm auszulösen. Denn das mochte Lùtair dazu bewegen, die Ungeheuerlichkeit, die er geschaffen hatte, sofort auf die Welt loszulassen. Der Schlag würde sicher und rasch erfolgen müssen, aber das erforderte stundenlanges Sondieren, wobei der Großteil der Kraft auf Tarnung gerichtet war. Es war, als spiele er eine Blindpartie Schach gegen einen echten Großmeister. Die damit verbundene Frustration würde ihm alles an Gelassenheit, Losgelöstheit und Selbstkontrolle abverlangen, was er aufbringen konnte.

In der milden Nachtluft leicht erschauernd, entnahm der Elf dem Kessel, den er bei sich trug, das erste Glühen der Macht.

Der Lastwagen, den die Orks besaßen, hielt ein Stück vor der Ecke, hinter der das Metropolitan lag. Serrin fuhr mit dem Fahrstuhl zu ihrer Suite, wo es nur einen

Augenblick dauerte, alle Kredstäbe und sämtliches Bargeld einzusammeln, das ihnen noch geblieben war. Dann überwies er eine Summe von seinem eigenen Konto in die Hotellobby. Zwanzigtausend, schätzte er. Wir liegen fünftausend im Minus, und wir brauchen noch eine Reserve für Notfälle. Wie diese auch aussehen mögen.

Sie ließen ihre Habseligkeiten zurück. Sie mitzunehmen, wäre gleichbedeutend damit gewesen, Michael auf Wiedersehen zu sagen, was keiner von ihnen tun würde.

Dann verließ der Lastwagen die Stadt mit sechzehn Orks im Laderaum. Sie fuhren auf die Autobahn Richtung Nürnberg und sahen gedankenverloren zu, wie die Scheinwerfer eine Gasse durch die Nacht pflügten.

Einer der Samurai setzte eine halbvolle Flasche minderwertigen Wodkas an, doch Mathilde schlug sie ihm aus der Hand, bevor er den ersten Schluck nehmen konnte.

»Später. Man bezahlt uns mehr Geld, als du dir je hättest träumen lassen, und du bleibst nüchtern, Grunnden.«

Der Ork wagte nicht, ihr zu widersprechen. Er beobachtete lediglich, wie die farblose Flüssigkeit über den Boden der Ladefläche lief, zuckte die Achseln und machte sich daran, die Enfield Schrotflinte zu säubern, mit der er sich bewaffnet hatte.

Obwohl sich der Straßenbelag in gutem Zustand befand, schwankte der Lastwagen während der Fahrt hin und her, so daß sie ziemlich durchgeschüttelt wurden. Serrin wurde langsam müde, aber ihm war klar, daß er sich anders als die anderen nicht mit einem Aufputschmittel auf die bevorstehende Auseinandersetzung vorbereiten konnte. Für einen Magier war dies ein zu großes Risiko, da eine Überreizung eine permanente Herabsetzung seiner Fähigkeiten bewirken konnte.

»Willst du den Sanitätsjob übernehmen, wenn wir ankommen?« fragte er Kristen. »Wir brauchen jemand, der im Hintergrund bleibt und sich um Erste Hilfe und so weiter kümmert.« Sie nickte schweigend. Sie fühlte sich in der Enge des Lastwagens inmitten dieser Armee von Männern nicht wohl. Abgesehen von Mathilde befand sich nur eine Frau unter den Ork-Samurai.

»Wir werden ein paar Probleme bei der Aufteilung der Ausrüstung bekommen«, sagte Tom nachdenklich. »Wir haben nur für die Hälfte von uns Virusfilter. Das ist nicht gut.«

»Nein. Sorg dafür, daß die Leute mit den Maschinengewehren welche bekommen. Michael hat so viel Munition gekauft, daß sie ganz Schwandorf ausradieren können. Wir müssen dafür sorgen, daß sie Gelegenheit haben, die Munition auch zu benutzen.«

»Mit den schwereren Kalibern haben wir Glück gehabt«, sagte Tom. »Gunther und einer von den anderen können mit Sturmkanonen umgehen. Und Gunther kennt sich auch mit Raketenwerfern aus, wohl noch von seiner Militärzeit, nehme ich an. Aber mit Sprengstoffen hat keiner so richtig Erfahrung. Willst du in dieser Beziehung improvisieren?«

Serrin begegnete dem Grinsen des Trolls mit einem lakonischen Lächeln. Er hatte zu spät bemerkt, daß sie keine Informationen über Luthers Schlupfwinkel besaßen. Sie wußten lediglich, daß es ein Kloster war. Wenn es durch etwas so Simples wie einen Elektrozaun geschützt war, mochte Sprengstoff die einzige Möglichkeit sein, sich den Zugang zu erzwingen, ohne wie bei allen anderen Vorgehensweisen schon im Vorfeld ein Dutzend verschiedener Alarme auszulösen. Zwei Dinge besaßen sie nicht: eine raffinierte Vorgehensweise und die Fähigkeit, Wachsysteme zu umgehen. Gewiß, eine Rakete mit hochexplosivem Sprengkopf konnte den Job erledigen, aber davon hatten sie nur zwei und konnten sich keine Verschwendung leisten. *Nur?* Serrin schüttelte den Kopf. Das reichte, um das Kloster in einen

Trümmerhaufen zu verwandeln. Zum Teufel mit der Raffinesse.

»Wir müßten gegen drei Uhr ankommen«, meldete sich Mathilde. »Also bleibt massenhaft Zeit, um das Gelände auszukundschaften, bevor wir das Gemäuer stürmen. Ich nehme an, ihr wollt nur alles und jeden in die Luft jagen?«

»Das ist im großen und ganzen die Idee«, bestätigte Serrin. »Aber müssen wir nicht über die Grenze? Ich meine, untersteht Schwandorf nicht dem Rat von Marienbad? Wird man uns nicht kontrollieren?«

»Machst du Witze? Ihre Sicherheit ist ein Scherz. Sie sind ein Haufen liberaler Schwachköpfe. Wenn eine Panzerkolonne mit Atomwaffen bewaffneter Terroristen auftauchte, würden sie wahrscheinlich sagen, es sei eine Beschneidung ihrer Bürgerrechte, ihnen die Einreise zu verwehren. Überlaß das uns.«

Serrin betrachtete das gewaltige Waffenarsenal in dem Lastwagen, und dann fiel ihm auf, daß sie nicht einmal eine Thermoskanne mit Kaffee hatten. Er fragte sich, ob er das Risiko eingehen und anhalten lassen konnte, um welchen zu kaufen. Einer der Orks schaltete einen tragbaren CD-Player ein, und kurz darauf kamen sie im überfüllten Innern des Lastwagens in den fragwürdigen Genuß dröhnenden Lumpen-Orkrocks. Die Samurai begannen fast unisono, im Takt mit den Füßen zu stampfen.

Serrin mußte sich beherrschen, um nicht laut aufzulachen. Die Truppe sah aus wie eine Mischung aus abgerissener Bürgerwehr und einem Haufen Cheerleader. Aber selbst ein Haufen Cheerleader war mit den Waffen, die sie trugen, nicht zu verachten.

Dann kam ihm der Gedanke, daß Michael durch Decken in das Kontrollsystem fraglos die Sicherheitseinrichtungen des Klosters hätte ausschalten können, wäre er bei ihnen gewesen. Sofort änderte sich seine Laune. Ihm war nicht mehr nach Lachen zumute.

Martin lehnte sich zurück und wartete darauf, daß diese letzte Nacht vorbeiging. Luther war jetzt vollkommen in seine Arbeit vertieft. Er bereitete die ersten Ladungen vor, so daß die kostbaren, sich selbst reproduzierenden Proben am Morgen ausgeflogen werden konnten. Dann sah er auf dem Monitor den Elf vor dem Tor stehen.

Er wollte schon die automatischen Maschinengewehre aktivieren, entschied sich dann aber im letzten Augenblick anders. Damit mochte er zwar ein Problem lösen, aber auch die Aufmerksamkeit der Polizei auf sie ziehen, und darauf konnte er verzichten. Statt dessen schaltete er die Außenmikrofone ein.

»Luther! Luther! Sie kommen, um dich aufzuhalten. Um deine Arbeit zu sabotieren. Hör mir zu! Das darf nicht geschehen! Du mußt dich auf ihre Ankunft vorbereiten«, plapperte der Elf am Tor. Martin ließ ihn noch einen Moment schwadronieren, dann gab er der Sicherheit über Interkom Anweisungen. Es beunruhigte ihn, daß der Eindringling über ihre Fortschritte Bescheid wußte. Martin hatte die Absicht, in seinem Verstand das oberste zuunterst zu kehren, um ganz genau herauszufinden, wieviel er wußte.

Als die Orks auf einer Waldlichtung bei Schwandorf den Lastwagen verließen, hatten die Flugzeuge schon beinahe den Kanal überquert, aber das konnten sie nicht wissen. Sie bildeten eine lockere Formation und warteten darauf, daß die Schamanin das Gelände auskundschaftete.

Als sie fertig war, wandte sie sich völlig perplex an Serrin und Tom. Serrin hatte die von diesem Ort ausgehende Macht ebenfalls gespürt. Eine Berührung reichte. Er würde sich nicht so nah heranwagen, daß er sich die Finger verbrannte oder magische Schutzvorrichtungen aktivierte.

»Die Barriere ist sehr, sehr stark«, sagte sie. »Aber er

kann das Böse nicht verbergen, das diesem Ort anhaftet. Jetzt glaube ich euch.«

Sie wandte sich an Gunther und erteilte ein paar Befehle. Der mit einer Panzerweste bekleidete Samurai teilte die Orks in kleine Gruppen ein, die alle mit einem Kurzwellensender ausgerüstet waren und jetzt vorsichtig in den Wald vordrangen.

»Sie werden uns kommen sehen«, grübelte Serrin. »Sie werden Infrarot und andere Spielereien haben. Ganz zu schweigen von Beobachtern.«

»Die fallen unter deine Zuständigkeit. Ich habe nichts gesehen, was aus dem Rahmen fallen würde. Du kannst mit ihnen fertig werden, oder nicht?« erwiderte Tom.

»Das kann ich, jedenfalls mit denjenigen, die ich gesehen habe. Was mir wirklich Sorgen bereitet, ist die Tatsache, daß es nichts Stärkeres gibt. Es muß verborgen sein. Hinter dieser verdammten Barriere könnte sich alles mögliche verbergen. Dieser Kerl ist mit Sicherheit ein Magier, und wenn Julias Informantin recht hat, könnte er so heiß sein wie die Hölle. Drek, jetzt könnte ich eine Schutzvorrichtung zur Früherkennung von Zaubern gut gebrauchen.«

»Könnten wir das nicht alle?« sagte der Troll sarkastisch.

»Mit den Feldstechern können wir wenigstens aus ziemlicher Entfernung erkennen, was sie an normaler Verteidigung aufzubieten haben«, sann Serrin.

»Aber du kannst nicht durch die Bäume sehen«, knurrte Tom. »Ich glaube, Gunther hat recht. Wir gehen nicht näher, als absolut notwendig, und jagen einfach den Zaun in die Luft. Oder das Tor. Ich will die Wirkung des Sprengstoffs sehen.«

»Müßte ganz lustig werden«, stimmte Serrin zu.

»Hast du irgendwelche Zweifel? Ich meine, in bezug darauf, einfach jeden, der sich blicken läßt, umzulegen.«

»Nein. Jetzt, wo ich hier bin, nicht mehr. Nicht nach

allem, was wir wissen und was Magellan gesagt hat. Nicht nach den Zombies und nachdem Michael auf der Intensivstation liegt. Das reicht mir, um alles in Schutt und Asche legen zu wollen.«

»Ja, mir auch«, sagte der Troll, wenngleich er es traurig fand, daß er so etwas überhaupt empfand. »Ich würde sagen, wir geben uns die Hand darauf, Chummer.«

Das taten sie, und Serrin bereute es sofort. Tom hatte einen festen Händedruck, was auch gut so war, wenn man ein Troll war. Ansonsten hatte er das Gefühl, seine Hand sei in einen Schraubstock geraten. Dann schulterten sie ihre Waffen und tauchten in der Dunkelheit des Waldes unter.

Niall konnte es nicht glauben. Die Barriere ließ sich unmöglich durchdringen. Er hatte alles gegeben, was er hatte, und konnte dennoch nicht in Lùtairs Reich eindringen. Der Versuch, das Gebäude in astraler Gestalt zu betreten, hatte ihn so erschöpft, daß er panikerfüllt geflohen war. Draußen erholte er sich sehr rasch. Er kehrte in seinen Körper zurück, öffnete die Augen und sah den manifestierten Geist an, der seinen Körper bewachte.

»Das ist doch nicht möglich«, sagte er. Dies hatte er nicht einmal in Erwägung gezogen.

»Doch, das ist es«, erwiderte der Geist. »Wenn er deinen Namen kennt. Wenn er etwas von dir besitzt. Wenn er eine Barriere speziell gegen dich errichtet hat. Dann kannst du sie nicht durchdringen.«

»Wie könnte er etwas von mir ...« Seine Stimme verlor sich. »Die Familie. Sie hat ihm etwas gegeben. Sie muß aktiv mit ihm zusammenarbeiten. Das muß es sein.«

Verzweifelt schlug er die Hände vor das Gesicht. Seine Tarnung war so mächtig, daß Lùtair ihn nicht entdeckt haben konnte, aber er war absolut ohnmächtig.

»Es kann auch kein Geist oder Elementar, den ich beschwören könnte, zu ihm vordringen«, sagte er kläglich.

»Völlig richtig«, stimmte Mathanas zu.

»Dann ist alles verloren. Ich kann mich wohl kaum mit einer Pistole anschleichen und das Tor unter Beschuß nehmen.«

Der Geist, den offenbar irgend etwas von seinen Beschützeraufgaben ablenkte, sah sich um und lächelte ihn an.

»Niall, vielleicht hat jemand anders ganz genau das vor. Laß uns abwarten und sehen, was passiert.«

Luther war immer noch blind und taub für seine Umgebung, so völlig vertieft war er in die letzten Vorbereitungen, als sich die Tore des Klosters schlicht und einfach in Luft auflösten. Martin saß ungläubig da und starrte auf die wenigen Monitorschirme, auf denen mehr zu sehen war als flackernder Schnee. Er versuchte die MGs an den Toren zu aktivieren und erkannte kurz darauf, daß es zwecklos war. Der Elf hatte gelogen. Er mußte ein Spion, ein Infiltrator sein. Er hatte etwas von drei Personen gebrabbelt, einem Elfenmagier, einem Troll und irgendeinem Mädchen. Aber irgendwo dort draußen war eine ganze verdammte Armee.

Er wußte nicht, was er tun sollte – ob er die verbliebenen Diener ins Freie schicken sollte, um jeden aufs Korn zu nehmen, der das Kloster zu stürmen versuchte, oder ob er sie im Kloster selbst einsetzen sollte, um den Gegner möglichst lange zu beschäftigen und aufzuhalten. Er tippte eine Nachricht ein, die auf Luthers Trideoschirm erscheinen würde, und versiegelte den Laborkomplex.

Der Geschützturm im Ostflügel des Klosters deckte den Wald mit einem Hagel aus Feuer und Blei ein. Gunther verschwendete keine Zeit damit, die Vor- und Nachteile verschiedener Ziele abzuwägen. Er hatte den Werfer in die feuchte Erde des Waldbodens gerammt und schoß die zweite Rakete ab.

In einer grellen, ohrenbetäubenden Zurschaustellung pyrotechnischer Effekte explodierte die gesamte Front des Ostflügels. Glassplitter und Steinbrocken flogen durch die Luft und regneten in der Umgebung des Gebäudes auf den Boden. Die Samurai, die auf das Tor oder vielmehr auf die Stelle zustürmten, wo es sich ursprünglich befunden hatte, schafften es gerade noch, nicht von den Überresten der einstürzenden Mauern erschlagen zu werden.

Tom stürmte hinter ihnen herein, die Sturmkanone auf die Haupttüren des Klosters gerichtet. Er rannte an den Überresten der Torwachen vorbei, wobei er fast in einer rötlichen Lache ausgerutscht wäre, die er als Überreste eines Wachhunds identifizierte. Die Kombination aus Bellen und Gewehrschüssen zu seiner Linken verriet ihm, daß sich die Anzahl der restlichen Hunde rasch verringerte. Er schlug einen Haken nach rechts und nahm den Eingang aufs Korn. Gunther, der den jetzt unbrauchbaren Werfer aufgegeben hatte, schien an der anderen Flanke dieselbe Idee zu haben. Die zwei Schüsse trafen die Türen gleichzeitig, und Holz und Metall verschwand in einem Feuersturm. In dem daraus resultierenden Inferno ließ sich unmöglich erkennen, ob sich jemand in der Eingangshalle befand. Die auf die Tür zustürmenden Orks hielten inne und warfen für alle Fälle ein paar Erschütterungsgrananten hinein, um sich dann rasch zu Boden zu werfen und die Köpfe mit den Armen zu schützen.

Ununterbrochenes MG-Feuer aus den HKs verwüstete die rauchgeschwängerte Halle, als die Erde selbst zu erbeben schien. Serrin sah, wie die zweite Gruppe Orks von der Westseite des Klosters wegrannte, aber sie schafften es nicht ganz in Sicherheit, bevor die Außenmauer einstürzte.

Ich will verdammt sein, dachte er. Diese Burschen mögen keine Erfahrung mit Sprengstoff haben, aber die Ladung hat gesessen. Er beobachtete weiter, hielt nach Feinden Ausschau, die den rasenden Orks vielleicht entgingen, nach allem, was unverhofft auftauchen oder im Hinterhalt liegen mochte. Er hatte noch keinen einzigen Zauber gewirkt, da er wußte, daß er seine Kräfte später noch brauchte.

Tief unter ihnen sah Luther Martins Nachricht. Er reagierte langsam, konnte sich kaum aus seiner Konzentration lösen, aber dann sah er die Bilder, die Martin ihm übermittelte, die Zerstörung des Gebäudes über ihm, Orks, die jetzt durch nicht mehr vorhandene Türen in die Halle stürmten. Zwei von ihnen wurden von den ferngesteuerten Waffen niedergemäht, die die Halle bestrichen, aber als die Bildschirme ausfielen, konnte kein Zweifel mehr daran bestehen, daß sie Sprengstoff oder Granaten einsetzten, um sich den Weg freizusprengen. Die äußerste Brutalität ihres Vorgehens versetzte ihn in einen Zustand kalter kontrollierter Wut.

Luther begann mit dem Wirken seiner Zauber. Er hatte damit gerechnet, daß so etwas eines Tages geschehen könnte, und war entsprechend vorbereitet. Die Relais-Fokusse waren an Ort und Stelle. Die Barriere würde dadurch nicht beeinträchtigt werden. Kein anderer Magier konnte auch nur den trivialsten Zauber durch sie ins Innere seiner Festung lenken.

Tom spürte den kalten Schauer einer Eingebung seinen Rücken herunterlaufen. Er rief Serrin zu, er solle in das Kloster laufen. Seine Stimme klang durch die Gasmaske, die er angelegt hatte, ein wenig verzerrt. Der Elf zögerte unentschlossen. Die Orks, die die Halle gestürmt hatten, waren von den automatischen MGs mit Blei vollgepumpt worden. Tom packte den Elf und zerrte ihn gewaltsam hinein, als sich die Leichen draußen aus dem lockeren Erdreich erhoben.

Als einer der Orks mit seiner Schrotflinte auf die zerlumpte verwesende Gestalt schoß, die plötzlich vor ihm aufragte, explodierte das Ding in einem grellen Feuerball, der den schreienden Ork mit Feuer und Säure überschüttete. Zehn Meter hinter ihm starrte sein Gefährte ungläubig auf die Geschehnisse, die sich vor seinen Augen abspielten – bis er entdeckte, daß diese Dinger nicht erschossen werden mußten. Sie explodierten von selbst. Er ging als verkohlte, stinkende Leiche zu Boden. Um sich dann, immer noch brennend, wieder zu erheben.

Im Innern des Klosters hatte sich etwa ein halbes Dutzend der Angreifer versammelt. Sie wußten, daß alle, die sich noch draußen aufhielten, entweder tot oder so gut wie tot waren, und die Kreaturen, die ihnen jetzt den Rückzug abschnitten, würden ihnen gewiß folgen. Es gab kein Entkommen.

Tom jagte ein paar Schüsse aus seiner Panther Sturmkanone in den langen Flur. »Schießt auf alles, was sich bewegt, und stellt hinterher Fragen!« schrie er. Serrin sah Blut auf den breiten Schultern des Trolls. Er betete, daß es nur eine oberflächliche Wunde oder, besser noch, gar nicht das Blut des Trolls war.

»Drek, wohin wenden wir uns?« rief Serrin, um die Kakophonie zu übertönen. Nun, da alle Gasmasken trugen, wäre es auch ohne den höllischen Lärm schwer gewesen, sich den anderen verständlich zu machen.

»Weiß der Teufel. Leg einfach alles um.« Tom hörte gar nicht mehr richtig zu. Er wurde wieder zum Berserker.

Gunther murmelte irgend etwas darüber, wie nützlich jetzt ein Flammenwerfer wäre, während er das Magazin seiner Waffe in eine amorphe Menschentraube vor ihm leerte. Tom hatte noch Munition für seine Panther und gab einen Schuß ab. Die Druckwelle warf sie fast um, aber was sich vor seinem Lauf befunden hatte, mußte etwas anderes als die Leichen draußen gewesen sein. Nach dem Treffer war nicht mehr viel von den Gestalten übrig.

»Hinter uns«, schrie Kristen, als die erste der Kreaturen von draußen in die Halle wankte.

»Nicht schießen!« rief Serrin ihr zu, da er gesehen hatte, was passiert war, als es einer der Orks draußen versucht hatte. »Bleib einfach in Bewegung!«

Tom wechselte auf seine H&K und gab ein paar ungezielte Feuerstöße in ihre Laufrichtung ab. Hinter sich hörten sie einen grauenhaften Schrei. Serrin fuhr herum und sah, wie einer der wenigen noch verbliebenen Ork-Samurai rückwärts taumelte. Seine Kehle war nur noch eine leuchtend rote Narbe, die von einem Ohr zum anderen reichte. Die grinsende Leiche, die eine Garotte um seinen Hals geschlungen hatte, zog immer fester. Serrin hatte keine Zeit mehr, die Geheimtür zur Kenntnis zu nehmen, aus der das Ding erschienen war, bevor er ihm einen gezielten Schuß durch die Stirn jagte. Manchmal hat man einfach Glück, dachte er.

Der Zombie grinste weiter und riß dem Ork den Kopf von den Schultern. Dann brach er zuckend und geifernd über der kopflosen Leiche zusammen und badete in den Blutfontänen, die aus ihrem Hals sprudelten.

Serrin kämpfte den Brechreiz in seiner Kehle nieder. Er war halb blind, aber ihm reichte das Wissen, daß Kristen noch da war, und er rannte hinter Tom und Gunther her. Mathilde schaute sich nach ihm um und bedeutete ihm mit einer verzweifelten Geste, sich zu beeilen. Der Elf biß die Zähne zusammen, da sein Bein ob der körperlichen Anstrengung zu schmerzen begann.

Sie bogen um eine Ecke und rannten Martin in die Schußlinie, der hinter seinem Kontrolltisch in Deckung gegangen war. Seine Schrotflinte erledigte Gunther mit einem Schuß, der die Brust des Samurai in eine Masse blutiger Fleischfetzen und vorstehender Knochensplitter verwandelte. Doch Tom hatte bereits seine H&K herumgerissen, und ein Feuerstoß nagelte Martin an der

Wand fest. Schlaff wie eine Strohpuppe mit zerschmettertem Rumpf glitt die Leiche langsam die Wand herab und hinterließ eine verschmierte Blutspur darauf. Dann sackte sie auf dem Boden zusammen, wobei der Kopf auf eine fast komisch anmutende Weise zur Seite fiel, während ein dünner Blutfaden aus den leicht geöffneten purpurroten Lippen rann.

Ich kann es nicht riskieren, astral nach ihm zu suchen, aber ich *muß* ihn finden, dachte Serrin verzweifelt. Wo, zum Teufel, ist Luther?

Tom hämmerte mit den Fäusten gegen die Wand und drückte immer wieder auf den Rufknopf für den Aufzug. Der Aufzug reagierte nicht.

»Tretet zurück«, rief der Troll.

»Nein! Nicht! Wir kommen nie dort hinunter, wenn du das Ding in die Luft jagst!« schrie ihn der Elf an. Der Troll zögerte. Er schien sich tatsächlich ein wenig zu beruhigen, was Serrin nur recht war. Sich mit einem amoklaufenden Troll einen Aufzug zu teilen, war nicht die verlockendste Aussicht der Welt.

»Muß isoliert sein«, murmelte Serrin, während er aus der Reihe der Anzeigen schlau zu werden versuchte, an denen Martin gearbeitet hatte. »Wo sind die verdammten Kontrollen?«

Voller Bestürzung musterte er die Konsole. Alles in allem gab es dreißig Bildschirme, von denen die meisten ausgefallen waren, und so viele Tastaturen und Bedienelemente, daß er stundenlang zu tun haben würde, wenn er alle ausprobieren wollte. »Ach, Drek.«

Als sich die Fahrstuhltüren zischend öffneten, war Tom bereits hineingesprungen, bevor Serrin erkannte, daß sie von unten ferngesteuert wurden. Schlimmer noch, alle waren eingestiegen, bevor sie es durchschauten, da sie glaubten, Serrin habe an den Kontrollen eine Sperre beseitigt.

Auf dem Weg nach unten wurde Gas in den Fahrstuhl gepumpt. Serrin wirkte eine Barriere für sie. Falls sie von einem Kugelhagel empfangen wurden, wenn sich die Fahrstuhltüren unten öffneten, saßen sie wie Ratten in der Falle. Ihre Gasmasken schützten sie, bis sich die Türen öffneten. Sie sprangen aus dem Fahrstuhl und hielten eine halbe Sekunde inne, um sich zu orientieren. Serrin spürte, wie sich Mathilde stärkte, magisch ihre Reflexe aufpeppte. Er wäre ihrem Beispiel gefolgt, hätte er noch die Gelegenheit dazu gehabt.

Der Gang vor ihnen führte nur in eine Richtung, und zwar zu einer offenen Doppeltür aus funkelndem Metall und Glas. Tom hatte die H&K angelegt, um alles zu durchlöchern, was sich vor ihm befand, aber sein Finger erreichte den Abzug nicht mehr. Sie standen alle wie erstarrt da. Serrin spürte die Gewaltigkeit des Dings, das seinen Verstand lähmte, sie alle in der Hand hatte und sich über ihre Selbstüberschätzung amüsierte.

»Entschuldigt bitte«, sagte die Gestalt vor der Doppeltür. Sie zog sich den weißen Kittel aus, den sie trug, und gab ihn einem rothaarigen Elf, der sich auf allen vieren aus dem dahinterliegenden Raum schlich. Magellan nahm den Kittel entgegen wie ein Kind, das gerade ein neues Spielzeug bekommt. Luther strich sich mit einer Hand über seinen kahlen Schädel, dann bedeutete er ihnen näher zu treten.

»Jetzt bin ich entsprechend gekleidet, um euch zu empfangen«, sagte er, indem er ein imaginäres Staubkorn von seinem makellosen, grauen italienischen Anzug schnippte. »Ach ja, abgesehen von dem Ork. Offen gestanden, finde ich Orks ganz besonders verabscheuungswürdig. Magellan, würdest du das bitte übernehmen?«

Der Elf ließ den Kittel fallen, erhob sich und zog ein langes Messer aus der Innentasche seiner Jacke. Verstohlen, als schleiche er sich an irgend etwas Unsichtbares an, pirschte er sich vorwärts und stach Mathilde das Messer in den Bauch und dann aufwärts ins Herz. Sie brach schlaff und leblos zusammen. Der Elf leckte die Klinge ab, wobei er sich mit dem scharfen Metall in die Zunge schnitt.

Tom empfand eine Wut, die alles überstieg, was er in dieser Hinsicht je kennengelernt hatte. Sie zerrte an dem eisernen Griff, mit dem der Nosferatu seinen Geist umklammerte, und versuchte ihn zu brechen – allerdings ohne Erfolg. Er konnte jetzt kaum noch etwas sehen, so heftig war sein Zorn.

Ihre Füße bewegten sich ohne ihr Zutun. Das Trio bot einen jämmerlichen Anblick, als es Luthers Reich betrat. Die drei waren bei klarem Verstand und sich ihrer Umgebung vollständig bewußt, konnten jedoch nichts anderes tun, als Luthers Befehlen zu gehorchen.

29

Niall beobachtete die Schlacht, bis Luther die toxischen Geister aus der Erde rief. Toxische Geister, die an Leichen gebunden waren und deren Flammen und Säuren alles verbrannten und jeden töteten, der ihnen in die Quere kam. Die magische Barriere erstreckte sich nur auf das Gebäude. Haßerfüllt beschwor der Elf die Waldgeister, sich zu erheben und diese Greuelwesen zu vernichten. Er hatte selbst die Macht, Wesen aus der Erde zu beschwören, und sie kamen aus dem Wald und vernichteten die toxischen Wesen, obwohl einige von ihnen dabei selbst den Tod fanden.

Niall zitterte vor Wut und Ohnmacht. Er wußte, daß er immer noch nicht in das Kloster eindringen konnte. Die Barriere hielt unerschütterlich stand.

»Warte«, sagte sein Geistesverbündeter zögernd. »Vielleicht ergibt sich etwas. Vielleicht ergibt sich ein Weg hinein. Warte, Niall. Sammle deine Kräfte. Sammle alles, was dir noch geblieben ist, und warte.«

Die Klammer um Serrins Geist lockerte sich unmerklich. Seine Mundwinkel sanken ein wenig herab. Ihm wurde klar, daß er seine Gesichtsmuskeln frei bewegen konnte.

»Ist es so besser? Ich dachte, es würde mich amüsieren, mit euch zu reden«, sagte Luther verächtlich. »Setzt euch doch.«

Er ließ sie auf einer der Bänke Platz nehmen. Dann ging er vor ihnen auf und ab, gebärdete sich wie ein majestätischer Dozent vor einer Gruppe leicht beschränkter Studenten, an die er gerade einige Brocken seiner kostbaren Weisheit verschwenden wollte.

Er nahm Kristens Kinn in die rechte Hand und

beugte sich herunter, um sie zu küssen. Ihre Gesichtsmuskeln verzogen sich, aber sie war nicht in der Lage, von ihm abzurücken. Er ging einen Schritt weiter und in die Hocke, um Serrins Blick zu begegnen.

»Ziemlich hübsch, die Kleine. Ob ich mich vor deinen Augen mit ihr vergnügen soll? Wäre das nicht amüsant?«

Serrin hätte in diesem Augenblick sein Leben für die Möglichkeit gegeben, auf ihn loszugehen. Sein Geist und seine Seele füllten sich mit schwarzem, bitterem Haß.

»Aber wie du wahrscheinlich weißt, wäre das für mich gar kein so großes Vergnügen«, grinste Luther, während er sich wieder aufrichtete.

»Ihr könnt Fragen stellen, wenn ihr wollt.« Dann korrigierte er sich. »Nein, nach allem, was Magellan mir von euch erzählt hat, wäre das Zeitverschwendung. Also werde ich euch einfach erzählen, was ich getan habe.«

»Du verdammtes Schwein«, gelang es Serrin zu murmeln.

»Halt deine Zunge im Zaum«, sagte Luther gereizt. »Ich will meine Zeit nicht damit verschwenden, mir triviale Beleidigungen anzuhören. In den nächsten vierundzwanzig Stunden wird sich die Welt für immer verändern – und du gibst dich mit Beleidigungen ab? Sei still, sage ich.« Serrins Mund schloß sich.

Tom spürte etwas in ihm unwiderruflich zerbrechen. Später konnte er den Vorgang nie in Worte kleiden, die andere verstanden. Es war vergleichbar mit der Fahrt in einer Achterbahn, wenn man den höchsten Punkt erreicht hatte und der Wagen plötzlich nach unten schoß. Die Wut in ihm schien sich umzukehren, und in diesem Augenblick wurde ihm klar, welchen Sinn die Tötung Mathildes und die Bedrohung des Mädchens hatten. Er nährt sich von Haß, erkannte Tom. Das will er also, unsere emotinalen Energien so weit wie möglich steigern, so daß er alles in sich aufnehmen kann, wenn er uns umbringt.

Er spürte das Fell auf seinem Rücken und die zupackenden Zähne im Nacken. Er wußte, daß sein Körper hilflos war, aber er hatte ihn längst verlassen, stand neben sich. Er ließ los. Es war anders als zuvor, als es Passivität, Nachgeben, das Bewußtsein von etwas anderem, von Shakala oder der toten Zone gewesen war. Diesmal leerte er sich ins Nichts.

Er spürte, wie er sich auflöste. Einen Augenblick lang geriet er in Panik, und dann ließ er endgültig los.

»Was ist das?« rief Niall. »Es ist drinnen. Ich kann es erreichen!«

Sein Astralkörper fand den winzigen Lichtpunkt, und er verwob einen winzigen Faden seiner Kraft mit ihm, ein dünner Lichtstrahl, der die Barriere durchdrang und eine winzige Bresche in den Wall schlug. Er kehrte in seinen Körper zurück und rief Mathanas.

»Greif zu«, sagte er nur. »Geh hinein.« Er nahm seinen Kessel und überließ es Mathanas, seine eigene Magie zu weben. Dann ging er zu den rauchenden Trümmern des Klosters und durch den zerschmetterten Eingang, der buchstäblich wie das Tor zur Hölle aussah.

»Natürlich ist es theoretisch unmöglich«, schwadronierte Luther weiter. »Ein Retrovirus kann die Vererbungslinie nicht infizieren. Das ist der Punkt. Ein Virus, das wichtige Nervensysteme wie diejenigen, welche mit der Willenskraft zu tun haben, zerstört, das ist kein Problem. Aber eines, das diese Wirkung nur bei Personen hervorruft, denen der metatypische Genkomplex fehlt, erfordert viel Zeit. Ein Virus, das außerdem in die Vererbungslinie eindringt und seine Wirkung auf die Nachkommenschaft ausdehnt, ist praktisch eine Unmöglichkeit. Ich habe fast siebzig Jahre gebraucht, um es zu entwickeln.

Das ist das Wunderbare, die Schönheit an ihm. Es wird die Menschheit gefügig und zu willenlosen Automaten machen. Es gibt kein Gegenmittel. Eine Gentherapie würde nicht funktionieren, weil der Schaden am Nervensystem irreversibel ist. Gut, vielleicht könnten gewisse Substitutionsbehandlungen einen Ausgleich schaffen, aber sie sind ziemlich kompliziert, und die Kosten sind enorm. Auf keinen Fall an Milliarden von Menschen durchführbar. Hinzu kommt, das von den Übriggebliebenen ohnehin niemand ein Interesse daran hätte.

Das Virus ist unwiderstehlich. Stabil und einigermaßen widerstandsfähig. Es wird durch eine ganze Reihe von Vektoren übertragen und ist natürlich ansteckend. In den nächsten sechs Stunden werden die ersten Proben mit verschiedenen Elfengruppen als Träger in zwölf verschiedenen Ländern eintreffen, obwohl wir uns, lokal betrachtet, bereits in einem fortgeschritteneren Stadium befinden.« Er deutete auf die kleinen versiegelten Metallkästen auf dem Tisch vor sich. Einer, bemerkte Serrin, war leer. Noch? Oder schon?

»Die nächste Stufe ist natürlich die Entwicklung von Abarten, die nur gewisse Metatypen befallen. Dann kann Abschaum wie Orks und Trolle ebenfalls befriedet werden. Nicht, daß sie in der Zwischenzeit ein Problem wären. Sie haben einfach nicht die Intelligenz der Elfen.«

In seinen Augen flackerte der Wahnsinn. Trotz seiner Kälte und Selbstbeherrschung war Luthers inneres Feuer noch nicht erloschen. Er richtete den Blick wieder auf Serrin.

»Ach, du Narr. Warum wolltest du an dieser Schönheit nicht teilhaben? Wir können jetzt alle Fürsten sein, wir Elfen. Welche Freude, welch ein Wunder und welch eine Pracht. Jetzt weiß ich, wie sich die Wissenschaftler gefühlt haben müssen, als sie den ersten Atompilz sahen. Ich habe fast drei Jahrhunderte auf die Geburt

meines Volkes gewartet, und jetzt werde ich es ins gelobte Land führen.«

Er lehnte sich zurück und ballte die Fäuste, einen Ausdruck unbeschreiblicher Freude und unendlichen Friedens im Gesicht.

Tom konnte nicht schreien, obwohl er es wollte. Etwas bohrte sich in ihn, ein brennendes Feuer, das ihn an irgendeinen Ort wirbelte, von dem er nicht einmal gewußt hatte, daß er existierte. Er hatte das Gefühl, seine Seele werde von diamantharten Krallen zerfetzt, seine Erinnerungen und Gefühle zerschmettert, seine Persönlichkeit auseinandergerissen.

»Ich werde die Welt befreien!« rief Luther und warf sich auf Serrin, um seine gebleckten Zähne in den Hals des Elfs zu schlagen und ihm jeden Tropfen seines Lebens und seiner Seele auszusaugen. Dann hielt er inne und starrte den Troll an, fassungslos und mit offenem Mund.

Metall drang aus seiner Haut, floß aus ihm heraus. Aus seiner rechten Hand drang ein Strom kalten und doch flüssigen Metalls, das auf den Boden tropfte. Aus der Haut an den Armen und Beinen des Trolls sickerte etwas, das wie verflüssigtes, mit Metall durchsetztes Fleisch aussah, und tröpfelte ebenfalls auf den Boden. Luther war wie gelähmt und begriff nicht, was geschah, als sich die Gestalt des Geistes aus dem Körper des Trolls formte.

»Nein, das wirst du nicht, Lùtair.« Eine ruhige Elfenstimme erscholl von der Tür. »Du bist nicht der Schöpfer.«

Niall nahm das goldene Gefäß in beide Hände und richtete es gegen die Decke. Der riesige Geist, der sich als makelloser Elf manifestierte, ergriff die Macht, die Niall freisetzte, und formte sie zu einer leuchtenden Kraftlinie, die er gegen dreißig Meter Erdreich und Steine richtete.

Erdreich und Steine gaben nach. Sie verschwanden

einfach und hinterließen einen gewaltigen Schacht, der weit über ihnen an der Oberfläche endete. Luther stand darunter, unfähig, die Vorgänge zu zu begreifen. Weit über ihm verfestigte sich Luft zu einem strahlenden Spiegel, und in den Schacht fiel das reflektierte Licht eines Sommersonnenaufgangs.

Luther schrie auf und taumelte aus dem Lichtstrahl heraus. Aus Ohren, Augen und Nase quoll Blut. Aus dem Kessel des Elfs schoß ein blendender Lichtstrahl zur Basis des Schachts, sammelte das Sonnenlicht und trieb es in den Nosferatu.

Das Ding fiel auf die Knie und wurde von einem krampfhaften Hustenanfall geschüttelt. Es spie eine große Lache schwarzen Bluts auf den Boden, das zischte, als es auf den Stein fiel, und ihn wie Säure verätzte. Fleisch schälte sich dampfend von seinen Knochen, da sich seine Körperflüssigkeit in Fetzen beißenden, stinkenden Rauchs auflöste.

Niall stand über den sich rasch zersetzenden Überresten des Nosferatu und begann mit einem Singsang auf Gälisch-Sperethiel. Serrin kannte den Dialekt nicht, aber er sprach die Elfensprache gut genug, um den Sinn zu verstehen. Der Elf übereignete die Überreste der Seele den Großen Leuchtenden Geistern, bat um ihren Schutz und ihre Rechtschaffenheit, beschwor ihre Vergeltung auf die Seele herab und wob glänzende Karmaketten, um sie darin für viele noch kommende Leben zu binden.

Die Überreste des Nosferatu erschauerten noch einmal und lagen dann still. Nur der Schädel und die größeren Knochen des Körpers waren in den zerfetzten Lumpen seines Anzugs noch geblieben. Niall zog einen silbernen Dolch aus der Jacke und stach ihn in das Septum. Der Schädel schmolz wie Butter, wo er ihn getroffen hatte, und brach dann auseinander. Ein gräßliches Heulen hallte von den Wänden wider, bevor es in weiter Ferne verklang.

Serrins Blick war immer noch von Nialls Macht gebannt, als sein Körper registrierte, daß er nicht mehr kontrolliert wurde. Er stürzte nach vorne und konnte nichts dagegen tun, weil alle Kraft aus ihm gewichen war. Er rollte hilflos auf den Rücken, bis er neben Kristen lag und zu Tom hochsah.

Der Troll war auf den Beinen. Der gewaltige Elfengeist hielt ihn, die Arme um die mächtige Brust des Trolls geschlungen. Toms Blicke und die des Geistes ließen einander nicht los, bis der Troll die Augen schloß. Heiße Tränen liefen ihm über die Wangen.

Zuerst konnte er ohne die Hilfe des Geistes nicht aufrecht stehen, da ihm die Kraft seiner Implantate fehlte, bis neues Leben und neue Kraft in seinen einstmals verunstalteten Körper strömten. In diesem Zustand, in dem er wie ein Kind war, hilflos und unfähig zu stehen, spürte Tom die Energie, das Wachsen und jede freudige und wunderbare Eigenschaft des Lebens durch Körper, Herz und Seele schießen. Die toten und schmerzerfüllten Stellen in ihm schmolzen dahin wie zuvor das Metall, als der Geist in ihn eingedrungen war. Einen Augenblick lang schien der Geist das Aussehen Bärs anzunehmen, und er spürte mächtige Tatzen um sich. Es war, als werde er zum zweitenmal geboren.

Serrins Hand zuckte. Irgendwie fand sie Kristens Hand und hielt sich daran fest. Dann ruhten Nialls Hände auf ihnen beiden und heilten und kühlten, und sie spürten, wie die Kraft in ihre Körper zurückkehrte.

Serrin gelang es, sich auf die Knie aufzurichten und Niall anzusehen. Er wollte etwas sagen, irgend etwas, aber er fand keine Worte. Er hockte nur da, während sich seine Zunge sinnlos hin und her bewegte. Er hätte nicht reden können, auch wenn es ihm jemand mit vorgehaltener Pistole befohlen hätte.

Dann sah er den Elf nicht mehr. Kristen lag auf ihm,

umarmte ihn, küßte sein Gesicht. Sie nahm seinen Kopf in die Hände und küßte ihn auf den Mund.

»Ich denke, wir sollten gehen«, sagte der Elf.

Keiner von ihnen konnte auf dem Weg aus den Ruinen an irgend etwas anderes denken. Die Anstrengung, einen Fuß vor den anderen zu setzen, war so groß, daß sie die letzten Aufmerksamkeits- und Willenskraftreserven in Anspruch nahmen, die ihnen noch geblieben waren. Von Niall und Mathanas angeführt, kamen sie dennoch schneller durch den Wald, als ihnen das auf dem Hinweg gelungen war. Die Fähigkeiten des Geistes, dachte Serrin. Der Geist verändert das Gelände.

Es kam ihm lächerlich unangemessen vor, als Niall die Tür des Wagens öffnete. Fahrzeuge gehörten in die wirkliche Welt. Und sie waren noch nicht bereit, wieder dorthin zurückzukehren. Tom setzte sich auf den Beifahrersitz, um sich dann leicht hin und her zu wiegen.

»Laßt ihn in Ruhe«, sagte Niall. »Er hat einiges, womit er ins reine kommen muß.«

»Haben wir das nicht alle?« sagte Serrin fast zu sich selbst. Es gab so vieles, was sie nie verstehen würden. Er wandte sich an den anderen Elf. »Und wer bist du?« wollte er wissen.

»Es ist besser, wenn du das nicht weißt«, erwiderte Niall auf eine Art, die Serrin verriet, daß er die Wahrheit sprach. »Wegen dieses Wissens könntest du getötet werden.«

Serrin wurde einen Augenblick lang durch den Lärm über sie hinweg fliegender Flugzeuge abgelenkt. In die Sonne blinzelnd, konnte er sie durch das Wagenfenster nicht sehen. »Wo ist der Geist geblieben?« fragte er.

»Dieser Ort muß völlig zerstört werden«, sagte Niall. »Mathanas ruft Geister der Erde, um damit zu beginnen. Danach beschwört er sein eigenes Feuer, um alles zu vernichten, was noch übrig ist.«

»Warum sagst du uns nicht einfach, wer du bist?

Dem Akzent nach würde ich sagen, du stammst aus Tir na nOg«, hakte Serrin nach.

»Du mußt mir vertrauen«, sagte Niall ruhig.

»Es geht nicht um Vertrauen. Ich muß es *wissen.*«

»Ich kann es dir nicht sagen.«

Serrin wollte wiederum protestieren, als Kristen ihm einen Finger auf die Lippen legte, um ihn zum Schweigen zu veranlassen. Sie sah ihm in die Augen.

»Es spielt jetzt keine Rolle mehr. Wir leben. Und wir müssen uns noch um Michael kümmern«, sagte sie.

Ein Ausdruck des Kummers huschte über Serrins Miene. »Natürlich«, sagte er. »Was ist nur mit mir los?« Wie hatte er Michael vergessen können? Er stieg aus dem Wagen. Absurderweise mußte er dringend seine Blase erleichtern. Als er von dem Baum seiner Wahl zurückkehrte, erwartete ihn Niall draußen vor dem Wagen. Sie schlenderten langsam ein Stück vom Wagen weg.

Niall beobachtete ihn. »Manche Dinge kann ich dir nicht sagen, aber es gibt ein paar Dinge, die ich dir sagen muß«, sagte der Elf gelassen.

»Ich bin ganz Ohr«, murmelte Serrin und folgte dem Elf dann, als dieser ihm bedeutete, noch ein wenig weiterzugehen.

»Der Troll. Durch ihn bin ich hineingekommen. Lùtair hatte eine magische Barriere errichtet, die ich niemals hätte durchdringen können. Wir sind durch den Troll hineingekommen.«

»Er heißt Tom.«

»Dann also Tom. Kümmere dich um ihn. In den nächsten Wochen wird er kaum ansprechbar sein. Als Mathanas in ihn eingedrungen ist, hat er sämtlichen Müll aus Toms Körper entfernt. Das Metall und die Implantate. Alle Dinge, die ihn nicht über seine Vergangenheit hinwegkommen ließen. Jetzt sind sie verschwunden. Mathanas hat aus dem, was noch übrig war, neues Gewebe nachwachsen lassen.«

»Bei allen Göttern, was *ist* Mathanas?«

»Das wäre in der Tat eine sehr lange Geschichte.« Niall lächelte versonnen. »Womit ich zum zweiten Punkt komme. Du verstehst nicht, was zwischen dir und dem Mädchen vorgeht, nicht wahr?«

»Kristen. Sie heißt Kristen, und ich bin Serrin. Sie ist nicht ›das Mädchen‹«, erwiderte er ziemlich gereizt.

»Ja, das weiß ich. Aber du verstehst es nicht, oder?«

»Was verstehe ich nicht?«

»Ich weiß, daß ihr diesmal noch nicht sehr lange zusammen seid.«

»Woher weißt du das? Warte, sag es mir nicht. Es ist besser für mich, wenn ich das nicht erfahre, richtig?«

Niall lachte. Er zog eine silberne Taschenflasche mit Brandy aus seiner Jacke und bot sie Serrin an. Er war gut. Stark, voll, ein echter Kick, den er dringend gebraucht hatte.

»Mehr oder weniger. Ich habe euch einmal beobachtet. Aber das ist lange her und unwichtig«, fuhr Niall fort. »Aber du und sie, das ist wichtig. Was hast du empfunden, als du sie zum erstenmal gesehen hast?«

»Wie meinst du das?«

»Denk gut nach. Was hast du empfunden, nachdem du die ersten Worte mit ihr gewechselt hattest?«

»Tja, es war merkwürdig. Ich hatte das Gefühl, als würde ich sie ziemlich gut kennen.«

»Nun, das ist ein Anfang«, sagte Niall. »Aber ihr habt euch noch nicht geliebt.«

»Das geht dich überhaupt nichts an, du ...«

»Sei nicht albern«, erwiderte Niall in scharfem Tonfall. »So, wie sie dich ansieht, ist es für jeden offensichtlich.«

»Tatsächlich?« murmelte Serrin, während sich zu seinem Ärger Verwirrung gesellte.

»Ja. Sie sehnt sich nach dir, und du weigerst dich, es wahrzunehmen. Es gibt einen einfachen Grund dafür, warum du noch nicht bereit bist. Aber ich weiß nicht, wieviel ich dir erzählen soll.«

»Das scheint ein grundsätzliches Problem von dir zu sein«, sagte Serrin gereizt.

»Ich kann es dir auf zwei verschiedene Arten mitteilen. Ich kann dir die Einzelheiten erzählen, und ich kann dir einen Einblick in dein Selbst verschaffen«, sagte Niall. »Es liegt an dir. Und es ist mehr, als ich eigentlich tun sollte.«

»Erzähl es mir einfach«, sagte Serrin, da er ein wenig Angst davor hatte, was dieser außergewöhnliche Elf mit seinem Verstand anstellen mochte. Niall schien das zu verstehen, aber er traf seine eigene Entscheidung, da er der Ansicht war, daß dieser sture Magier nicht allein auf Worte hören würde. Er nahm Serrins Kopf in die Hände.

Praktisch augenblicklich wurde Serrin von Erinnerungen überflutet. Er sah den Horizont hinter dem Hafen mit den Segelschiffen, spürte die Wärme des Windes über dem azurblauen Ozean, sah sein weißes Gewand und sah sie neben sich stehen. Er hörte keine Worte, aber er sah, wie er mit ihr redete und gestikulierte, während sie das, was er sagte, mit einem dünnen Schilfrohr auf ein Stück Tierfell schrieb. Er hatte gerade die Tatsache registriert, daß sie auch elfisch war, als die Szene verblaßte. Dann sah er sich allein in einer düsteren Strohhütte, deren feuchte Dunkelheit nur durch eine brennende Bienenwachskerze auf dem primitiven Holztisch erhellt wurde, vor dem er saß. Er spürte feuchtes, streng riechendes Tierfell auf seinem Rücken, Kleidung, die er trug. Außerdem sah er eine verzierte Eisentafel und einen Kelch neben sich, aber das war alles, was er von seiner Umgebung aufnahm. In seinem Innern brodelte ein Vulkan der Gefühle. *Ich kann sie nicht haben. Ihr Vater hat sie an Declan verkauft, der sie heiraten wird, und ich kann sie nicht haben. Soll ich ihn umbringen oder mich selbst?*

Als Niall Serrin losließ, war dieser totenbleich und zitterte wieder.

»Das ist ein Trick«, polterte er. »Du hast in meinem Verstand herumgepfuscht. Das ist nicht wirklich. Nichts davon ist wirklich!«

»Es war einmal wirklich. Einst warst du ihr Lehrer. Du hattest das Gefühl, es sei falsch, ein Mißbrauch deiner Verantwortung. Ich glaube, das spiegelt sich jetzt in der Tatsache wider, daß du diesmal so viel älter bist, was eine ähnlich hemmende Wirkung auf dich hat. Ein andermal wurde sie gegen ihren Willen verheiratet. Es war immer schwierig, aber du hast nur zwei Beispiele gesehen. Sie litt so sehr, daß sie nicht noch einen Zyklus durchmachen wollte. Was der Grund dafür ist, daß sie diesmal ein Mensch ist. Für ihre Seele ist es ein Rückschritt auf dem Weg, aber sie war gerne bereit, diesen Preis für euch beide zu bezahlen. Diesmal ist es möglich. Diesmal braucht ihr nicht getrennt zu werden. Ihr habt die Möglichkeit, es richtig zu machen.«

»Ich begreife das nicht. Was soll ich jetzt tun?« fragte ihn Serrin.

»Selbst wenn ich das wüßte, könnte ich es dir nicht sagen. Es steht mir nicht zu, den Weg eines anderen für ihn zu beschreiten. Aber wenn du nichts von der Liebe erwiderst, die sie für dich empfindet, machst du es euch und auch dir selbst beim nächstenmal noch schwerer.« Sie gingen schweigend zum Wagen zurück.

Kurz bevor er die hintere Tür des Wagens öffnete, sagte Serrin. »Ich kann das nicht verstehen. Es will mir einfach nicht in den Kopf.«

»Vergiß deinen Kopf«, sagte Niall nur und setzte sich auf den Fahrersitz. Der Wagen setzte sich in Bewegung und fuhr langsam den Berghang herab und in den Morgen hinein.

30

Serrin trank seinen Kaffee und betrachtete die Skyline von Manhattan. Es war so viel auf ihn eingestürzt, und obwohl er das Gefühl hatte, irgendwann einmal alles verarbeiten zu können, wußte er auch, daß er noch nicht einmal damit angefangen hatte.

Sie waren bei Michael zu Besuch. »Ich sagte doch, Engländer sind praktisch gegen Kugeln gefeit«, witzelte Michael. »Eine Zeitlang werde ich ein Rückenkorsett brauchen, vielleicht sogar für immer, aber ansonsten ist alles in Ordnung.«

Er hatte den Flug nach Sun City noch im Krankenhaus gebucht, da er erpicht darauf war, dort herauszukommen. Während Serrin, Tom und Kristen darauf warteten, daß er kräftig genug für den Heimflug wurde, hatten sie die meiste Zeit im Hotel verbracht und geschlafen. Die Zerreißprobe mit Luther hatte ihnen in körperlicher und seelischer Hinsicht einen enormen Tribut abverlangt. Der irische Elf hatte sie nach Berlin gefahren und war dann verschwunden. Serrin hatte ihn nicht dazu bewegen können, seinen Namen zu nennen, ganz zu schweigen davon, wohin er ging und was er jetzt vorhatte. Vielleicht stimmte ja, was der irische Elf behauptete, daß es besser für Serrin war, wenn er seinen Namen nicht erfuhr, aber das änderte nichts an seinem Ärger darüber, daß man ihn im dunkeln tappen ließ.

Serrin war jetzt so gut wie pleite. Er hatte seine Konten geleert und das Geld den Orks gegeben, die sie in der Bar kennengelernt hatten. Schließlich hatten viele Orks ihr Leben gelassen. Da er wußte, daß sich die Orks weigern würden, Blutgeld anzunehmen, hatte der Elf von ihren Familien geredet. Über das, woran sie glaubten – ihre Policlubs und ihre Rechte. Seine Worte hatten dazu geführt, daß ein Teil des Geldes an Verwandte weitergeleitet worden war und ein anderer Teil in die Erziehung der Kinder floß. Zum Teufel damit, es ist doch nur Geld, hatte Serrin zu jenem Zeitpunkt gedacht. Da sein Vermögen empfindlich geschrumpft war, würde er sich vielleicht wieder um eine lukrative Anstellung als Konzernmagier bemühen müssen. Es spielte keine Rolle. Er mußte ihnen das Geld geben.

Die Situation mit Kristen war diejenige, von der er nicht wußte, wie er sie bereinigen sollte. Zwar hatte er ihr zu erklären versucht, was der Elf ihm mitgeteilt hatte, aber sie schien es nicht begreifen zu können, wenngleich Serrin sicher war, daß sie ihm glaubte. Das überraschte den Elf nicht. Was hatte er wirklich über sich selbst gewußt, bevor ihm diese tiefen, uralten Erinnerungen zugänglich gemacht worden waren? Und doch war es beunruhigend. Er war zum Teil fasziniert – und wollte unbedingt das Was und Warum und Wo von allem wissen – und zum Teil abgestoßen, weil er nicht damit konfrontiert werden wollte. In mancherlei Hinsicht steigerte all das nur seine Unsicherheit, wie er sich ihr gegenüber verhalten sollte. Michael versuchte ihm indirekt mitzuteilen, daß sie immer unruhiger und unglücklicher wurde, als hätte Serrin das nicht selbst bemerkt.

Ihm fielen Magellans Worte wieder ein, daß man sich besser um die Welt kümmerte, wenn man wußte, daß man zurückkam. Aber bei Magellan hatte dieses Wissen zu einer an Wahnsinn grenzenden Besessenheit geführt, zu dem unerschütterlichen Glauben an eine ewig wiederkehrende elfische Herrenrasse, deren Bestimmung sie zu etwas Besonderem machte. Serrin wollte nicht anfällig für solche Wahnvorstellungen werden.

Und dann war da noch Tom, der allmählich zu einem Zustand zurückkehrte, den man als normal bezeichnen konnte, sein Glück aber offenbar immer noch nicht fassen konnte und viel Zeit für sich verbrachte, vermutlich in eine gründliche Betrachtung seines neuen Selbst vertieft. Serrin nahm an, daß der Troll jedesmal, wenn er sich bewegte, das Gefühl haben mußte, ein Wunder zu erleben. Jede Muskelbewegung würde ihn in Erstaunen, in freudiges Entzücken versetzen. Er freute sich für Tom, freute sich wirklich, aber wo blieb er bei alledem?

Der Elf, dessen Namen er nie erfahren würde, war derjenige gewesen, der Luther vernichtet hatte. Gewiß, er hatte gesagt, er habe die Barriere nur wegen Tom durchdringen können, aber irgendwie konnte Serrin rein emotional damit nichts anfangen. Aber so oder so hatten sie einen Haufen Leichen zurückgelassen, und er glaubte nicht, daß er je über das Entsetzen und die Ohnmacht jener letzten Momente hinwegkommen würde.

Ihn störte auch noch etwas anderes. Etwas Unfaßbares, Amorphes, was er gespürt oder gesehen hatte, an das er sich nie wirklich erinnern konnte, das aber in ihm arbeitete und bewirkte, daß er sich im Schlaf unruhig von einer Seite auf die andere wälzte. Es war ebenso frustrierend, als hätte er seinen Namen vergessen. Er rührte gerade den letzten Schluck Kaffee in seiner Tasse um und starrte düster auf die kalte Flüssigkeit, als es ihm plötzlich wieder einfiel.

Obwohl wir uns, lokal betrachtet, bereits in einem fortgeschritteneren Stadium befinden.

Es war nicht so, daß einer dieser Metallkästen noch hatte gefüllt werden müssen. Nein, der Behälter war bereits geleert worden, so daß Mathanas auch nicht alles hatte vernichten können.

Was war tatsächlich geschehen?

Er hatte keine Nachrichten gehört, die auf den Ausbruch eines Zombie-Syndroms in Deutschland hinwiesen. Was bedeutete das also, »lokal betrachtet«? Saß vielleicht jemand anderer auf dem Zeug?

Nein, das ist unmöglich, dachte Serrin. Oder doch nicht?

Zeit für einen weiteren Besuch in der Bibliothek, deren Computersysteme besser geeignet waren, vielschichtige Suchvorgänge durchzuführen, als jede Heimanlage. Zuerst nahm er sich die deutschen Medien der vergangenen Woche vor, dann ging er alles über Retroviren durch. Er verstand nicht viel von dem technischen Kram, aber wenn er auch nur eine einzige Spur fand – irgendeine –, etwas, das er Michael präsentieren konnte …

In dieser Nacht war es bereits nach zehn, als er für die Ausdrucke bezahlte, die er einer Diskette vorzog, und in die Nacht hinausging, wobei er sich eine Zigarette anzündete. Vielleicht sollte ich Julia noch mal besuchen, dachte er. Vielleicht ist noch ein anderer Wahnsinniger in die Geschichte verwickelt. Was ist, wenn Luther bereits eine Ladung von dem verdammten Virus an einen anderen Blutsauger weitergegeben hat, der zufällig gerade in der Nähe war? Drek, er hatte nicht die Zeit, alles und jeden zu überprüfen, womit Luther vielleicht in Verbindung gestanden hatte. Ich muß mit Julia reden, dachte Serrin. Und sehen, ob wir nicht noch etwas von ihrer Bekannten erfahren. Vielleicht fällt ihr das Reden jetzt, wo Luther tot ist, leichter.

Julia war nicht zu Hause, als er mit dem Taxi dort ankam, das er für diesen Fall hatte warten lassen. Er stieg wieder ein und ließ sich zu einer Bar in der Innenstadt fahren. Die nagende Furcht ließ nicht nach, also beschloß er, sie zu ertränken.

Er verließ die Bar um zwei Uhr, nicht fähig, von Bier betrunken zu werden, und nicht gewillt, den Trost von etwas Stärkerem zu suchen. Er wartete in der regennassen Straße auf ein Taxi, während er sich im matten Licht der Straßenlaternen die Ausdrucke ansah. Diesmal warnte ihn seine magische Schutzvorrichtung nicht, als der Wagen langsam um die Ecke bog. Dafür war die Tarnung viel zu gut. Kaum hatte der Wagen neben ihm gehalten, als er auch schon die Pistole in seinem Rücken spürte.

»Steigen Sie ein«, ertönte eine Stimme, als sich die hintere Tür des Wagens öffnete. Irgend etwas an der Stimme klang vertraut. Da er wußte, daß er keine andere Wahl hatte, gehorchte Serrin.

»Ich finde, Sie sollten einen Schluck davon probieren«, sagte der Elf neben ihm.

»Deshalb bin ich ja hierhergekommen«, erwiderte Serrin müde und trank das Betäubungsmittel.

Natürlich war es nicht Magellan. Luther hatte kaum noch etwas von ihm übriggelassen. Die Stimme war ihm wegen des irischen Akzents bekannt vorgekommen, aber es war auch nicht der geheimnisvolle Elf aus dem Kloster. Als Serrin wachgerüttelt wurde, saß er auf einem Stuhl, in grelles Scheinwerferlicht gehüllt. In der Dunkelheit hinter dem Scheinwerfer saß ein Elf. Er wurde von zwei weiteren Elfen flankiert, denen etwas anhaftete, das finsterer war als alles, was Serrin je gesehen hatte.

Die Barette und Sonnenbrillen waren natürlich obligatorisch, aber es waren die Waffen, die so einzigartig aussahen. Die seltsam geformten, geriffelten Pistolen paßten perfekt in die Hände, die sie hielten, und an den Wänden neben ihnen lehnten Gewehre, die noch bizarrer und verdrehter aussahen. In der Dunkelheit konnte er keine Einzelheiten erkennen. Alles an den Gestalten vor ihm schrie nach Magie und Macht. Wenn die stehenden Elfen Samurai waren, gehörten sie zu einer Art, die Serrin sich nie hätte träumen lassen. Die Macht, die sie ausstrahlten, war so spürbar wie Körperwärme für einen Infrarotscanner, und es war nicht die bloßer körperlicher Adepten. Das waren Wesen, die von schierer Macht und Gewalt erfüllt waren. Sie regten keinen Muskel.

»Ich glaube nicht, daß wir Sie beseitigen müssen, wenn wir unsere Antworten erhalten«, sagte der mittlere Elf. »Wir wollen nur wissen, was Sie vorhaben. Verraten Sie mir doch zunächst, warum Sie sich in der Bibliothek fast zehn Stunden lang über Retroviren informiert haben? Welche plötzliche Eingebung hat sie auf diese Idee gebracht?«

Serrin zögerte, da er versuchte, sich eine plausible Lüge auszudenken.

»Wenn Sie mich belügen, merke ich das«, sagte der Elf.

Ich glaube nicht, daß ich es darauf ankommen lasse, dachte Serrin trübsinnig. Es ist wohl besser, wenn ich ihm glaube.

»Mir ist etwas eingefallen. Mir ist eingefallen, daß ein Teil der Viren, die Luther hergestellt hat, nicht mehr da war. In seinem Labor. Ich habe mich gefragt, was wohl damit passiert sein könnte. Ich kenne mich mit Retroviren nicht aus. Ich habe mich gefragt, ob vielleicht irgendwo etwas von dem Virus herumschwebt. Vielleicht in latentem Zustand, ich weiß es nicht.«

»Ja«, sagte der Elf. »Und warum sind Sie zu der Frau gegangen? Zu dieser Journalistin?«

»Um herauszufinden, ob Luther lokale Verbindungen gehabt hat. Ob es jemanden gibt, der den Rest haben könnte. Es war nur so eine Eingebung. Sie hat eine Freundin, die etwas über ihn weiß.«

»Schön. Ich würde es jedoch für eine außerordentlich gute Idee halten, wenn sie aufhörten, weiter Fragen in dieser Richtung zu stellen«, erwiderte der Elf. Sicherungsflügel klickten. »Kann ich davon ausgehen, daß Sie meinen Rat befolgen?«

»Aber wenn dieses Zeug immer noch irgendwo dort draußen herumfliegt...«

»Das ist nicht der Fall. Wir haben uns darum gekümmert. Tatsächlich haben Sie völlig recht. Er hatte eine Ladung freigesetzt, kurz bevor Sie und Ihre Freunde dort eintrafen. Wir sind dem mit einem Anti-Virus-Spray aus unserem Flugzeug begegnet. Ein paar Bauern im ländlichen Bayern sind jetzt vielleicht ein wenig stupider als vorher, aber nicht so, daß es einem auffallen würde. Das Virus wurde vollkommen unschädlich gemacht. Übrigens hat Ihre Freundin ziemliches Glück gehabt, daß sie ohne Ansteckung davongekommen ist, aber andererseits hatte sie vielleicht auch einmal etwas Glück verdient.«

»Aber die medizinischen Tests …«

»Sollten welche gemacht werden, wird man nur ein paar seltsame Antikörper finden, mehr nicht.«

»Aber Luther sagte, das Retrovirus würde in die Vererbungslinie eindringen!«

»Er hat sich geirrt.« Sie Stimme klang endgültig.

»Aber das können Sie nicht wissen. Ihr Geister, er …«

»Ich sage Ihnen, er hat sich geirrt!« Die Stimme klang zornig und herrisch. »Hören Sie, ich weiß das aus dem Grund, weil er die Gene, die er mit dem Virus verschmolzen hat, von uns bekommen hat. Sie stammten aus der Forschungsanlage in Azanien. Und das erzähle ich Ihnen einzig und allein aus dem Grund, weil sie ansonsten wahrscheinlich Sutherland auf die Lieferanten ansetzen würden, die die Anlage mit gewissen Pflanzen versorgt haben, und wir würden es vorziehen, daß sie das Vorgefallene von jetzt an einfach vergessen. Luthers Plan hätte vielleicht funktionieren können, nur *vielleicht*, aber glücklicherweise war das nicht der Fall. Er hat sich geirrt, aber seine Besessenheit hat ihn geblendet. Es hat nur in der Theorie funktioniert – seine In-Vitro-Tests waren erfolgreich –, aber den wichtigsten Test hat er ausgelassen. Er hat das Virus nie an lebenden Menschen getestet.«

»Was waren das dann für Zombies in Azanien?«

»Hören Sie, Sie Narr, das Virus hat natürlich tatsächlich das Nervensystem geschädigt. Aber Luther hat weder die Versuchsexemplare seziert, was er hätte tun sollen, noch hat er vernünftige Tests mit Keimzellen durchgeführt. Seine Laborergebnisse verrieten ihm, daß das Eindringen in die Vererbungslinie einige Monate dauern würde, und so lange wollte er nicht warten. *Er hat sich geirrt.*«

»Dann war alles umsonst«, sagte Serrin ungläubig. »Es war eine Schimäre.«

»Nicht von meiner Warte aus«, sagte der irische Elf beißend. »Ich weiß jetzt, wo Niall ist. Luthers Plan hat ihn für mich aufgescheucht.«

Niall. Das mußte der Elf sein, der mit dem mächtigen Geist gekommen war, um Luther und sein Kloster zu vernichten, wenngleich sich Serrin gewünscht hätte, seinen Namen auf andere Weise zu erfahren.

»Und jetzt kann ich Niall unschädlich machen. Außerdem kenne ich jetzt die Einstellung gewisser Parteien anderer Elfenmächte hinsichtlich einer solchen Entwicklung. Das ist ebenfalls sehr nützliches Wissen für mich«, fügte der Elf hinzu.

»Tatsächlich bin ich Ihnen also nicht schlecht gesonnen. Luther war für uns in mancherlei Hinsicht zu einer Last geworden. Er hatte versagt. Ihre Zerstörung seiner Einrichtung hat alle Spuren vernichtet, die sich zu uns hätten zurückverfolgen lassen. Und wir brauchten uns nicht direkt einzumischen. Abgesehen davon, daß wir ein Flugzeug geschickt haben, aber das läßt sich ebenfalls nicht zurückverfolgen. Wir haben die dortige Tierwelt ein wenig dezimiert, aber auch das ist vertuscht worden. Nein, wir werden diese Sache abhaken. Wir konnten einen Abtrünnigen unschädlich machen und werden uns wohl noch mit ein oder zwei Leuten unterhalten. So leben und lernen wir.«

Der Elf erhob sich und ließ seine Maske für einen Augenblick fallen.

Serrin wurde fast geblendet. Dieser Elf strahlte förmlich. Alle Sterne des Himmels schienen um ihn zu leuchten, Trabanten der Macht seines Wesens. Dieser Elf konnte ihn wie eine Wanze zerquetschen, ohne mehr zu tun, als einen Finger zu heben, und Serrin wußte es. Dies war ein Magier, der Mächte beschwören konnte, denen gegenüber selbst Matahanas winzig und unbedeutend wirkte.

»Sie werden nicht mehr darüber reden. Keine weiteren Nachforschungen, bitte. Sollte irgend etwas davon publik werden, würden Leute gewarnt, die ich lieber überraschen würde. Tatsächlich ist es in Ihrem Fall sogar Pech. Unsere Überwachung sollte gerade eingestellt werden. Wir waren der Ansicht, Sie hätten beschlossen, zu einem ruhigen, einfachen Leben zurückzukehren. Wir wollten heute morgen abreisen, als Padraic hier mitbekam, daß Sie die Bibliothek aufsuchten.«

»Was werden Sie mit mir machen?« fragte Serrin.

»Machen? Nichts. Dafür besteht keine Notwendigkeit. Sie wissen jetzt Bescheid, und vielleicht ist das in mancherlei Hinsicht ein Trost für Sie. Aber wir werden Sie auch weiterhin aus der Ferne beobachten. Ich habe ein wenig von Ihrem Blut genommen. Sollten Sie irgendwelche Probleme verursachen, können wir immer noch auf rituelle Zauberei zurückgreifen, um Sie auf vielfache und äußerst unangenehme Weise unschädlich zu machen.«

Daran zweifelte Serrin keinen Augenblick. Spiel, Satz und Sieg.

»Noch eine letzte Frage«, sagte er zu dem Elf, bevor dieser den Raum verließ. »Luther hatte etwas, das in gewisser Weise funktionierte. Es hätte nicht das bewirkt, was es bewirken sollte, war aber dennoch hochgradig gefährlich. Ist es vernichtet worden?«

Was ihm vorschwebte, war die Vorstellung, daß Luther vielleicht nur den halben Weg gegangen war. Er hatte keine Ahnung, ob der Elf, dem er gegenüberstand, gerne gesehen hätte, wenn er den ganzen Weg gegangen wäre. Der andere Elf hatte erwähnt, daß ›wir‹ Luther beliefert hatten. Hatten sie gewollt, daß er Erfolg hatte? Hatten sie ihm freiwillig geholfen, weil sie jederzeit wissen wollten, was er tat, ansonsten aber gegen ihn waren? War alles nur eine Finte, ein abgekartetes Spiel gewesen, um Freunde und Feinde aufzuscheuchen, ein Plan, von dem sie gewußt hatten, daß er nie funktionieren würde?

Der Elf verbeugte sich unmerklich und lächelte. »Darüber werde ich Sie nachdenken lassen«, sagte er. »Aber wie ich schon sagte, beschränken Sie sich darauf. Ansonsten …« Er zog mit dem Finger eine Linie über seine Kehle. »Ganz zu schweigen von dem Mädchen. Vielleicht würden Sie Ihr eigenes Leben aufs Spiel setzen. Aber Sie können und wollen sich nicht vorstellen, was wir ihr antun könnten. Und danach das bei Ihnen abliefern würden, was noch von ihr übrig wäre.«

Serrin wollte ihn hassen, doch er brachte lediglich ein klägliches, ödes Gefühl des Grolls auf.

»Und dann ist das noch der Troll. Nialls Geist hat ihn geheilt. Wenn er die Wahrheit erführe, daß er nie etwas vernichtet hat, was der Mühe wert war, daß sein Erlöser« – der Elf grinste ein wenig über dieses Wort – »einem ziemlich unangenehmen Ende entgegensieht, könnte ihm das gründlich die Laune verderben. Das würden Sie doch nicht wollen, oder?

Aber in einem hat Niall recht gehabt. Diesmal haben Sie wirklich eine Chance mit der Frau. Wenn Sie sie nicht verpassen, könnten Sie vielleicht dazu kommen, alles zu verstehen. Eines Tages.« Der Elf trat vor und ins Licht und berührte Serrins Kopf. Er spürte nichts und sah ihn nur an. Der andere Elf war von einer unheimlichen Schönheit. Sein Gesicht war zugleich androgyn und geschlechtslos, das goldene Haar straff zurückgebunden, violette Augen, die nichts verrieten, langfingrige Hände mit beinahe durchscheinender Haut.

»Bringt ihn weg.« Der Elf war verschwunden und überließ es seinen beiden Helfern, Serrin die Augen zu verbinden und ihn die Treppe hinauf und wieder in den Wagen zu bringen.

Er suchte nach dem Zweitschlüssel, den Michael ihm gegeben hatte. Es war fast fünf Uhr morgens, und er fühlte sich ausgebrannt, völlig leer. Er kannte die Wahrheit über Luther, aber die Wahrheit dahinter war hinter einem Schleier aus Geheimhaltung und Täuschung verborgen. Ich habe nichts, dachte er. Alles Schall und Rauch. Und ich kann nicht darüber reden. Zumindest nicht mit Tom.

Er öffnete leise die Tür, seine Hand tastete nach dem Lichtschalter. Aus einer anderen Tür drang plötzlich Licht in den Flur, als Kristen die Tür öffnete. Sie stand in der Tür ihres Schlafzimmers gegen den Rahmen gelehnt und sah ihn an. Das Seidenhemd reichte ihr bis zur Mitte der Oberschenkel, und sie stand mit nackten Beinen und einem Ausdruck im Gesicht da, der Verzweiflung nah kam.

Serrin spürte etwas auf seinem eigenen Gesicht, dort, wo der Elf ihn berührt hatte, und augenblicklich war er woanders. Weit entfernt, auf der anderen Seite des Atlantiks, Jahrhunderte weit weg, und er hatte gerade erfahren, daß sie für ihn verloren war, von ihrem Vater zur Heirat an einen hassenswerten und brutalen *Righ* verkauft, und der Kummer dieser Erkenntnis schnitt durch sein Herz und seine Eingeweide. Er mußte sich an der Tür festhalten, um nicht zu fallen.

Dann war er wieder er selbst und sah sie an.

Und jetzt stehe ich kurz davor, etwas wegzuwerfen, wofür ich früher getötet hätte. Zum Teufel mit allem. Mit Luther, mit Magellan. Mit allen, die mich dazu verurteilt haben, über all diesen Drek nachzudenken. Zum Teufel mit den losen Enden. Ich habe nie den Narbigen gefunden, obwohl er möglicherweise in diesem Kloster in Schwandorf sein Ende als eine von vielen namenlosen Leichen gefunden hat. Das werde ich nie erfahren. Und zum Teufel damit, von einem Ort zum anderen zu hetzen, dort eine Woche oder einen Monat herumzuhängen und dann denselben Koffer mit derselben Handvoll Klamotten zu packen, nur damit ich in Bewegung bleibe, um etwas zu tun zu haben. Ja, ich bin doppelt so alt wie sie. Ich bin ein Elf, sie ist ein Mensch. Was soll's? Es bedeutet nur, daß wir im gleichen Rhythmus altern.

Serrin warf den Kopf in den Nacken und lachte laut über diesen prosaischen Gedanken. Dann hielt er inne und fragte sich, warum er so weit vorausgedacht hatte. Das tat er sonst nie.

Kristen machte ein paar zögernde Schritte, blieb stehen, und dann rannte sie auf ihn zu, über Ozeane und Jahrhunderte und so viele Enttäuschungen hinweg. Er breitete die Arme aus und hatte sie gefunden, endlich gefunden.

Glossar

Arcologie – Abkürzung für ›**Arc**hitectural Ec**ology**‹. In Seattle ist sie der Turm des Renraku-Konzerns, ein Bauwerk von gigantischen Ausmaßen. Mit ihren Privatwohnungen, Geschäften, Büros, Parks, Promenaden und einem eigenen Vergnügungsviertel gleicht sie im Prinzip einer selbständigen, kompletten Stadt.

Aztechnology-Pyramide – Niederlassung des multinationalen Konzerns Aztechnology, die den Pyramiden der Azteken des alten Mexiko nachempfunden ist. Obwohl sie sich in ihren Ausmaßen nicht mit der Renraku-Arcologie messen kann, bietet die Pyramide mit ihrer grellen Neonbeleuchtung einen atemberaubenden Anblick.

BTL-Chips – Abkürzung für ›**B**etter **T**han **L**ife‹ – besser als die Wirklichkeit. Spezielle Form der SimSinn-Chips, die dem User (Benutzer) einen extrem hohen Grad an Erlebnisdichte und Realität direkt ins Gehirn vermitteln. BTL-Chips sind hochgradig suchterzeugend und haben chemische Drogen weitgehend verdrängt.

Chiphead, Chippie, Chipper – Umgangssprachliche Bezeichnung für einen BTL-Chip-Süchtigen.

chippen – umgangssprachlich für: einen (BTL-)Chip reinschieben, auf BTL-Trip sein usw.

Chummer – Umgangssprachlich für Kumpel, Partner, Alter usw.

Cyberdeck – Tragbares Computerterminal, das wenig größer ist als eine Tastatur, aber in Rechengeschwindigkeit und Datenverarbeitung jeder Ansammlung von Großrechnern des 20. Jahrhunderts überlegen ist. Ein Cyberdeck hat darüber hinaus ein SimSinn-Interface, das dem User das Erlebnis der Matrix in voller sinnlicher Pracht ermöglicht. Das derzeitige Spitzenmodell, das *Fairlight Excalibur,* kostet 990 000 Nuyen, während das Billigmodell *Radio Shack PCD-100* schon für 6200 Nuyen zu haben ist. Die Leistungsunterschiede entsprechen durchaus dem Preisunterschied.

Cyberware – Im Jahr 2050 kann man einen Menschen im Prinzip komplett neu bauen, und da die cybernetischen Ersatzteile die ›Leistung‹ eines Menschen zum Teil beträchtlich erhöhen, machen sehr viele Menschen, insbesondere die Straßensamurai, Gebrauch davon. Andererseits hat die Cyberware ihren Preis, und das nicht nur in Nuyen: Der künstliche Bio-Ersatz zehrt an der Essenz des Menschlichen. Zuviel Cyberware kann zu Verzweiflung, Melancholie, Depression und Tod führen.

Grundsätzlich gibt es zwei verschiedene Arten von Cyberware, die **Headware** und die **Bodyware.**

Beispiele für Headware sind **Chipbuchsen,** die eine unerläßliche Voraussetzung für die Nutzung von **Talentsofts** (und auch BTL-Chips) sind. **Talentsofts** sind Chips, die dem User die Nutzung der auf den Chips enthaltenen Programme ermöglicht, als wären die Fähigkeiten seine eigenen. Ein Beispiel für ein gebräuchliches Talentsoft ist ein Sprachchip, der dem User die Fähigkeit verleiht, eine Fremdsprache so zu benutzen, als sei sie seine Muttersprache.

Eine **Datenbuchse** ist eine universellere Form der Chipbuchse und ermöglicht nicht nur Input, sondern auch Output. Ohne implantierte Datenbuchse ist der Zugang zur Matrix unmöglich.

Zur gebräuchlichsten Headware zählen die **Cyberaugen.** Die äußere Erscheinung der Implantate kann so ausgelegt werden, daß sie rein optisch nicht von biologischen Augen zu unterscheiden sind. Möglich sind aber auch absonderliche Effekte durch Gold- oder Neon-Iris. Cyberaugen können mit allen möglichen Extras wie Kamera, Lichtverstärker und Infrarotsicht ausgestattet werden.

Bodyware ist der Sammelbegriff für alle körperlichen Verbesserungen. Ein Beispiel für Bodyware ist die **Dermalpanzerung,** Panzerplatten aus Hartplastik und Metallfasern, die chemisch mit der Haut verbunden werden. Die **Smartgunverbindung** ist eine Feedback-Schaltschleife, die nötig ist, um vollen Nutzen aus einer Smartgun zu ziehen. Die zur Zielerfassung gehörenden Informationen werden auf die Netzhaut des Trägers oder in ein Cyberauge eingeblendet. Im Blickfeldzentrum erscheint ein blitzendes Fadenkreuz, das stabil wird, sobald das System die Hand des Trägers so ausgerichtet hat, daß die Waffe auf diesen Punkt zielt. Ein typisches System dieser Art verwendet ein subdermales **Induktionspolster** in der Handfläche des Trägers, um die Verbindung mit der Smartgun herzustellen.

Jeder Straßensamurai, der etwas auf sich hält, ist mit **Nagelmessern** und/oder **Spornen** ausgerüstet, Klingen, die im Hand- oder Fingerknochen verankert werden und in der Regel einziehbar sind.

Die sogenannten Reflexbooster sind Nervenverstärker und Adrenalin-Stimulatoren, die die Reaktion ihres Trägers beträchtlich beschleunigen.

decken – Das Eindringen in die Matrix vermittels eines Cyberdecks.

Decker – Im Grunde jeder User eines Cyberdecks.

DocWagon – Das DocWagon-Unternehmen ist eine private Lebensrettungsgesellschaft, eine Art Kombination von Krankenversicherung und ärztlichem Notfalldienst, die nach Anruf in kürzester Zeit ein Rettungsteam am Tat- oder Unfallort hat und den Anrufer behandelt. Will man die Dienste des Unternehmens in Anspruch nehmen, benötigt man eine Mitgliedskarte, die es in drei Ausführungen gibt: Normal, Gold und Platin. Je besser die Karte, desto umfangreicher die Leistungen (von ärztlicher Notversorgung bis zu vollständigem Organersatz). Das DocWagon-Unternehmen hat sich den Slogan eines im 20. Jahrhundert relativ bekannten Kreditkartenunternehmens zu eigen gemacht, an dem, wie jeder Shadowrunner weiß, tatsächlich etwas dran ist: Never leave home without it.

Drek, Drekhead – Gebräuchlicher Fluch; abfällige Bezeichnung, jemand der nur Dreck im Kopf hat.

ECM – Abkürzung für ›**E**lectronic **C**ounter**m**easures‹; elektronische Abwehrsysteme in Flugzeugen, Panzern usw.

einstöpseln – Bezeichnet ähnlich wie **einklinken** den Vorgang, wenn über Datenbuchse ein Interface hergestellt wird, eine direkte Verbindung zwischen menschlichem Gehirn und elektronischem System. Das Einstöpseln ist die notwendige Voraussetzung für das Decken.

Exec – Hochrangiger Konzernmanager mit weitreichenden Kompetenzen.

Fee – Abwertende, beleidigende Bezeichnung für einen Elf. (Die Beleidigung besteht darin, daß amer. mit ›Fee‹ auch Homosexuelle, insbesondere Transvestiten bezeichnet werden.)

geeken – Umgangssprachlich für ›töten‹, ›umbringen‹.

Goblinisierung – Gebräuchlicher Ausdruck für die sogenannte Ungeklärte Genetische Expression (UGE). UGE ist eine Bezeichnung für das zu Beginn des 21. Jahrhunderts erstmals aufgetretene Phänomen der Verwandlung ›normaler‹ Menschen in **Metamenschen.**

Hauer – Abwertende Bezeichnung für Trolle und Orks, die auf ihre vergrößerten Eckzähne anspielt.

ICE – Abkürzung für ›**I**ntrusion **C**ountermeasure **E**quipment‹, im Deckerslang auch Ice (Eis) genannt. Grundsätzlich sind ICE Schutzmaßnahmen gegen unbefugtes Decken. Man unterscheidet drei Klassen von Eis: **Weißes Eis** leistet lediglich passiven Widerstand mit dem Ziel, einem Decker das Eindringen so schwer wie möglich zu machen. **Graues Eis** greift Eindringlinge aktiv an oder spürt ihren Eintrittspunkt in die Matrix auf. **Schwarzes Eis** (auch Killer-Eis genannt) versucht, den eingedrungenen Decker zu töten, indem es ihm das Gehirn ausbrennt.

Jackhead – Umgangssprachliche Bezeichnung für alle Personen mit Buchsenimplantaten. Darunter fallen zum Beispiel Decker und Rigger.

Knoten – Konstruktionselemente der Matrix, die aus Milliarden von Knoten besteht, die untereinander durch Datenleitungen verbunden sind. Sämtliche Vorgänge in der Matrix finden in den Knoten statt. Knoten sind zum Beispiel: I/O-Ports, Datenspeicher, Subprozessoren und **Sklavenknoten,** die irgendeinen physikalischen Vorgang oder ein entsprechendes Gerät kontrollieren.

Lone Star Security Services – Die Polizeieinheit Seattles. Im Jahre 2050 sind sämtliche Datenleistungsunternehmen, auch die sogenannten ›öffentlichen‹ privatisiert. Die Stadt schließt Verträge mit unabhängigen Gesellschaften, die dann die wesentlichen öffentlichen Aufgaben wahrnehmen. Renraku Computer Systems ist zum Beispiel für die öffentliche Datenbank zuständig.

Matrix – Die Matrix – auch Gitter genannt – ist ein Netz aus Computersystemen, die durch das globale Telekommunikationsnetz miteinander verbunden sind. Sobald ein Computer mit irgendeinem Teil des Gitters verbunden ist, kann man von jedem anderen Teil des Gitters aus dorthin gelangen.

In der Welt des Jahres 2050 ist der direkte physische Zugang zur Matrix möglich, und zwar vermittels eines ›Matrix-Metaphorischen Cybernetischen Interface‹, kurz Cyberdeck genannt. Die sogenannte **Matrix-Metaphorik** ist das optische Erscheinungsbild

der Matrix, wie sie sich dem Betrachter (User) von innen darbietet. Diese Matrix-Metaphorik ist erstaunlicherweise für alle Matrixbesucher gleich, ein Phänomen, das mit dem Begriff **Konsensuelle Halluzination** bezeichnet wird.
Die Matrix ist, kurz gesagt, eine informations-elektronische Analogwelt.

Messerklaue – Umgangssprachliche Bezeichnung für einen Straßensamurai.

Metamenschen – Sammelbezeichnung für alle ›Opfer‹ der UGE. Die Gruppe der Metamenschen zerfällt in vier Untergruppen:

a) **Elfen:** Bei einer Durchschnittsgröße von 190 cm und einem durchschnittlichen Gewicht von 68 kg wirken Elfen extrem schlank. Die Hautfarbe ist blaßrosa bis weiß oder ebenholzfarben. Die Augen sind mandelförmig, und die Ohren enden in einer deutlichen Spitze. Elfen sind Nachtwesen, die nicht nur im Dunkeln wesentlich besser sehen können als normale Menschen. Ihre Lebenserwartung ist unbekannt.

b) **Orks:** Orks sind im Mittel 190 cm groß, 73 kg schwer und äußerst robust gebaut. Die Hautfarbe variiert zwischen rosa und schwarz. Die Körperbehaarung ist in der Regel stark entwickelt. Die Ohren weisen deutliche Spitzen auf, die unteren Eckzähne sind stark vergrößert. Das Sehvermögen der Orks ist auch bei schwachem Licht sehr gut. Die durchschnittliche Lebenserwartung liegt zwischen 35 und 40 Jahren.

c) **Trolle:** Typische Trolle sind 280 cm groß und wiegen 120 kg. Die Hautfarbe variiert zwischen rötlichweiß und mahagonibraun. Die Arme sind proportional länger als beim normalen Menschen. Trolle haben einen massigen Körperbau und zeigen gelegentlich eine dermale Knochenbildung, die sich in Stacheln und rauher Oberflächenbeschaffenheit äußert. Die Ohren weisen deutliche Spitzen auf. Der schräg gebaute Schädel hat 34 Zähne mit vergrößerten unteren Eckzähnen. Trollaugen sind für den Infrarotbereich empfindlich und können daher nachts unbeschränkt aktiv sein. Ihre durchschnittliche Lebenserwartung beträgt etwa 50 Jahre.

d) **Zwerge:** Der durchschnittliche Zwerg ist 120 cm groß und wiegt 72 kg. Seine Hautfarbe ist normalerweise rötlich weiß oder hellbraun, seltener dunkelbraun. Zwerge haben unproportional kurze Beine. Der Rumpf ist gedrungen und breitschultrig. Die Behaarung ist ausgeprägt, bei männlichen Zwergen ist auch die Gesichtsbehaarung üppig. Die Augen sind für infrarotes Licht empfindlich. Zwerge zeigen eine erhöhte Resistenz gegenüber Krankheitserregern. Ihre Lebensspanne ist nicht bekannt, aber Vorhersagen belaufen sich auf über 100 Jahre.

Darüber hinaus sind auch Verwandlungen von Menschen oder Metamenschen in Paraspezies wie **Sasquatchs** bekannt.

Metroplex – Ein Großstadtkomplex.

Mr. Johnson – Die übliche Bezeichnung für einen beliebigen anonymen Auftraggeber oder Konzernagenten.

Norm – Umgangssprachliche, insbesondere bei Metamenschen gebräuchliche Bezeichnung für ›normale‹ Menschen.

Nuyen – Weltstandardwährung (New Yen, Neue Yen).

Paraspezies – Paraspezies sind ›erwachte‹ Wesen mit angeborenen magischen Fähigkeiten, und es gibt eine Vielzahl verschiedener Varianten, darunter auch folgende:

a) **Barghest:** Die hundeähnliche Kreatur hat eine Schulterhöhe von knapp einem Meter bei einem Gewicht von etwa 80 kg. Ihr Heulen ruft beim Menschen und bei vielen anderen Tieren eine Angstreaktion hervor, die das Opfer lähmt.

b) **Sasquatch:** Der Sasquatch erreicht eine Größe von knapp drei Metern und wiegt etwa 110 kg. Er geht aufrecht und kann praktisch alle Laute imitieren. Man vermutet, daß Sasquatche aktive Magier sind. Der Sasquatch wurde 2041 trotz des Fehlens einer materiellen Kultur und der Unfähigkeit der Wissenschaftler, seine Sprache zu entschlüsseln, von den Vereinten Nationen als intelligentes Lebewesen anerkannt.

c) **Schreckhahn:** Er ist eine vogelähnliche Kreatur von vorwiegend gelber Farbe. Kopf und Rumpf des Schreckhahns messen zusammen 2 Meter. Der Schwanz ist 120 cm lang. Der Kopf hat einen hellroten Kamm und einen scharfen Schnabel. Der ausgewachsene Schreckhahn verfügt über die Fähigkeit, Opfer mit einer Schwanzberührung zu lähmen.

d) **Dracoformen:** Im wesentlichen wird zwischen drei Spezies unterschieden, die alle magisch aktiv sind: Gefiederte Schlange, Östlicher Drache und Westlicher Drache. Zusätzlich gibt es noch die Großen Drachen, die einfach extrem große Vertreter ihres Typs (oft bis zu 50 % größer) sind.

Die Gefiederten Schlangen sind von Kopf bis Schwanz in der Regel 20 m lang, haben eine Flügelspannweite von 15 m und wiegen etwa 6 Tonnen. Das Gebiß weist 60 Zähne auf.

Kopf und Rumpf des Östlichen Drachen messen 15 m, wozu weitere 15 m Schwanz kommen. Die Schulterhöhe beträgt 2 m, das Gewicht 7,5 Tonnen. Der Östliche Drache hat keine Flügel. Sein Gebiß weist 40 Zähne auf.

Kopf und Rumpf des Westlichen Drachen sind 20 m lang, wozu 17 m Schwanz kommen. Die Schulterhöhe beträgt 3 m, die Flügelspannweite 30 m und das Gewicht etwa 20 Tonnen. Sein Gebiß weist 40 Zähne auf.

Zu den bekannten Großen Drachen zählt auch der Westliche Drache *Lofwyr,* der mit Gold aus seinem Hort einen maßgeblichen Anteil an Saeder-Krupp

Heavy Industries erwarb. Das war aber nur der Auftakt einer ganzen Reihe von Anteilskäufen, so daß seine diversen Aktienpakete inzwischen eine beträchtliche Wirtschaftsmacht verkörpern. Der volle Umfang seines Finanzimperiums ist jedoch unbekannt!

Persona-Icon – Das Persona-Icon ist die Matrix-Metaphorik für das Persona-Programm, ohne das der Zugang zur Matrix nicht möglich ist.

Pinkel – Umgangssprachliche Bezeichnung für einen Normalbürger.

Rigger – Person, die Riggerkontrollen bedienen kann. Riggerkontrollen ermöglichen ein Interface von Mensch und Maschine, wobei es sich bei den Maschinen um Fahr- oder Flugzeuge handelt. Der Rigger steuert das Gefährt nicht mehr manuell, sondern gedanklich durch eine direkte Verbindung seines Gehirns mit dem Bordcomputer.

Sararimann – Japanische Verballhornung des englischen ›Salaryman‹ (Lohnsklave). Ein Konzernangestellter.

SimSinn – Abkürzung für **Sim**ulierte **Sinn**esempfindungen, d. h. über Chipbuchsen direkt ins Gehirn gespielte Sendungen. Elektronische Halluzinogene. Eine Sonderform des SimSinns sind die BTL-Chips.

SIN – Abkürzung für **S**ystemdentifikations**n**ummer, die jedem Angehörigen der Gesellschaft zugewiesen wird.

So ka – Japanisch für: Ich verstehe, aha, interessant, alles klar.

Soykaf – Kaffeesurrogat aus Sojabohnen.

STOL – Senkrecht startendes und landendes Flugzeug.

Straßensamurai – So bezeichnen sich die Muskelhelden der Straßen selbst gerne.

Trid(eo) – Dreidimensionaler Video-Nachfolger.

Trog, Troggy – Beleidigende Bezeichnung für einen Ork oder Troll.

Verchippt, verdrahtet – Mit Cyberware ausgestattet, durch Cyberware verstärkt, hochgerüstet.

UCAS – Abkürzung für ›**U**nited **C**anadian & **A**merican **S**tates‹; die Reste der ehemaligen USA und Kanada.

Wetwork – Mord auf Bestellung.

Yakuza – Japanische Mafia.